KB262526

이동

* 이 도서의 국립중앙도서관 출판시도서목록(CIP)은 e-CIP홈페이지(http://www.nl.go.kr/ecip)와
국가자료공동목록시스템(http://www.nl.go.kr/kolisnet)에서 이용하실 수 있습니다.
(CIP제어번호: CIP2012002119)

김시연
장편소설

異夢

이몽

1부 ─ 운명의 택군

은행나무

바루 종소리가 울리면 밤새 사대문을 지키던 군사들은 성문을 활짝 열고 사람들의 통행을 허락한다. 어젯밤 순라꾼들에게 잡혀 열음기막에 구치된 통금 위반자들은 곧 끌려나와 곤장을 맞고 난탕을 벌일 것이다. 초경 직후나 오경 직전 적발된 자는 곤장 열 대, 2경이나 4경 때 적발된 자는 스무 대, 3경 때 적발된 자는 서른 대. 곤장을 맞은 자들은 헤진 엉덩이를 부여잡고 저춤저춤 눈물바람으로 돌아갈 것이다. 서른세 번째 종소리가 다시 목멱남산을 한 바퀴 휘감고 긴 여운을 남긴 채 가뭇없이 사라졌다.

자리에서 일어난 원경이 남은 잠을 떨치려는 듯 거세게 머리를 흔들었다. 아쉽고 불길한 꿈이 왠지 모를 두려움으로 가슴을 짓누른다. 새녘 바라지로 미명이 뿌옇게 번지며 서서히 햇귀가 떠올랐다. 열다섯 살과 열네 살 난 두 동생은 세상모른 채 귀잠^{아주} ^{깊이} ^든 ^잠이 들어 있다. 발치로 밀려난 누비처네를 덮어 준 원경이 애틋한 눈길로 동생들을 바라본다. 임종을 앞둔 아버지는 눈도 뜨지 못한 채 원경에게 당부했었다.

"넌 아니다. 어쩜 막내가, 막내가……."

가쁜 숨을 몰아쉬던 아버지 목소리가 바드럽게 잦아들었다.

"자중해라! 그래야 살아남는다. 끝까지 살아남거라. 막내를 부탁……."

아버지는 말을 채 끝내지 못하고 57년간의 파란만장한 삶의 끈을 놓았다. 거센 풍랑과 만고풍상에 시달린 기구 절창한 인생이었다. 저승길을 눈앞에 둔 아버지는 무슨 말을 하고 싶었던 걸까? 자중하라는 당부야 당연하지만, 왜 하필 '너는 아니다.'인가? 대체 뭐가 아니란 건지, 막내가 어떻게 된다는 건지, 아직도 궁금하다.

원경이 고개 돌려 막내인 원범을 쳐다본다. 수려한 귀골이다. 삼 형제 모두 이복이나 우애는 각별했다. 경응과 원범 모두 밖에서 태어나자마자 집에 들어와 아버지 손에 컸다. 네 살 터울이지만 원범은 동생이자 자식 같은 존재다. 3년 동안 홀로 가장 역할을 해왔다. 아버지 당부대로 조심 또 조심, 자중 또 자중하며 살아온 세월이다. 한데 아버지는 꿈속에서 왜 그리 슬피 눈물을 흘리셨을까? 원경이 두려움을 떨치듯 장지문을 박차고 밖으로 나갔다.

서린방에 있는 의금부 옆 전옥서에서 쉴 새 없이 단말마가 터졌다. 기결수들이 구치되어 있는 남간 쪽이다. 자지러지게 숨넘어가는 비명이 길을 지나던 이들의 심장을 날카롭게 관통했다. 등줄기로 오싹 소름이 부르돋았다. 나졸들이 지금 단근자로 누군가의 발뒤꿈치 힘줄을 끊어내고 있을지 모른다. 시뻘건 인두로 역적 죄인의 살갗을 지지고 있을는지 모른다. 전옥서 원형 담장 옆을 지나던 사람들이 몸서리치며 잔뜩 웅크린 채 진둥한둥 사라졌다. 전옥서 안에는 예닐곱 명의 국사범들이 피칠갑을 한 채 형틀에 묶여 고문을 당하고 있었다. 비릿한 피 냄새와 살 썩는 냄새, 오물 냄새, 매캐한 냄새가 진동했다. 지옥의 냄새였다. 국사범들의 모습은 하나같이 귀신의 형상을 하고 있었다. 봉두난발인 머리카락은 피에 젖어 온통 죄인들의 얼굴을 뒤덮었다. 퉁퉁 부은 얼굴은 형체를 알아보기 힘들었고, 여기저기 찢긴 옷에 피고름과 오물이 눌어붙어 몸을 움직일 때마다 젓국 냄새가 진동했다. 미간을 찌푸린 채 손수건으로 입을 틀어막고 있던 6조 형방 우부승지가 죄인들을 노려보다 버럭 역정을 냈다.

"물을 뿌려라!"

고신관이 물통을 들어 죄인들 얼굴에 흩뿌렸다. 순간 몇 명은 의식이 돌아온 듯 반응을 보였고, 몇 명은 혼절한 듯 미동하지 않았다. 울기가 솟은 판의금부사가 소맷부리로 땀을 닦으며 "독한 놈들!" 하고 중얼거렸다.

이미 열한 명으로 구성된 추국관이 삼성추국삼성(의정부, 사헌부, 의금부)의 관원들이 죄인을 국문하던 일까지 마친 터였다. 한데, 나라를 뒤엎고 누구를 왕으로 추대하려 했는지에 대해서는 끝내 함구했다. 나라를 뒤엎겠다든지, 왕을 바꿔야겠다는 말만 꺼내도 모반 대역죄에 해당했다. 실제로 모반을 시도

했는지, 그냥 말만 꺼냈는지는 별 상관이 없다. 주모자 격인 민진용은 하급 무사에 불과했고, 이에 호응했던 이원덕은 중인 출신 의원이다. 이들이 실제로 나라를 뒤엎을 능력은 전무했다. 술기운에 동조한 자도 성문 밖에서 함께 술을 마시던 몇 명뿐이다. 어쩌면 이들 주장대로 술에 취해 혼란한 세상을 한탄하며 잠시 객기를 부렸을지 모른다. 왕의 지나친 호색을 바로 곁에서 지켜본 호위무사 민진용은 분기탱천했을 것이다. 왕의 호색을 비웃는 참요까지 버젓이 저자에서 불리고 있었다. 이들의 모반 대역죄는 모반을 계획했건, 객기로 말실수했건, 죄의 성립엔 별 문제가 되지 않았다. 다만 지금 알아내야 할 것은 나라를 뒤엎고 누구를 왕으로 추대하려 했느냐, 누가 대신 왕을 했으면 좋겠냐는 것이다. 허나 이들은 삼성추국이 끝날 때까지도 입을 열지 않았다. 이쯤에서 사건을 종료하고 결안을 내서 형을 집행해도 문제없을 터였다. 허나 추국관들 생각은 달랐다. 반드시, 기필코, 그 누구인가를 밝혀 내라고 끈질기게 요구했다. 이번 기회에 제독을 주어 멸절시켜야 내두의 화근을 없앨 수 있다는 주장이었다. 삼공육경은 누군가 지목되기를 바라는 눈치였다.

이미 누군가를 지목하고 있었다!

역한 냄새에 코를 막고 있던 판의금부사가 "주리를 틀고 형장을 쳐 빨리 토설케 하라!" 하고 호통을 쳤다. 주뢰와 긴 형장을 쥔 주부들이 득달같이 달려들어 잼처 고문을 시작했다. 동시다발적인 단말마가 다시 전옥서 지붕을 뒤흔들었다.

"우린 그런 얘긴 나눈 적 없소."

민진용이었다. 이원덕도 앓는 소리를 냈다.

"대체 누구를 말하라는 것이오. 그런 얘긴 한 적이 없소. 다만 나라가 너무 혼란스럽고 민초들 삶이 피폐하여……."

우부승지가 다시 목청을 높였다. 주부들이 손에 쥔 주뢰에 악력을 돋우었다. 순간, 민진용과 이원덕이 동시에 의식을 잃었다. 그때 뒤쪽에 있던 죄인 한 명이 손을 내저으며 "말하겠소. 제발 목숨만 살려주시오." 하고 숨 가쁘게 헐떡거렸다. 우부승지와 판의금부사가 희미하게 웃으며 죄인 옆에 바짝 다가섰다.

원경은 온종일 문밖에 걸음을 내딛지 않았다. 음습하고 불길한 꿈 때문이다. 대신 나절가웃 마당에서 볕뉘바라기를 하며 동생들과 미투리를 짰다. 짚신 장사는 종친부에서 주는 세비만으로는 세 아들과 입에 풀칠하기 힘들었던 아버지가 생계를 잇던 방법이다.

아버지 이광은 두 살 때 할아버지 은언군을 따라 강화도로 유배를 갔다. 순조의 배려로 특별 사면되어 경행방으로 돌아온 게 서른일곱 살 때였다. 나랏돈으로 관례를 올리고 혼례를 치른 것도 그 무렵이다. 보통 열댓 살 정도에 관례와 혼례를 치르는 것에 비하면 만혼이었다. 초혼인 최씨에게서 원경을 낳고, 이씨에게서 경응을 낳았다. 세 번째로 염씨에게서 낳아 들여온 자식이 원범이었다. 보고 자란 게 짚신 장사인지라 원경도 두 동생과 미투리를 짜며 생계를 이었다. 슬슬 눈치를 보던 동생들이 무슨 걱정거리가 있냐며 호기심을 보였다. 원범이 "생각 좀 할 게 있어서……." 하고 씩 웃으며 눈을 반달지게 접었다.

그때였다. 멀리서 요란한 말발굽 소리가 들렸다. 창덕궁에서 경행방 쪽으로 기세를 올리는 소리였다. 마당에서도 미세한 진동이 느껴질 정도의 엄청난 속도였다. 의아한 눈빛을 섞던 삼 형제가 다시 짚신을 짜기 시작했다. 점점 가까이 들려오던 말발굽 소리는 원경의 집 앞에서 난딱 멈췄다. 화들짝 놀란 삼 형제가 동시에 벌떡 일어섰다. 서슬 퍼런 의금부 도사가 나장과 나졸들을 이끌고 요란스레 집 안에 들이닥쳤다.

"모반 대역죄인 이원경과 그 일족을 당장 포박하라!"

"예? 모, 모, 모반요? 누, 누가 모반을 했단 말이오?"

"어서 죄인들을 포박하라!"

나졸들이 득달같이 달려들어 삼 형제를 오랏줄로 묶고 얼굴에 몽두
죄인을 잡아올 때 얼굴을 싸서 가리던 물건를 씌웠다. 졸창간에 벌어진 일이었다. 순간, 원경의 뇌리 속으로 꿈속에서 하염없이 눈물을 흘리던 아버지 얼굴이 번쩍 스쳐 지나갔다. 꿈, 바로 그 꿈! 아버지가 슬픈 눈빛으로 하염없이 눈물을 흘리던 이유가 바로……? 무릎이 풀린 원경이 풀썩 주저 물러나 앉았다. 나졸들이 달려들어 악패듯 육모방망이를 휘둘렀다. 경응과 원범이 동시에 몸을 날려 형의 몸을 덮쳤다. 살기를 띤 나졸들이 삼 형제에게 한바탕 초다듬이를 한 뒤, 강제로 떼어 내 내동댕이쳤다. 겨우 정신을 차린 경응이 형을 보며 "형님! 이게 대체 무슨 일이오?" 하고 절규했다. 넋이 나간 원경은 가타부타 말이 없었다. 이번엔 피투성이인 원범이 눈에 불을 켜고 나장에게 달려들었다.

"이보시오. 혹시 사람 잘못 본 것 아니오? 우린 종친이오, 종친!"

곤댓짓을 하던 나졸이 풀썩 실소를 머금었다. 요란하게 게트림을 하곤 다시 육모방망이를 휘둘렀다. 삼 형제의 비명이 메아리처럼 번지며 사방에 붉은 선혈이 튀었다. 울타리 밑에 활짝 꽃봉오리를 피운 봉선화 꽃잎 같은 색깔이었다. 주르륵 눈물을 흘리던 원경이 심중으로 중얼거렸다. '천라지망天羅地網, 하늘에 새 그물, 땅에 고기 그물. 아무리 해도 벗어나기 어려운 경계망이로다! 그래서 아버지가 하염없이 눈물을 흘리셨구나. 역모죄라 누명 씌우니 이 길이 곧 저승길이 되겠구나. 세상과의 마지막 이별, 참으로 허망하다!'

나졸들이 순식간에 차꼬를 채우고 칼을 씌웠다. 삼 형제가 몸부림치며 들짐승처럼 울부짖었다. 격장隔墻, 담 하나를 사이 두고 이웃함한 이웃들이 뛰쳐나와 돌담 밖에서 미간을 좁힌 채 연신 혀를 찼다. 구격나래를 마친 나졸들이 삼 형제를 끌고 나와 죄인 호송용 마차에 거칠게 밀어 넣었다. 마차는 흙바람을 남긴 채 창덕궁을 향해 쏜살같이 사라졌다. 담장을 뒤덮고 있는 노란 호박꽃 위로 흙비가 안개처럼 뽀얗게 내려앉았다.

마차는 창덕궁 경추문 앞에 멈췄다. 삼 형제는 내병조 마당으로 거칠게 끌려들어 갔다. 모반 대역 강상죄를 저지른 죄인들의 친국 장소였다. 숨 쉬기 힘들 정도의 고약한 냄새가 날카롭게 코끝을 찔렀다. 내병조 뜰에는 산발에 피 칠갑을 한 대여섯 명의 사내들이 초주검이 된 채 형틀에 묶여 있었다. 몰골은 처참했다. 축 늘어져 있는 것이 간신히 숨만 붙어 있었다. 앞에는 재판장인 위관을 비롯해 한껏 위엄을 세운 추국관 열한 명이 서 있었다. 삼공육경을 포함한 시원임 대신들이었다. 삼 형제는 추국관 앞으로 질질 끌려 나와 의자에 내동댕이쳐졌다. 그때 취고수의 행진 음악 소리와 함께 형방승지와 사변주서, 승전색, 사알들을 거느린 젊은 왕이 친국을 위해 내병조 안에 들어섰다. 열여덟 살인 헌종이었다. 왕이 특유의 호탕하고 기름진 어조로 원경에게 물었다.

"이름이 무엇인가?"

"이원경이라 하옵니다."

"몇 살인가?"

"열일곱입니다."

미간을 좁힌 왕이 삼 형제를 곁눈질했다. '앞에 앉아 있는 저 죄인들은 나와 똑같은 사도세자 장조莊祖의 후손 아닌가? 저들의 조부인 은언군은 증조부인 정조의 이복동생이니, 삼 형제는 7촌 아저씨뻘이 될 터……!' 왕이 고개를 갸웃대며 난감한 표정을 지었다.

사도세자의 서자이면서 삼왕손으로 불리던 은언군, 은신군, 은전군 삼 형제는 살벌한 정치판의 권력다툼 와중에 세 명 모두 역모죄로 처형당했다. 한데, 유일하게 후손이 있던 은언군 손자 삼 형제가 다시 역모죄로 나란히 붙잡혀 와 있다. 왕이 작은외할아버지이자 영의정인 조인영에게, 종친인데 형의 집행은 동조東朝의 허락을 받아야 하지 않겠냐고 은밀히 물었다. 대왕대비 소리에 기함한 조인영이 펄쩍 뛰었다. 죄인들이 추국 때 입에 담지 못할 방자한 말로 왕과 조정 대신들을 모욕했다는 이유였다. 화근은 이참에 싹둑 잘라 버려야 한다고 침을 튀기며 만류했다. 당장 결안을 윤허해 형을 집행하라는 추국관들의 주청이 쏟아졌다. 궁싯거리며 망설이던 왕이 다시 친국을 계속했다.

"죄인은 저들과 모반을 꾀한 적이 있는가?"

원경이 모르는 일이라며 거세게 도리질했다.

"저들은 이미 토설했다. 나라를 뒤엎고 죄인을 새로운 왕으로 세우기 위해 모반을 계획했었다고 자복했다."

"종친이 어찌 그런 짓을 하겠습니까?"

왕이 입꼬리를 당겨 냉소를 머금고 대질을 명했다. 나장 두 명이 달려들어 원경을 죄인들 옆으로 질질 끌고 갔다. 원경이 초주검이 된 죄인들과 차례로 대면을 시작했다. 처참한 모습과 고약한 냄새에 몸서리치던 원경이 연신 고개를 내저으며 이리저리 끌려다녔다. 한데, 네 번째 형틀 앞에 갔을 때였다. 죄인 얼굴을 살피던 원경이 소스라치게 놀라 멈칫 뒤로 물러섰다. 그리고 자신도 모르게 "아저씨!" 하고 외쳤다. 의술이 뛰어나기로 장안에 명성이 자자한 의원 이원덕이었다. 아버지 생전 절친했고, 삼 형제를 측은히 여겨 곁쪽처럼 돌보아 주던 절척이었다. 나장이 원경의 목덜미를 바짝 쥐어 잡고 희미한 웃음을 흘렸다.

"분명 아는 사람이렷다?"

"돌아가신 아버님과 친분이 있어 아는 의원일 뿐이오. 난 모반 사건과 아무 연관이 없소."

나장이 원경을 질질 끌고 와 의자에 내동댕이쳤다. 그러곤 한쪽 무릎을 꿇고는 분명 역적 죄인과 안면이 있다고 외쳤다. 원경이 몸부림치며 왜장독장쳤다.

"억울합니다, 전하! 소인은 모반을 꾸민 적이 없습니다."

형제도 울부짖었다.

"무함입니다, 전하! 저희 형제는 단 한 번도 역적모의를 한 적이 없습니다."

왕의 입가에 실소가 번졌다. 추국관들 입가로 새물새물 웃음이 번졌다. 한동안 원경을 날카롭게 쏘아보던 왕이 가스러진 목소리를 냈다.

"8년 전에도 남응중, 남경중, 남공인 등이 죄인을 옹립하려 모반을 계획하다 사전 발각된 바 있다. 이래도 역적모의를 한 적이 없다고 발뺌할 셈인가?"

왕이 원경의 오른손을 날카롭게 쏘아보았다. 원경의 손바닥에 '왕王' 자 모양의 주름이 있다는 소문은 오래전부터 왕실과 여염에 두루 전해졌다. 이를 역모에 이용하려는 자들이 끊이질 않아 왕실은 늘 원경의 존재를 목의 가시처럼 불편해했다.

"구명도생救命圖生, 구차하게 목숨을 보존해 살아감하고자 함인가?"

왕의 지엄한 옥음에 억장이 무너진 원경이 몸부림치며 피눈물을 쏟았다. 오직 왕손이라는 이유만으로 할아버지 대부터 계속 역옥에 섭슬리어 쑥대밭이 된 집안 내력이 한없이 원망스러웠다. 삼 형제만 용케 살아남았는데, 다시 영문도 모르는 모반 사건에 연루돼 황천길을 눈앞에 두고 있다. 왕이 날카로운 눈빛을 굴리다 다시 기름진 옥음을 냈다.

"분명한 것은 죄인들이 살아 있는 한 반적들이 나라를 뒤엎고 왕을 바꾸려는 역모를 그치지 않을 것이란 사실이다!"

민진용이 "아닙니다, 전하!" 하며 게거품을 물었다.

"저들은 아무 연관이 없습니다. 백성의 피폐한 삶은 돌보지 않고 성군 작당해 싸움질만 하는 조정에 넌덜머리 나 잠시 술 취한 객기로 농 삼아 지껄인 것뿐입니다."

거친 숨소리를 내던 이원덕도 고문으로 강제로 무복誣服한 것이며, 원경은 아무것도 모른다고 울부짖었다.

"결곤하라!"

형장을 든 나졸들이 감때사납게 달려들어 몽둥이를 휘둘렀다. 너비 9푼, 두께가 4푼인 길고 넓은 막대기가 뼈가 훤히 들여다보이는 두 사람의 살점을 사정없이 내리쳤다. 검붉은 피가 능소화처럼 사방으로 튀자 두 사람은 비명도 못 지르고 의식을 잃었다. 눈살을 찌푸리던 왕이 엄숙한 어조로 다시 옥음을 냈다.

"이들의 대역무도한 죄가 인정돼 결안대로 극형에 처할 것을 명한다. 죄인 민진용과 이원덕, 권시응, 박순수, 이원경을 즉시 서교에서 거열에 처하라! 이원경의 형제 또한 당장 강화도로 배도압송이틀 갈 길을 하루에 걸어 죄인을 이송함하라!"

왕이 도망치듯 추국장을 빠져나갔다. 그 뒤를 추국관들이 부리나케 뒤쫓았다. 삼 형제의 통곡이 북악 매봉 정수리로 날카롭게 치솟았다. 의금부 관원들이 즉시 원경과 두 동생을 반대 방향으로 격리시켰다. 정신을 차린 원경이 울부짖고 있는 동생들을 향해 길길이 악을 썼다.

"형을 봐! 형 말 잘 들어! 너희는 어떤 일이 있어도 꼭 살아남아야 한다. 어떻게 해서든 기필코 살아남아라. 내 말 알았지?"

형제가 눈물을 쏟으며 고갯방아를 찧었다. 눈을 새파랗게 치켜뜬 원경이 "억울한 귀신이 되더라도 반드시 너희를 찾아내 감싸고 보살펴 줄 테니 아무 걱정 말고 잘들 살아라." 하고 악을 썼다. 나졸들이 달려들어 박패듯 발길질을 했다. 원경은 혼절했고, 두 형제는 거칠게 경추문 밖으로 끌려 나갔다.

❦

막새바람이 주단처럼 부드럽게 얼굴을 어루만졌다. 생량한 하늘은 높고 청명했다. 서교 길섶엔 가을 들꽃인 살살이꽃과 털별꽃 아재비, 겹삼잎 국화들이 꽃잎을 산들거리며 지천에 만발해 있었다. 요란한 말발굽 소리가 들리자 구경거리를 직감한 사람들이 줄지어 서교로 향했다. 의금부 관원들의 긴 행렬은 성문 밖에서 멈췄다. 성 밖에는 이미 소문을 듣고 구경 나온 사람들로 인산인해였다. 간만에 거열 광경을 접하게 된 구경꾼들은 호기심과 두려움이 가득 찬 눈빛을 희번덕거리며 여기저기서 으밀아밀 수군댔다.

그때 말을 탄 젊은 남자가 박차를 지르며 서대문 밖으로 내달렸다. 말은 언덕 위로 올라가 둥구나무 아래서 멈췄다. 총망히 뛰어내린 남자가 초리의 눈빛으로 언덕 아래를 주시했다. 스물다섯 살의 흥선군 이하응이었다. 인평대군 6대손인 아버지 남연군이 후사 없이 죽은 은신군 양자로 입적해, 원경과는 6촌 지간이었다. 흥선군은 남연군의 넷째 아들이었다. 의금부 관원들이 요란한 발걸음 소리를 내며 양쪽으로 도열했다. 마차 열 대가 나타나 두 대씩 다섯 줄로 나란히 섰다. 나졸들이 숙정패肅靜牌, 사형을 집행할 때 떠들지 못하도록 세우던 나무패를 세우자 나장들이 호송용 수레에서 항쇄족쇄를 한 죄인들을 거칠게 끌고 내려왔다. 다짜고짜 싸다듬이를 한 뒤, 죄인들 얼굴 위에 하얀 회칠을 했다. 그리고 죄인들을 구경꾼 앞으로 끌고 다니며 한동안 회술레참형 전, 죄인 얼굴에 회칠을 해서 돌리던 일를 했다. 의금부 도사가 피 칠갑이 된 죄인들을 강제로 꿇어앉힌 뒤, 역적 죄인을 거열에 처한다는 왕지王旨를 읽어 내려갔다. 나장이 죄인들에게 왕이 있는 동쪽을 향해 사배할 것을 요구하자 눈빛에 잔뜩 독기를 품은 죄인들이 단호히 거부했다. 한동안 발길질이 이어졌다. 하지만 원경을 비롯해 그 누구도 비명을 지르지 않았다. 제풀에 지친 나졸들이 한동안 새근발딱대다 다섯 명을 마차가 있는 곳으로 질질 끌고 갔다. 그리고 왼발은 왼쪽 마차에, 오른발은 오른쪽 마차에 단단히 묶었다. 몸태질을 하던 원경이 눈을 새파랗게 지릅뜨고 고래고래 악을 썼다.

"어서 죽여라, 이놈들아! 빨리 죽여라! 내 귀신이 되어서라도 이 억울한 신원은 반드시 풀고야 말겠다!"

나졸들이 달려들어 사정없이 육모방망이를 휘둘렀다. 원경은 아랑곳하지 않고 악에 받쳐 분탕질을 계속했다.

"내 아우들은 끝까지 살아남아 억울하게 죽은 선조와 내 원한을 반드시 풀어 줄 것이다."

혹독한 발길질이 이어졌다. 피투성이가 된 원경은 몸을 웅크린 채 끝까지 입술을 앙다물었다. 열불이 솟은 나졸들이 한동안 씨근덕대다 동시에 박차를 질렀다. 놀란 말들이 질풍처럼 내달렸다. 원경의 등과 머리가 사정없이 땅에 섭슬리며 피를 흩뿌렸다. 사거리에 도달한 말들이 각각 왼쪽과 오른쪽으로 방향을 틀어 냅다 내달렸다. 처절한 외마디 비명과 함께 피 칠갑을 한 원경의 몸이 두 갈래로 찢어져 공중에 붕 떠올랐다. 구경꾼들이 몸서리치며 동시에 고개를 돌렸다. 질끈 눈을 감은 흥선군 손톱이 정자나무 껍질을 힘껏 할퀴었다. 한동안 토사물을 쏟던 이하응이 털썩 바닥에 주저앉아 굵은 눈물방울을 투두둑 쏟았다.

다시 종친 세 사람이 사라졌다!

원경은 거열당해 제거됐고, 경응과 원범은 강화도로 유배를 떠났다. 왕에게 후사가 없어 세 명 모두 왕위계승권자들이다. 왕과 가까운 종친이라야 형 흥인군과 형제뿐이다. 허나 누가 언제, 어떻게, 누명을 쓰고 삼도천을 건널지 아무도 모른다. 어디까지가 삶이고 어디부터가 죽음인지 아무도 예측할 수 없다. 정자나무에 머리를 기댄 흥선군 눈에서 쉴 새 없이 눈물방울이 흘렀다.

검단에서 통진으로 향하는 길엔 의금부 도사와 나졸들 뒤로 죄인 호송용 마차 두 대가 빠른 속도로 달렸다. 나무 창살 위에는 모반대역 죄인을 알리는 빨간 깃발이 꽂혀 있었다. 창살 안에는 경응과 원범이 피 칠갑을 한 채 잔뜩 몸을 웅크리고 있었다. 그 주위로 크고 작은 돌멩이들이 수북이 쌓여 있었다. 마차 속도가 조금이라도 늦어지면 길을 지나던 사람들은 어김없이 욕설을 퍼부으며 돌팔매질을 했다. 형제는 팔로 얼굴을 가리고 달팽이처럼 몸을 웅크렸다. 비명도 지르지 않고 큰형만 생각했다. 큰형은 지금쯤 어떻게 됐을까? 불쌍한 형! 억울한 형!

마차 행렬은 해거름 무렵, 강화도가 마주 보이는 성동나루터 앞에 멈췄다. 나졸들이 마차를 끌고 거침없이 당도리선에 올랐다. 사공이 빠르게 돛줄임줄을 감자 커다란 돛이 뭉게구름처럼 금방 수수러졌다. 쪽빛 바다 위로 붉은 윤슬햇빛이나 달빛에 비치어 반짝이는 잔물결이 은하수처럼 반짝거렸다. 두대박이 배는 광휘로운 물살을 가르며 맞은편 갑곶나루터를 향해 서서히 멀어졌다. 해심海心에 들어서자 형제가 피범벅이 된 얼굴을 천천히 들었다. 그리고 점점 가까워지는 강화도를 겁에 질려 바라보았다. 단 한 번도 와본 적 없는 낯선 섬, 그러나 왠지 익숙한 곳, 할아버지와 아버지가 오랫동안 유배생활을 했던 곳, 이제는 3대가 대를 이어 역적 죄인으로 귀양생활을 해야 할 곳…… 바로 강화도, 그 섬이었다.

저잣거리는 번다하고 활기가 넘쳤다. 술도가에서 흘러나오는 시큼한 술 냄새가 코끝과 오장육부를 강렬히 자극했다. 녹두빈대떡을 부치고 있는 돼지기름 냄새도 차지고 고소했다. 어디선가 분향과 사향 냄새가

진동했다. 한량들을 따라 단풍 구경을 나선 이패 기생들이었다. 분가시

분(粉) 중독으로 얼굴에 생기는 여드름가 가득한 이들은 몰래 매춘을 하고 있어 일

명 은근짜로 불렀다. 전모를 쓴 기녀들이 말 위에 앉아 장죽의 물부리를

빨자 코와 입에서 연기가 뽀얗게 흘러나왔다. 난전을 펼친 실장정들을

향한 노골적이고 육감적인 눈길은 추파였다. 요염함보다는 욕정의 노린

내가 더 강렬하게 풍겼다. 비릿한 냄새도 코끝을 자극했다. 도축장에서

나는 냄새였다. 패랭이를 쓴 백정들이 무쇠 칼을 힘껏 휘두르며 소의 피

와 내장, 가죽들을 능숙하게 발라 냈다.

저잣거리를 빠져나온 말은 다시 몽밀한 대숲으로 향했다. 걸을 때마

다 편자의 딸각거리는 소리가 소연했다. 어디선가 신비한 음색의 생소병

주도 들렸다. 말이 서서히 송림 숲으로 접어들었다. 울창한 가지가 하늘

로 치솟은 아름드리 소나무는 땅에 단단히 뿌리를 박고 당당한 틀거지

를 뽐냈다. 그때 소나무 위에서 올가미가 떨어져 순식간에 흥선군 목을

휘감았다. 단박에 몸이 공중으로 붕 떠올랐다. 소나무 꼭대기로 바투 끌

어올려진 흥선군이 소리 한번 내지 못한 채 나무에 대롱대롱 매달렸다.

숨이 쉬어지지 않았다. 아무것도 보이지 않았다. 먼산주름만 수묵화처럼

어룽거렸다. 하얗게 눈이 돌아간 흥선군이 사력을 다해 팔을 내저었다.

몸부림칠 때마다 올가미가 살 속에 점점 깊게 파고들었다. 뼈를 가르는

통증도 느껴졌다. 하지만 말 한마디 할 수 없었다. 마음속으로만 있는 힘

껏 부르짖었다. '살려주세요. 살려주세요, 제발! 으으윽…….' 오물이 바

지 밑으로 줄줄 흘렀다. 공중에서 팔을 허우적거리던 흥선군이 사력을

22

다해 절규했다. '누구 없어요? 아아악!'

그때 누군가 몸을 흔들며 다급한 소리를 냈다.

"나리! 나리!"

부인 민씨였다. 흥선군은 쉽게 꿈에서 깨어나지 못했다. 가위에 잡혀 있었다. 민씨의 급한 목소리가 계속 이어졌다.

"잠을 깨세요, 나리! 정신 차리세요."

민씨가 사정없이 몸을 흔들었다. 가위에게서 간신히 줄행랑을 친 흥선 군이 게슴츠레 눈을 떴다. 민씨가 인광노引光奴로 급히 등잔불을 켰다. 지 아비 하초 부근에 오물이 질펀했다. 몸을 움직일 때마다 고약한 냄새가 진동했다. 놀란 민씨가 엉덩방아를 찧으며 비명을 질렀다. 멀쩡하던 남 편이 하룻밤 사이에 정신을 놓고 혼몽해 있었다.

"대체 무슨 일이십니까, 나리! 편찮으신 겝니까?"

어진혼이 나간 흥선군은 정신을 차리지 못하고 여전히 자몽했다. 이곳 이 이승인가, 저승인가? 목을 만져 보았다. 목 주위로 예리한 통증이 느껴 졌다. 코를 막은 민씨가 오물을 치우며 계속 지청구를 해댔다. 소란스러움 에 잠을 깬 재면이 자지러지게 울음을 터트렸다.

대나무 우는 소리가 요란했다. 오죽烏竹을 좋아한 추사는 집 주변에 검 은 대나무를 많이 심었다. 바람이 불 때마다 몸을 섞은 댓잎들이 몸부림 치며 아우성쳤다. 집 주위로 소나무 숲이 몽밀해 바람결에 솔 향이 그윽 했다. 유배를 떠나 추사가 없는 집은 적막했다. 흥선군이 심란한 마음을 추스르기 위해 스승 집 주위를 천천히 돌았다. 추사는 제주도에서 4년째 유배생활 중이다. 바른말을 잘한 탓에 안동 김씨와 풍양 조씨 모두에게서 미움을 받았던 아버지 김노경 때문이었다. 그가 죽자 보복성 치죄가 이어졌다. 승지로 있던 김정희는 삭탈관직 당한 뒤 즉시 제주도로 정배되었다.

어려서 아버지를 잃은 흥선군 이하응은 열네 살 위인 김정희를 아버지처럼 존경하고 따랐다. 두 사람은 먼 족지족族之族, 친척관계 관계였다. 흥선군이 서예와 시문을 가까이하게 된 것도 추사의 영향 때문이었다. 마음고생이 심한 지금, 스승의 빈자리는 더 허전하고 더 애절했다. 세상을 달관한 스승의 글씨도 그리웠다. 뒤란 장독대의 무성한 머위 잎을 물끄러미 바라보던 흥선군이 뒤꼍 툇마루에 걸터앉았다. 끄응, 한숨 소리가 절로 새어 나왔다. 이럴 때 스승이 있었다면 어떤 조언을 해주었을까? 바른말 잘하고 깐깐하기 이를 데 없는 스승은 이 불안감을 어떻게 잠재워 주었을까? 흥선군은 원경이 거열당하는 것을 목격한 후 매일 밤 악몽에 시달렸다. 눈만 감으면 서대문 밖 하늘로 사지가 찢어져 솟구치던 원경의 모습이 아삼아삼했다. 어떤 날은 자객으로부터 칼 맞는 꿈을 꾸었고, 어떤 날은 독화살 맞는 꿈을 꾸었다. 어떤 날은 나무 밑을 지나다 올가미에 걸려 밤새도록 몸부림치다 잠을 깼고, 관아 앞을 지나다 칼자[刀子]로부터 느닷없이 난도질당하는 꿈도 꾸었다. 악몽을 꾸는 날에는 어김없이 가위에 눌려 어마지두했다. 심장을 도려내는 고통도 수반되었다. 눈창은 퀭해지고, 몸은 나날이 대살졌다. 생존에 대한 불안감은 상상을 초월했다. 화탕지옥과 다를 바 없었다.

그때 "평안하셨습니까요, 나리!" 하는 소리가 들렸다. 추사의 늙은 솔거노비였다. 다문박식하기로 장안에 소문이 자자한 사노비였다. 이하응이 엉거주춤 일어서며 "놀랐는가?" 하고 물었다.

"아닙니다요. 간만에 나리를 뵈오니 꼭 대감나리를 뵌 것 같아 쉰네, 주책없이 자꾸 눈물이 나옵니다요."

솔거노비가 염수한 채 공손히 허리를 숙였다. 순간, 홍선군 입가로 슬그머니 미소가 번졌다. 인생을 달관한 듯한 저 얼굴, 생로병사를 초월한 것 같은 저 표정, 선비들이 입는 학창의와 와룡관만 쓴다면 영락없는 노사숙유老士宿儒, 학식과 덕망이 깊은 나이 많은 선비이다. 스승은 사랑채 앞에서 늘 열심히 서책을 읽고 있는 솔거노비를 볼 때마다 이렇게 탄식하곤 했다.

"쯧쯧쯧, 잘못 태어났어. 하는 짓은 영락없는 선비인데 노비로 잘못 태어난 게야. 저리 허구한 날 책만 들이파고 있으니, 어찌 노비 신세가 고달프지 않겠는가?"

스승을 생각하던 홍선군 눈자위가 놀빛으로 물들었다. 솔거노비가 "대감나리가 생각나십니까요?" 하고 울먹이자, 한숨을 내쉬던 홍선군이 먼 산바라기로 하늘을 올려다보았다.

"사랑채로 드시지요. 소인이 조촐한 주안상을 올리겠습니다요."

잠시 후, 육덕진 동자치가 사랑채로 주안상을 내왔다. 무릎을 꿇은 솔거노비가 홍선군 술잔에 백하주를 따랐다. 이하응이 단숨에 잔을 비우고 "자네도 한 잔 받게나." 하고 술병을 들었다. 솔거노비가 펄쩍 뛰며 허리를 숙였다.

"괜찮네. 어서 받게!"

술을 받은 솔거노비가 예를 표한 뒤 돌아앉아 잔을 비웠다. 홍선군이 다시 술병을 들자 기함한 솔거노비가 이번엔 무릎걸음으로 뒤로 물러섰다.

"받게! 스승님 생각이 나 그러는 게야. 스승님 대신 자네가 받게."

홍선군이 거푸 잔을 채웠다. 솔거노비가 눈물을 흘리며 술잔을 비웠다. 홍선군은 자작해 연거푸 석 잔을 들이켰다. 술기운이 피돌기를 따라 힘차게 뻗어 나갔다. 솔거노비가 눈창을 붉힌 채 물끄러미 홍선군을 바라보았다.

"나리께서는 가혹한 세월을 견뎌 내셔야 훗날 야망을 이루실 수 있을 것입니다요."

홍선군 눈 속에 홍염이 들끓었다.

"소인, 언젠가 대감나리께서 말씀하시는 것을 들은 적이 있습니다요."

추사는 유배를 떠나기 얼마 전, 묵란과 글씨를 배우고 나가는 홍선군 뒷모습을 보며 "쯧쯧쯧, 야망이 너무 커! 난세에 잘못 태어났어."라며 혀를 끌끌 찼었다. 방바닥을 닦던 솔거노비가 빙긋 웃자 남령초를 빨던 추사가 도리머리를 하며 중얼거렸다.

"그림을 봐도 그렇고, 글씨를 봐도 그렇고, 더구나 사구인詞句印 내용까지 이러니. 쯧쯧쯧."

화가들은 사상과 사유의 기반을 암시하는 중요한 단서인 사구인을 만들어 그림에 따라 선택적으로 사용했다. 흥선군이 즐겨 사용한 사구인은 열장냉면 오고평심熱腸冷面 傲骨平心과 수성숙덕 시급자손修成淑德 施及子孫이다. '뜨거운 창자, 차가운 얼굴, 당당한 풍모, 평담한 마음'이란 뜻과 '맑은 덕을 닦고 이루어서 자손에게 미치게 하리라.'는 결의에 찬 내용이었다. 사구인은 곧 그 사람의 인생관과 가치관을 함축한다. 한데, 흥선군이 즐겨 쓰는 두 사구인을 연결해 보면 그야말로 어마어마한 야망이 숨어 있었다.

"야망을 들키지 않고 살아남으려면 뼈를 깎는 고통과 긴 세월을 견뎌 내야 할 터, 저 결기와 호기를 가지고 어디 그 세월이 만만하겠는가?"

솔거노비가 주인을 생각하며 눈물을 글썽였다. 단숨에 술잔을 비운 흥선군이 눈을 간잔지런하게 뜨며 물었다.

"자네도 그리 생각하는가?"

"쇤네, 대감나리 덕분에 천기를 읽는 천문서들을 오랫동안 공부했습니다요."

솔거노비는 흥선군 얼굴에서 무언가 읽어 내는 듯 눈을 떼지 않고 줄줄 말을 이었다.

"나리께서는 길고 긴 참담한 세월을 견뎌 내셔야 훗날 관록과 존경, 명예를 한꺼번에 차지하실 것입니다요. 태어나실 때 나리 정수리를 만졌던 별이 약속한 것입지요."

흥선군 눈에서 왈칵 눈물이 솟았다. 설움이 들물처럼 밀려왔다. 눈시울을 붉히던 솔거노비가 비장한 표정으로 말했다.

"파락호나 탁질양광을 해서라도 꼭 살아남으십시오. 어떤 수모를 당하시더라도 기꺼이 감수하셔야 합니다. 야망을 들키시는 날에는 목숨을 보존하기 힘들 것입니다요."

홍선군 눈에서 투두둑 눈물방울이 떨어졌다.

"가혹한 세월은 길고 길 것입니다요. 나리 야망이 워낙 크질 않습니까? 허나 모진 세월을 견뎌 내시기만 하면 반드시, 기필코, 원하시는 일을 이루게 될 것입니다요. 그때까지 부디 은인자중하시고 명철보신하십시오."

홍선군 입에서 사자후가 터졌다. 솔거노비가 벌떡 일어나 "부디 소원 성취하십시오, 나리!" 하며 큰절을 올렸다. 솔거노비는 바닥에 이마를 댄 채 한동안 일어서지 않았다. 홍선군이 눈물을 철철 흘리며 솔거노비를 일으켜 앉혔다.

"고마우이. 자네가 내 갈 길을 밝혀 주었네. 스승님 대신 자네가 등불을 켜 내 앞길을 인도해 주었어. 내 어떤 수모를 당하더라도 꼭 살아남아 기필코 뜻을 이루고야 말겠네."

솔거노비가 "나으리!" 하고 울부짖었다. 홍선군이 "우리 두 사람 이젠 방외우方外友, 신분을 벗어나 사귀는 사이일세!" 하며 두 손을 덥석 잡자 솔거노비가 움찔 떨며 뒤로 물러섰다.

"담살이를 하는 지지하천한 쇤네와 나리가 어찌 방외우가 될 수 있겠습니까요."

홍선군이 고개를 저었다.

"금석지교를 나눔에 어찌 존귀와 하천의 구분이 있겠는가? 우리 두 사람, 이젠 망년교忘年交, 나이 차이에 아랑곳없이 허물없이 사귄 벗와 망형교忘形交, 용모나 지위는 문제 삼지 않고 마음으로 사귄 벗를 나눈 지우知友일세."

"나으리!"

자석처럼 손을 맞잡은 두 사람이 눈빛을 섞은 채 오랫동안 눈물을 그 렁거렸다.

섬, 그녀를 만나다

울창한 소사나무 숲이 요란한 바람 소리를 냈다. 강화도엔 해풍에 강한 소사나무가 유난히 많았다. 형제가 자주 오르는 산에도 잎과 열매 이삭이 큼직한 왕소사나무와 한꽃 이삭에 꽃이 많이 달린 섬소사나무가 빽빽이 숲을 이루고 있었다. 그사이 사이를 초여름 꽃인 흰 장구채꽃과 노랑 산딸기꽃, 보라색 개망초가 군데군데 꽃무늬를 만들었다.

나무를 하다 산딸기와 오디를 발견한 원범이 급히 형을 불렀다. 경응이 냉큼 한걸음에 달려왔다. 형제는 허겁지겁 산딸기와 오디를 입에 넣었다. 아련히 산딸기를 바라보던 원범이 뜬금없이 "큰형 생각이 나네." 하고 눈자위를 붉혔다. 경응이 눈시울을 붉히며 맞장구를 쳤다.

"그래. 큰형이 산딸기를 퍽 좋아하긴 했지."

8년 전 아버지 이광이 세상을 떴을 때의 일이다. 양주 진관에 장사 지내고 돌아설 때 원경은 상심해 축 늘어진 동생들을 보곤 산속으로 내달렸다. 한참 후에 원경이 멍구럭에 산딸기와 오디를 가득 담아 돌아왔다. 동생들이 시큰둥한 반응을 보이자 원경이 뱀딸기를 양 주먹에 움켜쥐고 입에 마구 쑤셔 넣었다. 동생들이 키들거리자 신이 난 원경이 이번엔 두 주먹으로 배를 두들기며 소리쳤다.

"나는야 세상에서 뱀딸기가 제일 맛있다아!"

망연자실 슬픔에 젖어 있던 동생들이 키드득 웃음을 터트렸다. 이번엔 삼 형제가 동시에 산딸기와 오디를 한 주먹씩 입에 쑤셔 넣고 양손으로 배를 두들기며 외쳤다.

"나도야 세상에서 뱀딸기가 제일 맛있다아!"

산자락을 휘감고 메아리치던 형의 목소리는 아직도 귓가에 생생했다. 5년 전 영문도 모른 채 민진용의 옥사 사건에 연루되어 죽기 직전, 죽어서 귀신이 되더라도 반드시 동생들을 지켜 주겠다던 절절한 외침은 더더욱 생생했다. 형의 당부대로 형제는 살아남았고 원범은 이제 열아홉 살, 경응은 스물두 살이 되었다. 북덕무명으로 만든 바지저고리 차림이었지만, 두 사람 모두 용모는 귀골이었다. 원범은 얼굴선이 섬세하고 이목구비가 수려한 실장정이 되어 있었다. 경응은 체구가 작고 여윈 반면, 원범은 기골이 크고 강단 있어 보였다. 지게 위에 땔감을 잔뜩 쌓은 원범이 동아줄로 단단히 묶고는 해란초 꽃다발을 조심스레 올려놓았다. 이를 본 경응이 농을 쳤다.

"또 봉이 갖다 주려고?"

"샘나면 형도 정인 하나 만들든가……."

"그래, 넌 그림내 있어 참 좋겠다."

하얗게 눈을 흘기던 경웅이 지팡이 대신 가져온 봉대로 원범을 공격했다. 날파람으로 피한 원범이 잽싸게 봉대를 잡고 방어 자세를 취했다. 두 사람은 빙글빙글 돌며 한동안 공격할 기회를 노렸다. 순간, 동시에 돌진하며 공격을 시작했다. 봉棒의 돌리고 부딪침이 예사롭지 않았다. 정靜과 동動의 움직임이 절도 있었다. 현란하게 움직이는 봉대는 우렁찬 구령과 함께 출중한 무예를 연상시켰다. 제대로 배운 솜씨였다. 대당세와 대전세, 적수세와 선인봉반세가 자유자재로 나왔다. 생사를 결할 것처럼 치열한 접전을 벌이던 대결은 체력이 약한 경웅의 항복으로 겨우 끝났다.

"거 봐. 형은 동영이한테 더 열심히 배워야 한다니까!"

"아, 됐어. 넌 삼두육비머리가 셋, 팔이 여섯. 엄청 힘센 사람을 말함처럼 힘 좋아 참 좋겠다."

동영은 혜각사慧覺寺에 사는 동갑내기 동무였다. 어려서부터 지명선사에게 봉술을 전수받아 고난도 기술을 보유하고 있었다. 곤봉은 전통무예인 무예도보통지에 나오는 보병 18기 중 하나였다. 승려들도 사찰 수호를 위해 틈틈이 곤방과 권법을 익혔다.

원범 형제와 동무들은 해가 지면 일제히 해평루海平樓로 모여들었다. 누군가 오래전 귀양살이를 하다 떠난 쇠락한 초가집이었다. 그곳에 원범이 해평루라는 멋진 이름을 붙였다. 밤마다 해평루에 모인 원범과 동무들은 만나자마자 안반뒤지기부터 했다. 심심해지면 창호지에 손가락으로 동물들의 모양을 흉내 내는 그림자놀이를 했다. 달빛이 난만한 밤에는 동영으로부터 봉술을 배웠다. 나이는 동갑이었지만 금이와 말복은 오래전 혼례를 올려 자식까지 두었고, 원범과 동영은 관례 전이라 편발이었다. 겨우 천자문을 뗀 이들은 가끔씩 봉이를 불러 《소학》을 배웠다. 불청객도 따라다녔다. 혜각사 불목하니인 공양주 보살 딸 분애였다. 두 살 아래인 분애는 너울가지인 데다 언죽번죽해 "언니!", "오라버니!"를 외치며 무람없이 따라다녔다. 공부가 끝나면 반딧불이 많이 사는 냇가 숲 속을 향해 일제히 달음박질쳤다. 원범과 동영은 경쟁하듯 반딧불을 잡아 봉이 옷에 붙였다. 봉이는 금방 별빛처럼 발광하며 숲 속의 정령처럼 반짝거렸다. 서낙한 분애는 기어코 버드나무 위까지 기어 올라가 반딧불을 잡다 면박을 당하기 일쑤였다.

봉을 내려놓은 원범이 소맷부리로 땀을 닦으며 폭포 밑으로 내려갔다. 저고리 춤에서 퉁소를 꺼내 이내 중중머리의 흥거운 가락을 뽑았다. 구성진 음색이 폭포 소리와 절묘한 조화를 이루며 높드리로 메아리처럼 번져 나갔다. 이때 다른 퉁소 소리가 점점 가까이 들려왔다. 경웅이었다. 능란한 퉁소 병주가 한동안 이어졌다. 퉁소는 봉이 부탁으로 손재간이 좋은 잔재비 동영이 만들어 준 것이다.

한 동네 사는 봉이와는 3년 전, 원범이 절벽에서 떨어져 크게 다쳤을 때부터 정인으로 발전했다. 세비로 입에 풀칠하기도 힘들었던 원범 형제는 질 좋은 벌집을 채집해 장에 내다 팔았다. 어느 날 석청을 따러 절벽에 올랐던 원범이 발을 헛디뎌 떨어져 심한 부상을 입었다. 마침 지명선사에게서 약초 공부를 하고 있던 봉이가 장함초와 송진, 기초로 원범을 헌신적으로 치료해 주었다. 2년 전, 처음 본 순간 덧정을 주었던 두 사람은 그 후 자연스럽게 연인이 되었다. 원범의 상처가 흔적을 남기지 않고 깨끗이 새살이 돋은 건 순전히 봉이 덕분이었다. 형제가 한양 경행방에 살 때보다 유배지인 강화도에서 더 밝고 여유롭게 살게 된 것도 봉이 때문이었다. 봉이 생각만 한다면 강화도는 형제에게 축복의 땅이었다. 그냥 살기 위해 살아 내는 삶이 아니라 살고 싶은 강렬한 욕망을 느끼게 해 준 사람, 유일한 안식처이자 보호자…… 그녀가 바로 강화도 봉이었다.

혜각사는 울창한 숲 산 중턱, 골 깊은 곳에 자리 잡고 있었다. 제법 규모가 큰 절은 멀리서 바라보면 구름 위에 얹혀 있는 듯 기이한 형상이었다. 마치 하늘에 천상 세계가 펼쳐진 듯 자못 몽환적이었다. 다래 넝쿨 아래서 신록이 피어나는 숲은 석양의 햇살이 깊게 파고들어 싱그러웠다. 길섶에는 산괴불주머니꽃과 동자꽃, 까치박달꽃이 지천에 널려 천상화원을 이루었다. 해란초 꽃송이를 손에 든 원범이 진동한동 산길을 올랐다. 요란한 매미 소리와 함께 대웅전 처마 끝에 매달린 풍경이 뎅그렁 청아한 음색을 냈다. 일주문 안에 들어선 원범이 소맷부리로 땀방울을 닦으며 연화교를 건넜다.

한여름 난야는 적막했다. 채마밭에서 일하는 보살과 처사만 눈에 띄었다. 뒤트레방석을 엉덩이에 깔고 호미질을 하던 보살이 손을 흔들며 농을 던졌다.

"원범아! 언제 관례 올릴 거니? 어서 상투를 틀어야 장가를 가지."

원범이 멋쩍은 표정으로 뒤통수를 긁자 걸낫으로 잡초를 베던 처사가 빙긋 웃으며 말추렴을 했다.

"봉이네 집에선 가을에 혼례 올려 주려는 것 같던데? 기다려 봐, 곧 좋은 소식 있을 게다."

원범이 발씬대며 꾸벅 고개를 숙였다. 금강문과 사천왕문을 빠져나가자 당간지주 앞에서 절을 지키던 백구가 꼬리를 흔들며 다가왔다. 원범이 한쪽 무릎을 꿇고 함함한 털을 부드럽게 쓸어 주자 힘차게 꼬리를 흔들었다. 지명선사가 사람보다 불심이 더 깊다고 칭찬하는 개였다. 도인의 침묵을 즐기듯 절에서 짖거나 부산스러운 짓을 벌이지 않았다. 혜각사를 찾는 불자나 향을 사러 오는 손님들을 눈치껏 대웅전이나 약사전, 요사채로 인도했다. 선사는 개에게도 불성이 있다며 사찰에서 기르는 개는 전생에 승려였다고 말했다. 계戒를 지키지 않고 부처님과의 약조를 어긴 승려들이 후생에 사찰을 지키는 개로 태어난다는 것이다. 백구는 원범의 품을 빠져나가 어서 따라오라는 듯 앞장섰다. 중생을 병고에서 구제한다는 약사여래가 봉안되어 있는 약사전으로 힘차게 걸었다.

지명선사는 강화도뿐만 아니라 한양에서도 명성이 자자한 향 제조자였다. 사대부들이 방 안에 향을 피워 놓고 심신수양을 하는 분향묵좌가 한창 유행하고 있었다. 이는 혜각사를 제법 큰 사찰로 만들었지만 선승인 지명선사의 수행 시간을 부족하게 만들었다. 전국 각지의 선방을 자유롭게 드나들 수 있는 자유도 제한했다. 결국 생각해 낸 게 봉이로 하여

금 특이한 향 제조법을 배우게 해 가업으로 이어받게 하는 것이었다.

예측은 적중했다. 봉이는 선사를 실망시키지 않았다. 강화도에서 태어나 자란 시골 토박이지만 부모의 엄엄한 교육으로 사서까지 뗀 봉이는 단숨에《동의보감》《본초강목》《산해경》등 한의학 공부와 약초 공부를 끝냈다. 봉이의 공부에 대한 욕심은 도를 넘어 극성스러울 정도였다. 불굴의 정신으로 절차탁마했다. 지금은 마지막 단계인 향 제조 비법을 전수받고 있었다.

선사 추측으로는 오래전 사화(士禍)와 연관되어 강화도로 유배 온 진신사대부가의 후손으로 짐작됐다. 강화도 산골에서 남매 모두에게 사서를 떼게 한 봉이 부모 자체가 범상치 않았다. 거친 무명옷을 입고 있었지만 인끔에 삿됨이 없었다. 부모의 이런 모습도 선사가 봉이를 선뜻 후계자로 낙점하는 데 일조했다. 온화하되 삿됨이 없고, 총명하며, 매사에 적극적이었다. 향 제조자로서는 단벌가는 천품이었다. 봉이가 향 제조법을 모두 전수하고 나면 선사는 삿갓에 걸망 하나 짊어지고 홀가분하게 수행 길에 나설 참이었다.

약사전이 점점 가까워 오자 침향의 깊고 그윽한 향기가 코끝에 감돌았다. 문 뒤에 숨어 약사전 안을 훔쳐보던 동영이 발걸음 소리에 덴겁해 화들짝 뒤돌아섰다. 귀까지 빨개진 동영이 심하게 말을 더듬었다.

"와, 왔니? 그, 그, 그럼 잘 놀다 가!"

동영이 도망치듯 잰걸음으로 사라졌다. 덩치는 원범이 못지않게 크고 당당했지만, 말수가 적고 생각이 깊었다. 어려서 부모를 잃고 혜각사에

맡겨진 동영은 보살과 처사 손에 자랐다. 손재간이 뛰어나 대추나무나 벗나무를 비다듬어 향통을 만들며 혜각사의 궂은일을 도맡아 처리했다. 고개를 갸웃거리던 원범이 약사전 문 뒤에 숨어 안을 들여다보았다.

봉이는 일로향당一路香堂이라고 쓰인 편액 앞에서 북쪽을 향해 삼례三禮를 올리고 있었다. 국태민안을 위한 축수를 마친 봉이가 선향을 피워 들고 뒤돌아섰다. 홍화씨로 물들인 무명치마에 치자를 은은히 물들인 노란 저고리를 입은 모습은 단아하고 청수했다. 이목구비가 어느 한곳 튀는 곳 없이 오목조목 조화를 이뤄 더할 수 없이 귀하고 아름다웠다. 봉이의 야무진 살굿빛 입술을 바라보던 원범의 입가에 스르르 미소가 번졌다. 선사가 날카로운 눈빛을 번득이며 "헌향 진언문부터 다시 해보거라!" 하고 말했다. 봉이가 선향을 피워 들고 게송을 읊조리기 시작했다.

움 바아라 도비야 훔, 움 바아라 도비야 훔,

대자대비하신 부처님! 한 줄기 향으로써

한없는 향운 게를 지어서 삼보님께 올리오니

넓으신 자비로서 받으소서.

한 자루 마음의 향을 피워 구름 몽우리를 만드오니,

그 아래 맑고 푸른 하늘을 뚫었습니다.

불법승 삼보님께 바라옵나니,

천 개 잎, 보배로운 연잎 위에 내리소서!

봉이가 향재들이 종류별로 담겨 있는 긴 탁자로 가만사뿐 걸음을 옮겼다. 선사가 "향은 왜 피우느냐?" 하고 엄엄하게 물었다.

"근본을 잊지 않기 위함입니다. 향이 스스로를 태워 주위를 향기롭게 하듯, 근본을 밝혀 이웃을 향기롭게 해주기 위함입니다. 향을 피우면 향기가 백 천만 억 떨어져 있는 부처님 세계까지 널리 퍼집니다. 그로 인해 부처님들이 향기를 맡고 사바세계의 법문을 듣거나, 공양하는 이들을 실제로 보고 알게 되는 공덕이 있습니다."

선사가 흡족한 얼굴로 고개를 끄덕였다. 원범도 함께 고개를 주억거렸다. 저리 똑똑하고 야무진 여인이 내 정인이라니, 쳐다보기만 해도 입이 귀 끝에 걸렸다. 원범은 봉이 때문에 삶에 강한 의욕을 느꼈다. 영원히 지울 수 없을 것 같던 육신과 영혼의 깊은 상처가 말끔히 치유되었다. 이제 원범에게 삶이란 살고 싶은 갈망, 그 자체였다.

봉이의 당차고 야무짐은 강화도에 소문이 자자했다. 엄하고 까다롭기로 유명한 지명선사가 선뜻 후계자로 낙점한 터였다. 여자임에도 공부를 많이 한 데다 부모로부터 엄한 교육을 받아 한마디로 의젓하고 당당했다. 사대부가의 처녀는 물론, 왕실 여인네들까지도 훈민정음이나 내훈 외에는 공부를 가르치지 않았다. 한데 강화도를 떠난 적 없는 시골처녀가 사서와 한의학, 약초학을 두루 섭렵했다.

불경도 깊고 불심이 자심했다. 외곬으로 한 분야만 파고든 편벽한 선비들과는 비견이 안 될 정도로 생각이 깊고 도량이 컸다. 학식과 인끔이 웬만한 출사한 관리들보다 높은 경지에 이르렀다며 선사가 침이 마르게 극찬했다. 무엇보다 삿됨이 없고 생각 자체가 균형을 이루었다. 그런 봉이를 보며 원범은 처음으로 공부 안 한 것을 후회했다. 소학도 떼지 못한 건 아버지를 일찍 여읜 탓이다. 학문을 익히는 것보다 살아남는 게 더 절실한 세월이었다. 혼례를 올리고 나면 동무들과 함께 봉이에게 소학부터 차근차근 배울 참이다.

봉이가 향재를 하나씩 들고 설명을 시작했다. 원범도 입을 벙긋거리며 소리 죽여 외었다. "침향은 기혈을 잘 돌게 해주고 아픔을 멎게 하며 양기를 보호합니다. 단향은 비, 위, 폐장에 작용해 기를 통하게 하고 아픔을 멈추게 하는 효능이 있습니다. 유향은 혈액 순환을 원활히 하고 경련을 풀어 주며 부은 것을 내리고 새살을 돋게 해줍니다."

설명이 끝나자 선사가 파안대소했다.

"으하하하, 도무지 걸리는 게 없구나. 땡중 중에 너만 한 재목 한 명만 있었어도 내 오래전 금강산으로 떠났으련만, 하하하."

듣던 중 최고의 찬사였다. 신바람이 난 원범 입에서 쿡쿡 웃음이 새어 나왔다. 순간, "들어오너라." 하고 선사의 엄한 음성이 들렸다. 식겁한 원범이 후다닥 뒷걸음질 쳤다.

"원범이 어서 들어오라니까."

또 들켰다. 오늘도 어김없이 들켰다. 손바닥으로 입을 틀어막았지만 이미 늦은 뒤였다. 낭패감으로 홍조가 번진 원범이 해란초 꽃송이를 등 뒤에 숨기고 주춤주춤 약사전 안으로 들어섰다.

"그간 평안하셨습니까, 선사님?"

"어허, 그 꽃은 부처님께 공양하려고 가져온 것이냐?"

"그, 그게 아니옵고……."

무렴해진 원범이 애꿎은 뒤통수만 긁었다. 장난기가 발동한 선사가 강 호령을 했다.

"허면 난야에 가지고 온 꽃이 정인에게 줄 꽃이었단 말이냐?"

얼굴에 놀빛이 깃든 원범이 잠시 버티다 슬그머니 꽃을 내밀었다. 결 국 울상을 한 봉이가 나섰다.

"그만하세요, 스승님! 저러다 원범이 울겠어요."

으하하하, 선사가 홍안대소했다.

"임자 있는 꽃은 부처님도 안 받으신다. 어서 봉이나 주거라. 오늘 공 부는 예까지 하자꾸나!"

선사가 승복을 휘날리며 쌩 판도방 쪽으로 사라졌다. 두 사람이 입을 틀어막고 한동안 키득거렸다. 먼발치에서 훔쳐보던 동영이 글썽 슬픈 눈 빛을 그렁댔다. 곰취를 한 소쿠리 이고 쫄레쫄레 걸어오던 불뚱가지 분 애가 이를 보곤 눈에 쌍심지를 켰다. 애성이^{분하고 성나는 감정}로 속이 뒤틀려 냅다 달려가 동영의 등짝을 힘껏 내리쳤다. 기함한 동영이 불퉁대며 황 망히 요사채 뒤로 사라졌다.

손을 꼭 잡은 연인이 숲길을 따라 빠른 걸음으로 해안을 향했다. 용천 동굴은 두 사람만의 완벽한 비밀 장소이다. 동굴 속에 또 어웅한 속 동굴 이 뚫려 있는 이중 동굴이었다. 그곳에 들어가면 아무도 쉽게 찾을 수 없다. 밀물일 때는 물에 잠겨 보이지 않고, 썰물일 때는 바깥 동굴만 보였다. 두 사람에게 이보다 더 안전한 장소는 없었다. 바위틈 빛기둥을 통해 동굴 안에 붉고 투명한 빛의 입자들이 흘러들어 어둡고 습하지 않았다. 원범이 시든 해란꽃송이를 봉이에게 건네며 뒤통수를 긁었다.

"시들었네. 어쩌지?"

해란꽃 향기를 맡던 봉이가 활짝 웃으며 답했다.

"아냐. 너무 예쁜걸. 향기가 참 좋아!"

수굿이 봉이를 바라보던 원범이 마음속으로 '난 봉이 네 향기가 더 좋아.' 하고 중얼거렸다. 그윽한 눈빛을 섞던 두 사람이 순간, 자석처럼 포옹했다. 봉이 몸에서는 늘 알 수 없는 향내가 났다. 침향 같기도 하고 자단향, 영릉향 같기도 했다. 아니, 그 모든 걸 합친 향내였다. 봉이 가슴에 얼굴을 묻으면 세상만사 근심 걱정이 없었다. 영혼의 안식, 평화, 평온, 평정…… 가장 행복한 단어들만 생각났다. 만일, 봉이 외에 다른 것을 욕심낸다면 천벌을 받을 것 같은 생각마저 들었다. 원범이 봉이의 사과 빛도는 붉은 뺨을 손등으로 문지르며 사랑스럽게 바라보았다. 이슬방울을 머금은 두 눈은 배꽃처럼 아름답고, 얼굴은 갓 피어난 부용화처럼 단아했다. 손을 꼭 잡은 두 사람이 갈대를 엮어 만든 삿자리 위에 나란히 앉았다.

"어머님이 가을에 혼례 올려 주신다고 했어."

원범이 반색하며 봉이 어깨를 잡은 손에 힘을 주었다. 향 제조 공부가 거의 끝나 가고 있었다. 선사는 곧 향을 정기적으로 구입하는 사람들 명단과 거래처를 봉이에게 물려줄 참이었다. "이제 우린 고생 끝이야!" 봉이 말에 원범이 와락 봉이를 감싸 안았다. 원범의 가슴에 뺨을 댄 봉이가 꿈꾸는 표정으로 계속 종알거렸다.

"난 약사전에서 향을 만들고, 원범이 넌 향을 팔고, 경응 오라버니는 향재를 손보고……. 생각만 해도 너무 행복하지 않니?"

눈물을 어룽대던 원범이 양손으로 봉이 뺨을 감싸고 눈부처눈동자에 비쳐 나타난 사람의 모습를 그윽하게 바라보았다.

"아이를 많이 낳아 줘. 꼭 봉이 너를 닮은 아이들을 많이 낳아 줘야 해. 그동안 난 너무 외롭게 살았거든."

뺨이 난연해진 봉이가 원범의 가슴놀이에 귀 기울이며 다짐했다.

"이젠 외롭지 않을 거야. 내가 원범이 너를 꼭 지켜줄게. 외롭지 않게 평생 아끼고 사랑해 줄게. 자, 약속!"

봉이가 새끼손가락을 내밀자 원범이 새끼손가락을 걸었다.

"봉이 넌 영원한 내 마늘각시!"

"원범이 넌 영원한 내 깎은서방님!"

두 사람은 새끼손가락을 걸고 엄지손가락을 이마에 댄 뒤 영원한 약속을 했다. 그리고 주문을 외우듯 동시에 외쳤다.

"이젠 외롭지 않아. 평생 죽는 날까지! 아니 죽어서도 외롭지 않을 거야."

와락 서로 끌어안은 두 사람 눈창이 금방 놀빛으로 물들었다.

동굴 양쪽엔 바닥이 물살에 파여 긴 수로처럼 물길이 나 있었다. 물속 엔 작고 검은 물고기들이 다닥다닥 붙어 있었다. 호기심이 발동한 원범이 물속에 손을 넣어 물고기들을 꺼냈다. 놀랍게도 은색 멸치였다. 멸치들이 파닥거리자 기겁을 한 원범이 멸치를 떨어뜨렸다. 기함한 봉이가 얼른 주워 물속에 넣어 주며 "미안해, 얘들아! 용서해 줄 거지? 원범이가 놀라서 그런 거야."라고 속삭였다. 뒤통수를 긁던 원범이 손나발을 하곤 물속을 향해 외쳤다.

"얘들아, 미안해. 많이 놀랐지? 다신 안 그럴게!"

까르륵 웃던 두 사람이 손을 붙잡고 빠르게 동굴을 빠져나갔다.

❀

색주가 지붕 위로 햇솜 같은 눈덩이들이 구름처럼 부풀어 올랐다. 대문 앞에는 고롱과 함께 신주新酒가 나왔다는 표식으로 세죽이 세워져 있었다. 안에서 연방 삼패들의 웃음소리가 까르륵 터졌다. 일명 다방머리로 불리는 삼급 기녀 논다니들이었다. 대청에선 술에 취한 흥선군이 묵란을 치고 있었다. 그 주위로 기녀들과 천하장안이 빙 둘러앉아 왁자지껄 한마디씩 말곁을 거들었다.

"소인 치마폭에다 난을 쳐 달라 청하였더니 어찌 화선지에 묵란을 치시옵니까?"

"소인은 등에다가 그려 달라 하지 않았습니까? 당장 저고리를 벗을까요?"

"쉰네는 가슴에 일경 일란화 한 송이만 그려 주시어요."

기녀들의 교태 어린 몸짓에 한바탕 웃음꽃이 피었다. 붓을 던진 흥선군이 기녀들을 돌아가며 꼬집기 시작했다.

"예끼, 이년들! 시끄러워서 어디 그림을 그릴 수 있나! 이 그림은 귀하디귀하신 안동 김씨 대감들에게 팔 그림이라 하지 않았느냐? 술값을 벌어야 네 년들한테 해웃값을 주고 신주를 마시러 올 것 아니냐. 요, 요, 요 년들! 요 귀엽고 앙큼한 년들! 으하하하."

기녀들이 질색하며 흥선군을 한 번씩 되갚아 꼬집자 웃음꽃이 일었다. 그때 옷고름을 풀어헤친 기녀가 흥선군의 술잔에 신주를 가득 부었다. 단숨에 잔을 비운 흥선군이 게트림을 하곤, 소맷부리로 가잠나룻을 훑어내렸다. 눈동자가 게슴츠레 풀린 기녀가 부어구이^{붕어구이}를 흥선군 입에 물려 주었다. 와드득 와드득 생선뼈까지 씹어 먹은 흥선군이 성긴 수염을 쓸어내리곤 다시 난을 치기 시작했다. 그림을 끝낸 흥선군이 화선지를 둘둘 말자 기녀들이 달려들어 바짓가랑이를 잡고 다랑귀를 했다.

"어허, 이년들 좀 보게나. 종친을 기둥서방만큼도 생각지 않는구나. 냉큼 비켜라, 이년들!"

겨우 기녀들을 뿌리친 흥선군이 바지춤을 끌어올리며 색주가 밖으로 뛰쳐나갔다. 살을 에는 삭풍에 싸락눈이 빗금처럼 흩날렸다. 바람이 일면 설연이 휘몰아쳐 산과 마을이 우련했다. 다시 바람이 잦아들면 눈 덮인 골짜기와 지붕들이 뿌옇게 얼비쳤다. 흥선군이 몸을 잔뜩 웅크린 채 도포 자락을 휘날리며 왜죽걸음을 걸었다. 걸음을 내디딜 때마다 뽀드득뽀드득 소리가 아금받게 들렸다. 흥선군은 창의문 아래 북촌 자하동 방향으로 총망한 걸음을 옮겼다. 경관이 수려하기로 이름난 명소였다. 눈발이 점점 거세지며 좌에서 우로, 우에서 좌로, 종잡을 수 없이 소용돌이쳤다. 걸음을 멈춘 흥선군이 심란한 표정으로 하늘을 올려다보았다. 눈발은 쉽게 그칠 것 같지 않았다. 헛기침을 하고 난 흥선군 걸음이 점점 빨라졌다. 한동안 잰걸음을 뗀 흥선군이 이윽고 큰 솟을대문 앞에 멈췄다.

“이리 오너라! 이리 오너라!”

인기척이 없었다. 흥선군이 다시 목청을 높이며 문고리를 흔들었다. 늙은 솔거노비가 협문 밖으로 빠끔히 얼굴을 내민 뒤 “대감께서는 아직 퇴궐하지 않으셨습니다요.” 하며 고개를 숙였다. 흥선군이 들어가 기다리겠다고 하자 솔거노비가 펄쩍 뛰었다.

“안 됩니다요! 대감님께서 아니 된다 하셨습니다. 날씨가 사나운데 살펴 돌아가십시오.”

순한 솔거노비 얼굴처럼 협문이 조용히 닫혔다. 그때 안에서 “에잇, 당장 소금을 뿌려라! 종친이 돼갖고 어찌 저리 방약무인, 후안무치할 수 있단 말이냐?” 하고 날카롭게 내지르는 소리가 들렸다. 걸음을 멈춘 흥선군이 싱긋 웃으며 하늘을 올려다보았다. 결정의 밀도가 높은 싸락눈이 사정없이 얼굴 위로 쏟아졌다. 흥선군이 다시 부지런히 걸음을 재촉했다. 경관을 자랑하는 청풍계 방향이었다. 낡은 도포 자락이 매서운 칼바람에 휘날려 새의 날개처럼 양쪽에서 펄럭거렸다. 이조판서 집 앞에 당도한 흥선군이 대문 고리를 거세게 잡아 흔들었다. 협문이 살짝 열리더니 젊은 솔거노비가 얼굴만 삐죽이 내밀었다. 흥선군 얼굴을 본 솔거노비가 못마땅한 표정으로 불퉁댔다.

"나리께서는 이틀 전 산정으로 쉬러 가셨습니다요."

이하응이 애절한 눈빛으로 사정했다.

"날씨도 춥고 기갈자심이 심하니 잠시만 쉬었다 가게 해주게!"

입이 댓 발쯤 튀어나온 솔거노비가 퉁명스레 답했다.

"길 떠나시기 전, 아무도 집에 들이지 말라 당부하셨습니다요. 쇤네 같은 종놈들이야 그저 주인님께서 시키시는 대로 할 수밖에요."

문이 사정없이 쾅 닫혔다. 안에서 들때밑세력 있는 집의 오만하고 고약한 하인들이 대놓고 작경하는 소리가 들렸다.

"어이구, 허구한 날 기방에서 기생년들 옆에 끼고 시시덕거리며 신나게 놀 때는 언제고, 이제 와서 춥고 배고프고 목마르셔?"

"저 인간은 종친이라는 자가 왜 꼭 자하문 밖에 나와 문전걸식하는지 모르겠어. 쳇, 내 참 더러워서!"

"그래도 종친이라고 상전 노릇 하려는 걸 보면 석 달 전 먹은 북어 대가리가 다 넘어오려 한다니까!"

컥, 가래침 뱉는 소리와 함께 협문에 발길질하는 소리가 들렸다. 튕겨나온 나무 조각 하나가 흥선군 손등 위를 힘껏 할퀴고 지나갔다. 금방 유혈이 낭자하자 흥선군이 아연실색했다. 붉은 선혈이 손가락 사이로 쉴 새 없이 떨어졌다. 하얀 눈밭 위로 진홍빛 목단꽃이 활짝 피어났다.

흥선군이 육조거리 뒤편에 있는 긴 건물 속으로 허둥지둥 걸음을 옮겼다. 지붕 위에서 눈이 솜덩이처럼 너울너울 춤을 추었다. 시전 안에선

술도가에서 술 익어 가는 시큼한 냄새와 생선 비린내가 욕망의 덩어리
들처럼 비릿한 냄새를 풍기며 부유했다. 홍선군 손등엔 핏빛으로 물든
명주 수건이 둘둘 동쳐져 있었다. 수건 밑으로 핏빛 얼음들이 고드름처
럼 매달려 낭창낭창했다. 홍선군이 지전을 겸한 도가 안에 급히 들어서
자 불목에서 화롯불을 끼고 앉아 있던 30대 초반 수령위가 소스라치게
놀라 벌떡 일어섰다.

"무슨 일이십니까, 나리!"

"그리되었네."

수건을 풀자 붉은 얼음덩어리들이 우박처럼 쏟아졌다. 상처를 닦고
약을 바른 수령위가 깨끗한 천으로 손등을 감싸며 곡절을 물었다. 잠시
생각에 잠겼던 홍선군이 "눈길에 넘어졌네."라고 답하며 키들거렸다. 돌
탄하던 수령위가 화롯불을 홍선군 앞에 대주며 노비를 불렀다. 새앙차
를 내오자, 사나운 날씨에 밖엔 어찌 나오셨냐며 찻잔을 권했다. 입이
떨어지지 않는 듯 홍선군이 화롯불을 쑤셔 대자 잉걸불 밑에서 뽀얀 재
가 연기처럼 일었다. 수령위는 조급함을 감추고 끈기 있게 기다렸다. 한
동안 뜸을 들이던 홍선군이 마지못해 잦아드는 소리를 냈다.

"대목장이 낼모레인데 묵란 칠 종이도 부족하고 살아갈 길이 막막해
박부득이 찾아왔네!"

미소를 띤 수령위가 허리를 숙였다.

"패지 한 장이면 족할 것을 뭐 하러 이 험한 날씨에 힘들게 나오셨습니
까? 목록을 주시면 소인이 힘닿는 데까지 마련해 보겠습니다. 마침 좋은

견지에 마간석까지 들어와 나리 생각을 하던 참이었습니다."

서그러진 수령위 말에 흥선군 눈빛이 봄눈처럼 녹았다.

"훗날, 아주 훗날 말일세. 내가 자네 고마움을 갚을 날이 찾아올까? 하여, 자네에게 진 빚을 몇천 배, 몇만 배로 되갚을 날이 돌아올까?"

흥선군의 울먹임에 수령위가 자살궂게 위로했다.

"갚지 않으셔도 됩니다. 소인은 그저 흥선군 나리의 고결한 묵란과 글씨를 좋아하는 것뿐입니다."

눈물을 글썽이던 흥선군이 두루마리를 건넸다. 그림을 펴본 수령위가 흡족한 얼굴로 연신 고개를 주억거렸다.

"언제 보아도 마음을 움직이는 난화입니다. 추사 나리의 칭찬이 괜히 나온 게 아닙니다."

"고맙네. 내 자네 고마움, 결코 잊지 않음세!"

잔월처럼 흐려진 흥선군 눈 속에 물비늘이 별빛처럼 부르돋았다.

마지막 승부수

영춘헌 팔작기와지붕 위로 얼음덩어리들이 요란하게 쏟아졌다. 누리우박였다. 흐벅진 보랏빛 꽃숭어리들을 매단 오동꽃이 난만한 초여름이었다. 그것도 대낮에 우박이라니……. 6궁과 궐내 각사에서 뛰쳐나온 관원과 궁녀들로 창덕궁 안이 잠시 술렁거렸다. 1849년, 기유년 들어서 기상이변이 극심했다. 태양이 수시로 사라져 대낮에도 밤처럼 어두웠다. 좀체 눈을 보기 힘든 남쪽 지방과 제주도까지 눈과 우박이 수시로 쏟아졌다. 계속되는 천재지변과 이상저온으로 냉해를 입은 백성이 참혹하게 들피져 낭길에 매달렸다. 이상 기온은 2백 년째 계속되고 있었다. 청나라와 일본에 다녀온 상서象胥, 통역관들은 전 세계가 천변지이로 몸살을 앓고 있다고 전했다. 일식과 월식도 번갈아 나타났다. 저녁과 새벽에 뜨는 샛별인 금성이 대낮에 떠 있는 일이 몇 달째 이어졌다.

임금의 밭은기침 소리가 들리자 관원들 시선이 일제히 영춘헌을 향했다. 만단수심이 깊은 관원들 입에서 동시에 탄식이 흘러나왔다. 그때 먹 턱구름이 가득 찬 하늘에서 우레와 번개가 일더니 공깃돌 같은 얼음덩어리들이 쏟아졌다. 기함한 관리들이 서둘러 전각 안으로 대피했다. 매화나무 밑에서 장난질하던 다람쥐도 혼비백산 숲 속으로 사라졌다.

영춘헌 안엔 창백한 낯빛의 헌종이 황금보료 위에 누워 있었다. 왕은 연신 가래 끓는 소리를 내며 숨을 헐떡거렸다. 이를 애련히 바라보던 조 대비와 경빈 김씨가 비통한 얼굴로 눈물을 닦아 냈다. 비단 수건으로 액상額像, 임금의 이마의 땀을 닦아 주던 조 대비가 애절한 목소리를 냈다.

"주상! 정신 좀 차리세요. 주상 보령 겨우 스물셋입니다. 지금이라도 마음만 다잡으면 당장 병을 떨쳐 내고 벌떡 일어날 수 있어요."

헌종이 무거운 눈꺼풀을 들어 게슴츠레 모후를 올려보았다. 어수를 꼭 잡은 조 대비가 다시 왕을 격려했다.

"사방 1만 5천 리 조선 팔도가 모두 주상의 것 아닙니까? 어서 일어나 예전처럼 이 어미를 기쁘게 해주세요."

가쁜 숨을 쉬던 왕이 마지못해 고개를 끄덕였다. 이를 본 경빈이 백광사 당의 옷고름으로 눈물을 찍어 냈다. 요염함과 전아함을 동시에 지닌 경국지색이었다.

"울지 마세요, 경빈! 경빈이 눈물 흘리면 과인 마음이 아픕니다."

"전하!"

손수건으로 입을 틀어막은 경빈이 왈칵 눈물을 쏟았다. 헌종이 기어코 안간힘을 쓰고 일어나 새파랗게 실핏줄이 튀어나온 가녀린 손으로 눈물을 닦아 주었다. 슬픔을 참지 못한 경빈이 파란 지환을 낀 손으로 왕의 등을 감싸며 오열했다. 옥모란잠 위에 꽂혀 있던 진주와 산호, 마노로 만든 떨잠들이 파르르 몸을 떨며 요란스레 수선을 피웠다. 미간을 잔뜩 찌푸리고 경빈을 쏘아보던 조 대비가 체머리를 흔들며 중얼거렸다.

"쯧쯧쯧, 과유불급이라 했거늘!"

왕의 경빈에 대한 총애와 집착은 극진함을 넘어 도를 지나쳤다. 역대 어느 왕들보다도 여색을 일찍, 많이 탐한 호색 왕이었다. 그러나 경빈을 후궁으로 맞이한 후로는 단 한 번도 다른 여인을 탐하거나 후궁을 들이지 않았다. 수양버들처럼 하늘거리는 허리와 수선화같이 우아한 자태에 매료된 왕은 경빈에게 완전히 침혹했다. 갓 올라온 연뿌리처럼 희고 매끄러운 몸을 움직일 때마다 난초와 사향 냄새가 코를 찔렀다. 왕은 계비인 중전 홍씨와 후궁인 경빈이 마주치는 것을 막기 위해 대조전에서 동남쪽으로 멀리 떨어진 8천여 평 대지 위에 5백 칸짜리 집을 지었다. 낙선재였다. 경빈 처소인 석복헌과 대왕대비 처소인 수강재도 함께 지었다. 모두 이중 구들을 놓았고 청나라에서 수집한 수많은 창살 무늬 중에서 헌종이 직접 스물다섯 가지를 뽑아 창문을 아름답게 꾸몄다. 꽃담이 둘렀고, 기화요초로 화계花階도 만들었다. 전각마다 독립된 정자도 지었다. 후궁이 곤전을 제치고 왕과 왕실의 가장 큰 어른인 대왕대비를 좌우로 모시고 사는 기이한 일이 벌어졌다. 실세 후궁이 탄생한 것이다. 경빈은 왕비만 입을 수 있는 자주색 용문 스란치마를 즐겨 입었다. 패물 또한 중전을 능가했다. 자연히 궁궐에 있는 모든 사람이 경빈을 중전처럼 떠받들었다.

헌종은 중전이 있는 대조전 옆 희정당에서 업무 보는 것조차 불편해 중희당에서 정사를 보았다. 왕은 시간 날 때마다 낙선재 사랑방인 보소당에서 경빈을 곁에 두고 책을 읽거나 서첩을 감상했다. 지루해지면 경빈과 함께 후원을 산책하거나 평원루로 장악원 악사들을 불러 풍류를 즐겼다. 밤에는 석복헌에 들어 경빈과 천상지애를 나누었다. 낙선재도, 경빈도, 왕의 이상향이자 천국이었다. 이런 과도한 총애가 결국 한창 나이인 스물세 살 젊은 왕의 기력을 쇠잔케 만들었다. 이로 인해 병을 얻은 것이 부족병, 바로 폐결핵이었다.

징광루 뒤쪽 숲으로 둘러싸인 널찍한 곳에 수정전壽靜殿이 자리하고 있었다. 내전에선 눈두덩이 부은 조 대비가 연신 눈물을 찍어 냈다. 42세라고는 하나 궁궐에서 온갖 부귀영화를 누린 얼굴엔 기품이 역연했다. 흐느낌은 쉽게 멈추지 않았다. 억장이 무너진 부제조상궁이 옷고름으로 눈물을 닦으며 안절부절 곁눈질을 했다. 대왕대비인 순원왕후가 여자 영의정으로 불리는 제조상궁을 최측근으로 두고 있는 반면, 조 대비는 서열상 2위인 부제조상궁을 측근에 두었다. 둘 다 본방나인 출신이었다. "고정하시옵소서 왕대비마마." 하고 아뢰는 순간 불호령이 떨어졌다. "이게 지금 고정할 일이더냐!" 하고 졸지에 날벼락을 맞은 부제조상궁이 깊숙이 허리 숙여 용서를 빌었다.

그때 좌의정 권돈인이 내의원 제조와 어의들을 이끌고 나타났다. 57세의 권돈인은 조 대비의 최측근이자 풍양 조씨의 오랜 협조자였다. 조 대비가 코맹맹이 소리로 제조에게 지금 주상의 옥체가 어떠냐고 묻자, 머뭇대던 제조가 목소리를 떨며 수답했다.

"송구하오나 전하의 기와 신이 소진돼 부족병이 더욱 깊어진 듯싶사옵니다."

"하이고, 주상! 이를 어찌하면 좋을꼬."

조 대비의 애절한 통곡이 이어졌다. 권돈인과 제조, 어의들이 죄인처럼 고개를 숙이며 눈시울을 붉혔다. 이들은 왕을 설득하지 못한 것을 자책했다. 내의원에서는 도제조와 제조가 어의들을 이끌고 5일에 한 번씩 편전을 방문해 왕의 건강을 돌보도록 정해져 있었다. 허나 헌종은 병이 깊어져도 끝내 어의들의 입진을 받지 않았다. 약까지 궁녀들을 시켜 대내에서 달여 마셨다. 어의들이 꼭 왕이 좋아하는 일만 하지 말라고 잔소리를 해댔기 때문이다. 밤새워 책을 읽지 마라, 여색을 가까이하지 마라, 통음하지 마라!

하지만 이 일들은 왕이 결코 포기할 수 없는 일이었다. 끊으려야 끊을 수 없는, 이골 난 일이었다. 조 대비가 눈을 지릅뜨며 다시 어의들에게 물었다.

"조선 팔도에 있는 명약들을 다 대령하면 주상의 병을 고치지 못할 까닭이 없잖소? 주상의 보령 이제 겨우 스물셋이오. 조선에 명약이 없다면 날랜 군사들을 청나라나 왜국, 노서아에 보내 명약을 구해 오면 될 것 아니오?”

묵묵부답이던 어의가 겨우 기어들어 가는 소리를 냈다.

“전하의 기력이 소진돼 오장육부가 제 기능을 못 하니 백약을 쓰기도 힘들고, 쓴다 한들 효험 또한 적을 것입니다.”

조 대비가 잔지러진 곡소리를 내며 아들을 원망했다.

“주상은 평생 그리 여색을 탐하고도 어찌 후사 하나 남기지 못해 이토록 어미 가슴을 찢는단 말이오. 하이고, 주상! 불쌍한 주상!”

눈창을 붉히던 권돈인이 비장한 어조로 목소리를 떨었다.

“자칫하다가는 대왕대비마마께 선수를 빼앗길 수도 있습니다.”

번쩍 고개를 쳐든 조 대비가 가스러진 목소리를 냈다.

“그리되어선 안 되지요. 만에 하나 안동 김씨가 후사를 세우는 날엔 우리 풍양 조씨는 숨 한번 제대로 쉬지 못하고 기나긴 세월을 죄인처럼 살아야 할 것입니다.”

“해서, 소신이 후사를 이을 만한 사람을 하나 찾았습니다. 종친이라야 흥선군 형제뿐인지라…….”

조 대비가 “흥선군은 종친 체면을 깎고 다니는 만무방 아닙니까?”라며 날카롭게 목청을 찢었다.

이하응의 행실은 악명 높았다. 의금부와 종친부에서도 골머리를 앓았다. 군君으로 봉해진 왕족은 하층민들과 접촉할 수 없다. 그러나 흥선군은 시정잡배는 물론이요, 천민들과도 거리낌 없이 어울렸다. 색주가를 불풍나게 드나들고, 투전판에서는 가장질도 불사했다. 욕을 먹어도 수치스럽게 생각지 않고 방탕한 생활을 일삼았다. 툭하면 상투 잡고 두발부리를 해 의금부로 끌려가는 일이 다반사였다. 워낙 후안무치해 사람들로부터 미쳤다는 손가락질까지 받았다. 홍선군으로 봉해지며 20만여 평의 땅과 의거노비 여섯 명을 하사받았지만 오랜 파락호 생활로 가산을 탕진했다. 지금은 안동 김씨와 세도가들 집을 찾아다니며 난 그림을 강매하고 다녔다. 조정에서는 홍선군이 기어코 미치고야 말았다며 탄식했다.

낙백 시절 이하응의 삶은 처절하고 가혹했다. 오직 살아남기 위해서였다. 천라지망을 피하기 위함이었다. 이 가혹한 세월을 견뎌 내기만 하면, 모욕과 수치를 감수하기만 하면, 훗날 명예와 관록, 존경을 한꺼번에 손에 쥘 수 있다 하질 않는가? 야망을 이룰 수만 있다면야 이까짓 모욕과 수치가 대체 무에 대수란 말인가. 왕권이 무너진 나라, 신권이 정국을 장악한 나라는 반드시 바로잡아야 한다. 하여 왕권이 서는 나라, 종친도 권력을 쥘 수 있는 나라가 도래해야 한다. 정권을 장악하면 제일 먼저 안동 김씨를 쓸어버리고 썩은 상처를 말끔히 도려낼 것이다. 어그러진 기율을 바로잡을 것이다! 그것이 홍선군의 정치철학이자 생존이유였다.

"소신 생각으로는 완창군 아들 이하전을 후사로 삼는 게 우물고누 첫수일 듯하옵니다. 그래야 내두에 왕대비마마께서 수렴청정하실 기회가 도래할 것입니다."

"촌수는 어찌 됩니까?"

"전하께는 먼 조카뻘이 됩니다."

이하전은 선조 아버지 덕흥대원군의 13대 사손으로 여덟 살이었다.

헌종과 육촌 안에 드는 친척 중 살아남은 자가 한 명도 없어, 후사를 이을 가장 적합한 인물로 꼽혔다. 왕실에 이렇게 씨가 마른 건, 조선 중기부터 왕권을 위협할 만한 혈족들을 사정없이 제거했기 때문이다. 권력 앞에서는 골육과 혈연, 의리, 명분도 소용없었다. 천륜으로 맺어진 부자지간이나 형제간에도 예외가 없었다. 인조는 소현세자를 독살했고, 영조는 사도세자를 뒤주에 가둬 굶겨 죽였다. 태종은 동복과 이복형제들을 제거하고 왕위에 올랐고, 세조는 조카인 단종을 폐위시켜 죽이고, 친동생인 안평대군과 금성대군도 죽였다.

부자간의 권력 다툼에 방점을 찍었던 고려 말 충렬왕과 충선왕은 왕위를 뺏고 뺏기는 와중에 부자가 모두 두 번씩 왕위에 오르는 작태를 연출했다. 권력 앞에서는 피도, 눈물도, 인정도 없었다. 그리고 지금은 안동 김씨를 대표하는 시어머니 순원왕후와 풍양 조씨를 대표하는 며느리 조 대비가 가문의 사활을 걸고 고부간에 살벌한 암투를 벌이고 있었다. 한없이 무정하고 끝없이 비열한 게 권력의 속성이었다. 수구 세력의 견제와 공격에서 살아남기 위해서는 흥선군처럼 철저히 위장한 채 파락호 생활을 하거나, 양녕대군처럼 강호지락 은둔해야 목숨을 부지할 수 있었다. 눈에 핏발이 선 조 대비가 힘주어 말했다,

"주상이 훙어 전 반드시, 꼭, 수강재 노인으로부터 허락을 받아 내야 합니다."

권돈인이 주먹을 불끈 쥐고 자신감을 표했다. 싫어도 어쩔 수 없이 받아들일 게 여반장이었다. 왕과 육촌 이내인 혈족이 단 한 명도 살아 있지

않으니, 안동 김씨들이 아무리 발버둥치고 머리를 쥐어짜 낸다 한들 계무소출計無所出, 있는 꾀를 다 써봐도 별수 없음일 게 자명했다.

"그렇게 된다면야 오죽 좋겠습니까?"

"심려 놓으십시오. 천하의 대왕대비마마라 한들, 이번엔 속수무책일 것입니다."

"내 좌상 대감의 은공은 결코 잊지 않으리다."

물초가 된 조 대비 얼굴에서 간절함이 물씬 배어 나왔다.

궐내 각사를 빠져나온 권돈인이 급히 수강재로 향했다. 낙선재는 대낮에도 적요했다. 보소당 주인인 왕은 병색이 짙어 영춘헌으로 옮긴 지 오래됐고, 경빈 또한 지근거리에서 왕을 간호하기 위해 석복헌을 비웠다. 매화뜰에서 가마를 내린 권돈인이 의관을 정제하곤 진둥한둥 수강재로 향했다.

방 안엔 61세라는 나이가 믿기지 않을 정도의 젊음과 중후함을 지닌 대왕대비 순원왕후가 목단화가 만발한 여덟 폭짜리 병풍 앞에 위풍당당 앉아 있었다. 동생 김좌근을 비롯해 안동 김씨를 대표하는 일족들도 모두 들어와 있었다. 권돈인이 예를 갖추자 순원왕후 입가에 모란꽃 같은 함박웃음이 활짝 피어났다. 입가엔 늘 그윽한 미소를 담고, 웬만한 일로는 희로애락을 얼굴에 보이지 않는 소자난측笑者難測, 늘 웃고 있어 진의가 어딨는지 파악키 어려움의 진정한 고수였다. 아들의 명줄이 풍전등화라 눈물 마를 날 없는 왕대비와는 달리, 대왕대비 모습은 끼끗하고 당당했다. 희끗희

끗 서리가 내려앉은 살쩍과 자분치귀 앞에 난 잔 머리카락를 제외하곤 이순을 넘겼다고 보기 힘들 정도로 주름살 없이 곱고 팽팽한 피부를 지니고 있었다. 총기 넘치는 눈에선 광채가 번득였고, 당당한 풍채와 화려한 금박당의에서 뿜어져 나오는 위엄은, 그동안 살아온 세월의 고귀함과 영화를 증명하고도 남음이 있었다.

순원왕후는 젊음과 건강을 위해 매일 새벽, 창덕궁 후원에 있는 나뭇잎에서 채취한 아침 이슬을 한 대접씩 마셨다. 본래 새벽 5시에 풀잎에서 모은 이슬은 양기가 충천해 금상만 마실 수 있었다. 내명부 여인들은 음기가 충만한 저녁 5시에 물을 길어 두었다가 요리를 하거나 마셨다. 혹여, 내명부들의 양기가 충천해 궁궐에서 자칫 소란스러운 일을 만들까 저어하여 만든 법도였다. 그러나 순원왕후는 꼭 새벽 5시에 모은 이슬만 마셨다. 매일 오경 삼 점 바루 종소리가 들리면 낙선재 궁녀들은 종지 하나씩을 들고 재빨리 후원으로 달음박질쳤다. 하루돌이로 후원에서 줄을 맞춰 이슬을 모으는 궁녀들의 모습은 일대 장관을 이루었다. 이렇게 모인 아침 이슬은 깨끗한 삼베 보자기로 애벌레와 풀잎을 걸러 낸 뒤, 대왕대비에게 바쳐졌다. 물을 끓였다가 식히는 것을 백 번 반복한 백비탕도 양기를 돕고 경락의 소통을 원활하게 한다 하여 입에 달고 살았다.

건강과 아름다운 피부를 위해 궁중 3대 비방인 경옥비단과 공진비단, 청심비단 처방도 애용했다. 순원왕후의 젊음과 건강에는 범인凡人은 흉내조차 낼 수 없는 정성과 집착이 숨어 있었다. 방 안엔 또 한 명의 당당한 여인이 자리하고 있었다. 여자 영의정으로 불리는 제조상궁이었다. 6백 명이 넘는 궁녀들의 수장답게 용모나 풍채, 옷차림이 출중했다. 의복 또한 비빈 수준이었다. 바쁘게 안동 김씨 일족의 눈치를 살피던 권돈인이 심호흡을 하곤 어렵사리 입을 뗐다.

"주상전하의 병증이 깊어 하루빨리 후사를 정해야 할 것 같습니다."

순간, 날카로운 시선들이 독화살처럼 권돈인에게 꽂혔다. 미간을 잔뜩 좁힌 순원왕후가 한숨을 쏟으며 중얼거렸다.

"종친 중 살아남은 자가 거의 없어 걱정입니다. 적당한 종반이라도 찾은 겝니까?"

권돈인이 떨리는 손으로 견지 한 장을 꺼내 들었다. 제조상궁이 암상한 표정으로 건네받아 서안 위에 올려놓았다. 종이를 노려보던 순원왕후가 입가를 당기며 빙긋 웃었다.

"왜 하필 이하전입니까? 종친인 흥선군 형제도 있는데……?"

"흥선군은 아버지 남연군이 은신군 양자로 입적했다 뿐이지, 혈맥으로 따지면 무려 15촌이나 되는 먼 족지족 관계입니다. 더구나 행실도 안 좋고, 나이 이미 서른입니다."

함박웃음을 짓던 순원왕후가 권돈인의 눈청을 쏘아보며 마음속으로 중얼거렸다. '오호, 경이 먼저 선발제인先發制人, 남의 꾀를 알아내 일이 벌어지기 전에 막아 냄하겠다?' 대왕대비의 미소를 본 권돈인이 도리깨침을 삼키며 안도의 숨을 내쉬었다. 제조상궁과 안동 김씨 일족들이 사색이 돼 대왕대비와 좌상 얼굴을 번갈아 주시했다. 분주히 눈치를 살피던 권돈인이 침을 꿀꺽 삼키곤 다시 말을 이었다.

"흥선군은 파락호 짓을 하며 종친들 체면을 깎고 있고, 흥인군은 사람 됨이 소심해 군왕의 인물이 못 됩니다. 허니 속히 이하전을 왕세자로 삼아 전하의 후사를 잇도록 하소서."

생각에 잠겼던 순원왕후가 글썽, 슬픈 눈빛으로 말했다.

"난 솔직히 그리 내키질 않습니다. 완창군 집안은 대대로 노론 벽파가 아닙니까? 그동안 시파인 안동 김씨와는 사사건건 원수처럼 맞서 원한이 깊습니다."

권돈인도 지지 않았다.

"지금 전하의 옥체가 풍전등화 지경입니다. 후사가 정해지지 않은 상태에서 만에 하나, 전하께서 흥어하시는 날엔 종묘사직에 큰 분란이 일 것입니다."

눈을 질끈 감은 순원왕후는 한동안 침묵했다. 좌의정이 계속 재촉하자 안동 김씨들이 눈에 쌍심지를 켜고 잡아먹을 듯 권돈인을 노려보았다. 이윽고 눈을 뜬 순원왕후가 울먹거렸다.

"별다른 방도가 없으니 그리하세요. 이 늙은이는 좌상의 충심만 믿겠습니다."

가풀막진 안동 김씨 일족들 입에서 단말마가 터졌다. 앞 다투어 출반좌하며 한마디씩 아뢰었다.

"후대 왕을 정하는 중한 일을 이리 허술히 정할 수는 없습니다. 부디 통촉하시옵소서!"

"종공론하시옵소서!"

“난만상의하시옵소서!”

순원왕후는 가타부타 말하지 않았다. 서안 위에 있는 종친부만 속절없이 노려보았다. 애면글면하던 제조상궁이 입술에 침을 바르며 말곁을 거들었다.

“소인 한 말씀만 아뢰겠나이다. 시, 원임 대신들과 육조 당상관들을 부르시어 의견을 듣고 신중히 결정하시는 것이…….”

순간, 앵돌아진 순원왕후가 종친부로 서안을 탕 내리쳤다.

“이는 제조상궁이 나설 자리가 아니네. 나가 있으라!”

야멸친 말에 기함한 제조상궁이 허리 깊숙이 엎디어 용서를 빌었다.

“나가라 했느니! 어서 나가라. 당장 나가라. 노 상궁이 감히 종사에 관여할 셈인가?”

제조상궁이 눈물을 흩뿌리며 뒷걸음질해 밖으로 나갔다. 이번엔 동생 김좌근과 조카 김병기가 차례로 나서며 만류했다. 순원왕후가 다시 종친부를 탕, 탕, 탕, 내리치며 역정을 냈다.

“종친부를 보고 얘기들 하게, 종친부를 보고! 아무리 눈 씻고 찾아봐도 주상과 6촌 이내에 드는 혈족은 단 한 명도 살아 있는 자가 없거늘, 별다른 방도가 없질 않은가. 허면 흥선군을 사왕嗣王, 선왕의 대를 이어받은 임금으로 삼아야 속이 시원들 하겠는가?”

안동 김씨 일족들 입이 동시에 오돌막스러워졌다. 초라한 폐포파립에 술에 취해 비틀거리며 논틀밭틀 돌아다니는 흥선군 모습이 주마등처럼 스쳐 지나갔다. 술에 취해 노적가리에서 잠을 자다 열음기막에 갇히는 일도 부지기수였다. 의금부도 제집처럼 드나들었다. 사색이 된 안동 김씨 일족들 얼굴을 분주히 곁눈질하던 권돈인이 마음속으로 쾌재를 불렀다.

'짜장 절묘한 방법이로다! 하늘에 나는 새도 떨어트린다는 대왕대비도 이 묘수에는 결국 두 손 들고 마는구나, 쯧쯧쯧! 그래, 대왕대비가 성품 하나는 화통하고 깨끗하지. 원로대신들 대하기도 깍듯하고. 해서, 백전노장이니 여장부니 하는 소리를 들으며 대신들 머리를 조아리게 하는 게 아닌가?'

권돈인은 자꾸만 터져 나오려는 웃음을 참기 위해 어금니를 꽉 깨물었다. 파르르 입술을 떨던 순원왕후가 눈물을 글썽이며 울먹거렸다.

"인손이라 하세요. 순조 왕의 후손으로 입적하는 것이니 그리 불렀으면 합니다."

의외로 순순한 대왕대비 태도에 백골난망인 권돈인이 "하오면 세자 지명의식은 언제쯤……?" 하고 못을 박았다. 대왕대비가 옷고름으로 눈물을 닦으며 입을 삐죽거렸다.

"주상 병환이 아무리 위중하다 한들 보령 겨우 스물셋, 아직 청춘 아닙니까? 후사를 정하면 됐지, 세자 지명의식까지 서두르는 건 이 할미 마음을 너무 아프게 하는 일입니다. 그보다는 주상이 빨리 쾌차하도록 기원하는 게 신하된 자의 도리 아니겠습니까?"

앗, 뜨거워라 놀란 권돈인이 허리 숙여 사죄했다.

"송구하옵니다. 미욱한 소신이 거기까진 살피지 못했나이다."

순원왕후가 애절한 목소리를 냈다.

“좌상께서는 내 아버님이신 영안 부원군의 특별한 총애를 받은 분이
아닙니까?”

무렴해진 권돈인이 눈을 내리깔고 방석 모서리를 쏘아보았다. 불혹이
넘어서도 대소문과 어느 한곳 합격하지 못해 비육지탄하며 백두白頭, 지체
는 높으나 벼슬을 하지 못한 사람로 살던 권돈인이었다. 친구인 추사 김정희의 소
개로 당시 국구이던 김조순을 세검정 시회詩會에서 만난 게 출사의 포서
布緒, 일이 풀려 나갈 실마리였다. 단번에 문필과 말솜씨를 인정받은 그는 양화도
시회에 초대받았다. 그는 단 두 번의 시회 참석으로 사십초말마흔에 첫 버슬.
나이 들어 처음 해보는 일에 유명인사가 됐다. 그의 재능을 아낀 김조순은 아들
인 김좌근의 집 손청방에 권돈인을 기거케 한 뒤 공부에만 전념토록 뒷
바라지했다.

결국 권돈인은 과거에 급제하고 승승장구해 김정희보다 먼저 호조판
서가 됐다. 헌종 대에 들어서는 좌의정을 거쳐 영의정을 지내고 있었다.
그러나 권돈인은 앞길을 터주었던 안동 김씨를 배척하고, 헌종 모후인
조 대비의 최측근 협조자가 됐다. 정치적 동반자인 추사의 영향 때문이
었다. 영조 계비 정순왕후가 증대고모뻘인 추사 집안은 대대로 시파인
안동 김씨와 사사건건 맞서며 반목해 왔다. 때문에 권돈인은 어느새 안
동 김씨를 공격하는 풍양 조씨의 선봉장이 되어 있었다. 순원왕후가 영
안 부원군 얘기를 슬며시 꺼낸 것은 좌상의 지난날을 상기시키려는 고
도의 전략이었다. 얼굴에 놀빛이 물든 권돈인이 앓는 소리를 내며 가르
랑거렸다.

"은혜는 한시도 잊은 적 없사옵니다. 허나 왕세자 지명의식은 하루빨리 서둘러야 할 것입니다."

날파람으로 수강재를 빠져나온 권돈인이 매화뜰로 나오자마자 두 팔을 번쩍 들고 쾌재를 불렀다. '역시 싸우지 않고 이기는 것이 최상의 방책이로다! 지금쯤 안동 김씨 일족들은 눈물 콧물 바람에 난리 아우성이겠지? 핀잔을 받고 내쫓긴 제조상궁 꼬락서니는 또 어떻고, 대왕대비로부터 훈계를 받던 김좌근과 김병기 꼴하고는, 쯧쯧쯧!'

권돈인은 누렇다 못해 파랗게 변한 안동 김씨 일족들 얼굴을 낱낱이 기억하며 날아갈 듯 사인교에 올랐다.

수정전에서 잔지러진 웃음소리가 들렸다. 매수해 놓은 수강재 최 상궁이 득달같이 달려와 그간 일을 소상히 보고하는 중이었다. 오달진 얼굴에 홍조가 난연한 조 대비 입은 이미 귀 끝에 걸려 있었다. 조카들은 완창군 부자와 함께 입궐해 왕대비에게 축하 인사를 건네는 중이었다.

"왕대비마마! 조선은 곧 풍양 조씨의 나라가 될 것이 여반장이옵니다."

"하하하. 절치부심했었는데 일시에 운권청천하는구나. 인손, 이리 가직이 와보세요."

조 대비가 손을 내밀자 비단옷으로 한껏 치장한 이하전이 다가왔다. 아이를 무릎에 앉힌 조 대비가 한껏 온언순사한 목소리로 울먹거렸다.

"인손, 내가 바로 인손 할미요, 할미! 할마마마…… 이렇게 한번 불러 보세요."

잔부끄러움에 홍조를 띤 아이가 얼떨결에 작은 소리로 "예, 할마마마!" 하고 중얼거렸다. 조 대비가 와락 이하전을 껴안고 눈시울을 붉혔다. 발씬대던 부제조상궁이 최 상궁에게 "큰방상궁마마가 대왕대비마마께 핀잔을 듣고 쫓겨나 울었다 하는데 사실이렷다?" 하고 은밀히 물었다.

"감히 누구 안전이라고 거짓을 고하겠습니까? 핀잔을 듣고 쫓겨나신 뒤, 합문 밖에서 한동안 눈물을 흘리셨습니다."

기쁨에 겨운 부제조상궁이 콧등을 발록이자 흔연한 조 대비가 까르륵 잔지러지게 웃었다.

"고것 참 속이 다 시원하구나. 그 늙은 것이 수강재 노인 위세를 등에 업고 오만불손하더니만 쯧쯧쯧, 자네가 제조상궁 될 날도 멀지 않을 터!"

부제조상궁이 깊숙이 허리 숙여 극진한 예를 갖추었다. 조 대비가 붉은 화각장에서 은자 꾸러미를 꺼내 최 상궁에게 던졌다.

"이번 일만 잘되면 내 너의 품계를 올려주고 금은보화를 가득 내릴 것이다. 그러니 수강재 동태를 주밀히 살펴 수상한 움직임이 있으면 곧바로 알려야 한다!"

발쇠꾼 최 상궁이 충성을 다짐하곤 급히 수정전을 빠져나갔다. 순원왕후와 조 대비는 제조상궁과 부제조상궁을 통해 서로 상대방 처소에 있는 궁녀들을 매수해 놓고 있었다. 염탐하는 것보다 훨씬 정확한 정보를 수집할 수 있었기 때문이다. 이로 인해 두 사람은 상대방 처소에서 일어나는 동태를 손금 보듯 훤히 들여다보고 있었다. 그때 정색을 한 조 대비가 "한데 왜 하필 인손이라 이름 지었을꼬?" 하고 중얼거리며 연신 고개를 갸웃거렸다. 의심의 안개가 자개바람처럼 사납게 소용돌이쳤다. '이상한 일 아닌가? 주상의 후사를 잇는 왕세자를 굳이 인손이라 이름 지은 것은 혹여 늙은이가 다른 흑심이 있어 그런 것 아닌가?'

왕대비의 심중을 읽은 조카가 시원스레 답했다.

"안동 김씨들이 후대 왕을 세우지 못한 한풀이 아니겠습니까? 승자의 여유로움으로 너그러이 이해하소서. 중요한 건 대왕대비마마께서 인손을 왕세자로 인정하셨다는 사실입니다."

흡족한 표정으로 고개를 끄덕이는 조 대비 얼굴이 끼끗했다. '허긴, 새벽이슬만 한 대접씩 마시는 수강재 늙은이도 나이는 어쩔 수 없지 않은가. 이미 회갑을 넘겼으니 힘도 빠지고 총기 또한 많이 줄어들었을 터, 제발 또 수렴청정한다고 나대지 말고 뒷방에 조용히 엎드려 있으면 금상첨화일 것을……. 쯧쯧쯧.'

곁눈질하던 부제조상궁이 눈치를 보며 발림수작으로 아뢰었다.

"이순을 넘기셨는데 설마 두 번씩 수렴청정하겠다고 욕심을 내시겠습니까. 움직임이 없는 걸 보면 이번엔 왕대비마마께서 수렴청정하실 게 분명합니다. 소인은 그리 믿고 있사옵니다."

까르륵 잔망스럽게 웃던 조 대비가 호기를 부렸다.

"수강재 늙은이가 몇 년 더 수렴청정한다 한들 그게 뭐 대수인가? 인손 나이 이제 겨우 여덟 살이거늘! 내가 수강재 늙은이보다 스무 살이 더 젊지 않은가, 스무 살!"

순원왕후보다 열아홉 살 적은 조 대비가 가가대소하자 수정전 용마루가 화광충천했다. 암통한 표정으로 웃던 부제조상궁이 왕대비에게 남령초를 바쳤다. 힘차게 연기를 내뿜은 조 대비가 허공을 노려보며 피식 실소를 머금었다. '흥, 수강재 늙은이와 안동 김씨 일족들이 숨소리도 내지 못하고 죽은 듯 엎드려 살날도 멀지 않은 터!'

완창군과 부제조상궁, 조카들이 암통한 시선을 섞으며 일제히 화답했다.

"경하드립니다, 왕대비마마!"

"하하하, 이거야말로 욕거순풍欲去順風, 때마침 그 일에 좋은 조건이 이루어짐 아닌가? 바람에 돛을 달았으니 뜻을 이루는 건 시간문제로다! 하하하."

1849년 음력 6월 6일, 평명이 되자 중희당 주변에 팽팽한 긴장감이 감돌았다. 나달 전부터 심상치 않은 환후를 보인 금상의 병세가 갑자기 위중해졌기 때문이다. 병은 중하나 왕의 젊은 보령을 기대하고 있던 내관과 궁녀들의 황망한 발걸음 소리가 고요한 궁궐의 아침을 요란스레 깨웠다. 아직 왕세자 지명의식도 행하지 않은 터였다. 권력의 향방이 어디로 튈지 예측할 수 없었다. 백관들 모두 눈치를 보며 살얼음 밟듯 조심스러운 표정이 역력했다. 수강재에서 자릿조반을 들다 소식을 접한 순원왕후가 즉시 명을 내렸다.

"약방의 세 제조와 시임, 원임 대신, 각 신들은 당장 입시토록 하라!"

궐내 각사에서 대기 중이던 대신들과 내의원 도제조, 제조가 급히 중희당으로 두달음질쳤다. 약원은 곧 시약청으로 바뀌었다. 왕의 목숨이

풍전등화임을 의미했다. 외명부들도 속속 입궐해 침통한 표정으로 중희
당으로 향했다. 안동 김씨 일족과 풍양 조씨 일족들도 수강재와 수정전
으로 속속 모여들었다. 대왕대비의 부름을 받은 영의정과 도승지, 예조
판서가 급히 수강재 안으로 들어섰다. 눈물을 흘리던 순원왕후가 비장한
목소리로 명을 내렸다.

"주상 병세가 위중하니 지금 당장 상서원에서 옥새를 가져와 대왕대
비 전에 바치도록 하라! 또한 종묘와 사직, 각궁과 산천 모두에 속히 파
발을 띄워 주상을 위한 기도를 올리게 하고, 병조에 기별해 즉각 궁성을
호위토록 하라!"

영의정 일행이 급히 나가자 순원왕후가 손수건을 꺼내 눈물을 찍어
냈다.

"주상! 어찌 이리 황망히 할미 곁을 떠나시려는 게요. 주상! 주상!"

제조상궁이 제 풀에 서러워 상체를 바닥에 대고 몸부림쳤다. 이하전은
왕의 병세가 위독하기 전부터 수정전에 기거했다. 자객들이 이하전의 암
살을 기도했기 때문이다. 완창군 생일잔치에 초대된 광대 중 한 명이 탈
춤을 추다 갑자기 이하전을 향해 단도를 던졌다. 졸창간에 벌어진 일이
었다. 솔거노비들의 죽음으로 천신만고 끝에 목숨을 건진 이하전은 즉시
수정전으로 거처를 옮겨 왕대비와 함께 지냈다. 인손이 왕위를 이어받고
세상이 온통 풍양 조씨 세상이 될 것을 염려한 제조상궁은 입에 거품을
물고 비분강개했다.

"천변수륙하늘이 물과 물로 바뀐 듯 큰 변동이옵니다. 미구에 구명도생하게 생

겼으니 이를 어찌하오리까?"

힐끗 제조상궁을 내려다보던 순원왕후 입가에 미소가 반짝 스쳐 지나
갔다.

"노 상궁은 더 이상 내 마음을 아프게 하지 마라!"

상서원 당상관을 겸직하고 있는 도승지와 예조판서가 옥새를 받들고
들어섰다. 떨리는 손으로 옥새를 받아든 순원왕후가 자지러지게 울음을
터트렸다.

"주상! 주상! 보령 유충한 터에 어찌 이리 허망하게 가시려는 게요. 하
이고, 주상! 불쌍한 주상! 이를 어찌하면 좋을꼬!"

옥새를 품은 대왕대비 손가락이 파르르 경련을 일으켰다.

중희당 안에는 피골이 상접한 헌종이 의식을 잃고 누워 있었다. 옆에
선 모후인 조 대비와 후궁인 경빈이 눈두덩이 부은 채 계속 눈물을 쏟았
다. 고명대신들도 모두 들어와 앉았다. 질병내시들이 조용히 다가가 헌
종을 일으켜 앉히자 어의가 입속에 납약臘藥을 넣었다. 죽어가는 사람을
기사회생시킨다는 명약이었다. 임종을 앞둔 왕에게 납약을 먹이는 건 왕
이 맑은 정신으로 유훈을 남기게 하기 위함이다.

납약은 우황청심원과 소합원, 포룡환을 지장수와 납설수를 섞어 만들
었다. 지장수는 황토 진흙을 가라앉혀 만들고, 납설수는 대한大寒 때 내린
눈을 녹여 만들었다. 양기가 생겨나기 시작하는 동지를 지나 일 년에 단
한 번, 대한 때 내린 눈을 모았다. 반드시 놓아기르는 닭의 등에 수북이

쌓인 눈만 거두어 저장해 사용했다. 납약을 삼킨 왕이 잠시 후, 기적처럼 눈을 떴다. 질병내시들이 악장幄帳과 왕의 권력을 상징하는 붉은 도끼가 그려진 병풍을 설치했다. 헌종을 부축해 궤几에 기대앉게 하자 내시부 수장 종2품 상선이 바투 다가앉아 왕의 귀에 "전하 고명하시옵소서!" 하고 아뢰었다. 고개를 든 왕이 초점 풀린 눈으로 경빈을 애처롭게 바라보다 옥음을 냈다.

"경빈을…… 부탁……하오!"

승지가 유훈을 받아 적었다.

"절대로…… 절대로…… 경빈을 홀대해선 안 되오."

삼공육경과 원로대신들이 명을 받들겠다고 여출일구 답했다. 순간, 왕의 고개가 힘없이 떨어졌다. 승지들이 유교를 작성하기 위해 황망히 밖으로 물러났다. 질병내시들이 왕을 부축해 동쪽으로 머리를 향하게 눕히자 조 대비와 경빈이 자지러진 울음을 터트렸다.

"정신을 차리세요, 주상! 어미가 여기 있습니다."

"전하! 신첩도 여기 있습니다."

상선이 나서서 두 여인을 만류했다. 통곡은 쉽게 잦아들지 않았다. 시녀상궁들이 달려들어 조 대비와 경빈의 양팔을 단단히 곁부축했다. 그때, 문이 열리고 내시 네 명이 조용히 들어와 왕의 손과 발을 각각 붙잡았다. 헌종이 동공이 풀린 눈으로 모후를 찾았다. 이를 본 조 대비가 눈에 쌍심지를 켜고 "놔라! 주상이 지금 어미를 찾고 있다."라며 왜장독장쳤다. 대전 상궁들은 꿈쩍도 하지 않았다.

"비켜라! 지금 주상이 어미를 찾고 있다. 당장 물러서라!"

보다 못한 상선이 나섰다.

"이는 법도에 어긋나는 일이옵니다. 통촉하시옵소서!"

조 대비가 입에 게거품을 물고 불호령을 냈다.

"물러서라! 내 아들 주상이 아직 살아 있다. 감히 주상의 명을 거역할 셈인가?"

양손과 양발을 내시들에게 붙들려 있던 헌종이 개개풀어진 눈으로 조 대비와 경빈을 애절하게 바라보았다. 안쓰럽게 지켜보던 상선이 내시들을 향해 눈짓을 하자, 네 명의 내시가 다시 밖으로 사라졌다. 양팔을 붙잡고 있던 시녀상궁들이 뒤로 물러서자 조 대비가 왕을 끌어안고 통곡했다.

"주상! 어미가 여기 있습니다! 보이십니까?"

경빈도 어수를 붙잡고 애끓는 곡소리를 냈다.

"신첩을 보세요, 전하! 어서 눈을 뜨세요."

경빈과 끝까지 시선을 맞추려 안간힘 쓰던 왕이 의식을 잃고 풀썩 머리를 떨어뜨렸다. 순간, 조 대비와 경빈 입에서 동시에 비명이 터졌다. 상선과 상온, 상다가 조 대비 품에서 왕을 빼내려 하자 조 대비가 왕을 부둥켜안고 분탕질을 했다.

"안 된다! 주상의 어체가 아직 따뜻하다. 주상이 아직 살아 있음이야!"

이번엔 어의들이 만류했다. 조 대비는 왕을 부둥켜안고 끝내 내려놓지 않았다. 궁녀들이 달려들어 조 대비의 양팔을 단단히 틀어쥐고 나서야 간신히 어체를 빼냈다. 왕을 보료 위에 눕힌 어의들이 햇솜을 왕의 코 위에 얹은 다음, 솜이 흔들리는지 안 흔들리는지 주밀히 살폈다. 솜은 미동도 하지 않았다. 솜을 뗀 어의가 뒤를 돌아보며 고개를 젓자 눈을 새파랗게 지릅뜬 조 대비가 길길이 악쓰며 게거품을 물었다.

"다시 해라! 주상은 승하하지 않았다. 다시 해보거라."

다른 어의가 솜을 얹고 운김을 살폈다. 솜이 여전히 움직이지 않자 어의가 큰 소리로 외쳤다.

"주상 전하께서 훙薨하신 줄 아뢰오!"

조 대비와 경빈의 단말마가 터졌다. 이를 신호로 중희당 뜰에 모여 있던 문무백관과 종친, 내명부, 외명부들이 일제히 바닥에 꿇어앉아 자지러진 울음을 터트렸다. 곡소리는 끊임없이 각 전각으로 메아리처럼 퍼져 나갔다. 동쪽의 안산, 서쪽의 인왕, 남쪽의 목멱, 북악의 매봉 정수리로 끊임없이 번져 나갔다. 질병내시를 맡았던 사알이 왕의 동의대와 용포를 자신의 왼쪽에 걸친 뒤 밖으로 나갔다. 중희당 동쪽 지붕 처마 끝 낙수물받이를 딛고 지붕으로 올라간 사알이 용마루 한가운데를 밟고 섰다. 왼손으로는 왕의 옷깃을, 오른손으로는 왕의 옷 허리를 잡고는 북쪽을 향해 큰 소리로 복창했다.

"상위복! 상위복!"

곡소리들이 더욱 잔지러졌다. 지붕 위에 있던 질병내시가 옷을 밑으로 던지자 대기하고 있던 정5품 내관 상호尙弧가 함函으로 옷을 받았다. 질병내시가 서쪽 뒤 낙수물받이로 내려오자 기다리던 상호가 중희당 안으로 들어가 어체 위에 옷을 덮었다.

조정은 즉각 비상사태에 돌입했다. 26일 동안 모든 업무를 중지해 조의를 표하고 국장 준비에만 전념하는 공제公除가 선포되었다. 병조에서는 궁 안의 모든 군사들을 수문장청 앞에 집결시킨 뒤 필요에 따라 병사들을 이동시켰다. 돈화문, 금화문, 진선문, 경추문 등을 두텁게 지키게 하는 한편, 용호영과 금위영 군사들로 하여금 각 전각과 궐내 각사 주위를 겹겹이 에워싸게 했다. 오위도총부에서는 창덕궁 정문인 돈화문 앞에 군사들을 집합시켜 좌우로 진을 쳤다. 예조에서는 중앙과 지방에 공문을 보내 5일 동안 시장을 여는 것을 금지했다. 또 3개월 동안 도살과 혼인도 금지시켰다. 이조에서는 즉각 빈전도감과 국장도감, 산릉도감 등 임시 관청 세 개를 설치했다.

빈전도감에서는 장례일까지 염습과 소렴, 대렴 때 입힐 옷, 상복인 최복, 왕의 장례에 필요한 물건들 준비에 들어갔다. 국장도감은 왕의 장례 절차 전반에 걸친 일들을 총괄하는 기구로 옥책, 금보, 지석, 명기, 제전, 반우의 제작에 즉시 돌입했다. 산릉도감은 능을 조성하는 일을 맡았다. 현궁과 정자각, 재방, 금조 등의 광범위한 일을 수행하기 때문에 공조판서와 선공감정을 제조로 임명하고, 밑으로 당하관을 열 명이나 두었다. 총호사는 2품 이상의 공신 중에서 수릉관을 임명하고, 3품 이상의 내시들 중에서 시릉관을 임명했다. 또 한성부판윤을 교도돈체사로 임명해 장지까지 가는 데 있는 다리와 도로를 수리하거나 설치하는 일을 맡겼다.

선전관과 서북별부료 군관, 용호영 군사들이 중무장한 채 겹겹이 에워 싼 희정당 주위로 팽팽한 긴장감이 감돌았다. 대왕대비가 시, 원임 대신들을 비상소집한 편전 안 분위기는 침통했다. 젊은 왕을 잃은 원로대신들은 할 말을 잃고 비통한 눈물만 쏟았다. 눈두덩이 부은 순원왕후가 가슴을 치며 처절한 곡소리를 냈다.

“하이고, 하늘도 무심하시지. 어찌해 이 늙은이를 놔두고 보령 유충한 주상을 먼저 데려간단 말이오. 내 참척慘慽, 자손이 부모나 조부모보다 먼저 죽음을 다섯 번이나 당했으니 이런 기구 절창한 팔자가 세상에 어디 또 있단 말인가.”

감창한 대신들이 눈물을 흘리며 한마디씩 위로했다.

“소신들 죄가 크옵니다. 소신들이 복이 없어 이런 망극한 일을 당했으니 무슨 낯으로 종묘사직과 대왕대비마를 뵐 수 있으오리까?”

“천읍지애天泣地哀입니다. 조정 신료나 백성이 의지할 분은 오직 대왕대비마마뿐이오니 부디 너그러이 슬픔을 억누르소서!”

“신들은 불충한 자들입니다. 질긴 목숨이 끊어지지 않고 흰 머리만 생겨 무너지는 변을 당했으니 망극하나이다. 소신들을 벌하여 주소서!”

희정당 주위로 한바탕 눈물바람이 일었다. 그때 영의정 정원용이 잠시도 어좌를 비워 둘 수 없으니 속히 후대 왕을 하교해 달라고 대왕대비에게 청했다. 가풀막진 권돈인이 눈을 새파랗게 치켜뜨고 목청을 찢었다.

“후대 왕을 정하다니요? 인손이 지금 버젓이 수정전에 대기 중이거늘, 새삼 무얼 정한단 말입니까?”

권돈인이 다른 대신들의 동조를 얻기 위해 주위를 한 바퀴 살폈다. 반응은 냉담했다. 눈을 맞추려는 자가 한 명도 없었다. 이를 가시눈으로 쏘아보던 김좌근이 목청을 높였다.

"대감은 무슨 말씀을 그리합니까? 아직 왕세자 지명의식도 거행하지 않은 터에 어찌 인손을 왕세자라 칭할 수 있단 말입니까? 이는 천부당만부당한 일입니다."

약속이나 한 듯 다른 대신들의 청원이 계속 이어졌다.

"인손은 후사로 물망에만 올랐을 뿐 왕세자가 아닙니다."

"지명의식도 거행하지 않은 터에 어찌 인손이 사왕嗣王이 될 수 있단 말입니까?"

"후대 왕을 정하는 일은 오직 궁궐의 가장 큰 어른이신 대왕대비마마 심중에 달려 있습니다."

권돈인의 머릿속이 새하얗게 변했다. 귀에서 요란한 종소리가 울렸다. '이게 대체 무슨 날벼락인가? 그새 무슨 일이 일어난 것인가?'

실소를 머금고 권돈인을 노려보던 순원왕후가 비장한 표정으로 책과 종이 한 장을 서안에 쾅 소리 나게 올려놓았다.

"여기 후대 왕의 이름이 있소!"

권돈인의 눈에 번쩍 불이 일었다. 저 책, 저 종이……. 저것은 지난번 수강재에 갖다 준 종친부가 아닌가. 그렇다면 저 견지는 이하전의 이름이 쓰였던 바로 그 종이? 버캐가 하얗게 말라붙어 있던 권돈인의 입에서 안도의 한숨이 새어나왔다. '그럼 그렇지. 갑자기 다른 사람 이름이 튀어

나올 리 없지!'

영의정이 비장한 표정으로 "사왕은 누구시옵니까?" 하고 묻자 순원왕후가 고개를 돌려 권돈인과 시선을 맞췄다. 도리깨침을 삼키는 권돈인의 목울대가 요란스럽게 흔들렸다. 권돈인과 정면으로 시선을 맞춘 대왕대비가 함빡 웃으며 엄엄한 소리를 냈다.

"사왕은 은언군 손자이자 이광의 3자인 이원범이오!"

권돈인과 영부사 조인영의 입에서 동시에 헉 소리가 터졌다. 은언군? 이광? 이원범? 거열 당한 이원경의 동생? 아니, 이들이 대체 누구인가? 죄인, 역모죄, 거열, 유배, 강화도……. 설마 이자가 후대 왕? 대경실색한 두 사람이 거세게 체머리를 흔들었다. 이들은 5년 전 민진용의 옥사 때 추국관으로 참여해 이광의 장자인 이원경의 거열을 강력히 주청했었다. 그때 동생인 형제가 강화도로 유배를 갔었는데, 3자라면 막내인 바로 그 아이일 터인데……?

오색무주가 된 두 사람이 동시에 망부석이 됐다. 이원범이라면 원경을 잡아다가 추국할 때 함께 붙잡혀 와 흠씬 두들겨 맞고 피투성이가 된 채 형을 살려달라고 울부짖던 바로 그 아이인데 지금은 강화도에 유배 중인 죄인일 터, 설마 그 아이가 후대 왕? 새파랗게 질린 두 사람의 뺨이 무섭게 씰룩거렸다.

"영조 임금의 핏줄은 오직 방금 승하하신 대행과 이원범뿐이오. 이 두 사람만이 영조왕의 유일한 직계혈손이오. 당장 강화도로 달려가 의식과 절차에 맞춰 후대 왕을 봉영해 오도록 하시오!"

순원왕후가 권돈인을 향해 입꼬리를 올리며 희미하게 웃었다. 사색이 된 좌의정의 동공이 솔방울처럼 가파르게 흔들렸다. 순원왕후가 권돈인의 눈에서 시선을 떼지 않고 다시 엄명을 내렸다.

"봉영행렬을 준비할 동안 병조와 도총부 당상관들은 즉시 낭관과 삼영문 군교들을 이끌고 강화도로 달려가 원범의 집부터 호위토록 하시오!"

정신을 차린 권돈인이 입에 게거품을 물고 절규했다.

"이럴 수는 없사옵니다. 대행의 어체가 식기도 전에 어찌 후사를 손바닥 뒤집듯 마음대로 뒤집을 수 있단 말입니까? 이는 천부당만부당한 일입니다. 통촉하시옵소서!"

권돈인이 주위를 둘러보며 동조를 구했다. 그러나 눈빛을 맞추는 자가 한 명도 없었다. 모두 헛기침을 하며 먼산바라기만 했다. 그때 영의정이 버럭 역정을 냈다.

"원상을 맡았으니 대감은 그 일에나 근념토록 하시오. 자칫 잘못하다간 역심을 품었다고 의심받을 것이오."

권돈인의 입에서 헉 소리가 터졌다. '역, 역심이라니 코에 걸면 코걸이, 귀에 걸면 귀걸이인 대역모반 강상죄? 한번 옭아매면 결코 빠져나올 수 없는 죽음의 올가미? 어허, 이거 자칫 잘못하다가는 황천길로 들어서기 십상이겠구나!'

권돈인의 입이 곧바로 오돌막스러워졌다.

수정전에서 가파른 비명이 들렸다. 내전에선 입에 게거품을 문 조 대비가 당의 앞섶이 풀어진 채 겅중겅중 뛰고 있었다. 그 앞을 부제조상궁과 권돈인이 땀을 뻘뻘 흘리며 팔로 가로막았다. 난탕에 놀란 이하전이 벽에 등을 붙이고 요란한 울음을 터트렸다. 낭보를 기다리던 조카들과 완창군도 비분해 눈물을 쏟았다.

“비켜라! 비키라 하지 않았느냐?”

조 대비가 몸태질을 하며 부제조상궁에게 달려들었다. 순간, 황금칠보잠과 화려한 떨잠, 진주 뒤꽂이들이 와르르 방바닥에 굴러 떨어졌다.

“비켜라! 내 수강재 늙은이에게 직접 따져 물어봐야겠다. 어서 비켜라!”

고목처럼 버티고 선 부제조상궁이 끝내 물러서지 않았다. 펄펄 뛰던 조 대비가 분을 참지 못해 부제조상궁 가슴을 머리로 들이받았다. 벽에 부딪혀 넉장거리로 나자빠진 부제조상궁 이마에서 붉은 선혈이 치솟았다. 이번엔 권돈인이 팔을 벌려 급히 조 대비 앞을 가로막았다.

“비키세요, 대감! 어서요.”

“이미 시위를 떠난 화살입니다. 병조에서 이미 군사들을 이끌고 떠났습니다.”

풀썩 무릎이 풀려 주저앉은 조 대비가 혼잣말로 중얼거렸다.

“인손이 저리 멀쩡히 앉아 있는데 그리 비열하게 후대 왕을 바꿔치기 했단 말입니까? 더구나 유배 중인 죄인을요?”

시녀상궁들이 달려들어 수선스럽게 왕대비의 팔다리를 주물렀다. 당의 옷고름으로 이마의 피를 닦아 낸 부제조상궁이 조 대비의 의복을 정제시키고 비녀와 떨잠, 뒤꽂이 등을 다시 머리에 꽂아 주었다.

"은언군 손자라면 주상의 아저씨뻘일 터, 법도를 중히 여기는 지엄한 왕실에서 그리 후사가 이어지는 법도 있답니까?"

"대왕대비마마의 양자로 입적해 익종왕의 후사를 잇는다고 들었습니다."

왕대비 입에서 잔망스러운 웃음이 흘러나왔다. 나이 들어 기력과 총기가 떨어진 줄로만 알았는데 수강재 늙은이의 술수가 조조를 능가하고도 남을 모사지재였다.

"대체 일이 이 지경이 되도록 대감께선 무얼 하고 계셨답니까?"

권돈인이 눈시울을 붉히며 "대신들이 제게 역심을 품었다 했습니다." 하고 수답했다.

"뭐, 뭐요? 역…… 역심이라고요?"

이번엔 조 대비 낯빛이 흙빛으로 변했다. 자칫 잘못하다가는 유일한 우군인 좌의정마저 역모죄로 소리 소문 없이 사라질 수 있었다. 넋을 놓은 조 대비가 금방 젖은 솜처럼 노그라졌다. 이를 애련히 바라보던 권돈인이 눈물을 글썽이며 읍소했다.

"노잠작견老蠶作繭, 비단은 넉 잠을 잔 늙은 누에만 지을 수 있습니다. 지금은 때가 이른 듯하니 훗날 때를 도모하소서!"

생각에 잠겼던 조 대비가 "예, 알겠습니다. 바쁘실 터이니 대감은 그만 나가 보세요." 하고 순순히 응했다. 권돈인이 안심한 표정으로 사라지자 조 대비가 조카들을 향해 검지와 중지를 까딱거렸다. 조카들이 바투 다가앉자 조 대비가 은밀히 목소리를 낮췄다.

"지금 당장 자객들을 모으라!"

"예? 자, 자, 자객요? 지…… 지금 자, 자, 자객이라 하셨습니까?"

기겁초풍한 조카들이 어마지두해 정신줄을 놓았다. 이를 본 조 대비가 버럭 호통을 쳤다.

"말귀가 더딘 것이냐, 혼줄을 빼놓은 것이냐? 지금 당장 자객들을 모으라 했다. 여기서 나가는 즉시 은밀히 조선 최고의 자객들을 모으라! 반드시 무림의 고수 중 고수여야 한다. 은자는 얼마든지 들어도 좋다."

"하오나……!"

"어떤 일이 있어도 이광의 3자가 도성 안에 들어오는 것을 막아야 한다. 죄인만 없애면 인손이 순리대로 왕위를 이어받을 터!"

파르르 입술을 떨던 조영하가 '발각되는 날에는 멸문지화가 불을 보듯 뻔한데, 이는 너무 위험한 일 아니냐'고 물었다. 조 대비가 눈초리에 살기를 돋운 채 냉갈령으로 쏘아 댔다.

"어차피 가문의 사활이 걸린 일이다. 검객과 궁사를 반반씩 나누어 모으라! 무예가 출중한 군사들이 경호할 터이니 근접해 없애기는 힘들 것이다. 직접 나서지 말고 사람을 시켜 은밀히 강호에서 최고수 궁사들과 검객들만 모으라!"

겁에 질린 조카들이 계속 토를 달자 조 대비가 버럭 역정을 냈다.

"발각되는 자는 즉시 자결토록 비상을 나누어 주어라! 아니, 비상에다가 흑전갈독도 섞어라. 대신 후대의 후대까지 충분히 먹고 살 금은보화를 듬뿍 내려라. 이는 잘못된 것을 바로잡는다는 대의명분이 있으니 반드시 동조하는 자가 있을 것이다. 당장 서두르지 않고 뭘 하는 게냐?”

호통 소리에 놀란 조카들이 허겁지겁 밖으로 뛰쳐나갔다. 눈가를 파르르 떨던 조 대비가 허공을 쏘아보며 심중으로 중얼거렸다. ‘흥, 그리 머리를 쓰면 저는 뭐 가만히 당하고 있을 줄 아셨습니까? 육십 평생 온갖 부귀영화 누리고 살았으면 이젠 청심과욕해도 좋으련만, 꼭 이리 피를 봐야 하겠습니까? 쯧쯧쯧.’

뺨을 실룩이던 조 대비가 거세게 체머리를 흔들었다. 이하전의 두 귀를 막고 있던 부제조상궁 얼굴 위로 유혈이 낭자했다.

성동나루터를 향해 수십 필의 말들이 뽀얀 흙바람을 일으키며 달렸다. 병조와 도총부 정3품 당상관들이 앞장서고 뒤엔 낭관인 정랑과 좌랑, 선전관 그리고 수십 명의 군관이 뒤따르는 대단한 위용이었다. 군사들은 용맹하기로 소문난 서북 별부료군관들이었다. 이들은 산세가 험하고 날씨가 매섭기로 소문난 함경북도에서 단련돼, 타지방 출신 군사들보다 체력적으로 월등했다. 그중에서도 무예가 출중한 군사들만 병조에서 뽑아 와 궁궐의 호위임무를 맡겼다. 정상적인 경비가 아닌 비목에서 월급을 지불했기 때문에 일명 별부료군관으로 불렀다. 수많은 군사가 한꺼번에 나루터로 달려오자 나룻배를 기다리던 촌부들이 소스라치게 놀라 뒷걸음질을 쳤다. 두대박이 쌍돛이 터질 듯 수수러지자 이들은 지체하지 않고 곧바로 바다를 건넜다. 강화도 갑곶나루터에 닿자 다시 거침없이 말을 달려 강화도 동문인 진해루를 통과했다. 병조 고위관리들 수십 명이 군사를 이끌고 들이닥치자 혼비백산한 강화유수가 대청에서 뛰어내렸다.

“무, 무슨 일이오?”

“곧 영의정 대감께서 봉영 사절을 이끌고 도착하실 겝니다.”

“예? 봉, 봉영 사절이라니요?”

“은언군 손자이자 이광의 3자께서 후대 왕이 되셨습니다.”

조형복이 헉 소리를 내며 움찔 몸을 떨었다. 뇌리 속으로 다 쓰러져 가는 초가삼간에서 밥 세끼 걱정을 하며 비루한 삶을 살고 있는 형제 얼굴이 주마등처럼 스쳐 지나갔다. 때로는 나무를 팔고, 때로는 석청이나 귀한 버섯들을 채취해 구접스러운 삶을 이어 가고 있는 초라한 죄인들……. ‘설마 그 죄인 중 한 명이?’ 입을 틀어막은 강화유수 낯빛이 흙색으로 변했다. 강화도에서, 그것도 죄인의 몸으로 유배 중인 자가 왕이 되다니 이는 단 한 번도 유례없는 일이었다. 즉시 강화유수부에 임시 호위청이 설치됐다. 당상관들이 팔을 걷어붙이고 진두지휘에 나섰다. 일부 낭관과 선전관, 별부료군관들은 원범의 집에 급파됐다. 강화부 소속 군사들에게는 봉영 사절을 맞이하기 위해 도로를 넓히거나 땅을 고르게 하는 일을 맡겼다. 봉영 사절을 실어 나를 대형 운반선과 세곡선, 소금선도 징발했다. 백성들도 거의 다 동원돼 봉영 사절의 식사 준비에 착수했다. 조용한 섬 강화도가 순식간에 들썩거렸다.

그때 만인지상 일인지하인 영의정 정원용은 대취타를 앞세운 채 수백 명의 봉영행렬을 이끌고 위풍당당 김포를 지나고 있었다. 조선 개국 이

후 가장 먼 곳으로 왕을 봉영하러 가는 길이었다. 취타수 소리에 맞춰 일사불란하게 움직이는 봉영행렬의 위용은 장대했다. 화려한 의장기들 뒤로 대왕대비의 교서가 담긴 오색 채여와 보연이 힘차게 굴러갔다. 뒤로는 봉영 대신인 영의정을 선두로 봉영 승지인 도승지와 문무관료, 내관, 얼굴을 보이지 않도록 황색 너울을 쓴 궁녀들, 식사를 담당할 사옹원 소속 요리사인 대령숙수들이 수백 명의 자비差備, 잡역에 동원되는 사옹원 소속 천인들을 이끌고 끝없는 행렬을 이루었다. 휘장과 차일을 가득 실은 배설방 소속 수레들과 식자재를 실은 수레들도 끝없이 뒤따랐다. 백성들은 왕의 죽음을 슬퍼할 겨를도 없이 평생 한 번 볼까 말까 한 진귀한 구경을 하기 위해 구름처럼 몰려들었다.

들창문을 열고 가마 안에서 느긋이 장죽을 물고 있는 정원용의 얼굴에선 승자의 여유로움이 한껏 배어 나왔다. 조 대비와 권돈인이 인손을 믿고 마음 놓고 있을 때 그들의 뒤통수를 치고 안동 김씨 쪽에서 후대왕을 세울 수 있었던 건 순전히 그의 공로였다. 왕대비와 대왕대비는 서로 상대방 처소의 궁녀들을 매수해 내통했다. 수시로 염탐꾼을 보내 상대방을 감시하며 극렬히 견제했다. 툭하면 쏘삭질과 흑책질로 시야비야 하며 상대방 처소의 궁녀들을 잡아다 가혹한 매질을 했다. 때문에 조 대비와 권돈인을 완벽하게 속여 넘기기 위해서는 무엇보다 먼저 순원왕후의 최측근인 제조상궁과 안동 김씨 일족을 속여야만 했다. 그래야 상대방이 대처할 시간을 안 주고 결정적 순간에 완벽히 뒤통수를 칠 수 있었다. 노회한 정치인과 다름없는 순원왕후는 슬픈 눈빛으로 간능스럽게 연기를 잘해 주었다. 상대방보다 먼저 손을 써 단숨에 제압하는 선발제인 전법이었다. 교지를 내리는 순간까지 조 대비 일족과 권돈인이 전혀 눈치채지 못한 데에는 두 사람의 이런 치밀한 계략이 숨어 있었다. 종친 명부에서 원범을 찾아내 후계자로 천거한 것도 정원용이었다.

"가족은 형제뿐입니까?"

"예. 원범과 경응은 이복형제입니다. 이광은 초혼인 최씨에게서 원경을, 이씨에게선 경응을, 염씨에게서는 원범을 낳았습니다. 마포나루터 주막집을 드나들다 술심부름하던 염씨와 눈이 맞아 원범을 낳았다고 합니다."

"저, 저런, 기구한 인생이로세. 불쌍한 아이로다!"

"스무 살이 넘으면 양자를 삼지 않는 게 관습이니 원범을 택군하소서. 워낙 한미한 집안인지라 위세 부릴 만한 강근지친이나 족지족이 없어 택군하기에 가장 적합한 인물로 사료되옵니다."

순원왕후가 뜨악한 표정을 지었다. 유배 중인 자를 왕으로 맞은 예가 5백여 년 종사에 유례가 없질 않은가? 심중을 읽은 정원용이 은밀히 아뢰었다.

"복작해 엄적시키면 무탈할 것입니다."

안동 김씨 순원왕후와 동래 정씨 정원용은 먼 친척뻘이었다. 세칭 회동 정씨라 불리는 동래 정씨는 조선조에 가장 정승을 많이 낸 삼한갑족에 지란옥수이다. 우암 송시열이 동래 정씨 가문을 고라니라 칭하며, 자신의 집안을 지렁이라고 비유할 정도의 명문가였다. 한데, 정원용의 선조인 정유길의 외손자가 바로 순원왕후 선조이자 정묘호란의 충신인 김상용, 김상헌 형제이다. 멀리 따져 보면 정원용의 집안은 순원왕후 선대의 외가가 되는 셈이다. 정원용이 순원왕후 최측근이자 안동 김씨의 오랜 협조자였던 데에는 원만한 성품과 탁월한 능력 외에도 이런 인척관계가 한몫했다. 김좌근이 견지를 꺼내 "여기 이름과 사주가 있습니다." 하며 대왕대비에게 바쳤다.

"제왕의 사주이던가?"

김좌근이 의미심장한 미소를 지으며 답했다.

"아닙니다, 누님! 그래서 택한 것입니다."

눈동자를 굴리던 순원왕후 입가로 시나브로 미소가 번졌다. '그럼 그렇지! 역시 모사지재로는 영의정과 동생을 따를 자가 없구나.' 순원왕후가 흡족한 얼굴로 고개를 주억거렸다. 정원용과 김좌근은 순원왕후를 찾아오기 전, 조선 최고의 술사 두 명을 따로 불러 원범의 사주를 풀어 보게 했다. 두 술사의 사주풀이는 한 치의 틀림없이 똑같았다.

"한여름의 촛불 격이니 쓸모없는 불입니다. 뜨겁지도 않고 밝지도 않은 그저 그림 한 장 보일 만한 빛, 겨우 한 손만 녹일 수 있는 열입니다. 스스로는 약하고 위태로우나 장생지를 깔고 있어 양인의 힘을 받으니 조상 덕에 큰 자리에 오르는 사주입니다. 무관 사주임에도 큰 감투를 얻어 쓰니 결국은 복이 화로 변할 것입니다. 방 한 칸도 제대로 밝히지 못할 불빛으로 세상을 밝히려 하니 역부족으로 풍상고초가 클 것입니다."

다른 술사는 이렇게 풀이했다.

"편인이 격을 갖추었으니 매우 영민하고 요령 있는 인물입니다. 한 글자를 알려 주면 만 글자를 알 정도로 머리가 비상합니다. 허나 손과 발이 묶여 있어 항상 누군가 감시하고 간섭을 받는 사주입니다. 상대를 제압하기 위해 피를 보는 백호대살도 없고, 주변 압력을 견디고 이겨 내는 괴강살도 없습니다. 한마디로 큰일을 하기엔 천품과 성정이 너무 유약합니다. 허나 여자와 술, 꽃은 넘쳐납니다. 도화살이 좌우 두 개나 있어 앉은 자리에도 여자가 있고 문밖에도 여자가 있습니다. 거기다 조화 역마살까지 있어 주색에 빠지기 쉽고, 앉은 자리가 불편해 늘 밖으로 나돌아 다닐 것입니다."

정원용과 김좌근이 동시에 무릎을 쳤다. 어허, 이보다 더 택군하기에 적합한 사주는 없다! 안동 김씨 세상에 걸림돌이 되지 않을 왕, 있는 듯 없는 듯 조용히 엎디어 있을 왕, 술과 여자만 계속 대주면 주색잡기에 몰두해 있을 왕, 감히 안동 김씨와 수구 세력에 대들거나 저항하지 못할 왕, 허수아비 왕을 숙명처럼 받아들일 성정이 유약하고 심약한 왕, 택군할 왕으로 이보다 더 좋을 순 없다! 이보다 더 적합한 인물은 조선 천지에 없다. 어허, 이거야말로 안성맞춤이로세. 안동 김씨 나라여, 영원하라! 천년만년 영원하라!

장대한 봉영행렬이 취타 소리에 맞춰 통진을 향해 일사불란하게 움직였다.

한여름 땡볕이 작열했다. 초가집 지붕 위로 박꽃이 지고 난 자리마다 조롱박들이 오롱조롱 매달려 있었다. 그사이로 염천의 뜨거운 열기가 아지랑이처럼 스멀스멀 피어올랐다. 더위에 지쳐 일찍 산에서 내려온 형제는 박우물 옆 수세미 넝쿨 아래서 등목을 시작했다. 그때 멀리서 말발굽 소리가 들려왔다. 미세한 진동이 느껴질 정도의 빠른 속도였다. 강화도에서는 단 한 번도 들어 본 적 없는 빠른 말발굽 소리, 어디선가 들어 본 듯한 소리, 말 등을 박차며 기세를 올리는 요란한 말발굽 소리는 원범의 집을 향해 점점 가까이 들렸다. 순간, 형제의 낯빛이 잿빛으로 변했다. 5년 전 경행방 집에서 들었던 바로 그 소리였다. 영문도 모른 채 전옥서로 잡혀 갔던 큰형은 억울한 누명을 쓰고 거열로 오사됐고, 형제는 그 후로 다시는 집에 돌아가지 못했다. 눈빛을 맞춘 형제가 동시에 저고리를 입었다. 옷고름을 매는 손이 사시나무 떨리듯 덜덜덜 떨렸다.

"형! 아무래도 우리 집으로 오는 것 같으우. 우선 피합시다."

"너 먼저 가. 난 먹을 것 좀 챙겨 가지고 갈게. 어서 가. 빨리!"

"혜각사로 갈 테니 그리로 와요."

원범이 쏜살같이 뒷문으로 빠져나갔다. 정주간으로 달려간 경응이 아침에 봉이가 주고 간 쑥버무리 몇 덩이를 연잎에 쌌다. 손이 떨려 떡을 몇 번씩이나 놓쳤다. 점점 크게 들려오던 말발굽 소리는 요란한 말 울음 소리와 함께 정확히 원범의 집 앞에서 멈췄다. 뛰어서 집 주위를 겹겹이 에워싸는 발걸음 소리가 한동안 지축을 흔들었다. 혼비백산한 경응이 떡 보자기를 내던지고 밖으로 뛰쳐나갔다. 방으로 숨기 위해 급히 섬돌을 밟는 순간, 발을 헛디뎌 그만 마당으로 나둥그러지고 말았다. 경응은 일어나지 못한 채 한동안 버둥거렸다. 안으로 들어서던 낭관과 선전관들이 기함해 강화부 군사에게 물었다.

"누구인가?"

"이광의 2자 경응입니다."

"어서 의원을 부르게!"

강화부 군사가 뛰쳐나가자 경응의 이마에서 흐르는 피를 닦아 주던 좌랑이 물었다.

"저는 병조 낭관입니다. 동생분께서는 지금 어디 계십니까?"

경응이 강하게 고개를 저으며 입을 앙다물었다. 죽는 한이 있어도 동생만은 살아남게 해야 한다. 동생마저 죽는다면 우리 집안은 완전히 멸절될 것이다. 겁에 질린 경응이 연신 도리질을 했다. 이를 안쓰럽게 바라보던 선전관들이 끌끌 혀를 차며 심중으로 중얼거렸다. '경궁지조驚弓之鳥, 화살에 맞은 새는 구부러진 나무만 봐도 놀람로다! 종친의 몸으로 그동안 얼마나 경난을 겪었으면 저 지경이 되었을꼬.'

낭관이 다시 관곡하게 달랬다.

"해치러 온 것이 아닙니다. 아우분께서 후대 왕으로 지명되셨기에 병조에서 미리 경호를 온 것입니다. 영의정이 이끄는 봉영 사절이 곧 도착할 겁니다."

경응의 입가에 피식 실소가 번졌다. '말도 안 되는 소리! 동생이 왕이 된다고? 세상에 이런 황당한 말이 어디 또 있단 말이냐. 너희가 나를 아주 우습게 아는구나. 유배 중인 죄인이 어찌 왕이 될 수 있단 말이냐. 왕권을 위협한다 하여 선조들과 형까지 모두 역모죄로 죽여 놓고 나서는 이제 와 원범일 왕으로 모셔 가기 위해 찾아왔다? 흥! 동생까지 죽여 우리 집안의 씨를 멸절시키려고 지금 말도 안 되는 소리로 나를 회유하고 있다. 어림없는 소리!'

도리머리를 하던 경응이 "난 모르오! 혼자 집에 있어서 동생이 어디 있는지 모릅니다." 하고 비장한 소리를 냈다. 낭관과 선전관들이 이거 골치깨나 아프겠군, 하는 표정으로 한숨을 쏟았다. 강화부 군사가 의원을 데리고 헐레벌떡 들어서자 낭관과 선전관들이 경응을 맡기곤 바람처럼 사라졌다.

양촌 산길에 말발굽 소리가 요란했다. 검은 옷을 입고 복면을 한 수십 명의 실장정들이 인적이 드문 에움길과 자욱길만 골라 힘차게 달렸다. 일부는 등에 검을 메고, 일부는 살상용 무기인 정량궁을 메고 있었다. 이들은 천리경과 표창, 협도, 단검도 빠짐없이 소지했다. 말 등에는 건량乾糧과 검은 보자기에 싸인 물체가 북두끈으로 단단히 묶여 있었다.

자객이었다!

비록 무과에 급제하지는 않았지만 강호에서 이름을 날리는 무예가 출중한 협객들이었다. 무림에서도 소문난 무도의 고수들이었다. 이들이 위험천만한 일에 쉽게 동조할 수 있었던 건 대의명분 때문이었다. 왕세자로 승인돼 세간에 알려진 인손을 제치고, 왕이 승하한 날, 대왕대비가 갑자기 선왕의 후계자를 바꿔치기했다. 신하가 왕을 선택했으니 반계곡경

盤溪曲逕, 일을 순리대로 안 하고 그릇된 수단을 써 억지로 함이자 역모이다. 왕을 바꿔치기한 자들은 외척의 세도정치로 민생을 도탄에 빠트린 안동 김씨들이다. 왕으로 세우려 하는 자는 강화도에서 역모죄로 유배생활 중인 죄인이다. 3대가 내리 역적 죄인인, 결코 왕이 될 자격이 없는 자이다. 더구나 선왕보다 항렬이 높다. 아저씨뻘 되는 자가 종법을 거스르며 조카의 후사를 이으려 하고 있다. 이는 백성 된 자로서 반드시 막아야 할 일이다!

대의명분을 중히 여김은 사대부들에게만 해당되는 것이 아니다. 비록 강호에서 무예를 갈고 닦을망정 이들에게도 잘못된 것을 바로잡는다는 명분은 모든 일에 우선했다. 하물며 나라의 주인이자 만백성의 어버이인 왕의 후사 문제에 있어서야 더할 나위가 없었다. 비분강개한 이들은 왕으로 지목된 강화도 죄인을 없애는 일에 거리낌 없이 목숨을 걸었다. 이들에게는 구국충정에 다를 바 아니었다.

자객들에게는 신분을 알 수 없는 자로부터 두 가지 물건이 주어졌다. 하나는, 단 한 번 본 적도 만진 적도 없는 엄청난 양의 금괴와 은괴였다. 이를 팔아 전답을 마련한다면 후대의 후대까지 충분히 먹고 살 엄청난 양이었다. 워낙 무예가 출중해 설사 붙잡힌다 해도 웬만한 상황에서는 능히 빠져나올 수 있을 터였다. 이번 일만 성공하면 명분도 쌓고, 평생 돈 걱정 없이 무예를 닦을 수 있는 절호의 기회였다. 또 하나는, 흑전갈독을 섞은 비상이었다. 만에 하나 잡혀서 빠져나오지 못할 경우, 협객에 걸맞게 빠르고 깨끗하게 목숨을 앗아 갈 독극물이었다. 자객들은 금괴와 은괴는 가족에게 남기고, 기름종이에 담긴 비상은 빨리 꺼낼 수 있도록

92

저고리 옷섶에 주머니를 달아 집어넣었다.

자객들은 산을 지나 해변을 향해 달렸다. 주홍빛 석양을 받으며 빠른 속도로 달리는 모습은 병조 선발대의 위용과 비견해도 손색이 없었다. 자객들은 대곶 직전 악암리에서 방향을 틀어 인적이 드문 나루터로 향했다. 그곳엔 이미 큰 세곡 운반선이 대기 중이었다. 이들은 사공을 제치고 빠른 속도로 노를 저었다. 강화도 남동쪽 황산도 방향이었다. 황산도를 비껴 간 자객들이 일제히 천리경을 들어 좌우로 해변을 살폈다. 초소는 비어 있었다. 강화부에 내려진 총 비상동원령 때문이었다. 배는 강화도 남동쪽 해변 끝에 조용히 접안했다. 검을 빼든 자객들이 말과 함께 배에서 뛰어내려 해변으로 달렸다. 그 뒤에 서 있던 궁사들이 정량궁을 꺼내 일제히 공격 자세를 취했다. 먼저 도착한 자객들이 해변에 설치된 목책을 뜯어내자 뒤따르던 자객들이 순식간에 강화도에 상륙했다. 자객들은 석양의 진홍빛 햇살을 받으며 초지리 방향의 몽밀한 오리나무 숲으로 유유히 사라졌다.

강화 유수부 뒷산이 마지막 햇살을 받아 붉게 물들었다. 휴식을 위해 숲으로 날아들던 잘새들이 소란스러움에 놀라 하늘로 치솟았다. 고려 궁터지에 자리 잡은 강화행궁 앞은 분주하고 번라했다. 승평문 앞부터 갑곶나루터까지 봉영행렬이 길게 이어져 일대 장관을 이루었다. 마차에서 뛰어내린 정원용의 낯빛은 창백했다. 예를 갖춘 채 기다리고 있던 강화부 유수와 당상관들에게 눈길 한번 주지 않고 쌩 바람 소리를 내며 안으로 사라졌다. 그 뒤를 도승지와 예방승지, 문무관료들이 허겁지겁 뒤쫓았다. 동헌 대청마루 의자에 털퍼덕 주저앉은 정원용이 대뜸 탄식부터 쏟아냈다.

"어허, 이게 대체 무슨 변고란 말인가. 봉영식을 해야 할 인물이 도망을 쳐 감쪽같이 사라졌다?"

"면목 없습니다. 해하러 온 줄 알고 어디 깊숙이 숨은 것 같습니다."

대노한 영의정이 명아주 지팡이로 대청마루를 두들기며 노발대발했다.

"어허, 그걸 지금 말이라고 하는 겐가? 그럼 이광의 3자가 하늘로 올라갔단 말인가, 땅으로 꺼졌단 말인가. 숨어 봤자 강화도 안이지, 대체 어딜 갔다고 해 넘어가는데 아직도 못 찾은 겐가?"

보다 못한 강화유수가 병사들을 동원해 강화도를 샅샅이 뒤졌지만 그 어디에도 없었다고 아뢰었다. 격분한 영의정이 대청마루를 발로 쾅, 쾅, 구르며 화풀이를 해댔다.

"대체 강화유수가 얼마나 부실하면 일을 이 지경으로 만든단 말인가? 가만히 서 있지만 말고 당장 밖으로 뛰어나가 산과 들을 뒤지게. 당장 찾아 이리 데려오란 말일세!"

날벼락을 맞은 조형복이 얼굴을 붉히며 동헌 밖으로 뛰쳐나갔다. 영의정의 지청구는 계속됐다.

"도망치지 못하도록 조심스럽게 움직였어야지, 대체 얼마나 요란을 떨었으면 형은 팔이 부러지고 동생은 도망을 쳤는가."

면구해진 당상관 일행이 뺨을 붉히며 죄인처럼 고개를 숙였다.

"어허, 이거 수강재 용마루가 날아가게 생기질 않았는가. 어서 파발을 띄우게. 난 원범의 집으로 갈 터이니, 자네들은 이곳에 남아 대왕대비마마의 명을 기다리게!"

풀무 소리를 내던 정원용이 당상관들 호위를 받으며 원범의 집으로 향했다. 그 뒤를 배설방 소속 관원들과 사옹원 관원 일부가 각색장 수십 명을 이끌고 뒤따랐다. 하늘이 검기울기 시작하며 순식간에 어둑발이 먹물처럼 번졌다. 원범의 집만 싸리횃불이 집 주위를 에워싼 채 대낮처럼 밝았다.

경웅은 겁을 잔뜩 집어먹고 방 안에 엉거주춤 앉아 있었다. 한쪽 팔은 길게 부목을 대고 어깨까지 흰 헝겊을 칭칭 동여매고 있었다.

"동생은 지금 어디에 있소?"

"모릅니다. 전 모르는 일입니다."

경웅이 도리질하며 펄쩍 뛰었다. 순간, 정원용의 눈빛이 날카롭게 빛났다. 저 강력한 부정의 의미는 바로 공포와 두려움이다. 의도적으로 감추고 있는 것이다. 공포나 두려움, 분노처럼 인간의 행동을 강력하게 이끄는 동기는 없다. 생존과 직결되기 때문이다. 지금 저 아이는 동생을 살리려 안간힘 쓰고 있다. 자신 한 명으로 희생을 끝내겠다는 단호한 결심이 엿보인다. 새파랗게 치켜뜬 분노의 눈빛은 억울하게 죽은 선조나 형처럼 동생까지 죽일 수는 없다며 항변하고 있다.

힘이 부쳐 쪽마루에 엉덩이를 걸친 정원용이 측은지심으로 경웅을 바라보며 속으로 중얼거렸다. '참으로 불쌍한 내력이로다! 사도세자 후손인 당당한 왕족으로 태어나 그 얼마나 부탕도화赴湯蹈火, 끓는 물에 뛰어들고 불을 밟음를 겪었으면 저 지경이 되었을꼬? 허나 이제 곧 짓밟히고, 터지고, 쭈그러지고, 상처뿐인 씨앗에서 파란 싹이 터지고 도담스러운 꽃봉오리가 피어날 것이다. 하여, 조선에서 가장 크고 아름다운 열매를 맺게 될 것이다. 인생사 새옹지마라 하더니 어허, 그야말로 진리의 말이로세!' 영의정이 목소리를 낮춰 관곡하게 타일렀다.

"해하러 온 게 아니오. 전하께서 오늘 낮에 승하하셨소. 대왕대비마마께서 동생분을 후대 왕으로 지목하셨기에 봉영 사절이 지금 당도한 것이오. 허니 어서 동생 있는 곳을 대시오!"

경웅이 벽을 향해 돌아앉았다. 난감한 표정으로 혀를 차던 정원용이 힘겹게 엉덩이를 뗀 뒤 마루로 올라갔다. 식겁한 당상관들이 만류하자 불같이 역정을 냈다.

"그럼 어서 가서 찾아오게. 이광의 3자를 찾아 당장 내 앞에 데려오란 말일세!"

할 말을 잃은 당상관과 낭관들이 고개를 숙인 채 문밖으로 사라졌다. 방으로 들어간 정원용이 미간을 잔뜩 찌푸리고 생경한 표정으로 방 안을 둘러보았다. 평생 단 한 번도 접해 보지 못한 초라함이다. 콧구멍을 발록이며 쿵쿵 냄새를 맡던 영의정의 눈과 이를 주시하던 경웅의 눈이 순간, 딱 마주쳤다. 정원용이 헛기침을 하며 씩 억지웃음을 웃자, 움찔 몸을 떨던 경웅이 겁에 질려 영의정 눈빛을 분주히 살폈다. 마주바라기를 한 두 사람 사이에 잠시 치열한 눈싸움이 벌어졌다. 이윽고 공작 홍

배孔雀胸背가 달린 비단 관복을 조심스레 부여잡은 정원용이 황토벽에 얌
전히 등을 기대고 앉았다. 칠순을 바라보는 영의정 정원용과 스물두 살
의 경응이 서로 맞은편 흙벽에 기대앉아 복잡한 시선으로 서로를 노려
보았다.

　칠흑 같은 산길로 검은 그림자들이 쏜살같이 달렸다. 솔부엉이와 소쩍
새, 두견새가 화답하듯 수군대는 밤이다. 흘레를 하는 들짐승 소리도 날
카롭게 들렸다. 검은 그림자들은 혜각사를 지나 산 위로 계속 기어 올라
갔다. 다섯 개의 검은 그림자는 산 정상에 거의 다 올라가서야 걸음을 멈
추고 일제히 관솔불을 밝혔다. 환한 불빛이 퍼지며 송진 냄새가 진동했
다. 비 오듯 땀을 흘리던 다섯 사람이 가파른 산길 오른쪽을 돌아 정상
바로 밑에 어웅하게 뚫려 있는 동굴 속으로 들어갔다. 순간, 음침하고 축
축한 기운이 해무처럼 온몸에 달라붙었다. 병자호란 때 발견된 큰 동굴
이었다. 서낙한 분애가 "오라버니!" 하고 외쳤지만 인기척이 없었다. 이
번엔 봉이가 소리쳤다.
　"원범아! 나야, 봉이! 어서 나와."
　그제야 굴 안쪽에서 원범이 몸을 덜덜 떨며 나타났다. 다섯 사람이 동
시에 등짐을 풀어 이불과 떡, 음식들을 펼쳐 놓았다. 분애가 원범에게 누
비처네를 덮어 주자 봉이가 연잎에 싼 밀밥과 산나물들을 바투 밀어 주
었다. 원범이 허겁지겁 손으로 집어먹자 금이와 말복이 옷 몇 벌을 내놓
았다. 동영과 분애는 큰 향통에 담은 물과 쑥버무리를 내놓았다.

“형은 어떻게 됐어? 잡혀 갔어?”

모두 동시에 도리머리를 했다. 어색한 침묵이 산안개처럼 뽀얗게 일었다. 봉이도 연신 고개를 갸웃거렸다.

“그게 좀 이상해. 도무지 이해 안 되는 게 있어. 지금 대단한 행렬이 강화도에 와 있거든? 오늘 임금님이 돌아가셔서 원범이 너를 왕으로 모셔 가기 위해 봉영 사절이 온 거래”

“말도 안 되는 소리!”

원범이 단숨에 말을 끊었다.

“날 찾아내려고 지금 수작 부리는 거야. 너희들…… 날 왕으로 모셔 가기 위해 왔다는 말을 믿니?”

다섯 명이 일시에 고개를 저었다. 머쓱해진 원범이 뜨악한 표정을 짓자 봉이가 배시시 웃으며 위로했다.

“원범이 네가 종친이긴 하지만 너희 할아버지 세 명이랑 큰형까지 모두 역적죄로 죽임을 당했다며? 할머니와 큰어머니도 천주교 믿다 처형됐고?”

“응, 맞아!”

“더구나 너희 형제는 지금 유배생활 중이잖니. 한데 어떻게 네가 왕이 될 수 있겠니?”

흥분한 말복이 “그럼 저 사람들은 대체 뭐야? 원범이 집에 지금 영의정이 와 있대. 멀리서 잠깐 살펴봤는데 너희 집을 빨간 군복을 입은 장대 같은 군사들이 싸리횃불을 들고 겹겹이 둘러싸고 있더라고” 하고 목청을 높였다. 이번엔 금이가 외쳤다.

"그뿐인 줄 아니? 너희 집 밑에 얼마나 큰 천막들이 쳐져 있는 줄 알아? 글쎄 그 앞에서 파란 옷을 입은 남정네들이 음식을 만들고 있더라고. 하이고, 사내자식들이 음식 만드는 꼴이라니……. 정말 말세야, 말세!"

침묵이 이어졌다. 갑자기 이해 못 할 너무 많은 일이 한꺼번에 생겼다. 총명하고 재기 넘치는 봉이도 갈피를 잡지 못해 연신 고개만 갸웃거렸다. 골똘히 생각에 잠겨 있던 동영이 단숨에 상황을 정리했다.

"곧 인경 소리 울릴 때 됐어. 상황이 어떤 것인지 분명히 알기 전까진 원범이 넌 여기 이대로 있어야 해. 자칫 잘못 움직였다간 큰 낭패 볼 수 있어."

봉이도 거들었다.

"그렇게 해. 음식 충분하니까 내일까지 기다려 봐. 자세히 알아보고 내일 다시 올게!"

아쉬운 작별을 한 동무들이 막 동굴을 빠져나갈 때였다. "봉이야!" 하고 부르는 원범의 절박한 외침이 들려왔다. 봉이가 휙 돌아서자 원범이 눈물을 그렁그렁하며 파르르 입술을 떨었다.

"난, 난 죽는 게 무서운 게 아냐. 봉이 너를 다시는 못 볼까 봐 그게 더 무서워!"

봉이가 달려가 와락 원범의 품에 안겼다.

"그런 일 없을 거야, 절대로! 원범이 넌 내가 평생 지켜줄게. 나만 믿어! 나도 이제 원범이 너 없인 못 살아."

깊은 포옹을 끝낸 두 사람이 눈물을 흘리며 아쉬운 작별을 했다.

혜각사 산자락엔 자객들이 말을 끌고 속속 모여들었다. 검은 옷에 복면을 해 어둠 속에서도 분간이 잘 되지 않았다. 모두들 목숨을 걸고 나선 일이었지만 이상하게 돌아가는 일 때문에 자객들도 혼돈스러웠다. 왕으로 지목된 자가 도망을 쳐 봉영 사절조차 찾지 못해 우왕좌왕하고 있다? 이건 아무리 생각해도 이해하기 힘든 상황이었다. 더구나 봉영 사절이나 자객 모두 임금으로 지목된 자의 얼굴을 몰랐다. 그러니 섣불리 찾아 나설 수도 없는 노릇이었다. 멀리서 봉영 사절의 동태를 살피며 기회를 엿보는 수밖에 별다른 방도가 없었다. 속전속결로 일이 끝날 줄 알았던 자객들로서는 큰 낭패였다. 현재로서는 영의정이 있는 집을 감시하는 것만이 최상의 방책이었다.

방금 전까지 자객 중 일부는 멀리서 원범의 집을 살피다 돌아왔고, 일부는 강화유수부 동헌을 살피다 돌아왔다. 분명한 것은 지금 봉영 사절의 움직임이 갈피를 잡지 못하고 가리산지리산하고 있다는 사실이다. 영의정은 초라한 초가삼간에 진을 친 채 연신 역정을 내며 한양으로 쉴 새 없이 파발을 띄웠다. 비상사태를 의미하는 삼현령이었다. 한양에서 강화도로 오는 파발마 소리도 끊이질 않았다. 강화도 섬 전체가 종일 말발굽 소리로 요동쳤다. 자객들은 불안한 눈빛을 번득이며 한 치 앞도 예측할 수 없는 상황에 전율했다. 그때 산 위에서 뛰어 내려오는 요란한 발걸음 소리가 들렸다. 놀란 자객들이 숨소리를 죽이고 땅바닥에 납작 엎드렸다. 혜각사 위에서 내려오는 검은 그림자들은 마치 쫓기는 듯 산 밑으로 쏜살같이 사라졌다. 재빨리 일어난 자객들이 복면을 벗고 말 등에서 건량 주머니를 꺼내 들었다. 말린 곡식을 한 주먹씩 입에 털어 넣고는 일제히 밤하늘을 올려보았다. 긴 꼬리를 매단 살별 하나가 빛을 반짝이며 활처럼 휘어져 어둠 속으로 사라졌다. 봉수대 위로 도글도글 별밭이 은하수처럼 흘렀다.

경복궁 뒤 옛 서운관 자리에 있는 흥선군 집이 깊은 어둠에 싸여 있다. 천귀잠잠한 밤하늘로 인경 소리가 울려 퍼지자 노송에서 수다를 떨던 솔부엉이와 소쩍새들이 기겁을 해 날개를 퍼덕거렸다. 멀리 퍼지다 되돌아오고, 끊어질 듯 이어지던 종소리는 스물여덟 번 이어졌다. 일월성신인 스물여덟 별자리에 고해 밤의 안녕을 빌기 위함이었다. 흥선군은 궁궐에서 돌아온 후 한 발자국도 방 밖으로 내딛지 않았다. 끼니조차 걸렀다. 걱정이 된 민씨가 호롱불을 들고 섬돌 앞에 섰다.

"나리! 나리!"

그러나 인기척이 없다. 남편이 이렇게 조용한 적은 단 한 번도 없었다. 매일 술이 덜 깬 채 새벽 댓바람부터 밖으로 뛰쳐나갔다가 인정 직전에야 왜틀비틀 온몸에 싸구려 모주 냄새를 풍기며 갈지자걸음으로 들어왔다. 인정이 넘어서 돌아다니다가 열음기막에 갇혀 다음날 들어오는 일도 부지기수였다. 툭하면 의금부에 끌려갔고, 종부시에도 수시로 불려 갔다. 그런 남편이 숨죽인 채 하루 종일 방 안에 틀어박혀 미동도 하지 않고 있다. 걱정이 된 민씨가 다시 남편을 불렀다. 풋잠이 들었다 잠을 깬 흥선군이 버럭 짜증을 냈다.

"혼자 있고 싶소!"

"허면, 진지는……?"

"그냥 내버려 두시오, 부인!"

직수굿이 고개를 숙이고 있던 민씨가 조용히 발걸음을 되돌렸다. 방 안엔 흥선군이 가부좌를 틀고 앉아 있었다. 온몸에 식은땀이 흥건해 물초가 되어 있었다. 선잠 속에서도 흥선군은 기어코 악몽을 꾸고야 말았다. 꿈속에서 흥선군은 커다랗고 두꺼운 새알 속에 갇혀 있었다. 껍질을 깨고 나가기 위해 계속 머리를 들이받으며 사투를 벌였다. 이 껍질만 깨고 나가면 새로운 세상이 열린다. 조선을 개국한 전주 이씨 세상이 된다. 능력 있는 종친도 정치할 수 있는 개명천지가 열린다. 나가야 한다! 어떻게 해서든 껍질을 깨고 밖으로 나가야 한다! 얼마나 세게 껍질을 들이받았는지 아직도 머리가 얼얼했다. 날개와 부리, 다리도 모두 형성돼 있었다. 비상하고 싶은 욕망까지 하늘에 닿았다. 이제 이 껍질만 깨고 나가면 하늘을 마음껏 날 수 있다. 비룡승운飛龍乘雲, 용이 구름을 타고 하늘에 오르듯 때와 기회를 얻음할 수 있다. 한데 껍질을 깨트릴 수 없다. 밖으로 나갈 수가 없다. 흥선군은 알을 깨기 위해 껍질과 사투를 벌이는 꿈을 종종 꾸었다. 그때마다 온몸이 흠뻑 젖고 심한 피로감으로 기진맥진했다.

흥선군 이하응에게 오늘 하루는 일대 사건이었다. 스물세 살밖에 안

된 젊은 왕이 죽었다. 후사를 이을 것으로 알려진 인손 대신 대왕대비가 택군을 했다. 경천동지할 일이다! 그 인물은 5년 전, 대역 모반죄로 서대문 밖에서 거열당한 원경의 막냇동생 원범이다. 강화도에서 역모죄로 유배 중인 죄인이 왕위를 이어받았다. 더구나 선왕보다 항렬이 높다. 칠촌 아저씨뻘이다. 법도를 목숨처럼 중시하는 왕실에선 결코 있을 수 없는 일이다. 과시, 한 치 앞을 내다볼 수 없는 게 권력의 향방이었다. 유배 중인 죄인이 왕이 될 정도면 스승 댁 솔거노비 말대로 나도 분명 후일을 도모할 수 있을 것이다. 이 참담하고 가혹한 세월의 끝이 오색찬란한 무지갯빛 영채가 아니라면 이는 너무 잔인하다, 잔인하다, 잔인한 것이다. 분명 때가 있을 것이다. 때가 찾아올 것이다. 내 운명을 믿어야 한다!

문득 종묘의 창엽문이 떠올랐다. 종묘의 문에는 창엽蒼葉이란 현판이 걸려 있었다. 조선을 개국한 태조 이성계가 한양에 터를 잡을 때, 5백 년으로 왕조의 운명을 정한 뒤 정도전에게 쓰게 한 글씨였다.

"창蒼 자의 초두는 쌍십 자로 스물이란 뜻이고, 그 밑에 여덟 팔八 자와 임금 군君 자가 붙어 있으니 이는 28대라는 뜻으로, 스물여덟 명의 왕이 이어진다는 뜻이오. 엽葉 자 또한 초두 쌍십 자에 인간 세世 그리고 나무 목木 자에 여덟 팔八 자가 들어 있으니, 스물여덟 명의 왕이 이어진다는 뜻으로 읽을 수 있소이다."

이하응은 어렸을 때 왕족들을 가르치던 종학에서 이 말을 들었다. 종친들 교육을 맡고 있는 성균관 교수들이 종묘 창엽문에 대해 은밀히 얘기하는 것을 우연히 엿들었다. 종묘 제례 때 창엽문을 확인해 보니 과연

들던 대로 두 글자 모두 28이란 숫자의 의미를 지니고 있었다. 종묘도 스물여덟 칸이었다. 어린 시절, 어머니를 따라갔던 사찰의 주지승은 이하응의 사주를 이렇게 풀이했다.

"한겨울 논밭은 쓸모가 없으나 발밑에 있는 태양이 물을 끓여 주어 여름처럼 뜨거운 사주입니다. 이는 장생지에 태양을 숨겨 놓았기 때문입니다. 무관 사주인지라 스스로는 감투를 쓰지 못하고 2인자에 머물 것입니다. 허나 자식 복과 재물 복이 엄청나고 사람을 다루는 용병술과 추진력이 주도면밀합니다. 인성에 독극물이 숨어 있어 독을 쓸 줄 아는 사주입니다. 훗날, 피 한 방울 안 묻히고 세상을 바꿀 것입니다."

흥선군은 아직도 이 말을 생생이 기억하고 있었다. 흥선군이 갖고 있는 야망은 괜히 나온 게 아니었다. 가부좌를 튼 다리를 좌우로 흔들던 이하응의 입가에 희미한 미소가 번졌다. 원범이 25대 왕이 되었으니 앞으로 세 명의 왕이 더 이어질 것이다. 그렇다면 기대해도 좋지 않은가. 내가 아니라면 내 자식이라도, 그 자식의 자식으로라도 후일을 기대해 볼 수 있지 않은가? 흥선군 입가에 시나브로 미소가 번졌다. '내 기꺼이 견디리라! 선조들이 피땀 흘려 세운 조선 왕조가 태조의 후예로 마무리될 수 있도록 이 참담하고 가혹한 세월을 기필코 견디어 내리라. 안동 김씨들에게 빼앗긴 조선을 되찾기 위해 기꺼이 와신상담에 과하수욕하리라.' 두 주먹을 불끈 쥔 이하응이 벌떡 일어나 장지문을 박차고 나갔다.

"부인! 어디 있소?"

대답이 없자 대뜸 짜증부터 부렸다.

"밥을 주시오, 밥을! 내 종일 끼니를 거르지 않았소? 시장하단 말이오.
어서 밥을 주시오, 부인!"

남편의 왜장치는 소리에 식겁한 민씨가 버선발로 난딱 달려 나왔다.

꼭두새벽부터 노드리듯 굵은 빗줄기를 쏟았다. 비는 오시午時가 지나도 멈추지 않았다. 낙선재 앞 매화 뜰에는 미처 스며들지 못한 물들이 군데군데 작은 웅덩이에 고여 있었다. 줄지어 서 있는 파발마들이 빗물을 털기 위해 몸을 털 때마다 물보라가 사방으로 튀며 무지갯빛 방울꽃을 만들었다. 계속 떠나고 들어오는 파발마의 숫자는 헤아리기 힘들 정도였다. 낙선재 궁녀들은 쉴 새 없이 들려오는 말발굽 소리로 간밤에 한숨도 자지 못했다. 주소동동하며 뜬눈으로 앉아 버틴 순원왕후 입에서 연신 거친 풀무 소리가 들렸다. 눈 밑엔 거뭇한 기운마저 감돌았다. 제조상궁 모습도 마찬가지였다. 곧 풍양 조씨 세상이 될 줄 알고 나달 동안 식음을 전폐한 제조상궁은 대왕대비가 원범을 후대 왕으로 지목한다는 말을 듣는 순간, 바닥에 털썩 주저앉고 말았다. 며칠 사이에 지옥의 도산검림과

극락을 넘나든 극적인 반전이었다. 한데 왕으로 지목된 자가 도망쳐 찾을 수 없다니 세상에 이런 날벼락이 어디 또 있단 말인가? 다시 무간지옥 앞에 선 제조상궁 얼굴이 짙은 황갈색을 띠었다.

밤새 자리를 뜨지 않은 안동 김씨들 낯빛도 오색무주였다. 속이 새카맣게 타들어가 담즙을 토해 낼 지경이었다. 긴장과 주럽피로하여 고단한 증세에 젖은 초췌한 몰골에서 유독 안광만 형형했다. 수강재 시녀상궁들이 불풍나게 드나들며 삼현령 파발 소식을 전했다. 그때마다 순원왕후의 격노는 점점 자심했다.

"무, 무엇이라? 봉영 사절이 도착한 지 하루가 지났는데도 아직 이광의 3자를 못 찾았다?"

"송구하옵니다."

"다시 파발을 띄워라!"

"방금 출발했사옵니다."

"다시 보내라!"

제조상궁이 눈짓하자 시녀상궁이 허둥지둥 밖으로 뛰쳐나갔다. 입가에 게거품이 복닥복닥한 순원왕후가 장죽을 재떨이에 두들기며 탄식을 쏟아 냈다.

"세상에 이런 해괴한 일이 어디 있단 말이냐? 내 죄인에게 은전을 베풀어 사왕으로 지목했거늘, 은혜를 갚기는커녕 도망을 치다니 이런 만무방이 어디 또 있다더냐. 이래서 예부터 근지根地, 자라온 환경과 경력와 소종래所從來, 근본 내력를 무시할 수 없다는 게야!"

제조상궁이 금 시문이 번쩍거리는 장죽에 서초를 꾹꾹 쟁인 뒤 바쳤다. 수포석 물부리를 힘껏 빤 순원왕후 입에서 다시 탄식이 이어졌다.

"일각이 여삼추이거늘 어찌 이런 낭패가 있단 말이냐. 진정 은혜를 원수로 갚는 해망쩍은 자로다!"

수정전 사정도 마찬가지였다. 화탕지옥을 겪기는 매일반이었다. 뜬눈으로 밤을 새운 조 대비 일가와 부제조상궁이 초조한 눈빛을 굴리며 좌불안석 발싸심했다. 일이 이상하게 돌아가고 있었다. 왕으로 지목된 자가 도망쳐 찾을 수가 없다? 조선 개국 이래 단 한 번도 유례없던 일이었다. 이하전은 아직도 집에 돌아가지 못한 채 한쪽 벽에 붙어 새우잠을 자고 있었다. 왕대비가 계속 체머리를 흔들자 조카가 발림수작으로 위로했다.

"스스로 왕이 될 재목이 아님을 알고 도망친 게 아니겠습니까?"

조카의 시원한 대답에 조 대비가 콧등을 발록이며 고개를 주억거렸다.

"고빗사위_{중요한 단계에서도 가장 아슬아슬한 순간}가 분명하도다! 속전속결로 일을 끝내야 후환이 없을 터, 자객들이 섬에 갇혀 오래 머물면 아무래도 눈에 띄기 쉽지 않겠는가?"

"무림의 고수들인지라 어떤 상황에서도 잘 견디어 낼 것입니다."

조 대비가 남령초를 입에 물자 부제조상궁이 난딱 불을 붙였다. 한숨처럼 길게 연기를 뿜은 조 대비가 까르륵 웃으며 혼잣말로 중얼거렸다.

"흥, 수강재 늙은이 성정으로 보아 지금쯤 숨넘어가는 꼴이 한눈에 보는 듯 선하구나!"

부제조상궁이 앙똥한 표정으로 소리 없이 따라 웃었다. 조카들도 한쪽 입가를 당겨 희미하게 웃었다. 선잠을 깬 이하전이 엉거주춤 일어나 생경스럽게 방 안을 둘러보았다.

중희당에서 목욕과 습襲, 함含의 절차가 진행되고 있었다. 휘장 안에는 내명부와 종친이, 휘장 밖에는 대신들과 외명부가 자리한 가운데 대행大行, 왕이 죽은 뒤 시호를 올리기 전에 부르는 칭호의 목욕이 시작됐다. 종친석에 서 있는 흥선군 이하응 형제와 완창군 부자의 눈자위도 붉게 충혈돼 있었다. 내시가 대행 머리를 뜨물로 씻겨 빗질하고 자주색 생사로 묶었다. 그리고 단향을 끓인 물로 몸을 씻긴 뒤 흰 홑옷인 명의明衣를 입혔다. 수염을 가지런히 빗긴 내시는 손톱과 발톱을 깎아 작은 주머니에 넣고는 방건으로 얼굴을 씌우고 그 위를 겹이불로 덮었다. 상궁들의 부축을 받고 있는 조 대비와 경빈, 중전 입에서 간간이 애절한 흐느낌이 새어나왔다.

그때 다른 내시들이 조용히 들어와 습상을 설치하고 욕석과 베개를 폈다. 대행에게 비단옷을 아홉 겹으로 겹쳐 입힌 뒤 밖으로 사라지자 이번엔 반함 담당 내시들이 조용히 안으로 들어섰다. 그 뒤를 사도시 의정이 쌀을, 상의원 관원이 진주를 받쳐 들고 따라 들어왔다. 내시들은 버드나무 숟가락으로 쌀을 떠서 대행의 오른쪽 입과 왼쪽 입에 각각 쌀과 진주를 집어넣었다. 그리고 검은 비단으로 만든 감투처럼 생긴 수관首冠을 대행의 머리에 씌웠다. 햇솜으로 귀를 틀어막고, 푸른 비단 천으로 얼굴을 덮어 싸맨 뒤 신발을 신겼다. 푸른 천으로 두 손을 싸매고 그 위에 이불을 덮었다. 그러자 휘장 안과 밖에 있던 사람들이 일제히 자지러진 곡소리를 냈다. 그중에서도 흥선군 곡소리가 가장 크게 들렸다. 흥선군은 마음속으로 조카뻘인 대행을 원망했다. '어찌 왕 노릇 한번 제대로 못 하고 젊은 나이에 이리 허무하게 세상을 뜬단 말이오. 선조들이 피땀으로 이룬 나라를 온통 안동 김씨와 풍양 조씨 나라로 만들어 놓고는 어찌 그리 쉽게 눈을 감을 수 있단 말이오. 조선은 이제 왕도 백성도 없는 나라요. 왕권은 사라지고, 오직 신권만 있는 안동 김씨 세상이오. 어찌 그리 쉽게 조선을 포기할 수 있었단 말이오?' 흥선군 눈에서 투두둑 굵은 눈물방울이 떨어졌다.

공조에서는 설빙 작업을 감독하기 위해 선공감정을 급파했다. 시신이 썩지 않도록 관 주위에 얼음을 빙 둘러 냉동 영안실을 만들기 위함이었다. 국상용 얼음을 보관하는 동빙고에서 얼음이 도착하자 대기하고 있던 선공감 관원들이 일제히 톱을 들고 달려들어 자로 잰 뒤, 일사불란하게 얼음조각을 나누었다. 먼저 얼음을 썰어 길이 10자[3미터], 넓이 5자 4촌[1.6미터], 깊이 3자[90센티미터]인 빙반氷槃을 만들었다. 4면에는 각각 큰 쇠고리를 박고 끈을 매어, 들기 좋게 만들었다. 한쪽에서는 길이 8자[2.4미터], 넓이 3자 1촌[1미터], 높이는 3촌[45센티미터] 되는 대행이 누울 잔상棧狀과, 평상 주위에 빙 둘러 세울 1자짜리 얼음 난간들을 만들었다. 옆에서는 관원들이 4자[1.2미터]짜리 얼음덩이로 잔방棧防을 만들고 있었다. 길이가 8자, 양쪽 끝에 있는 것은 길이 3자 1촌, 높이 3자인 얼음덩어리였다. 얼음덩어리들은 대행이 누워 있는 중희당 안으로 급히 옮겨졌다.

선공감정의 지시에 따라 냉동 영안실을 만드는 설빙 작업이 시작됐다. 평상을 소반 가운데에 설치한 뒤, 얼음을 평상 아래에 넣고 대행을 평상 위로 옮겼다. 4면엔 각각 잔방을 설치했다. 연결되는 모서리에는 끈이 매인 쇠갈고리를 힘껏 잡아당겨 튼튼하게 고정시켰다. 다시 얼음덩어리들을 잔방 높이에 맞춰 빙 둘러 가지런히 쌓았다. 그 위에는 대나무 그물을 둘러 대행의 옷이 습기를 머금지 않도록 했다. 그 모습을 내시부 수장인 상선과, 왕을 그림자처럼 지근거리에서 모셨던 정3품 상다와 상온, 종3품인 상약, 종4품 상책, 정5품인 상호와 승전색, 종5품인 상탕이 눈시울을 붉힌 채 조용히 지켜보았다. 설빙 작업을 끝낸 선공감 관리들이 조용히 휘장 밖으로 철수하자 하급 내시들이 마른미역들을 잔뜩 쌓아 가지고 줄줄이 들어왔다. 냉동 영안실의 습기를 제거하기 위한 국장 미역이었다.

❦

빗밑이 가벼웠다. 널비가 지나간 하늘은 새뜻했다. 노기충천해 마루 끝에 앉아 있던 영의정이 섬돌에 지팡이를 두들기며 계속 장탄식을 쏟아 냈다.

"아니, 그걸 지금 말이라고 하는 겐가? 강화도, 석모도, 교동도에도 없고, 동검도, 서검도, 주문도, 아차도를 다 뒤져도 없다? 아니, 이런 해괴망측한 일이 세상에 어디 또 있단 말인가? 그럼 벌건 백주 대낮에 이광

의 3자가 승천입지昇天入地, 하늘로 오르고 땅 속으로 들어감를 했단 말인가, 고비원

주高飛遠走, 높이 날고 멀리 달림를 했단 말인가. 그걸 지금 말이라고들 떠들고

있는 겐가?”

문무 관원들이 죄인처럼 고개를 숙인 채 마당에 시립해 있었다. 이들

은 돋을볕이 번지면서부터 줄곧 혼쭐이 났다. 답답하기는 이들도 마찬가

지였다. 귀신이 곡할 노릇이고 미치고 팔짝 뛸 일이었다. 원범의 흔적은

그 어디에도 없었다. 짧은 순간에 바다를 건넜을 리 만무했다. 당최 오리

무중이었다. 이 와중에 대왕대비는 쉬지 않고 파발을 보내 원범을 빨리

찾아 돌아오라고 성화독촉했다. 노기발발한 영의정은 끼니도 거른 채 새

벽부터 계속 지팡이만 두들겨 댔다. 관원들도 덩달아 밥술 한번 못 뜬 채

분주히 영의정 눈치만 살폈다.

“당상관들은 여기 왜 버티고 서 있는 겐가? 도승지만 남고 나머지는

모두 밖으로 나가 이광의 3자를 찾아라! 당장 찾아 내 앞에 데려오란 말

이다!”

얼굴이 벌게진 당상관 일행이 밖으로 조용히 물러났다. 냉수사발을 단

숨에 들이켠 영의정이 가슴을 주먹으로 쾅쾅 치며 돌탄했다. 그 모습을

도승지가 생경한 눈길로 물끄러미 바라보았다. 워낙 거방지고 온유돈후

한 영의정이다. 노창한 그가 저리 화를 참지 못하고 펄펄 뛰는 것을 그는

단 한 번도 본 적이 없다. 조정의 모든 일을 꿰뚫고 막힘이 없어 면절정

쟁面折廷爭, 임금 앞에서 허물을 기탄없이 직간하고 쟁론함한 인물이다. 위로는 대왕대비

로부터 밑으로 하급관료에 이르기까지 승상접하의 역할을 잘해 두루 존

112

경받았다. 아들과 손자까지 출사해 근세사에 가장 복록을 많이 누린 인물로 꼽혔다. 적을 만들지 않는 원만한 성품 때문에 혹자로부터 호광胡光이라는 비웃음까지 받을 정도였다. 한데 지금 모습은 달라도 너무 달랐다. 포달을 떠는 모습이 자칫 부박해 보일 지경이었다. 이는 조정의 일이 촌각을 다툰다는 것을 의미했다. 한동안 눈치를 살피던 도승지가 조심스럽게 말문을 열었다.

"봉영 사절들은 전계군 3자의 얼굴을 모르니 산과 들을 돌아다닌다 해도 별 도움이 되지 않을 겝니다. 영상께서 진지를 드셔야……."

순간, 불호령이 떨어졌다.

"그걸 지금 말이라고 하는 겐가? 왕으로 추대된 자가 도망쳐 행방이 묘연하거늘, 황차 어찌 밥술이 목구멍으로 넘어갈 수 있단 말인가?"

할 말을 잃은 도승지가 고개를 숙이고 한숨을 푹푹 쉬자 영의정이 관곡하게 달랬다.

"출모발려出謨發慮, 계략을 짜냄 좀 하시게나! 무슨 좋은 방책이 있지 않겠는가?"

잠시 생각에 젖어 있던 도승지가 뭔가 생각나는 듯 번쩍 머리를 들었다.

"설핏 듣기로 이광의 3자에게 정인이 있다는 소리를 들은 것 같은데, 소생이 한번 알아보고 오겠습니다. 잘만 구슬리면 혹여 행방을 뒤쫓을 단서라도 찾을지……?"

벌떡 일어난 정원용이 흥분해 소리쳤다.

"그거 좋은 생각이네. 역시 대과 장원급제한 도승지는 뭐가 달라도 다르이. 어서 가시게. 얼른 다녀오시게!"

도승지가 밖으로 사라지자 화색이 돈 정원용이 밖을 향해 소리쳤다.

"어허, 시장하구나. 어찌 아직도 밥상을 올리지 않는 게냐? 당장 올리어라! 어서 올리어라!"

문밖에서 구시렁대던 궁녀들이 신바람이 나 육덕진 엉덩이를 흔들며 잽싸게 사옹원 천막으로 사라졌다.

요사채 방문이 열리고 지명선사가 들어왔다. 그 뒤로 얌전히 눈을 내리깐 처녀 한 명이 따라 들어왔다. 맨드리옷을 입고 매만진 맵시를 훑어본 도승지와 당상관들은 직감으로 그녀가 원범의 정인임을 감지했다. 강화도에는 어울리지 않는 귀품이다. 시골 촌구석 무지렁이가 아니었다. 북덕무명으로 만든 옷을 입고 있으나 단아한 얼굴과 단정한 맵시에서는 갓 피어난 부용화 같은 고아한 아름다움이 물씬 배어 나왔다. 순간, 도승지 뇌리로 뭔가 심상치 않은 기운이 퍼뜩 스쳐 지나갔다. 대저, 강화도가 어떤 곳인가? 천 년을 관통하며 왕도와는 가깝되, 왕권과는 거리가 먼 곳이다. 종친 유배지가 바로 강화도이다. 고려 시대에는 충정왕과 우왕이 쫓겨와 살았고, 조선 시대에는 인평대군과 능창대군의 유배지였다. 영창대군은 강화도 유배지에서 불타 죽었고, 광해군과 연산군도 임금 자리에서 쫓겨나 강화도에서 귀양살이했다. '그렇다면 혹시 사화로 인해 강화도로 유배를 왔던 종친이나 진신사대부가의 후손? 에이, 설마!'

모골이 송연해진 도승지와 당상관들이 동시에 머리를 흔들었다. 붕이가 예를 갖춘 뒤 다소곳이 앉자 도승지가 부드럽게 물었다.

"네가 봉이냐?"

"예, 소인 봉이라 하옵니다."

"그럼 이광의 3자가 지금 어디에 있는지 알고 있겠구나."

"모릅니다. 어제부터 보지 못했습니다."

봉이를 노려보던 강화유수가 거세게 다그쳤다.

"그럼 네년은 정인이 사라졌는데도 그리 천하태평한 얼굴을 하고 있는 게냐?"

도승지가 황망한 표정으로 뒤돌아보자 유수가 한 발자국 뒤로 물러섰다.

"우린 군왕의 봉영 사절이다. 어제 선왕께서 승하하시어 대왕대비마마께서 이광의 3자를 후대 왕으로 지목하셨다. 해하러 온 게 아니라 왕으로 모셔가기 위해 온 것이다."

봉이는 쉽게 의려를 풀지 않았다. 어색한 침묵이 흐르자 질끈 눈을 감고 있던 지명선사가 원범이 어찌 후대 왕으로 지목됐냐고 물었다. 반색한 도승지가 수답했다.

"이광의 3자께서는 사도세자의 핏줄로 영조왕의 직계혈손이오. 영조왕의 핏줄은 오직 선왕과 이광의 3자뿐인지라 후대 왕으로 택군되신 것이오."

봉이가 "소인도 하나 여쭤 봐도 되겠습니까?" 하고 총총히 눈을 들었다.

"그리되면 원범이 선왕의 7촌 아저씨뻘일 터, 지엄한 왕실에서 그리 후사가 이어지는 법도 있습니까?"

순간 찬물을 끼얹은 듯 방 안에 무서리가 끼었다. 참다못한 강화유수가 이윽고 폭발했다.

"저, 저런 버르장머리 없는 년을 다 봤나. 감히 누구 안전이라고 천한 것이 함부로 요설을 지껄이는 게냐?"

도승지가 정색을 하며 매섭게 강화유수를 노려보았다. 얼굴이 벌게진 강화유수가 풀무 소리를 내며 슬그머니 밖으로 사라졌다. 도승지가 미소를 띠고 봉이에게 답했다.

"촌에 살면서도 참으로 아는 것이 많구나. 과연 군왕으로 지목된 분의 정인답다. 이광의 3자는 선왕의 양자로 입적하는 게 아니라 순조 왕의 양자로 입적하는 것이다."

"그럼 후대 왕이 선왕보다 항렬이 더 높지 않습니까?"

가풀막진 도승지 얼굴이 삽시에 잿빛으로 변했다. 심산유곡에 살고 있는 시골아이가 어찌 저리 종사를 훤히 꿰뚫고 있는지 불가사의했다. 어진혼이 나간 도승지가 머리를 흔들어 정신을 차린 뒤 궁색한 답변을 했다.

"중요한 사실은 이광의 3자께서 왕실의 가장 큰 어르신이신 대왕대비마마에 의해 후대 왕으로 지명되셨다는 것이다."

"그럼 신하가 군왕을 택군한 게 아닙니까?"

동시에 헉 소리가 터졌다. 기함한 도승지 일행이 입을 쩍 벌리고 불안한 시선을 가파르게 섞었다. 지나치게 당차고, 발칙스러울 만큼 일수하다! 참다못한 지명선사가 봉이를 설득하겠다며 나섰다. 식은땀을 흘리던 도승지가 안도의 숨을 내쉬며 선사를 향해 미소 지었다.

"내 분향묵좌 때 즐겨 쓰는 향이 선사가 만든 향이라는 사실을 오늘에야 알았소. 깊고 그윽한 향기가 일품인지라 누가 이 향을 만드는지 항시 궁금했소이다. 한데 선사를 만나 보니 그 연유를 절로 알 것 같소."

선사가 합장하며 허리를 숙였다.

"과찬이십니다. 봉이가 바로 소승의 수제자입니다."

깜짝 놀란 도승지가 봉이를 보며 미소 지었다. "어쩐지 섬에 사는 아이 치고는 너무 총명하다 싶었소. 이곳에 살기엔 총기가 아까운 아이요."

당상관들도 돌아가며 간곡히 당부했다. 선사가 봉이도 이젠 상황을 파악했을 것이라며 합장했다. 도승지 일행은 뽀얀 흙먼지를 남기고 순식간에 사라졌다. 혼비백산한 백구는 어디로 도망쳤는지 행방이 묘연했다. 흙바람이 가라앉자 두 주먹을 불끈 쥔 봉이가 고개를 숙인 채 어깨를 들썩거렸다. 선사가 "가서 원범이를 데려오너라!" 하고 지엄한 소리를 내자 봉이가 왈칵 울음을 터트렸다. 눈시울을 붉힌 선사가 조용히 타일렀다.

"세상만사 인연대로 움직여야 한다. 그것이 순리이다. 역행하면 큰 화를 면치 못할 터……!"

"그럼 전 어떻게 되는 건가요, 스승님?"

선사가 버럭 역정을 냈다.

"인연이 거기까지인 것을 왜 몰라? 인연이 다한 것은 부처님도 어쩌지 못하신다."

지명선사가 바람 소리를 내며 대웅전으로 사라졌다. 봉이가 두 손으로 얼굴을 감싸고 격한 울음을 터트렸다. 그때 산마루에 걸려 있던 매지구름비를 머금은 검은 조각구름이 투두둑 빗방울을 쏟았다. 빗발이 점점 거세지다 삽시간에 달구비로 변했다. 동영이 봉이에게 다가가려 하자 강샘이 난 분애가 동영의 옷섶을 와락 낚아챘다. 어디선가 나타난 백구가 슬픈 눈빛으로 봉이를 올려다보았다. 반응이 없자 포기한 듯 옆에 앉아 오롯이 함께 비를 맞았다. 처사와 보살이 차마 다가가지 못한 채 먼발치서 눈물만 글썽였다. 대웅전에서 선사의 독경 소리가 점점 크게 들렸다.

창덕궁에 한바탕 회오리바람이 불었다. 소렴小殮을 행하라는 대왕대비 명령 때문이었다. 날벼락이었다. 오전에 목욕과 습, 함을 마쳤던 터라 내시부와 궐내 각사에서도 아연실색했다. 5백여 년 종사에, 왕이 승하한 다음 날 소렴이 행해진 예는 단 한 번도 없었다. 소렴은 왕의 승하 후 3일째, 대렴大殮은 5일째 되는 날 하도록 법도로 정해져 있었다. 한데 왕이 승하한 지 하루 만에 소렴을 행하라는 명이 내려졌다. 누항陋巷의 여염에서도 벌어질 수 없는 일이 법도를 목숨처럼 중히 여기는 궁궐에서 벌어지고 있었다. 이는 염탐을 보냈던 궁녀로부터 수정전에 조 대비 조카들과 이하전이 대기 중이라는 보고를 받은 순원왕후가 위기감을 느꼈기 때문이다.

"왕대비가 뭔가 딴마음을 먹고 있지 않고서야 어찌 이하전과 조카들이 아직도 대비 처소에서 대기 중이란 말인가? 이광의 3자를 찾는 즉시 즉위식을 올려야 할 터, 지금 당장 소렴을 행하라 이르라!"

내시부에 즉각 비상이 걸렸다. 중희당 마당을 관원들이 이리저리 달음박질쳤다. 빈전도감에도 비상이 걸렸다. 소렴에 필요한 옷을 확인하기 위해 내관들이 상의원尚衣院과 침방으로 두달음질쳤다. 의식 진행자인 전의와 인의, 감찰이 헐레벌떡 중희당을 향해 뛰었다. 궐내 각사에서 나오는 문무관료들의 얼굴도 하나같이 침통했다. 수정전에서도 조 대비가 입에 게거품을 물고 고래고래 악을 쓰며 상궁들 부축을 받아 문을 나섰다.

"해도 해도 너무하십니다! 대행은 대왕대비마마의 손자입니다. 한데 어찌 이리 홀대를 한단 말입니까?"

악에 받친 조 대비 눈에서 거센 화염이 일었다. 눈두덩이 퉁퉁 부은 부제조상궁이 주위를 살피며 왕대비를 만류했다. 조 대비가 몸태질을 하며 계속 목청을 높였다.

"대왕대비마마! 부디 오래오래 사십시오. 훗날 이 왕대비가 오늘의 원한을 몇십 배, 몇백 배로 갚는 것을 볼 때까지 꼭 오래오래 사셔야 합니다. 하이고, 주상! 불쌍한 주상! 이 원통함을 어찌 갚아야 할꼬."

석복헌에서는 탈진한 경빈이 시녀상궁 등에 업혀 나왔다. 중전 홍씨도 시녀상궁들에게 질질 끌려 대조전 뜰을 나섰다. 집에 돌아가다 말고 재입궐한 종반과 외명부들 모습도 파김치처럼 청처짐했다. 중희당 뜰에 모인 종친과 문무관료가 인의의 인도에 따라 줄지어 다시 내전으로 향했다. 내시들이 소렴 준비를 끝내자 찬의贊儀가 큰 소리로 복창했다.

"궤几, 부복俯伏, 곡하시오!"

백관과 종반, 내명부와 외명부, 내관과 궁녀들이 일제히 꿇어앉아 엎드린 뒤 구슬픈 곡소리를 냈다. 다시 찬의가 소리쳤다.

"지곡止哭, 흥興, 평신하시오!"

모두 곡소리를 멈춘 뒤 일어나 허리를 곧게 펴고 섰다. 소렴 상을 들고 들어온 내시들이 대행을 소렴 상으로 옮겼다. 그리고 겹옷과 겹이불로 열아홉 겹의 수의를 입혔다. 왕의 소렴이 당겨 치러진 후, 도성 안팎엔 삽시간에 도청도설이 난무했다. 후대 왕으로 지목된 죄인이 도망쳐 아직도 행방을 찾지 못해 봉영 사절이 돌아오지 못하고 있다는 소문이었다. 이 충격적인 내용은 염천의 뜨거운 열기를 순식간에 얼어붙게 만들었다. 문무백관은 숨을 죽인 채 한 치 앞을 예측할 수 없는 권력의 향방을 예의 주시했다. 매일 술에 절어 있던 흥선군 얼굴에서도 술기운이 사라졌다. 집에 칩거해 날카로운 눈빛으로 정세의 변화에만 촉각을 곤두세웠다. 시간이 흐를수록 궁궐 안 분위기는 팽팽한 활시위처럼 긴장됐다. 병조에서는 지방에 있는 군사들을 궁궐로 불러들여 경비를 한층 더 강화했다. 평소에 관리들이 출입하는 금호문을 닫아걸고 군사를 동원할 때만 사용하는 경추문을 열어 놓았다. 중무장한 군사들이 각 전각과 궁궐 안팎을 겹겹이 에워쌌다. 궁궐이 초비상사태임을 감지한 관원과 도성 안 백성이 두려움에 떨며 숨소리를 죽였다.

어젯밤 봉이는 동굴에 올라가지 않았다. 도승지를 만나고 온 후, 방에만 틀어박혀 지냈다. 장대비를 고스란히 맞고 난 터라 밤새 열에 시달리며 앓았다. 열에 들떠 정신이 혼미해질 때면 어김없이 원범의 얼굴이 눈앞에 어른거렸다. 그럴 때마다 봉이는 이불을 덮고 피를 토하듯 울음을 터트렸다. 어젯밤 내 눈물을 두 손으로 닦아 주던 따뜻한 손길은 누구인가? 꿈속인가, 환상인가? 환한 빛을 내뿜던 따뜻한 열 개의 손가락, 손등으로 내 뺨을 닦아 주던 익숙한 촉감, 얼굴은 보이지 않았지만 분명 원범이었다. 내 얼굴을 만질 수 있는 사람이 원범이 말고 세상에 누가 또 있단 말인가? 열네 살에 처음 본 순간 덧정이 생기고, 열여섯 살에 춘정을 느끼게 해준 사람, 한없이 초라하고 한없이 아팠던 사람, 그러나 내 손길로 육신의 상처가 깨끗이 아문 사람, 지금은 내 몸의 일부처럼 느껴지는 사람, 그가 바로 원범이었다. 나는 그를 행복하게 해줄 수 있고, 그는 나로부터 평화와 안식을 얻을 수 있다. 그와 함께라면 거친 세파와 맞서 싸우며 견디어 낼 자신이 있다. 한데 갑자기 왕이 된 그를 기약 없이 떠나보내야 한다. 도무지 실감나지 않는다. 믿어지지 않는다. 분명한 사실은 오늘 당장 원범을 떠나보내야 한다는 것이다.

이불을 덮어쓴 봉이가 속절없이 눈물을 쏟았다. 스승인 지명선사는 가끔 뜬금없이 이렇게 말하곤 했다.

"애욕은 마치 횃불을 들고 바람을 거슬러 올라가는 것과 같아, 반드시

화상을 입게 된다."

또 이런 말도 했었다. "인간은 다 자기 나름의 잔으로 마셔야 한다. 이를 어기고 둥근 운명의 잔을 가지고 태어난 사람이 네모난 잔으로 마시려 하면 화를 면치 못할 것이다."

참으로 알 수 없는 일이다. 뒤돌아 생각하니 선사의 한마디 한마디는 마치 두 사람의 비련을 예견한 듯하지 않은가? 봉이가 하염없이 눈물을 쏟았다. 그때 바루 종소리가 들렸다. 휘청거리며 일어난 봉이가 소세를 하고 와 머리를 정성스레 땋고 새 댕기를 매었다. 난벌로 갈아입고 급히 사립문을 나서자 박명의 거리에 미명이 희미하게 번졌다.

대웅전 앞뜰에선 지명선사가 선비로 마당을 쓸고 있었다. 동영과 분애는 멀뚱히 세워 둔 채 번뇌를 쓸어 내듯 혼신을 다해 비질을 했다. 밤새 얼굴이 반쪽이 돼 나타난 봉이를 보고 흠칫 놀란 선사가 짐짓 엄히 물었다.

"이제 결심한 게냐?"

"따뜻한 밥 한 그릇 지어 원범에게 먹이고 싶습니다."

"보살에게 준비시킬 터이니 어서 원범이나 데리고 내려오너라."

봉이가 움찔 놀라자, "그럼 숨을 데가 거기 말고 또 있더냐." 하고 날카로운 소리가 흘러나왔다. 얼굴을 붉힌 봉이가 합장한 뒤 급히 혜각사를 빠져나갔다. 동영과 분애가 뒤따라 나서자, 선사가 봉이 마음이 지금 무간지옥일 것이라며 만류했다. 동영이 발걸음을 떼지 못한 채 봉이가 올라간 산길을 하염없이 바라보았다. 골집이 터진 분애가 입을 삐죽거리며 동영의 팔을 꼬집어 비틀었다. 동영이 불뚝대며 사라지자 분애가 악착같이 따라붙었다. 이를 본 선사가 쯧쯧쯧 혀를 차며 강하게 체머리를 흔들었다.

동굴 앞에 나와 기다리던 원범이 봉이를 보자 반색하며 달려왔다. 덩치에 어울리지 않는 어리광이다. 봉이가 피식 웃음을 터트리며 달랬다.

"어젯밤에는 고뿔 앓느라고 못 왔어. 우리 아침은 혜각사 가서 먹자."

눈이 화등잔만 해진 원범이 바투 다가와 물었다.

"이제 내려가도 돼? 군사들 다 갔어?"

"응, 이제 내려가도 괜찮아."

마음 급한 원범이 성큼성큼 동굴 밖으로 향했다. 순간, 봉이가 다급히 원범을 불러 세웠다.

"원범아! 나 한 번만 안아 줄래?"

원범이 씩 웃으며 돌아서 두 팔을 활짝 벌렸다. 봉이가 단숨에 달려가 와락 안겼다. 원범이 울음이 터진 봉이를 꼭 껴안고 농을 쳤다.

"에이, 바보! 하루 좀 안 봤다고 뭘 울기까지 해? 가을에 혼례 올리면 평생 안 떨어지고 함께 살 텐데."

봉이가 원범의 가슴에 파고들며 격렬히 흐느꼈다.

"봉이가 날 엄청 좋아하는구나. 내가 봉이 좋아하는 것보다 봉이가 날 더 좋아하는 것 같은데?"

봉이가 피눈물을 쏟자 원범이 머리를 쓰다듬어 주며 간신히 달랬다.

요사채 안에는 정갈한 밥상이 겸상으로 놓여 있었다. 원범이 눈을 휘둥그레 뜨며 환호성을 질렀다. 밥상을 본 봉이 눈에서 주르륵 눈물방울이 흘렀다. 봉이는 숟가락만 건성으로 왔다 갔다 할 뿐, 밥알을 목에 넘기지 못했다. 원범은 허겁지겁 감투밥을 흔적 없이 비웠다. 봉이가 자신의 밥을 퍼 원범의 밥그릇을 채웠다. 삽시에 게 눈 감추듯 밥사발이 다시 깨끗해졌다. 옷고름으로 눈물을 닦아 낸 봉이가 코맹맹이 소리를 냈다.

"맛있게 먹어 줘서 고마워. 오늘 나랑 혜각사에서 맛있게 밥 먹은 거, 잊지 말고 오랫동안 기억해 줘야 해?"

원범이 농으로 받았다.

"오늘 보니까 당차고 야무진 봉이가 사실은 울보였구나. 하루만 떨어져도 바보처럼 우는 울보! 앞으로 나한테 까불면 봉이는 울보라고 동네방네 떠들고 다닐 거다!"

봉이가 피식 웃자, 형이 어떻게 됐는지 궁금하다며 원범이 성화를 부렸다. 방문을 여는 순간, 두 사람이 동시에 얼어붙었다. 대웅전 앞마당엔 화려한 의장기들이 바람에 펄럭이고 있었다. 혜각사 주위에도 무장한 호위군관들이 겹겹이 둘러싸고 있었다. 선사로부터 연락을 받은 도승지가 군사들을 산 밑에서부터 조용히 걸어 올라가도록 엄명을 내렸다. 도승지와 예방승지, 당상관, 강화유수, 낭관들도 지명선사와 함께 예를 갖추고 대기 중이었다. 겁에 질린 원범이 봉이 등 뒤에 숨어 사시나무처럼 떨며 "나, 날 잡으러 온 거였어?" 하고 묻자, 봉이가 손을 잡아끌며 설명했다.

"아냐. 잡으러 온 게 아냐. 원범이 널 왕으로 모셔 가기 위해 온 거야.

나랑 선사님이랑 다 확인했어. 겁내지 말고 자세히 한번 둘러봐!”

사색이 된 원범이 두리번거리며 주위를 둘러보았다. 화려한 의장 깃발과 문무관료들의 범상치 않은 옷차림, 붉은 군복을 입고 중무장한 채 혜각사 주위를 빽빽이 둘러싸고 있는 엄장한 군사들……. 5년 전 큰형과 함께 전옥서에 끌려 갈 때와는 분명 달랐다. 달라도 너무 달랐다. 그때 도승지가 다가와 예를 갖추었다.

“소신 도승지라 하옵니다. 일의 시급함이 촌각을 다투오니 어서 보연에 오르시지요. 영의정이 잠저에서 기다리고 있습니다.”

원범이 발걸음을 떼지 않자 이번엔 예방승지가 나섰다.

“이틀 전 선왕께서 승하하시어 지금 용상이 비어 있습니다. 강화부에서 봉영식을 행한 뒤 즉시 한양으로 떠나야 하니 속히 서두르십시오!”

의려를 풀지 못한 원범이 강화유수를 쳐다보았다. 한껏 주눅이 들어 죄인처럼 고개를 숙이고 있었다. 그제야 의심을 떨친 원범이 봉이 손을 잡고 섬돌 밑으로 내려섰다. 순간, 낭관이 칼등으로 봉이 가슴을 거세게 밀쳤다. 넘어지려는 봉이를 동영이 바람처럼 달려가 붙들어 세웠다. 원범이 애타게 봉이를 불렀지만 겁에 질린 봉이는 더 이상 다가서지 못하고 속절없이 눈물만 흘렸다. 그때 군관들이 잽싸게 원범을 가마 속에 밀어 넣었다. 연메꾼들이 도망치듯 대웅전 뜰을 빠져나가자 도승지 일행이 서둘러 뒤쫓았다. 원범이 가마 속에서 봉이 이름을 애타게 부르자 산골짜기로 원범의 목소리가 메아리처럼 번졌다.

흙바람이 가라앉은 대웅전 뜨락엔 다시 혜각사 식구들만 남았다. 다리가 풀린 봉이가 풀썩 주저앉자 동영과 분애가 비명을 지르며 동시에 달려갔다. 울울창창한 은행나무 밑에서 눈시울을 붉히며 염주를 굴리던 선사가 천천히 봉이 곁으로 다가섰다.

“고생했다, 우리 봉이! 장하구나. 역시 내 수제자답다!”

봉이는 하얗게 질려 굵은 눈물방울만 뚝뚝 흘렸다. 질끈 눈을 감고 염주를 돌리던 선사가 조용히 타일렀다.

“한바탕 꿈꿨다고 생각해라. 꿈은 깨면 끝이니라!”

봉이가 그렁그렁한 눈으로 선사를 올려다보았다.

“이건 꿈이 아니에요, 스승님! 5년간 쌓아온 정이 어찌 한갓 꿈이 되겠어요?”

“어허, 네가 그동안 공부를 헛한 게로구나. 진정 여몽환포영旅夢幻泡影, 인생을 꿈, 허깨비, 물거품, 그림자에 비유한 말을 몰라서 하는 소리냐?”

“…….”

“인생 자체가 꿈이다. 실체가 없느니라. 부생여몽浮生如夢, 덧없는 인생은 꿈과 같음이다!”

지명선사가 쌩 바람 소리를 내며 사라졌다. 봉이가 털썩 주저앉아 울음을 터트렸다. 혜각사 식구들이 달려와 봉이를 얼싸안고 함께 눈물을 흘렸다. 낮게 깔린 밑턱구름에서 투두둑 빗방울이 쏟아졌다.

취타수들의 웅장한 북소리가 요란스레 들렸다. 봉영행렬이 동네 어귀로 들어서자 섬 전체가 축제 분위기로 들썩댔다. 흥에 넘친 민초들이 여기저기서 풍물놀이를 했다. 한때는 보장지처로 불리었으나 왕실 유배지로 더 유명한 강화도! 그곳에서 드디어 왕이 나왔다. 가장 먼 곳에서, 그것도 유배생활 중인 죄인이 왕이 됐다. 5백여 년 종사에 유례없던 일이다. 평지돌출이었다. 위풍당당 지나가는 봉영행렬과 봉이 부모를 번갈아 바라보던 사람들이 한마디씩 덕담을 건넸다. "이젠 봉이네도 팔자 피게 생겼구면. 똑똑한 딸내미 때문에 한양 가서 살게 됐어." "한양이 다 뭔가? 동관대궐에 가서 살게 됐는데! 원범이가 이제 조선의 왕이 아닌가, 왕!" "어허, 어디서 감히 임금님 함자를 함부로 입에 올리는 겐가? 까딱 잘못하다가는 강화부에 끌려가 엉덩이에서 섣달그믐에 흰떡 치는 소리가 나게 될 게야!" "아, 그렇지? 이젠 이름도 입에 담을 수 없는 하늘 같은 임금님이시지?"

먼발치에서 봉영행렬을 지켜보던 봉이 가족이 일순간 조용히 사라졌다. 뒤늦게 소식을 접한 동무들이 두달음질쳤다. 경기 어사와 춘천 부사를 끝으로 낙향해 10년째 칩거 중인 이시원의 모습도 보였다. 60세인 이시원은 인평대군 후손으로 조상인 덕천군이 신임사화 때 역적으로 몰려 강화도 사곡으로 쫓겨 와 심도에 정착했다. 행렬은 영의정이 기다리고 있는 원범의 집을 향해 빠르게 움직였다. 산속에서 뒤를 쫓던 자객들도 총망히 속도를 냈다.

정원용의 얼굴은 볼이 홀쭉 파일 정도로 축이 나 있었다. 하지만 입은 귀 끝에 걸려 있었다. 파발은 이미 양화진을 향해 달리고 있었다. 봉영행렬이 원범 집 앞에 당도하자 문무관료들이 극진한 예를 갖춰 맞았다. 겁에 질려 보연에서 내리는 원범의 봉두난발과 귀접스러움에 놀란 영의정이 헉 소리를 내며 뒷걸음질 쳤다. 땀에 절어 누렇게 변한 바지저고리에 여기저기 묻은 흙, 역한 땀 냄새 등 평생 한 번도 접해 보지 못한 구접스러운 몰골이었다. 머리를 흔들어 겨우 정신을 차린 정원용이 공손히 허리 숙여 예를 갖추었다.

"소신은 영의정이옵니다. 이광의 3자를 조선의 25대 국왕으로 모셔가기 위해 이곳에 왔습니다."

영의정이라는 말에 원범이 난딱 엎드려 큰절을 올렸다. 기겁을 한 정원용이 허겁지겁 원범을 일으켜 세웠다. 엉거주춤 일어나던 원범이 이번엔 먼발치에 있는 경응과 눈이 마주쳤다. 깨끗한 새 옷에 부목을 대고 흰 헝겊을 칭칭 감은 형은 귀티가 줄줄 흘러 하마터면 못 알아볼 지경이었다. 반가운 마음에 애타게 "형!" 하고 불렀지만 눈치만 살필 뿐, 대답하지 않았다. 영의정의 질타에 망연자실 서 있던 내관들이 휘장이 쳐진 차일로 원범을 인도했다.

잠시 후 밖으로 나온 원범은 헌헌장부가 되어 있었다. 깨끗한 얼굴에 머리는 단정히 땋아 복건을 했고, 비단 바지저고리 위에 푸른 도포를 입었다. 도포 위로는 붉은 비단끈을 매고 검은 사슴 가죽 신발을 신었다. 영의정과 당상관들이 흡족한 표정으로 시선을 섞으며 고개를 주억거렸다. 원범이 계속 주위를 살피자, 당상관이 빨리 강화유수부로 가 봉영식을 거행해야 한다고 재촉했다.

"봉이가 안 보여요. 난 봉이랑 함께 가야 해요. 봉이야! 봉이야!"

영의정이 엄엄한 목소리로 달랬다.

"곧 조선의 주인이시고 만백성의 어버이가 되실 지존의 몸이십니다. 어서 보연에 오르시지요."

원범이 두 다리를 단단히 버틴 채 "난 봉이 없으면 안 가요! 아무 데도 못 가요!" 하고 외쳤다. 순간, 낭관들이 원범의 양팔을 붙잡고 강제로 마차 위 보연에 밀어 넣었다. 검을 높이 쳐든 도총부 당상관이 출발하라고 외치자, 의장대를 선두로 봉영행렬이 북소리에 맞춰 일사불란하게 움직였다. 그 뒤를 대왕대비의 교지가 실려 있는 오색 채여가 뒤따랐다. 보연 주위는 호위군사들이 겹겹이 에워싼 채 움직였다. 영의정과 도승지,

예방승지 등 문무관료와 내시, 너울 쓴 궁녀들이 보연 뒤를 줄줄이 뒤따
랐다. 이를 천리경으로 지켜보던 자객들도 산속에서 빠른 속도로 이동
했다. 다급해진 원범이 들창문을 열었다. 목을 길게 빼고 뒤를 돌아보자
멀리서 동무들이 사력을 다해 달려오고 있었다. 차마 원범의 이름을 부
르지 못하고 죽기 살기로 보연만 뒤쫓았다. 무간한 분애만 연신 "오라버
니!"를 외쳤다. 봉이 손에는 큰 향통과 붉은 보자기가 들려 있었다. 안타
까워하던 원범이 뛰어내리려 하자 낭관들이 칼집을 교차해 제지했다. 봉
이가 수레를 거의 다 쫓아오자 선전관이 거세게 봉이를 밀쳤다. 봉이가
고꾸라져 나뒹굴자 흥분한 원범이 고래고래 악을 쓰며 분탕질을 했다.

"야, 이 나쁜 놈들아! 어서 멈추어라. 당장 멈추어라."

군사들은 들은 척도 않고 계속 말 등에 채찍을 가했다. 흙을 털고 일어
난 봉이가 다시 마차를 뒤쫓기 시작했다. 미투리가 벗겨지자 버선발로
뛰었다. 보다 못한 도승지가 영의정, 병조 당상관들과 으밀아밀 얘기를
나눈 뒤 속도를 줄이라고 명했다. 마차가 천천히 움직이자 봉이와 원범
이 간신히 얼굴을 맞댔다. 봉이가 마차와 함께 움직이며 숨찬 목소리로
말했다.

"이건 내가 만든 향이고, 이건 혼례 때 너 입히려고 어머니가 만드신
바지저고리야."

원범이 봉이 손을 붙잡고 울먹였다.

"우린 함께 가야 해. 난 너 없으면 아무것도 못 해. 봉이 너도 잘 알잖아."

정색을 한 봉이가 차끈하게 답했다.

"정신 차려! 넌 이제 조선의 왕이야. 이 나라 임금이라고. 강화도에 살던 옛날의 원범이가 아냐!"

"아무것도 모르는 내가 어찌 왕 노릇을 할 수 있겠니?"

원범이 눈시울을 붉히자 봉이가 야멸치게 외쳤다.

"내 눈 똑똑히 봐! 내 말 잘 들어! 임금은 바람이고 신하는 풀잎이야. 바람이 불면 풀잎은 저절로 눕게 돼 있어. 그러니까 넌 아무 걱정 말고 성군의 자질만 착실히 쌓도록 해. 그럼 언젠가는 세종이나 정조 임금님처럼 훌륭한 성군이 될 수 있을 거야."

"그래. 나 좋은 임금이 되도록 노력할게. 하지만 난 꼭 네 지아비가 될 거야. 기다려 줘, 봉이야!"

봉이가 대답 대신 눈물방울을 흘리자 원범이 안타깝게 외쳤다.

"기다려! 꼭 울지 말고 기다려야 해!"

원범이 마고자에 달려 있던 옥단추를 잡아떼 봉이 손에 쥐어 주었다.

"기다려! 내가 꼭 너를 부를게. 그때까지 울지 말고 기다려!"

이번엔 보연에 달린 향낭을 떼어 봉이 손에 쥐어 주었다. 순간, 왕의 행차를 사방에 알리는 부용향이 깊고 그윽한 향기를 사방에 내뿜었다.

"울지 말고 기다려. 알았지? 꼭 기다려, 봉이야!"

고개를 끄덕인 봉이가 눈물을 흘리며 멀어져 가는 원범을 향해 큰절을 올렸다. 동무들과 분애도 보연을 향해 일제히 큰절을 했다. 마차 위에 서 있던 원범의 입에서 사자후가 터졌다. 병조 당상관이 검을 높이 치켜들고 속도를 높이라고 외치자 마차 속도가 점점 빨라졌다. 동무들이 계속 따라가며 목청을 높였다.

"잘 가! 꼭 민초를 위하는 훌륭한 임금님이 돼야 해."

"강화도를 잊지 마! 꼭 한번 놀러 와!"

고개를 끄덕인 원범이 손을 흔들며 소리쳤다.

"봉이를 잘 부탁해! 난 너희만 믿는다!"

"걱정하지 마! 봉이는 우리들 동무야!"

원범이 손나발을 하고 다시 소리쳤다.

"나중에 궁궐로 찾아와! 왕을 보러 왔다고 해."

"그래. 알았어. 꼭 찾아갈게!"

소맷부리로 눈물을 닦던 분애가 무람없이 악을 썼다.

"오라버니! 우리를 절대로 잊어선 안 되우. 강화도를 잊지 마시오!"

원범이 쩡쩡 울리게 외쳤다.

"안 잊어! 못 잊어! 강화도는 내 고향이야!"

봉영행렬이 시야에서 점점 멀어졌다. 옥단추와 향낭을 손바닥에 꼭 쥔 봉이가 풀썩 주저앉아 주르륵 눈물방울을 쏟았다. 자객들도 산속에서 빠르게 속도를 냈다.

봉영식은 강화 유수부 동헌인 명휘헌에서 일사천리로 진행됐다. 마당에는 예복으로 갈아입은 문무 신료들과 강화부 관원들, 향청의 좌수와 별감들이 시립해 있었다. 예방승지가 원범을 인도해 동쪽으로 향해 서게 하자 영의정이 엄숙한 어조로 물었다.

"이름이 무엇이시옵니까?"

원범이 씩씩하게 답했다.

"이원범이라 합니다."

"나이는 몇이시옵니까?"

"열아홉입니다."

대청 위로 올라간 정원용이 오색 채여에서 꺼낸 교지를 큰 서안 위에 올려놓았다. 원범이 서안 앞에 무릎을 꿇자 영의정이 대왕대비의 교지를 읽어 내려갔다.

> 종사의 부탁이 시급한데
>
> 영묘조의 핏줄은 금상과 강화도에 사는 이원범뿐이므로,
>
> 이를 종사의 부탁으로 삼으니
>
> 곧 전계군 이광의 셋째 아들 이원범이다.

원범이 예방승지 인도로 다시 대청 아래로 내려와 네 번 절한 뒤, 다시 대청 위로 올라갔다. 영의정이 무릎을 꿇고 교지를 두 손으로 받들어 원범에게 바쳤다. 이를 받아 서안 위에 올려놓자 뜰에 있던 문무 신료들이 일제히 원범에게 극진한 예를 갖추었다. 원범이 다시 보연에 오르자 봉영행렬이 곧바로 강화부를 떠났다. 이를 산속에서 지켜보던 자객들도 재빨리 갑곶나루터로 향했다.

내시부에 잼쳐 난리법석이 일었다. 내일 왕의 즉위식이 있을 터이니 당장 대렴을 행하라는 대왕대비 엄명 때문이었다. 궁궐 안이 순식간에 북새통을 이루었다. 전무후무한 일이었다. 대렴은 왕이 죽은 지 5일 만에 하도록 법도로 정해져 있다. 혼이 다시 돌아오기를 기다리는 기간이 중국의 천자는 7일, 제후는 5일, 일반인은 3일이다. 조선의 왕은 제후에 해당되므로 5일을 기다린 후, 왕이 되살아나지 않은 것을 공식적으로 확인한 후에야 입관식을 했다. 6일째 되는 날, 모든 신료가 최복이라는 거친 상복으로 갈아입는 성복成服을 한 후에라야 비로소 후대 왕의 즉위식이 거행됐다. 성복을 해야 왕의 죽음을 공식적으로 인정하고 빈전에서 조문을 받았다. 한데 왕이 승하한 지 하루 만에 목욕과 습, 함, 소렴까지 마치고 이틀 만에 대렴을 행하라는 명이 내려진 것이다.

즉위식은 순원왕후와 안동 김씨 일족의 사생관두였다. 일각이 여삼추였다. 바작바작 타들어간 순원왕후 입술은 쩍쩍 갈라져 있었다. 입가로 하얀 게거품이 복닥복닥 몰려 허연 버캐가 여기저기 말라붙어 있었다. 이미 호방인 좌승지 남성교를 김포 행궁으로 보내 이광의 3자에게 덕완군이라는 작호를 내린다는 교지까지 내렸다. 덕완군이 무사히 궁궐에 들어오기만 하면 조선은 이제 완벽한 안동 김씨 세상이 된다. 조선의 주인은 전주 이씨도 아니고 풍양 조씨도 아닌, 명실상부한 안동 김씨이다. 좌불안석인 순원왕후는 식음을 전폐한 채 연신 줄담배만 피워 댔다.

아들이 죽은 지 이틀 만에 대렴을 행하기 위해 중희당 뜰 앞에 서 있는 조 대비는 눈물조차 흘리지 못했다. 악에 받친 얼굴로 입술을 깨물고 눈 흰자위를 넓힌 채 먼산바라기만 했다. 경빈과 중전도 눈을 제대로 뜨지 못하고 시녀상궁 등에 업혀 있었다. 관원과 종반, 외명부들 몰골도 하나같이 초췌했다. 흥선군 이하응은 선 채 꾸벅꾸벅 졸았고, 이하전의 모습은 보이지 않았다. 인의의 인도에 따라 열을 맞춰 중희당 안으로 들어가자 대렴의식이 엄수됐다. 내시들은 대행에게 겹이불과 겹옷으로 다시 90벌의 수의를 겹쳐 입혔다. 이로써 모두 118벌의 수의를 입은 헌종은 베로 묶인 뒤 보쇄로 발부터 싸서 위로 올려졌다. 다시 금모金冒로 머리부터 싸서 아래로 내려가 일곱 띠를 맨 대행을, 내시들이 달려들어 재궁 속에 겨우 집어넣었다. 평상시에 빠진 이빨과 머리털, 목욕 의식 때 깎았던 손톱과 발톱도 재궁 안 네 모퉁이에 넣었다. 왕이 입던 옷들은 돌돌 말아 빈 곳에 넣어 편편하게 만들었다. 내시들이 재궁의 뚜껑을 덮는 순간, 조 대비와 경빈이 잔지러진 곡소리를 냈다.

"하이고, 주상! 하이고!"

"전하! 전하!"

문무관료와 종친들의 애끓는 곡소리가 이어졌다. 흥선군 눈도 붉게 물들었다. 왕을 잃은 슬픔 때문이 아니었다. 선조들이 애써 세운 조선이 순식간에 통째로 안동 김씨에게 넘어가는 비애감과 박탈감 때문이었다. 내시는 뚜껑에 나비 은살대를 박고 잘 맞춘 다음, 봉합한 곳에 옻칠을 한 고운 베를 붙였다, 그리고 수보관의繡補棺衣로 관을 덮은 뒤 병풍을 쳤다.

바닥에 주저앉아 몸부림치던 조 대비와 경빈이 동시에 까무룩 정신을 잃었다. 월대에서 대기 중이던 어의와 의녀들이 사색이 돼 허겁지겁 달려 들어갔다.

창경궁 휘정전에서는 대행을 가매장할 빈전이 급히 만들어지고 있었다. 임금이 세상을 뜨면 궁궐에 있는 건물 하나를 골라 임시로 시신을 안치할 빈전을 만든다. 산릉도감에서 능을 조성하는 데 5개월 정도의 시간이 소요되기 때문이다. 선공감 관원들이 빈전 한가운데의 약간 서쪽에 벽돌을 사용해 높이가 5촌가량 되는 찬궁 터를 만든 뒤 틈새를 세밀히 석회로 발랐다. 그리고 5척이 되는 지방 목을 터 위의 사방에 배치한 뒤 기둥 네 개를 세웠다. 그 위에 다시 들보를 걸고 서까래를 걸쳐 지붕을 만들었다. 한 면을 뺀 나머지 3면 안쪽은 피나무 껍질로 만든 밧줄과 가느다란 나무로 벽을 만들어 갈대 자리를 붙였다. 대나무 조각인 편죽을 사용해 끼우고 쇠못으로 박은 뒤 두꺼운 종이를 그 위에 발랐다. 종이 위엔 주작과 백호, 현무를 그려서 방위에 따라 벽에 붙였다. 다른 한쪽에서는 나머지 벽 한 면에 청룡을 그리고 있었다. 관원들이 3면과 지붕 위에 진흙을 바른 다음 베를 바르고 다시 그 위에 두꺼운 종이를 발랐다. 안과 밖이 다 만들어지자 큰 돗자리를 찬궁 안에 편 뒤 다리가 없는 평상을 설치하고 대자리와 욕석을 폈다.

잠시 후 내시부 수장인 상선과 사알들이 대행을 마차에 태워 휘정전으로 왔다. 재궁을 내린 내시들은 관 위에 소관의小棺衣를 덮고 그 위에 다시 폭을 잇대어 만든 기름종이들을 여러 겹 덮었다. 그리고 흰 생사로

종과 횡으로 묶은 다음, 재궁을 들어 머리를 남쪽으로 향하게 평상 위에 안치했다. 그 위에 붉은 헝겊에 왕의 권력의 상징인 도끼 모양이 그려진 대관의大棺衣를 덮었다. 선공감 관원들이 잽싸게 다가와 청룡이 그려진 나머지 동쪽 벽을 들어다가 맞춘 뒤 단단하게 못을 박았다. 그 위에 다른 3면과 마찬가지로 진흙과 베와 두꺼운 종이를 차례로 발랐다. 내시들이 움직임이 빨라졌다. 붉은 천으로 만든 휘장을 찬궁의 동쪽에 설치하고 왕의 이부자리와 일월오봉병, 베개, 이불, 옷 등을 평상시와 똑같이 놔두었다. 헌종의 신주를 모실 혼전은 창덕궁 효정전에 만들어졌다.

✿

갑곶나루터를 향해 바삐 움직이던 봉영행렬이 언덕길을 숨차게 올랐다. 흰 거품을 흘리는 말들의 거친 숨소리가 여기저기서 들렸다. 보연 속에는 원범이 왼손에 향통을, 오른손엔 붉은 보자기를 들고 눈자위를 붉힌 채 앉아 있었다. 3년 전 정인이 된 후, 원범은 봉이가 없는 세상을 단 한 번도 상상해 본 적이 없었다. 하루도 빠짐없이 만났지만 밤이 되면 봉이는 새처럼 날아와 꿈길에 다시 찾아들었다. 두 사람은 매일 밤 꿈속에서 만나 마루하늘와 가람강, 아라바다를 마음껏 돌아다니며 사랑을 나누었다. 원범은 봉이를 만나고 나서야 인간답게 사는 게 무엇인지, 사랑이 무엇인지 비로소 깨달았다. 단 한 번도 모정을 경험하지 못한 원범에게 봉이는 보호자이자 해결사였다. 무슨 일이 언제 어떻게 일어나든 봉이는 능히 다 해결해 주었다. 무엇이든 알고, 무엇이든 할 줄 아는 무불통지였다. 워낙 성품이 올곧고 당찬 데다 담대하기까지 해 어지간한 일엔 평정심을 잃지 않았다. 역옥으로 경난을 겪어 경궁지조인 원범과는 대조적이었다. 봉이가 절척처럼 느껴진 데에는 이런 성품도 한몫했다. 원범은 봉이를 만난 뒤에야 생모의 부재와 모성의 결핍에 대한 막연한 그리움을 지울 수 있었다. 연인이라기보다는 누이나 어머니 같은, 혈육 같은 존재였다.

원범은 오늘 아침 동굴에서 내려오기 직전까지도 봉이와 가을에 혼례를 올릴 상상을 하며 추위와 허기를 달랬다. 봉이가 향을 만들면 자신은 향을 팔고, 아이들을 낳아 오순도순 살 생각을 하며 공포와 두려움을 잠재웠다. 한데 갑자기 왕이 되어 봉이를 홀로 남겨 두고 점점 멀어지고 있다. 이제 언덕만 넘으면 5년 동안 정들었던 동네 고을은 더 이상 보이지 않을 것이다. 어쩌면 다시는 강화도를 찾지 못할는지 모른다.

겁에 질린 원범이 향통과 붉은 보자기를 꼭 껴안고 진저리를 쳤다. 향통 뚜껑을 열자 침향과 백단향, 영릉향의 깊은 향기가 단박에 코끝을 스쳤다. 봉이 가슴에 얼굴을 묻으면 솔솔 뿜어져 나오던 익숙한 향내였다. 향내를 맡자 봉이에 대한 그리움이 만조처럼 밀려왔다. 눈창이 붉어진 원범이 붉은 보자기를 풀자 세목細木으로 지은 정갈한 바지저고리 한 벌이 눈에 들어왔다. 얌전한 바느질 솜씨가 영별했다. 봉이 어머니가 밤잠을 설치며 한 땀 한 땀 바느질했을 소중한 옷이다. 옷에 얼굴을 묻고 냄새를 맡던 원범 입에서 졸연히 외마디 비명이 터져 나왔다.

"봉이야! 봉이야!"

비명은 곧 애끓는 통곡으로 이어졌다. 언덕을 거의 다 올라갔을 무렵이었다. 병조당상관이 "멈추어라! 멈추어라!" 하고 다급한 목소리를 냈다. 도승지가 헐레벌떡 달려와 보연 문을 열고 물었다.

"무슨 일이십니까? 혹여 불편하신 데라도 있으십니까?"

눈물범벅이 된 원범이 읍소했다.

"아저씨! 저 집에 돌아가고 싶어요. 강화도에서 봉이랑 함께 살래요. 빨리 내려주세요."

당황한 도승지가 말을 잇지 못한 채 식은땀만 흘렸다. 영의정이 허겁지겁 다가오자 원범이 다시 울부짖었다.

"저 안 갈래요. 왕이 되고 싶지 않아요. 강화도에서 그냥 봉이랑 살래요."

손바닥까지 싹싹 비비며 애원하는 원범을 보며 영의정이 미간을 잔뜩 찌푸렸다.

"지금 조선의 왕, 이 나라의 주인, 만백성의 어버이가 되기 위해 한양에 가시는 겁니다. 벌써 이를 잊으신 겝니까?"

"글쎄, 전 왕이 되고 싶지 않다니까요. 그냥 강화도에서 봉이와 함께 살래요. 내려주세요. 어서요. 제발 보내 주세요."

영의정 입에서 깊은 탄식이 흘러나왔다.

"군왕은 되고 싶다 하여 되고, 되기 싫다 하여 피할 수 있는 게 아닙니다. 무릇 천명을 받은 자만이 군왕이 될 수 있습니다."

순간, 마차 위에 서 있던 원범이 거연히 마차 아래로 뛰어내렸다. 녹비

혜사슴 가죽 신발까지 벗어던지고 언덕 아래로 질풍처럼 내달렸다. 복건이 벗겨지자 금방 봉두난발이 되었다.

"저, 저런, 잡아라! 어서 붙잡아 뫼시어라."

영의정이 숨 가쁘게 외쳤다. 언덕 위를 힘들게 오르던 봉영행렬이 삽시간에 아수라장이 됐다. 원범의 도망치는 발걸음이 얼마나 빠른지 거의 날아가는 형국이었다. 낭관과 선전관들이 원범을 잡기 위해 일제히 박차를 지르며 언덕 밑으로 내달렸다. 산속에 있던 자객들도 말에서 내려 허겁지겁 산 밑으로 달렸다. 고갯길로 뽀얀 흙바람이 해무처럼 일었다. 언덕 아래로 내달리던 말들이 여기저기 고꾸라지며 말울음 소리가 처절했다. 아비규환이었다. 이를 물끄러미 바라보던 영의정이 목 뒷덜미를 잡고 거방진 몸을 비틀거렸다.

"참으로 기막힌 일이로세! 왕이 되기 싫다고 두 번씩이나 도망치다니. 내 두 눈으로 똑똑히 보면서도 믿기질 않는구면."

도승지가 급히 영의정을 부축했다.

"큰일이지 않은가. 제왕학을 공부한 준비된 임금도 아니고, 왕이 되고 싶어 하는 것도 아니고, 이를 대체 어찌해야 한단 말인가?"

민망한 도승지가 얼굴을 붉히며 위로했다.

"천명이라 하지 않으셨습니까? 영상께서 이끌어 주시는 대로 갈고 닦으면, 분명 성군의 자질을 갖추게 될 것입니다."

"과연 이게 잘하는 짓인지 모르겠네."

영의정이 강하게 체머리를 흔들자, 도승지가 눈살피며 "아랫것들이 듣겠습니다." 하고 은밀히 아뢰었다.

"생각할수록 걱정이 앞서서 하는 소리네. 이건 어찌 된 게 갈수록 수미산 아닌가?"

"잠시 그늘에서 쉬십시오. 소생이 내려가 보겠습니다."

도승지가 잽싸게 말을 집어타고 언덕 밑으로 박차를 질렀다. 산속에서는 도망치는 원범을 거의 다 쫓아간 자객들이 한쪽 무릎을 꿇고 재빨리 정량궁을 꺼내 들었다. 그리고 화살통에서 꺼낸 유엽전 끝에 독을 묻혔다. 비상과 흑전갈독을 반반씩 섞은 치명적인 화살이었다. 힘껏 활시위를 당기려는 순간, 낭패였다. 원범이 그만 낭관들에게 붙잡히고 말았다. 헉헉거리며 달려온 선전관과 서북별부료 군관들이 원범의 주위를 겹겹이 에워싸고 바깥을 향해 일제히 검을 빼들었다. 살수와 포수, 사수들이 달려와 공격태세를 갖췄다. 이를 천리경으로 지켜보던 자객들 입에서 동시에 탄식이 흘러나왔다. 목울대에 파랗게 핏줄을 돋운 원범이 땅바닥에 누워 발버둥치자 낭관 몇 명이 그대로 고꾸라졌다.

"글쎄, 난 왕이 되고 싶지 않다니까요. 그냥 강화도에 살게 내버려 두세요!"

바로 그때였다. 어디선가 봄바람처럼 부드러운 음성이 들렸다.

"정인 때문에 그러십니까?"

벌떡 일어난 원범이 얼굴을 바투 들이밀고 물었다.

"봉이를 아세요?"

"알다 뿐이겠습니까? 혜각사에서 담소도 나눴는걸요."

원범이 눈물을 흘리며 읍소했다.

"보셨죠? 봉이를 보셨죠? 전 봉이 없으면 아무것도 못 해요. 봉이 없으면 안 돼요."

"정인은 나중에 데려와도 늦지 않습니다. 먼저 즉위식을 올리시고 후일을 도모하십시오!"

소맷부리로 눈물을 닦은 원범이 도승지 턱밑에 바짝 다가가 물었다.

"왕이 되면 정말 봉이를 궁궐에 데려올 수 있을까요?"

"잠저에 계실 때 인연 맺은 정인인데 왜 못 데려오시겠습니까? 후일 찾아보면 분명 방도가 있을 겁니다. 지금은 용상이 비어 있는지라 속히 입궐해 즉위식을 올리시는 것이 급선무입니다."

원범이 고개를 갸웃거리자 도승지가 재촉했다.

"제가 본 정인은 워낙 총명하고 당찬 처녀인지라, 아마 이리하고 계신 걸 알면 분명 좋아하지 않을 겝니다."

눈이 초롱초롱해진 원범이 다시 얼굴을 들이밀었다.

"봉이가 정말 싫어할까요?"

"그렇고말고요. 제가 대화를 나누어 보았는데 그 품위와 총명함이 사대부가의 처녀들을 능가했습니다. 아랫것들 보기 민망하니 그만 일어서시지요. 빨리 즉위하셔야 정인을 속히 궁궐로 데려올 수 있지 않겠습니까?"

원범이 오뚝이처럼 벌떡 일어나 옷을 탁탁 털었다. 원범을 보연에 태운 연메꾼들이 다시 고갯길을 숨 가쁘게 올랐다. 먼장질도 못 해본 자객들이 상수리나무에 머리를 짓찧으며 안타까워했다.

봉영행렬은 잠시 후 갑곶나루터에 도착했다. 나루터 주변에는 5년 전 강화도로 유배 올 때 보았던 낯익은 탱자나무들이 한층 만자라 푸른 잎과 파란 열매들이 주렁주렁 매달려 있었다. 날카롭게 뻗은 가시들도 한층 기세등등했다. 강화도 해안가엔 유난히 탱자나무가 많았다. 병자호란 후, 해안으로 침입하는 적군을 막기 위해 해안선을 따라 탱자나무를 울타리로 둘렀기 때문이다. 약재 공부를 많이 한 봉이는 탱자나무를 볼 때마다 원범에게 이렇게 조근조근 설명했다.

"탱자나무 열매는 버릴 게 하나도 없어. 덜 익은 열매를 잘라서 말린 걸 지실이라 부르고, 껍질을 말린 건 지각이라 하거든. 둘 다 소화기관의 적체된 기를 일체 풀어 주는 데 특효가 있어. 그래서 건위제나 이뇨제, 두드러기 치료제로 많이 쓰여."

봉이 생각을 하자 그리움이 들물처럼 밀려왔다. 원범이 눈물을 흘리며 향통과 붉은 보자기를 가슴에 꼭 껴안고 얼굴을 마구 비비었다. 나루터에는 이미 여러 척의 운반선이 대기 중이었다. 원범이 탄 마차는 가장 크고 화려한 그림이 그려진 배 위로 올라갔다. 탈진한 영의정과 도승지, 예방승지는 가마 속에서 꾸벅꾸벅 졸았다. 무관인 당상관 두 명과 낭관, 선전관들만 눈을 부릅뜬 채 행렬 앞뒤를 오가며 진두지휘했다. 배는 지체하지 않고 곧바로 나루를 떠났다. 배가 해심에 들어서자 원범이 보연에서 내렸다. 갈매기 떼가 끼룩끼룩 소리를 내며 쉴 새 없이 배 위를 선회했다. 이물배의 머리에 선 원범이 강화도를 눈에 담듯 하염없이 바라보았다.

그때 언덕에서 팔을 번쩍번쩍 흔드는 모습이 보였다. 봉이와 동무들이었다. 원범이 눈물을 글썽이며 친구들을 향해 손을 흔들었다. 이번엔 친구들이 펄쩍펄쩍 뛰며 두 손을 흔들었다. 원범이 양손을 입가에 대고 강화도를 향해 목청껏 외쳤다.

"잘 있어라, 강화도야! 봉이를 잘 부탁한다!"

성동나루터에 도착한 봉영행렬의 움직임이 빨라졌다. 하늘이 그무러져 금방 저뭇했다. 짙은 노을 속에서 한 줄기 어둠이 먹장 풀리듯 서서히 번졌다. 일몰을 걷어 낸 서쪽 하늘로 개밥바라기가 나타났다. 바다를 건넌 자객들도 산속에서 급히 봉영행렬을 뒤쫓았다. 해가 물마루로 가라앉자 안간힘 쓰던 마지막 햇살이 바다와 산맥, 마을의 윤곽을 거두어 어둠과 합쳤다. 봉영행렬은 땅거미가 짙게 깔린 후에야 김포 행궁에 들어섰다. 행궁 밖에는 대왕대비가 원범을 덕완군德完君으로 봉작한다는 교지를 전하기 위해 달려온 호방 좌승지 남성교 일행이 대기하고 있었다. 대청에서 곧바로 군호 봉작교지 전달식이 진행됐다. 원범이 예방인 우승지의 인도로 대청 위 서안 앞에 무릎을 꿇자, 좌승지가 교지를 꺼내 읽었다.

종사의 부탁으로 후대 왕으로 삼은

이광의 3자 이원범의 군호를 덕완군으로 의망하여

궁궐에 들이도록 하라!

144

원범이 대청 아래로 내려와 사배례했다. 다시 대청 위로 올라가 서안 앞에 서자 좌승지가 무릎을 꿇고 원범에게 교지를 전달했다. 이를 읽은 뒤 교지를 책상 위에 올려놓자 마당에 도열해 있던 문무관료들이 일제히 큰절을 올리며 극진히 예를 갖추었다. 봉작교지 전달식이 끝나자 도승지가 원범 곁으로 다가와, 오늘 밤 행궁에서 유숙 후 내일 입궐해 즉위식을 올리게 될 것이라고 아뢰었다. "아, 그래요?" 하며 원범이 뒤통수를 긁자 도승지가 "하대하시옵소서!"라며 질색을 했다. 원범이 민망한 웃음을 풀썩이며 다시 뒤통수를 긁자 따뜻한 시선으로 바라보던 도승지가 아뢰었다.

"덕완군 나리라고 부르는 것도 오늘이 처음이자 마지막일 것입니다. 내일 즉위식을 올리시면 조선의 모든 신하와 백성이 주상전하라고 부르며 어버이로 우러러볼 것입니다."

원범이 수줍은 미소를 짓자 도승지가 비장한 얼굴로 아뢰었다.

"부디 성군이 되십시오. 힘들게 조선의 군왕이 되셨으니 어렵고 힘겨운 민초들의 눈물을 닦아 주는 현명한 군주가 되셔야 합니다. 성왕이셨던 정조 왕의 손자임을 한시도 잊지 마십시오!"

"그리 말해 주니 고맙습니다, 도승지!"

도승지가 글썽한 눈길로 다시 아뢰었다.

"정치란 농사를 짓는 것과 같습니다. 농사꾼의 마음으로 생령들을 보살피시면, 필시 강구연월을 펼치는 성군이 되실 것입니다."

"앞으로 많이 가르쳐 주세요."

"받잡기 송구하옵니다."

청안을 섞은 두 사람이 따뜻한 미소를 머금고 한동안 마주바라기를 했다.

❀

수강재 내전에 서초 연기가 자욱했다. 대왕대비는 모란꽃이 만발한 병풍 앞 안석에 기대앉아 느긋한 표정으로 수포석 물부리를 빨고 있었다. 온몸에서 승자의 여유로움이 한껏 배어 나왔다. 입술은 여기저기 찢겨 있었지만 희색은 만연했다. 힘차게 연기를 토해 낸 순원왕후가 허공을 쏘아보며 새물새물 웃다 혼잣말처럼 중얼거렸다.

"과연 귀신같은 고수의 비결이로다!"

승리는 온전히 영의정 정원용의 공로였다. 모사로 날고 긴다는 권돈인도 상대가 되지 못했다. 경륜과 철칙을 모두 갖춘 정원용에게는 나름대로의 성공 비결이 있었다.

패합稗闔, 나아가서는 반드시 이긴다! 반응反應, 일에 관계된 사람의 진심을 파악한다! 내건內楗, 함께할 사람의 마음을 얻는다! 저희抵巇, 틈이 작을 때 미리 제거한다! 오합忤合, 형세를 살피고 기세를 탄다! 췌마揣摩, 정보에서 상대를 앞선다! 비겸飛箝, 상대를 높여 상대를 제압한다! 권權, 말의 힘으로 상황을 주도한다! 모謀, 사람을 움직여 일을 성사한다! 결結, 마지막 결단으로 성과를 얻는다!

조 대비와 권돈인을 감쪽같이 속이고 원범을 무사히 후대 왕으로 택군할 수 있었던 비결이었다. 정원용과 순원왕후는 이 법칙에 철저히 부합했다. 그리고 끝내 여룡지주驪龍之珠를 손에 넣었다. 입가에 모란꽃을 활짝 피운 순원왕후가 고개를 갸웃대며 "이광의 3자가 어찌 생겼을꼬? 모자간의 인연을 맺게 됐다면 분명 보통 인연은 아닐 터!" 하고 중얼거렸다. 제조상궁이 전생에 깊은 인연이 있었을 것이라고 아뢰자, 희색이 만연해 코를 발록이던 대왕대비가 벌떡 일어나 앉으며 다급히 물었다.

"자네…… 혹시 그 꿈 생각나는가?"

제조상궁이 멀뚱히 바라보자 대뜸 호통을 쳤다.

"어허, 자네도 이제 늙었구먼. 어찌 그 일이 생각 안 나는 게야? 이런 원 쯧쯧쯧……."

순원왕후는 십수 년 전, 꿈속에서 아버지인 김조순으로부터 한 아이를 건네받은 적이 있었다. 그때 아버지는 딸에게 이 아이를 받아서 잘 키우라는 당부를 남겼다. 이를 몽조로 생각한 순원왕후는 기침하자마자 "아버님이 아이를 맡기시니 참으로 이상한 꿈이로다." 하며 제조상궁에게 꿈 이야기를 했었다. 그제야 생각이 난 제조상궁이 "소인 이제야 생각나옵니다." 하고 소리쳤다. 흥분한 순원왕후가 무릎을 치며 목청을 높였다.

"지금 생각해 보니 덕완군이 바로 그 아이인 것 같구먼. 내 아들 효명세자가 스물두 살로 세상을 뜬 지 올해가 꼭 19년째 아니던가? 한데, 이광의 3자가 다음 해에 태어나 올해 꼭 열아홉이 되었으니 마치 효명세자가 환생한 듯한 생각마저 드이!"

택군한 원범과의 인연이 필연이고 싶은 순원왕후의 간절한 소망이
었다.

"덕완군과 내가 몇 살이나 차이 나는고?"

"마흔두 살 차이가 나옵니다."

헉, 눈살을 찌푸린 순원왕후 입에서 대뜸 탄식이 흘러나왔다.

"어허, 모자지간의 나이 차이치고는 너무 많지 않은가?"

발림수가 능한 제조상궁이 곰살궂게 위로했다.

"나이 차이는 많으나 대왕대비마마께서 워낙 잗젊으시어 그리 많이
차이 나 보이진 않습니다."

대왕대비가 홍안대소했다.

"어허, 노 상궁이 날 지금 위로하는 것인가?"

제조상궁이 첨속을 내보이며 다시 홀림목으로 위로했다.

"누구인들 대왕대비마마께서 이순을 넘겼다고 보는 사람이 있겠습니
까? 소인 눈엔 아직도 곱디고우십니다. 처음 중전마마가 되셨을 때의 모
습과 별반 다르질 않사옵니다."

까르륵 웃던 순원왕후가 눈을 흘겼다.

"어찌 된 게 노 상궁 아부는 날이 갈수록 심해지는가."

"송구하옵니다."

제조상궁이 깊숙이 허리를 숙였다.

한동안 숨차게 수포석 물부리를 빨던 순원왕후가 허공을 노려보며 눈
가의 부챗살 주름을 파르르 떨었다.

"흥, 왕대비! 아무리 발버둥 쳐도 이제 하룻밤만 지나면 모든 게 끝날 것이오. 앞으론 만장홍진한없이 구차스럽고 속된 세상에 추풍삭막예전의 권세는 간 데 없고 초라해진 모양을 한탄하며 죽은 듯 수정전에 엎디어 살아야만 할 것이오."

부제조상궁과 시녀상궁이 암통한 시선을 섞으며 희미하게 웃었다.

자객

바람에 댓잎 부딪치는 소리가 요란하다. 바람길이 부딪친 듯 하늘이 당나귀 울음처럼 흐느꼈다. 축시丑時쯤 되었을까? 행궁 뒷숲 몽밀한 댓잎들이 요란스레 몸 섞는 소리를 냈다. 노루잠을 자던 원범이 화들짝 놀라 눈을 떴다. 다시 잠을 청해 보지만 쉽게 잠들지 못해 이리저리 궁싯거린다. 잠이 들면 봉이 얼굴을 볼 수 있으련만 바뀐 잠자리 때문인지 좀체 꿈길로 들어서지 못한다. 바뀐 게 어디 잠자리뿐이랴. 단 한 번도 접해 보지 못한 황금 보료와 고운 비단 이불, 귀한 의복과 음식, 심지어 주위 사람들까지 한순간에 바뀌었다. 하지만 앞으로 진정 바뀌어야 할 사람은 바로 자신이 아닐까 하는 생각에 절로 한숨이 새어나온다. 말투, 목소리, 밥 먹는 방법, 심지어 걸음걸이조차 모두 바뀌어야 할 것 같다.

우선 궁녀나 내관들의 말을 잘 알아듣지 못했다. 처음 들어 보는 낯선 말들이었다. 원범은 자신을 바라보는 관리들과 내시, 궁녀들 표정에서 언뜻언뜻 황망함과 비웃음이 스쳐 지나가는 것을 여러 번 목격했다. 그때마다 명치끝을 파고드는 예리한 통증이 느껴졌다. 강화도에서는 접해 보지 못한 수상쩍고 복잡한 눈길들……. 겉으로는 극진한 예의를 표하나 속으로는 비웃음을 감춘 듯 야릇한 눈길이 마음을 불편하고 외롭게 만들었다. '형은 지금쯤 어디에 있을까?' 형의 모습도 쉽게 눈에 띄지 않았다. 일순간 생긴 신분의 차이는 혈육의 서열을 훨씬 능가했다. 이제 원범의 주위로는 고위신료들과 호위무사, 궁녀와 내시들만 접근할 수 있었다. '아! 벌써 강화도가 그립구나.' 팔베개한 원범이 눈을 감고 강화도 생각에 잠겼다. 형과 함께 방 안에 누워 있으면 멀리서 들려오던 파도 소리, 뜰 앞에 서 있는 아름드리 단풍나무 위에서 밤마다 수다를 떨던 솔부엉이와 두견새, 소쩍새 소리, 장지문을 뒤흔들며 스쳐 지나가던 갯바람 소리, 빗방울이 떨어지는 날에는 처마 끝에서 항아리 속으로 담방담방 떨어지던 명징한 물방울 소리……. 이들은 묘하게 뒤섞여 단숨에 꿈길로 인도했다. 자몽해지면 어김없이 큰형의 자장가 소리가 환청처럼 들렸다.

잠아, 어서 와라! 잠아, 어서 와라!
내 막둥이 동생에게로…….
잠아, 어서 원범에게로 와라!
와서 잠 못 드는 내 동생 눈을 감게 해다오.

별님이 그만 잠들라고 웃으신다.

달님이 그만 잠들라고 웃으신다.

자장, 자장, 내 막둥이 동생!

나쁜 꿈은 저리 가고, 좋은 꿈만 찾아오너라!

꿈길을 달려가면 이내 봉이가 환한 얼굴로 맞아 주었다. 두 사람은 손을 꼭 잡고 밤새도록 산과 들을 날아다녔다. '봉이는 지금쯤 자고 있을까, 아니면 눈물을 흘리며 밤을 지새울까?' 봉이 생각을 하자 명치끝이 금방 짜릿하게 저려 왔다. 해평루에서는 늘 친구들과 인경 소리 울리기 직전까지 쑥덕대며 두루걸이했었는데……. 그 사랑스러운 눈길과 다정한 목소리들, 따스함이 설핏설핏 묻어 나오는 따뜻한 손길들, 이 순간 모든 것이 그립다. 봉이가 그립다. 강화도가 그립다. 동무들이 그립다. 무엇인가 처음으로 내 것을 가지게 됐다는 뿌듯한 생각에 절로 감사하는 마음을 가지게 한 사람, 그 사람 외에 다른 것을 원한다면 왠지 하늘에서 벌을 내릴 것 같은 생각마저 들게 한 사람, 그녀가 바로 강화도 봉이였다.

'봉이야! 기다려다오. 꼭 기다려 줘! 나는 꼭 네 지아비가 될 거야!'

문득 강화도에서 항통과 붉은 보자기를 가지고 사력을 다해 보연을 쫓아오던 봉이 모습이 떠올랐다.

"내 눈을 똑똑히 봐! 내 말 잘 들어. 왕은 바람이고 신하는 풀잎이야. 바람이 불면 풀은 저절로 눕게 돼 있어. 그러니 아무 걱정 말고 성군의 자질만 잘 쌓아.”

　이별하는 순간까지도 나만 생각하고 나만 위로해 준 사람, 나 때문에 자신의 아픔은 미처 챙기지도 못한 사람, 그녀가 바로 봉이였다. 그리움이 가득 찬 원범의 눈자위가 점점 시붉어졌다. 일월오봉도가 그려진 불발기 창호에 비친 달빛은 교교했다. 잠자리에서 일어난 원범이 향통을 열고 냄새를 맡았다. 너무 익숙한 향, 그리운 향내이다. 붉은 보자기를 풀어 바지저고리를 찬찬히 만져 보았다. 친아들처럼 위해 주고 애석히 여겨 주던 봉이 어머니! 밤을 지새우며 지었을 바지저고리 한 벌. 길이를 재어 보니 안성맞춤이다. 허긴 이게 처음은 아니지 않은가. 형과 함께 무명끝으로 만든 바지저고리는 이미 여러 벌 얻어 입었다. 코끝이 시큰해진 원범이 옷과 향통을 끌어안고 질끈 눈을 감았다. ‘아! 과연 내가 강화도를 떠난 것을 후회하지 않을 것인가?’ 원범이 세차게 머리를 흔들었다. 도무지 자신이 없다. 원범의 얼굴로 이내 짙은 우수와 고뇌가 물들었다. 불현듯 도승지 말이 떠올랐다.

　“덕완군께서는 성군이신 정조 왕의 손자이심을 결코 잊지 마십시오!”

　순간, 가슴 벅찬 자부심이 원범의 얼굴을 붉게 상기시킨다.

　“힘들게 조선의 왕이 되셨으니 어렵고 힘들게 사는 민초들 눈물을 닦아 주는 현명한 군주가 되셔야 합니다.”

　원범이 고개를 주억거렸다. ‘그래, 내게도 잘하는 것이 있지 않은가? 바로 민초들의 삶이다. 열아홉 해를 척박한 곳에서 들풀처럼 살았으니 생령들의 어려운 삶을 나처럼 자세히 아는 임금도 드물 터! 기왕 장부로

태어났으니 이 한목숨 나라와 백성을 위해 헌신한다 해도 그리 나쁘지
는 않으리!'

❦

　수정전이 적요한 어둠 속에 잠겨 있다. 삼경을 알리는 북소리가 들린
지 오랜 때이다. 그때 결속색 소속 전루들이 오점을 알리는 징소리를 내
며 지나갔다. 내전엔 조 대비와 부제조상궁, 풍양 조씨 일족들이 작은 촛
불에 의지한 채 꼿꼿이 자리를 지키고 있었다. 어둠에 싸인 방 안에선 날
카로운 눈빛들만 뒤엉켜 희번덕거렸다. 작은 어린애 한 명도 벽 쪽에 누
워 곤한 숨소리를 냈다. 이하전이었다. 이 가엾은 어린애는 대왕대비와
왕대비 권력싸움의 볼모가 되어 아직도 집에 돌아가지 못한 채 수정전
에 기거 중이었다. 요양미정, 발싸심하던 조 대비가 백비탕을 벌컥벌컥
들이켠 뒤 혼잣말처럼 중얼거렸다.
　"정말 피를 말리는 것 같구나. 진정 약단 간에 생사가 갈릴 것인가?"
　"이 순간의 일은 아무도 예측할 수 없을 것입니다. 누가 죽고, 누가 살
아남을지 오직 하늘만 알고 있을 것입니다."
　입꼬리를 바싹 당긴 조 대비 입가로 희미한 웃음이 번졌다. '흥! 자객
들 존재를 모르는 수강재 늙은이는 지금쯤 꿈속에서 다시 수렴청정할
생각으로 구름 위를 둥둥 날아다니고 있겠지? 자객들이 그 강화도 촌것
을 아예 죽이든지, 아님 많이 다치게 해야 인손에게 다시 기회가 돌아올

154

터……!' 조 대비 눈빛이 어둠 속에서 별빛처럼 명멸했다. 눈치를 보던 다른 조카가 입술에 침을 바르며 살갑게 위로했다.

"태백이 경천했으니 이번 일만 잘되면 왕대비마마께서 여황제처럼 조선을 호령할 수 있을 것입니다. 그래야 안동 김씨에게 빼앗긴 권력을 온전히 되찾을 수 있을 것이고요."

조 대비 입에서 흔연한 웃음소리가 새어나왔다.

"하하하. 조카가 지금 지옥과 같은 내 마음을 위로해 주는 것인가?"

저녁땐 서쪽에, 새벽엔 동쪽에서 뜨는 태백성은 하루에 두 번씩 눈에 띄어 사람들과 친근했다. 샛별, 금성, 계명성, 개밥바라기 등 수많은 이름을 가지고 있는 것도 이 때문이다. 개밥바라기는 개가 저녁에 배가 고파 저녁밥을 바랄 무렵에 서쪽 하늘에서 빛나는 별이라 하여 붙여진 토박이 이름이다. 이 태백성을 천문서에서는 전쟁을 주관하는 별로 보거나 큰 인물, 즉 임금을 상징한다고 보았다. 그러나 태백성의 비정상적인 출현은 재난과 흉조의 전조로 오랫동안 간주되어 왔다. 한데, 이 태백성이 기유년 들어 몇 달씩 대낮에 떠 있었다.

사기와 한서에는 왕이 신하에 의해서 시해를 당하거나 하극상에 의해 왕조가 바뀔 무렵에 으레 태백성이 대낮에 나타났다고 기록돼 있다. 태백성이 낮에 나타나는 것을 주현晝見이라 칭하며, 태양이 약해져 음성인 태백성과 밝음을 다투는 것으로 보았다. 이 때문에 여황제가 창성하게 되거나 외척이 발호한다고 해석했다. 경천經天은 태백성이 오시午時가 지나도록 사라지지 않는 것을 뜻했다. 천관서에서는 주현보다 경천을 더 큰 이변으로 간주했다. 왕위 찬탈이나 혁명, 병란의 조짐으로 보았기 때문이다. 조카의 설명을 듣고 발싸심하던 조 대비가 갑자기 정색을 하며 고개를 갸웃거렸다.

"허면, 여황제나 외척의 발호나 모두 수강재 늙은이한테도 해당될 터!"

바삐 눈치를 살피던 조카가 비장한 어조로 답했다.

"기회는 잡는 자의 것이라 했습니다. 왕대비마마께서 기회를 잡으시면 여황제는 바로 왕대비마마가 되는 것이고, 미구에 풍양 조씨가 흔천동지할 것입니다. 그래서 자객을 보낸 게 아닙니까?"

"하하하…… 허긴 명분은 인손에게 있지 않은가? 우리는 잘못된 것을 바로잡는다는 대의명분에 뿌리를 둔 터, 분명 하늘이 우릴 도우리."

제조상궁이 맞장구를 쳤다.

"연세를 보나 하늘의 운행을 보나 여황제는 분명 왕대비마마이십니다. 소인은 그리 믿고 있사옵니다."

조 대비가 흡족한 표정으로 고갯방아를 찧었다.

"아암, 그래야 하고말고. 가문의 사활이 걸려 있음 아닌가?"

주먹을 불끈 쥔 조 대비가 찢어진 입술에 바지런히 침을 발랐다.

✿

바람은 좋았다. 두샛바람이 짙은 어둠에 싸인 김포 행궁을 향해 세차게 불었다. 산꼭대기에서 바람을 기다리던 자객들이 일제히 수건을 들어

바람의 방향을 살피다가 갑자기 움직임이 빨라졌다. 자객들은 검은 보자기에 싸인 물체를 재빨리 풀었다. 검은색 큰 연鳶이었다. 빠른 손길로 접혀 있던 살들을 곧게 편 뒤 연 밑에 매달려 있는 커다란 고리에 허리를 끈으로 단단히 고정시켰다. 양손은 연의 맨 앞쪽 중앙에 있는 나무막대기를 잡았다. 잠시 후 큰 연을 등에 멘 자객들이 바람의 방향을 따라 줄지어 뛰어내렸다. 양발은 연의 맨 뒤쪽에 돌출돼 있는 막대기를 단단히 감쌌다. 자객들은 검은 연 밑에 찰싹 달라붙어 검은 하늘에서 조용한 비행을 시작했다. 큰 새들이 집단 비행하는 것처럼 연이어 김포 행궁을 향해 날아갔다. 검은 연들은 김포 행궁 지붕 위에서 정확히 멈췄다. 그리고 행궁 내전과 회랑 지붕 위로 각각 나뉘어 사뿐히 내려앉았다. 재빨리 연에서 몸을 뺀 자객들이 검과 활을 꺼내 일제히 공격 자세를 취했다.

이때 원범은 향통과 붉은 보자기를 가슴에 안고 막 잠이 들려는 찰나였다. 지붕 위에서 타다다닥 발걸음 소리가 들렸다. 식겁한 원범이 벌떡 일어나 앉았다. 자개바람이 한바탕 거세게 휘몰아치다 거센 빗방울을 쏟았다. 지나가는 널비인가 했는데 노드리듯 굵은 작달비였다. 안도의 숨을 내쉬던 원범이 다시 잠자리에 누웠다. 막 잠이 들려는 순간, 다시 지붕 위에서 타다다닥 요란한 발걸음 소리가 들렸다. 기함한 원범이 다시 벌떡 일어나 앉았다. 그때 취라치의 요란한 소라고둥 소리가 길게 울려 퍼졌다. 나발 소리와 북 소리도 들렸다. 군사들의 다급한 외침이 여기저기서 들렸다.

"누구냐?"

"횃불을 밝혀라!"

"자객이다! 잡아라!"

"내전을 호위하라! 자객이다!"

자객이란 소리에 기겁한 원범이 화들짝 놀라 벌떡 일어섰다. '자, 자, 자객이라니 이게 대체 무슨 변고란 말인가? 즉위하러 가는 길에 자객을 만나다니!' 우왕좌왕하던 원범이 벽사검인 삼인검을 꺼내 단단히 붙잡았다. 등줄기로 식은땀이 치솟았다. 그때 지붕에서 마당으로 뛰어내리는 발걸음 소리가 내전 뜰을 요란스럽게 울렸다. 바람을 가른 화살이 퍽퍽 꽂히는 소리도 들렸다. 여기저기서 단말마가 터졌다. 지붕 위와 뜰, 대청마루, 마당에서 요란한 발걸음 소리와 함께 검 부딪치는 쇳소리가 날카롭게 들렸다. 검들이 부딪칠 때마다 반딧불 같은 불꽃들이 파랗게 일었다. 식겁한 원범이 일월오봉병 뒤로 잽싸게 몸을 숨겼다. 온몸이 떨리고 손발이 오그라들었다. 그때 당상관과 도승지의 다급한 목소리가 들렸다.

"덕완군을 보호하라! 덕완군을 보호하라!"

요란한 발걸음 소리와 함께 방문 열리는 소리, 검 부딪치는 쇳소리, 대문 열리는 소리, 궁녀들의 비명이 연달아 들렸다. 아수라장에 야단법석이었다. 장대비까지 억수같이 쏟아졌다. 이때 방문이 열리고 검은 그림자가 불쑥 안으로 들어섰다. 기절초풍한 원범이 삼인검을 쥔 손에 힘껏 악력을 돋우었다.

"덕완군 나리! 소신 도승지입니다."

낯익은 목소리였다. 원범이 후들거리는 다리로 저춤저춤 병풍 밖으로 나왔다. 다리 힘이 풀려 풀썩 주저앉자 도승지가 급히 이불로 감싸 안았다. 그때 쌔앵 바람 가르는 소리와 함께 방 안으로 독화살들이 사정없이 날아들었다. 원범을 안고 있는 도승지 손이 사시나무처럼 떨렸다. 영의정과 당상관들의 다급한 외침이 밖에서 계속 이어졌다.

"횃불을 더 밝혀라!"

"내전을 사수해!"

"덕완군을 보호하라!"

불발기창호 앞에서 요란한 발걸음 소리와 함께 치열한 검투가 벌어졌다. 혈투가 이어지자 매화꽃 같은 불꽃들이 사방에서 튀어 올랐다. 십장생도가 그려진 창호로 바람 가르는 소리와 함께 다시 독화살이 사정없이 날아들었다. 참혹한 전쟁터였다. 밖에서는 궁녀들과 관리들의 비명이 소연했다. 원범을 감싸 안은 도승지 손에 점점 힘이 들어갔다. 그때 퍽 화살 박히는 소리가 들렸다. 순간, 원범을 감싸 안고 있던 도승지 손이 힘없이 늘어졌다. 사색이 된 원범이 도승지를 살폈다. 등 뒤엔 화살이 두 개나 꽂혀 있었다. 원범이 소리 지르려 하자 도승지가 만류했다.

"소리치지…… 마옵소서! 위험……하시옵니다."

"정신 차리세요, 도승지! 눈을 떠보세요!"

원범이 도승지 손을 잡고 울부짖었다. 불꽃을 터트리며 불발기창호 앞에서 맹렬한 검투를 벌이던 발걸음 소리가 점점 잦아들기 시작했다. 방 안에 쏟아지던 독화살 숫자도 현저히 줄었다. 빗발도 서서히 멈추었다. 멀리서 오위도총부 당상관이 포효하는 소리가 들렸다.

"자객들을 뒤쫓아라! 끝까지 추격하라!"

박차를 지르는 소리와 함께 요란한 말발굽 소리가 밖을 향해 멀어졌다. 이때 문밖으로 환한 불빛과 함께 발걸음 소리가 분분했다.

"덕완군 나으리! 괜찮으시옵니까?"

"예. 저, 저는 괜찮은데 도, 도, 도승지가……."

옆으로 길게 쓰러진 도승지는 등과 입에서 피를 흘리고 있었다. 사색이 된 예방승지가 다급하게 소리쳤다.

"당장 어의를 불러라! 도승지가 화살을 맞았다!"

어의와 의녀들이 달려와 급히 도승지를 살폈다. 영의정이 도승지 상태를 묻자 어의가 화살촉에 독이 묻었다면 목숨을 보존하기 힘들 것이라고 목소리를 떨었다. 휘청거리던 영의정이 털썩 엉덩방아를 찧으며 외쳤다.

"살려야 된다! 어떻게든 도승지를 살려야 한다!"

좌승지와 우승지가 부축해 거방진 영의정을 겨우 일으켜 세웠다.

행궁 안팎은 아비규환에 야단법석이었다. 피비린내가 진동했다. 신음을 내지르는 다친 군사들과 피를 흘리며 죽어 널브러진 자객들로 아수라장이었다. 혼절 직전인 영의정에게 병조 당상관이 침통한 어조로 보고했다.

"호위군사 여덟 명이 죽고 관원들과 궁인들도 여러 명 죽거나 다쳤습니다."

"자객들은……?"

"사로잡힌 여섯 명 모두 독을 먹고 자결했습니다."

"어허, 누가 대체 이런 짓을 했단 말인가. 죽은 자는 말이 없으니 배후를 감추겠다?"

영의정이 처마 아래로 내려온 검은 물체를 쳐다보자 병조 당상관이 답했다.

"자객들이 연을 타고 침입했습니다."

정원용이 고개를 절레절레 흔들며 탄식했다.

"참으로 괴란쩍은 일이로세! 내 일흔 살이 다 돼 가지만 왕을 봉영함에 이리도 변고가 많다는 소리는 단 한 번도 들은 적이 없네."

승지와 당상관들이 침통한 표정으로 죄인처럼 고개를 숙였다. 마당에서는 군사들이 다친 관리와 병사들을 부지런히 행랑으로 옮겼다. 자객들 시신도 밖으로 옮겨졌다. 겁에 질려 마당을 치우고 있는 내관과 궁녀들 얼굴에 눈물 자국이 선명했다.

산속에서는 맹렬한 추격전이 벌어지고 있었다. 도총부 당상관을 앞세운 수십 명의 정랑과 좌랑, 선전관, 서북별부료 군관들이 연신 박차를 지르며 자객들을 뒤쫓았다. 거리가 점점 가까워지자 자객들이 방향을 틀어 강벌로 향했다. 여명의 빛이 물안개 자욱한 강가의 어둠을 걷어 내자 말발굽 소리에 잠을 깬 물새들이 날개를 퍼덕이며 하늘 높이 치솟았다. 잠시 후, 자객들이 강을 뒤로하고 배수진을 쳤다. 앞쪽에 선 자객들이 일제히 정량궁을 꺼내 조준을 시작했다. 활시위를 당기자 바람 가르는 소리와 함께 달려오던 군관 대여섯 명이 그대로 땅바닥에 굴러 떨어졌다. 거리가 점점 좁혀지자 자객들이 표창을 던지기 시작했다. 다시 몇 명의 군관들이 말 등에서 고꾸라졌다. 이번엔 뒷줄에 대기 중이던 자객들이 검을 빼들고 군관들을 향해 돌진했다. 선전관들과 서북별부료 군관들도 일제히 함성을 지르며 자객들을 향해 박차를 질렀다. 강변에서 군관들과 자객들 간에 마상검투가 벌어졌다. 주인이 검투를 벌이는 동안 흥분한 말들도 치열한 공방전을 벌였다. 두 발로 벌떡 일어서 앞발로 치고받으며 격렬한 몸싸움을 벌였다. 승부가 나지 않자 이번엔 뒷발길질을 하며 사력을 다해 싸웠다. 숫자에서 밀린 자객들 사이에 부상자가 속출했다. 전의를 상실한 자객들이 일제히 말 머리를 돌려 사력을 다해 도망쳤다. 도총부 당상관이 검을 높이 치켜들고 길길이 악을 썼다.

"퇴각로를 차단하라! 반드시 생포해야 한다!"

군관들이 말 등을 박차며 추격을 시작했다. 자객들이 말 등에 납작 엎드려 전력 질주했다. 그때 맞은편 길목에서 김포 관아 군사들이 날카로운 미늘이 달린 창을 든 채 말을 타고 달려왔다. 창을 든 군사들은 길목을 겹겹이 차단했다. 그 앞으로 조총을 든 포수들이 한쪽 무릎을 꿇고 도열했다. 퇴로가 차단되는 것을 목격한 자객들이 절망의 눈빛으로 망설이다 이내 말머리를 돌렸다. 앞에서는 선전관과 서북 별부료군관들이 무서운 속도로 달려왔다.

뒤에서 조총이 발사되자 자객 몇 명이 말 등에서 고꾸라졌다. 이번엔 살수와 사수들이 검과 활을 들고 함성을 지르며 달려왔다. 앞에서는 선전관과 군관들이 파죽지세로 달려오고 있었다. 진퇴양난에 처한 자객들이 순간, 정지된 그림처럼 절망의 눈빛을 교환했다. 그리고 의식을 행하듯 두 줄로 나란히 도열한 뒤 일제히 품속에서 단도를 꺼냈다. 먼저 앞줄에 선 두 명의 자객이 단도를 심장에 꽂고 그대로 말 등에 엎어졌다. 두 번째 줄, 세 번째 줄 자객들도 순서대로 가슴에 단도를 꽂았다. 나머지 자객들도 심장에 단도를 꽂고 연이어 말 등에 쓰러졌다. 주인이 엎어질 때마다 처절한 말 울음소리가 하늘 위로 메아리쳤다. 선전관들과 김포 관아 군사들이 달려왔을 때에는 이미 수십 명의 자객이 모두 숨을 거둔 뒤였다. 말 등에서 검붉은 선혈들이 폭포수처럼 쏟아져 내렸다.

즉위식

밤새 쏟아진 비는 새벽이 돼서야 멈췄다. 빗소리에 잠을 설친 순원왕후가 개잠이 들었다 소스라치게 놀라 잠을 깼다. 낙선재 매화 뜰로 들이닥친 말발굽 소리 때문이었다. 밤새 수강재 마루를 지킨 시녀상궁이 조용히 방문을 열었다.

"대왕대비마마! 방금 영의정이 보낸 삼현령 파발이 도착했습니다."

"무슨 일이냐?"

"큰방상궁마마님께서 기통을 듣는 중입니다."

순원왕후가 양손으로 머리를 매만지며 자리에서 일어났다. 시녀상궁이 즉시 삼봉三峯 촛대에 불을 밝혔다. 그때 제조상궁이 잰걸음으로 방 안에 들어서며 외쳤다.

"대왕대비마마! 기어코 사달이 난 듯싶사옵니다."

"뭐? 사, 사, 사달?"

가슴이 철렁 내려앉은 순원왕후가 청심환을 찾았다.

"김포 행궁에서 덕완군 나리의 암살 기도가 있었다고 합니다."

"뭐, 뭣이라? 아, 암살?"

옆으로 넘어가던 대왕대비가 청심환을 씹어 넘긴 후, 겨우 기신을 차렸다.

"덕완군은 무사하고, 도승지가 대신 독화살을 맞았다 합니다. 호위무사와 관원들도 여러 명 죽거나 다쳤다고 합니다."

"저, 저런 쯧쯧쯧. 이런 괴이한 일이 다 있나. 그래 도승지는 어떻다 하던가?"

"독화살을 맞은지라 목숨을 보존하기 힘들 것이라 합니다."

헉, 소리와 함께 순원왕후 뺨이 무섭게 실룩거렸다.

"자객이라 하던가?"

"예. 연을 타고 날아들었다 합니다. 자객들은 비상을 먹거나 단도로 가슴을 찔러 전원 자결했다 합니다. 아마 자객을 푼 자를 끝까지 보호하려는 속셈이었을 겝니다."

순원왕후 눈에서 번쩍 섬광이 일었다. '흥! 뒤끝을 남기지 않겠다?' 입술을 앙다문 순원왕후가 한동안 허공을 노려보다 다른 기통은 없느냐고 물었다. 제조상궁이 난감한 얼굴로 망설이다 겨우 기어 들어가는 소리를 냈다.

"영의정 대감이 군사들을 양화진까지 보내 달라 하셨는데, 그게 좀……."

말끝을 흐리자 순원왕후가 버럭 역정을 냈다.

"화급을 다투는 일에 웬 뜸을 들이는 겐가?"

제조상궁이 죄인처럼 허리를 숙이며 목소리를 떨었다.

"양화진에 군사가 기다리고 있지 않으면 영의정께서 자결하겠다고 했다 합니다."

순원왕후 낯빛이 흙빛으로 변했다.

"자, 자결을? 성정이 온화한 영의정이 그리 말했다면 정녕 급박한 상황일 터, 당장 선전관청에 달려가 용호영과 금위영 군사들을 총동원하라 이르라!"

제조상궁이 부리나케 나가자 허공을 노려보던 순원왕후가 이를 갈며 으르렁댔다.

"대비가 감히 그런 짓을? 내 오늘 일을 살아생전 결코 잊지 않을 것이다. 내 잊지 않고 기억해 훗날 네가 피눈물 쏟는 꼴을 기필코 보고야 말 테다! 기다려라, 대비!"

수정전에서 작은 흐느낌이 새어 나왔다. 내전엔 간자인 수강재 최 상궁이 달려와 숨을 헐떡거리고 있었다. 침통한 표정의 부제조상궁이 눈물을 닦으며 강호령을 했다.

"그 말이 정녕 사실이렷다?"

"예. 분명 소인 두 귀로 들었사옵니다. 덕완군은 무사하고 자객들은 전멸했다 합니다."

무릎이 풀린 부제조상궁이 털썩 엉덩방아를 찧었다. 비탄에 젖은 조 대비가 손수건으로 입을 틀어막고 오열했다. 비분한 조카들도 울음을 터트렸다. 소란에 놀란 이하전이 잠을 깨 엉거주춤 일어나 앉았다. 인손을 본 조 대비가 더욱 섧게 흐느꼈다.

"하늘이 내 편이 아니었구나. 여황제는 내가 아니라 바로 수강재 늙은 이였어."

조카들이 일제히 "망극하옵니다." 하고 외치며 바닥에 머리를 찧었다. 옷고름으로 눈물을 닦아 낸 조 대비가 코맹맹이 소리를 냈다.

"조카들은 즉시 퇴궐해 당분간 입궐하지 마라! 연통이 갈 때까지 궐 근처에는 얼씬도 하지 말아야 한다. 인손도 빨리 집에 돌려보내어라!"

왕대비가 서랍에서 비단 주머니를 꺼내 최 상궁을 향해 던졌다. 칠보 노리개와 금은 쌍가락지 등 패물이 쏟아졌다.

"그동안 수고했다. 더 이상 수정전엔 얼씬도 하지 마라! 자칫 잘못하는 날엔 네 목숨을 부지하기 힘들 것이다."

최 상궁이 눈물을 흘리며 예를 갖춘 뒤 삽시에 사라졌다. 조카들이 조 대비에게 큰절을 올리자 이하전도 엉겁결에 절했다. 영문도 모르고 잠결에 절을 하는 이하전을 바라보던 조 대비가 손수건으로 입을 틀어막고 오열했다.

"인손! 우리 인연은 아무래도 이것뿐인 것 같소. 하늘이 우리 편이 아니었소. 부디 잘 자라나 훌륭한 진신사대부가 되도록 하오."

부제조상궁이 가슴을 바닥에 댄 채 몸부림치며 오열했다. 조카들이 이하전을 데리고 서둘러 밖으로 사라졌다. 탈진한 조 대비가 까무룩 보료 위로 쓰러졌다.

동쪽에서 양화진 방향으로 수백 필의 말들이 달렸다. 빗밑이 빨라 파랗게 개인 동쪽 하늘 위로 선명한 쌍무지개가 부르돋았다. 삼현령 파발이 수강재로 닥친 새벽, 제조상궁은 선전관청으로 달려가 당직 선전관에게 대왕대비 명을 전했다. 순간, 원내취가 밖으로 뛰어나가 힘차게 소라 고둥을 불었다. 비상동원령 신호였다. 호적과 나발, 솔발수 등 비상동원령을 알리는 취타수들의 소리로 궁궐 안이 단박에 요동쳤다. 입직 근무 중이던 선전관이 즉시 군사 지휘관들을 비상소집하고 정예 부대원을 총동원시켰다. 궁궐에서 가장 무예가 출중한 군사들만 선발해 지금 양화진을 향해 달려가는 중이었다. 요란한 말발굽 소리에 놀라 뛰쳐나온 백성들이 겁에 질려 여기저기서 수군거렸다.

김포 행궁에서 꼭두새벽 출발한 봉영 사절도 양화진 끝에 거의 맞닿아 있었다. 도성 쪽에서 수백 필의 말들이 뽀얀 먼지를 일으키며 달려오자 영의정이 봉영행렬을 정지시켰다. 마차에서 내린 정원용이 겨우 안도의 숨을 내쉬며 식은땀을 닦았다. 보연 속에 있던 원범도 들창문을 열고 밖을 찰찰히 살폈다. 수백 명의 군사가 봉영행렬을 향해 무서운 속도로 달려오고 있었다. 땀을 쥔 주먹이 시나브로 풀렸다. 예를 갖춘 군사들이 봉영행렬 상하좌우를 감싸자 대취타 소리에 맞춰 일사불란한 행군이 다시 시작됐다.

봉영행렬은 사시巳時가 지나서야 돈화문 앞에 그 웅장한 자용을 드러냈다. 돈화문 앞에는 금관조복을 입은 문무관료와 내관, 여관들이 줄지어 도열해 있었다. 보연이 멈추자 행렬을 겹겹이 감싸고 있던 호위무사들이 절도 있는 말발굽 소리를 내며 일제히 뒤로 물러섰다. 상선이 사알들을 이끌고 보연 앞에 간이계단을 설치하자 향통과 붉은 보자기를 든 원범이 엉거주춤 나타났다. 이를 본 문무백관이 일제히 허리 숙여 극진한 예를 갖추었다. 계단을 내려온 원범이 향통과 붉은 보자기를 사알에게 맡기고 월대 앞으로 다가갔다. 노둣돌을 딛고 남여에 오르자 연메꾼들이 어도를 따라 돈화문 동쪽 겹문을 통해 창덕궁 안으로 들어갔다. 그 뒤를 문무백관이 줄지어 따랐다. 그때 예조판서와 상서원 당상관은 수강재 합문 밖에서 대왕대비에게 대보를 내어 달라고 큰 소리로 청하고 있었다.

"대왕대비마마! 소신 예조판서입니다. 곧 새로운 임금께서 즉위하시오니 어서 대보를 내어 주시옵소서!"

화려한 예복으로 성장한 채 석경을 보며 머리를 매만지던 순원왕후가 모란꽃 같은 웃음을 활짝 터트렸다.

"오! 덕완군이 무사히 도착한 게로구나."

발씬대던 제조상궁이 허리 깊숙이 숙이며 "경하드리옵니다." 하고 하례를 올렸다. 제조상궁 또한 비빈 못지않은 화려한 예복으로 치장하고 있었다.

"어서 대보를 내어 주라!"

"예, 대왕대비마마!"

제조상궁이 서안에 놓여 있던 대보를 소중히 감싸 안고 위풍당당 합문을 향했다. 예조판서 일행이 옥새를 소중히 받들고 빈전이 차려진 창경궁 휘정전으로 가 옥새를 봉안했다.

원범을 태운 남여는 관례를 치르기 위해 급히 희정당으로 향했다. 편전 앞에는 화려한 진설이 마련돼 있고, 양옆으로 관례식을 진행할 삼공육경과 원로대신들이 도열해 있었다. 편전에 들어갔던 원범이 잠시 후 관례복으로 갈아입고 나왔다. 원범이 뜰 앞 의자에 앉자 영부사 조인영과 정원용이 원범의 복건을 벗긴 뒤 머리를 정성껏 빗기고 상투를 틀어 주었다. 권돈인과 새로운 좌의정 김도희는 원범에게 조삼을 입힌 뒤 혁대를 매어 주었다. 우의정은 무릎 꿇고 앉아 원범의 발에 어혜를 신겨 주었다. 잠시 후 정원용이 원범의 머리 위에 관을 씌워 주며 큰 소리로 축복했다.

"예禮는 나라를 다스리는 근본이요, 관례는 예를 행하는 시초입니다. 하늘을 본뜬 것이 관冠의 제도이고, 성인이 되게 하는 것이 관례입니다. 관례를 행한 뒤에야 인도가 갖추어지고, 인도가 갖추어진 뒤라야 예의가 서게 됩니다. 이제는 어린 마음을 버리시고 어른의 덕을 따르소서. 그리하면 하늘에서 상서로운 일을 내려 큰 축복을 받게 되실 것입니다."

배석했던 대신들이 여출일구 외쳤다.

"큰 축복을 받게 되실 것입니다!"

관례식이 끝나자 예조판서가 원범에게 구장복으로 갈아입기를 청했다. 시, 원임 대신들이 면복으로 갈아입은 사왕嗣王을 빈전이 있는 창경궁 휘정전 뜰로 인도했다. 영의정이 빈전의 찬궁 앞에 부복해 유언장을 받들자 좌의정이 옥새를 받들었다. 원범이 동쪽 계단을 통해 올라가 무릎 꿇고 부복하자 영의정이 유언장을 건넸다. 좌의정이 사왕에게 옥새를 전하자 사왕이 이를 다시 예조판서에게 건넸다. 원범을 태운 남여는 다시 문무관료들을 이끌고 인정전으로 향했다. 홍양산과 청선이 의장으로 사왕의 앞뒤를 시위했다.

인정전 앞뜰에는 삼도를 중심으로 동쪽에는 문반이, 서쪽에는 무반들이 품계석에 도열해 있었다. 종친석에는 흰 붕대로 부목을 감싼 경응과 흥선군 형제가, 그 뒤로 종반들 모습이 보였다. 검은 구장복에 화려한 면류관을 쓴 원범의 모습은 장중했다. 남중일색인 왕은 우뚝한 콧대에 용의 눈을 닮아 있었다. 안정엔 영채가 형형했다. 몸을 움직일 때마다 면류관에 매달린 아홉 줄의 구슬이 요란스레 몸에 부딪치며 왕의 위엄을 사방에 떨쳤다. 원범이 어도를 걷자 문무백관들이 허리 숙여 극진한 예를 갖추었다. 흥선군 얼굴엔 사뭇 비장감마저 감돌았다. 핏발이 선 눈은 열망으로 가득 차 붉게 번뜩였다. 아들이 왕이 돼 생존하는 최초의 대원군이 될 줄 알았다가 권력의 암투 와중에 속절없이 꿈을 접어야 했던 완창군은 입술을 악물고 통분의 눈물을 삭혔다. 용상의 문턱에서 낙마한 이하전도 분한 얼굴을 감추기 위해 고개를 숙였다. 원범이 오른쪽 계단을 이용해 옥좌에 오르자 향청 관원인 충의가 큰 향로에 향불을 피워 올렸다.

왕실 문장이 선명한 차일 안에는 내명부 여인들이 한껏 성장한 채 앉아 있었다. 양과분비兩寡分悲, 두 과부가 서로 슬픔을 나눔인 대비 홍씨와 경빈 김씨 얼굴은 화려한 예복에 눌려 시들부들했다. 물끄러미 박석을 바라보고 있는 조 대비와 부제조상궁 얼굴은 시든 들꽃처럼 초라하고 청처짐했다. 반면 젊고 늠름한 왕의 모습을 지켜보는 순원왕후와 제조상궁은 의기충천해 연신 콧등을 발록거렸다. 원범을 자세히 살피던 순원왕후가 깜짝 놀라는 표정을 지으며 호들갑을 떨었다.

“노 상궁! 덕완군 얼굴이 어째 순조 왕을 닮지 않았는가?”

제조상궁이 눈을 동그랗게 뜨고 “소인도 순조 왕의 용안을 다시 뵈는 것 같아 소스라치게 놀랐나이다.” 하고 화답했다. 순원왕후 목청이 더욱 고조됐다.

“어허, 정말 기이한 일이로세! 내가 십수 년 전 꿈속에서 아버님께 건네받은 아이 얼굴과 주상 얼굴이 흡사하질 않은가.”

“아드님이신 효명세자와도 많이 닮으셨습니다.”

피식 실소를 머금던 조 대비가 힐끗 원범을 쳐다보았다. 입은 웃었지만 눈빛은 얼음처럼 차가웠다. 이를 가시눈으로 쏘아보던 순원왕후가 은근히 조 대비 염장을 질렀다.

“왕대비! 주상 용안이 순조 왕을 닮은 것 같지 않소? 내 눈엔 효명세자와도 닮은 것 같은데……?”

모닥불을 뒤집어쓴 듯 조 대비 얼굴이 놀빛처럼 붉어졌다. 비위난정脾

胃難定, 비위가 뒤집혀 아니꼬움인 조 대비가 토심吐心을 감추기 위해 안간힘 쓰다 두 손을 모으고 공손히 답했다.

"예. 소인이 보기에도 그리 보입니다."

"그래요? 왕대비 생각도 나와 같구려. 하하하."

두 여인이 활짝 웃으며 시선을 맞추었다. 입은 웃고 있었지만 눈빛은 날카롭게 부딪쳤다. 제조상궁과 부제조상궁도 함빡 웃으며 시선을 섞었다. 경멸을 감춘 눈빛은 무서리처럼 차가웠다.

조선 제25대 임금인 철종 즉위식이 거행됐다. 인정전 월대 위 동쪽 서안엔 헌종의 유교가, 서쪽 서안엔 대보가 놓여 있었다. 큰 향로에 꽂힌 향들은 스스로를 불태우며 한동안 인정전 앞뜰을 정화시켰다. 향내를 맡던 원범이 움찔 몸을 떨며, 이내 깊은 우수에 젖었다. 잊고 있던 봉이 생각에 왈칵 감정이 북받쳤다. 지금 이 모습을 봉이가 본다면 얼마나 기뻐하고 자랑스러워할까? 하지만 봉이는 지금 강화도에서 혼자 눈물을 흘리고 있을 터이다. 순간, 서슬로 명치끝을 찌르는 예리한 통증이 스쳐 지나갔다.

영의정이 유교를 읽어 내려가자 문무백관들이 비장한 표정으로 선왕의 유교를 들었다. 내용은 경빈에 관한 것이었다. 경빈 김씨는 손수건으로 입을 틀어막고 계속 흐느꼈다. 평생 여색을 탐하며 방황했던 헌종은, 죽기 1년 8개월 전 만나 사랑했던 경빈을 혼불이 빠져나가기 직전까지 걱정했다. 가히 천상지애였다. 경빈을 보며 옷고름으로 눈물을 닦던 순원왕후가 마음속으로 중얼거렸다. '걱정 마시오, 대행! 유교는 선왕 뜻대로 끝까지 받들어질 것이오. 궁 밖에 사가를 마련해 순화궁으로 이름 지을 생각이오. 왕의 생일, 왕의 결혼, 왕세자 결혼, 4대 명절 등 궁궐의 모든 행사에 반드시 경빈을 참석시키리다! 경빈이 외롭지 않게 수시로 궁궐에 불러들여 머물다 가게 하겠소. 또 좋은 주단이나 귀한 보석, 진귀한 물품이 진상되면 어김없이 순화궁으로 나누어 실어 보낼 테요. 경빈이 살아 있는 한, 이는 철칙처럼 지켜질 것이오. 사후에는 왕이 빈의 예를 갖춰 장례를 치르도록 해놓겠소. 소상과 대상까지 왕이 직접 챙기도록 할 테요. 경빈을 가히 조선의 후궁들 중에 가장 인정받고 복록을 많이 누린 여인으로 기억되도록 만들겠소. 허니 아무 걱정 말고 편히 가시오.'

종친 석에서 경빈을 힐끗 쳐다보던 이하응이 심중으로 탄식했다. '대행이 참 여자 복은 많았지. 여한 없이 한평생 여자 치마폭에서 놀기만 했으니까. 나라도 좀 챙겼으면 외척들이 그렇게까지 설치지는 않았을 것을, 쯧쯧쯧. 대왕대비가 또다시 수렴청정을 맡았으니 조선이 안동 김씨 세상이 되는 것은 이제 시간문제로다!'

이번엔 대보 전달식이 진행됐다. 좌의정이 서쪽에 놓여 있던 대보를 갖다가 새로운 왕에게 무릎 꿇고 바쳤다. 행사 진행을 맡은 찬의 세 명이 일제히 "산호!" 하고 목청껏 외쳤다. 품계석에 서 있던 문무백관들이 일제히 두 손을 마주 잡고 이마에 얹은 뒤 우렁차게 외쳤다.

"천세!"

흥선군의 두 손과 목소리엔 잔뜩 힘이 들어가 있었다. 비장한 얼굴엔 안광이 형형했고, 입가엔 엷은 미소까지 머금었다. '때가 되면 나도 저 우뚝 솟은 월대 위에 앉아 있으리!'

"산호!"

"천세!"

찬의들이 더 큰 소리로 외쳤다.

"재산호!"

"천천세!"

산호만세를 끝으로 즉위식이 끝났다. 순원왕후와 안동 김씨 일족들 입에서 일제히 안도의 한숨이 새어나왔다. 조선은 이제 안동 김씨의 나라다! 명실상부한 안동 김씨 세상이다. 감히 대적할 세력이 전무하다. 왕을 택군해 자긍심으로 붉게 물든 안동 김씨 일족들 얼굴엔 홍조가 난연했다. 원범이 당상관들 이상의 하례를 받기 위해 인정전에 들었다. 어좌는 계단 위 우뚝한 곳에 있었다. 용상 뒤로는 임금이 다스리는 삼라만상을 상징하는 대형 일월오봉병이 펼쳐져 있었다. 화려함과 웅장함에 놀란 원범이 잠시 걸음을 멈추고 심호흡을 했다. 계단을 올라 용상에 정좌한 왕의 모습은 장엄했다. 구장복에 9류 면류관을 쓴 왕의 자용은 섬세함이 어우러진 웅자 그 자체였다. 원범의 눈가에 글썽 물기가 번졌다. 감정이 북받친 원범이 눈물을 흘리며 마음속으로 부르짖었다. '아버님! 소자가 드디어 조선의 왕이 되었습니다. 큰형님! 제가 드디어 조선의 임금이 되었어요.'

계단 아래 읍한 삼공육경과 당상관들의 진하進賀가 계속 이어졌다. "전하! 강구연월의 치세를 펼치시옵소서!", "부디 고복격양의 선정을 베푸시옵소서!", "전하! 요순지절의 태평성대를 이루시옵소서!"

가슴이 절절한 원범이 다시 마음속으로 부르짖었다. '봉이야! 내가 드디어 조선의 왕이 됐다! 네가 왕은 바람이고 신하들은 풀잎이라고 했지? 내 열심히 배우고 익혀 민초들을 잘 보살피는 좋은 임금이 될게. 기다려 봉이야. 내 꼭 너를 부를게!'

주먹을 불끈 쥔 원범의 얼굴이 자못 비장감으로 엄숙했다.

<h1>바람의 노래</h1>

두고 온 그 섬은 아름다웠다. 해풍이 불 때마다 몸부림치며 흔들리는 왕소사나무와 섬소사나무도 그대로 줄지어 서 있었다. 숲을 수놓은 흰 장구채와 보랏빛 개망초, 까치박달꽃도 그곳에 그대로 피어 있었다. 부처꽃, 금불초, 동자꽃, 금낭화도 지천으로 깔려 혜각사 주위는 천상화원이었다. 포르르, 오리나무 숲을 옮겨 다니는 쇠박새와 물까치의 경쾌한 비행도 여전했다. 오른팔을 높이 뻗어 올린 원범이 주먹을 불끈 쥐고 하늘 높이 솟아올랐다. 혜각사 대웅전 뜰 앞에 가뿐이 내려서자 전생에 덕망 높은 고승이라고 칭찬을 듣는 백구가 눈을 지그시 감고 선사 독경 소리에 취해 있었다. 처사와 보살은 트레방석을 깔고 앉아 채마밭에서 부지런히 호미질을 했다. 서낙한 분애는 혜각사 뒷산에서 곰취를 뜯다 기어코 청솔모를 쫓아 상수리나무 위로 기어 올라갔다.

　그러나 봉이는 어디에도 보이지 않았다. 가슴이 철렁 내려앉은 원범이 한동안 눈물을 그렁대다 오른팔을 길게 뻗어 산 밑으로 날아갔다. 해평루엔 간신히 마누라를 떼어 놓고 도망쳐 온 금이와 말복, 동영이 두루거리 상에 둘러앉아 술장을 벌이고 있었다. 그곳에도 봉이는 없었다. 원범이 애련한 눈빛으로 천천히 주위를 둘러보았다. 강화도는 아무것도 변한 게 없었다. 여전히 아름답고, 여전히 외로웠으며, 그리움을 한가득 하늘에 담고 바다에 도저하게 떠 있었다. 원범이 주위를 둘러보며 애타게 봉이를 찾았다.

　"봉이야, 어디 있는 거니? 봉이야! 봉이야!"

　절규에 가까운 외침에도 봉이는 끝내 모습을 보이지 않았다. 덜컥 겁이 난 원범의 눈창이 놀빛처럼 물들었다. 원범이 다시 훨훨 날아올랐다. 이번엔 바닷가 이중동굴 속으로 날아 들어갔다. 바위틈 환한 빛기둥 아래엔 봉이와 손잡고 앉았던 늘썽늘썽 엮은 대나무 깔개가 그대로 놓여 있었다. 동굴 양쪽, 바닷물에 파여 생긴 물길 속에는 여전히 멸치들이 다닥다닥 붙어 있었다. 원범이 물속을 들여다보며 멸치들에게 물었다.

　"얘들아! 봉이는 지금 어디에 있는 거니?"

　멸치들은 들은 척도 하지 않았다. 동굴을 뛰어다니며 애타게 봉이를 찾던 원범이 바위 위에 털썩 주저앉아 속절없이 눈물을 흘렸다. 봉이는 대체 어디로 사라진 것일까?

　원범이 동굴을 빠져나와 다시 하늘 높이 치솟았다. 강화도를 떠나기 직전까지 숨어 있던 혜각사 뒷산 정수리 어웅한 곳에 있는 동굴이었다.

동굴 속은 여전히 음습했다. 동굴 안에는 봉이가 가져다준 연잎에 싸인 감자보리밥과 산나물이 그대로 놓여 있었다. 한쪽엔 친구들이 갖다 준 누비처네와 옷가지들이 보였다. 잉걸불다 타지 않은 장작불도 그대로였다. 변한 것은 아무것도 없었다. 강화도는 그때 그대로였다. 봉이 모습만 보이지 않았다. 원범의 가슴이 단박에 무너졌다. 눈물이 하염없이 솟구쳤다. 원범이 동굴 안을 뛰어다니며 미친 듯 울부짖었다.

"봉이야, 봉이야! 어디에 있는 거니? 봉이야!"

대답 대신 원범의 울부짖음만 동굴 속 메아리로 되돌아왔다. 바로 그때였다. 어렴풋이 낭랑한 여인의 음성이 메아리처럼 뇌리를 스쳤다.

"전하! 전하!"

여인의 옥구슬처럼 청아한 목소리는 계속 이어졌다.

"옥체 미령하시옵니까?"

꿈길에서 겨우 빠져나온 원범이 힘겹게 눈을 떴다. 지밀 방상궁이 밑턱구름처럼 낮게 얼굴을 드리우고 있었다. 놀란 원범이 벌떡 일어나 옷매무새를 가다듬었다.

"무, 무슨 일이오? 이 야밤에……?"

"혹여 옥체 미령하시옵니까?"

원범이 뜬금없다는 듯 멀뚱히 쳐다보자, 방상궁이 전하께서 통곡하시며 옥음을 내셨다며 뺨을 붉혔다. 원범이 손가락으로 여기저기 얼굴을 더듬자 온통 눈물범벅이었다. 베개를 만져 보자 양쪽 모두 물초로 흥건했다. 그제야 원범은 자신이 꿈속에서만 운 것이 아니라 실제로도 울었다는 사실을 깨달았다.

"뭐라 소리 질렀소?"

"봉이를 찾으셨습니다."

원범 입에서 헉 소리가 터졌다.

"그만 나가 보시오!"

"편히 침수 드시옵소서."

방상궁이 뒷걸음질해 밖으로 사라졌다. 오봉五峯 촛대에는 이미 다섯 개의 큰 촛불이 켜져 있었다. 원범이 생경한 눈길로 방을 한 바퀴 둘러보았다. 이 낯선 방은 대체 어디란 말인가? 기억의 끈을 한참 되짚고 나서야 어젯밤 대조전 동온돌에서 잠든 게 생각났다.

내시부 수장인 상선은 대조전이 왕과 왕비 침전이 있는 곤전 정당지라며 동온돌이 왕의 침소, 서온돌이 왕비 침소라고 했다. 겁에 질려 휘둥그레 사방을 살피는 원범을 보며 미소 짓던 상선은 이런 부연 설명을 했다. 동온돌에 왕비의 금침을 함께 펴라는 기수배설이 내려져야만 왕비는 왕과의 동침이 가능하다. 명이 떨어지면 곤전은 꽃물에 목욕을 하고 조짐머리로 한껏 멋을 낸 뒤, 분홍색 저고리에 남색 치마로 갈아입는다. 옷고름엔 소삼작노리개를 찬다. 이때 방 주위로는 각각 사방으로 두 명씩 모두 여덟 명의 지밀상궁들이 지키고 앉아 밤새 방문을 열어 놓고 서로를 감시한다. 바로 이 대목에서 아연실색했던 기억이 생생히 떠올랐다. 잠이 완전히 달아나자 그제야 어렴풋이 어젯밤 일들이 생각났다.

인정전에서 신하들의 하례를 받은 원범은 편전인 희정당으로 갔다. 그

곳엔 용상 뒤 동쪽에 발을 내리고 한 여인이 위풍당당 앉아 있었다. 인정
전 월대에서 보았던 가장 엄숙하고 가장 화려한 여인이었다. 얼핏 보아
도 늙은 신하들을 압도하고도 남음이 있었다. 노대신들은 하나같이 그녀
앞에서 머리를 조아리고 충정의 말만 되뇌었다. 대왕대비는 한동안 대신
들과 왕의 공부에 대해 숙의했다. 소학도 떼지 못했다는 원범의 말을 들
은 대왕대비는 적잖이 충격을 받은 모습이었다.

"어허, 선대 순조 왕께서는 왕위를 이어받던 열한 살 때 이미 맹자를 공
부하고 계셨고, 대행은 즉위하던 여덟 살 때 이미 소학을 다 떼고 계셨소.
한데 보령 열아홉인 주상이 겨우 천자문만 뗐다니 이거야 원, 쯧쯧쯧."

한동안 돌탄하던 대왕대비가 왕에게 당부했다.

"종묘사직의 앞날은 오로지 주상의 공부에 달려 있소. 배우지 아니하
면 어찌 정사를 제대로 돌볼 수 있을 것이며, 어찌 신하들의 존경을 받을
수 있겠소? 당분간은 강학과 덕성 연마에만 힘쓰도록 하오. 그동안은 모
후인 내가 수렴청정을 할 것이오."

대왕대비는 왕에게 사서를 다 떼고 나면 그때 친정을 시키겠다고 약
속했다. 삼공육경에게도 군신 상하가 한마음 되어 주상을 정성껏 보필해
달라고 간곡히 당부했다. 대신과 사관들이 읍하고 물러가자 순원왕후가
주렴 밖으로 나왔다. 화려함에 압도된 원범의 고개가 저절로 숙여졌다.
화중왕花中王, 꽃 중의 왕, 모란꽃이었다. 표정과 말투, 옷매무새에부터 몸짓 하
나에 이르기까지 범인은 감히 범접할 수 없는 위엄과 고매한 품위가 물
씬 풍겼다. 모란꽃 같은 미소를 담뿍 담은 대왕대비가 온언순사한 목소

리로 말했다.

"주상과 나는 나이 차이는 많으나 분명 모자지간입니다. 나는 주상을 친아들처럼 생각하며 살갑게 정을 붙이려 하는데 주상 생각은 어떻소?"

얼굴을 붉힌 원범이 "고맙습니다. 대왕대비마마!" 하고 답하자, 순원왕후가 기겁초풍했다.

"저, 저, 저런, 대왕대비마마라니요? 난 주상 어미이지 할미가 아닙니다. 앞으론 자전마마라 부르세요."

곱게 치장한 모습은 나이를 가늠키 어려웠지만 어머니라고 부르기에는 너무 고비늙었다는 생각이 들었다. "예, 자전……마마!" 하고 원범이 간신히 답하자 흡족한 표정으로 고개를 끄덕인 대왕대비가 동생을 보며 말했다.

"주상! 이 사람은 세상에 단 하나 남은 이 어미의 혈육입니다. 무슨 일이든 외숙과 꼭 상의하세요."

원범이 목례하자 김좌근이 말했다.

"소신은 전하의 외숙이 되옵니다. 앞으로 공식적인 자리가 아닐 때에는 그냥 외숙이라 부르십시오."

"예에. 외……숙!"

순원왕후가 목단꽃 같은 미소를 활짝 머금고 고개를 주억거렸다.

"그리하세요, 주상! 외로운 주상에겐 외숙이 큰 바람막이가 될 겝니다. 그리고 제조상궁, 내 주상이 궁중 생활에 익숙해질 때까지 잠시 수강재를 떠나 대조전 서온돌에서 지낼 것이니 그리 알게!"

원범은 어젯밤 일들을 다 기억하고 나서야 지금쯤 맞은편 서온돌에 대왕대비가 잠들어 있을 것이란 생각에 미쳤다. 새로 생긴 집, 새로 생긴 어머니, 새로 생긴 외숙, 봉이와의 예상치 못한 이별, 이 모든 것들은 단 하루 동안 생긴 일들이었다. 마치 꿈속의 환幻인 것처럼……. 몽중설몽의 환環 하나인 것처럼……. 원범은 향통과 붉은 보자기를 가슴에 꼭 껴안고 다시 잠자리에 누웠다. 김포 행궁에서 나 대신 화살을 맞은 도승지는 어떻게 되었을까?

파루가 되면 사알에게 물어봐야겠다고 생각하며 다시 잠을 청했다.

❦

혜각사는 깊은 어둠에 잠겨 있었다. 바람에 흔들리는 명징한 풍경 소리만 새벽의 짙은 어둠을 숨 가쁘게 걸어 냈다. 지명선사가 새벽 예불을 드리기 위해 대웅전 뜰에 나타났다. 그 뒤로 선승들과 행자, 처사, 동영, 보살, 분애가 줄줄이 뒤따랐다. 백구도 어디선가 나타나 분애 뒤를 쫓았다. 선사를 선두로 선승들이 목탁을 두들기며 탑돌이를 시작했다. 백구도 보폭을 맞춰 탑 주위를 돌았다.

예불을 드리기 위해 대웅전 문을 열던 선사가 소스라치게 놀라 뒷걸음질 쳤다. 대웅전 안에서 검은 물체가 비틀거리며 부처를 향해 오체투지를 하고 있었다. 넘어질 듯 넘어질 듯 위태로운 모습이었다. 지명선사가 "누구시오?" 하고 소리쳤다. 검은 물체는 대답하지 않았다. 연체동물

처럼 휘청거리며 일어났다 엎드리기만 반복했다. 대웅전 안에 뛰어 들어

갔다 나온 처사가 "봉이입니다." 하고 외치자 선사 얼굴이 잿빛으로 변했

다. 봉이 성격이라면 밤새 오체투지를 천 배, 삼천 배라도 했을 터였다.

무릎이 까져 피가 흐르고 삭신이 쑤셔도 계속 절을 하고도 남을 성품이

었다. 처사와 보살이 급히 촛대의 불을 밝히자 검은 물체의 모습이 서서

히 드러났다. 혼절 직전의 봉이였다.

"그만해라!"

선사의 꾸짖음이 서릿발 같았다. 봉이는 멈추지 않고 계속 절을 했다.

"당장 밖으로 끌어내게!"

몸을 가누지 못하는 봉이가 동영과 처사 손에 질질 끌려 나왔다. 물초

가 된 치마 끝에서 방울꽃이 빗방울처럼 떨어졌다.

"네가 기어코 실성한 것이냐?"

선사 노기에 흠칫 놀란 처사와 동영이 동시에 고개를 돌렸다. 봉이가

왈칵 울음을 터트리자 선사가 버럭 호통을 쳤다.

"네가 감히 부처님 안전에서 오기로 절을 했단 말이냐?"

철퍼덕 주저앉은 봉이가 다리를 뻗댄 채 서럽게 울었다.

"이리 독한 마음을 품고 밤새 절을 했다면 어리석은 네가 아직도 부

처님을 원망하고 있다는 뜻일 터. 감히 누구 안전에서 생청을 부리는 것

이냐?"

봉이는 아예 넉장거리로 누워 몸부림쳤다. 봉이의 흐트러진 모습을 처

음 접한 선사가 난감한 얼굴로 멀뚱히 봉이를 내려다보았다. 이마를 짚

어 본 처사가 걱정스럽게 쳐다보자 선사가 잔뜩 미간을 좁혔다.

"어서 요사채로 옮기게. 분애는 봉이 집에 가서 당분간 혜각사에서 보살핀다고 전하여라. 옷도 좀 가져오고. 보살은 침향강기탕과 구명환을 내오게!"

처사와 동영이 봉이를 부축해 요사채로 옮겼다. 가슴이 미어진 선사가 은행나무 밑에서 염주를 돌리며 나무아미타불을 읊조렸다. 봉이는 지금 생살을 찢어 내는 아픔을 견디고 있을 터이다. 찢긴 상처가 아프고 쓰라려 혼절을 거듭할 정도의 고통을 감내하고 있을 터였다. 허나 이는 타고난 숙명인 것을 누가 감히 하늘의 뜻에 관여할 수 있단 말인가? 당차고 똑똑한 봉이가 이를 모를 리 없다. 알고 있기에 더 상처받고 괴로워하는 것이리라. 언젠가 다시 만나 사랑을 이어갈 수 있으리라는 희망을 가지고 있다면, 개자 알만 한 소망 하나라도 품고 있다면 염량炎凉, 사리를 분별하는 슬기이 뛰어난 봉이가 저리 넋을 놓을 리 없다. 아무리 아파해한들 그 누구도 도와줄 수 없음이 가석할 뿐이다. 이제 고통을 인내하고 상처를 아물게 하는 것은 온전히 봉이 몫이다. 그 위에 딱지가 앉고 굳은살이 박이도록 감내해야 하는 것도 오로지 봉이 몫이다. 이를 누구보다 잘 알고 있는 선사이기에 번뇌 또한 자심했다.

금강산 암자로 떠나려던 계획은 일찌감치 기약 없는 일이 되고 말았다. 앞으로 지명선사가 봉이를 도와줄 수 있는 일이라고는 만에 하나, 봉이가 원범과의 끝난 인연을 다시 이으려다 목숨을 잃는 일만큼은 없게 하는 것이다. 요사채 안에서 간간이 봉이의 애끓는 곡소리가 흘러나왔다. 백구가 섬돌 밑에 엉거주춤 앉아 지명선사와 요사채 안을 번갈아 바라보았다. 염주를 굴리던 선사가 "걱정할 것 없다! 어차피 견뎌 내야 할 일이다." 하고 중얼대며 어둠 속으로 사라졌다. 백구가 걱정스러운 눈빛으로 섬돌 앞에 바짝 다가앉았다. 애간장을 녹이는 봉이 울음소리가 애절했다. 대웅전에서 선사의 독경 소리가 점점 크게 들렸다. 바람이 휘리릭 소리를 내며 대웅전 뜰을 날카롭게 가로질렀다.

　　대조전의 아침은 소란스러웠다. 왕의 연침인 동온돌이었다. 세수하는 일부터가 문제였다. 원범을 세수간으로 데려간 상궁들이 용안을 소세시켜 주겠다며 나섰다. 질색하며 뒷걸음질 쳤지만, 법도 운운하며 물러서지 않았다. 매일 아침, 박우물에서 두레박으로 물을 퍼 세수를 했던 원범에게는 휘건을 목에 두른 채 세수시켜 달라고 앉아 있는 꼴이 여간 남세스럽고 잔망스러운 게 아니었다. 옷도 혼자 입게 놔두지 않았다. 이 또한 열아홉 살인 원범에겐 부끄럽고 난감한 일이었다. 가장 곤혹스러운 일은 볼일 보는 문제였다. 사알에게 슬며시 물었더니 왕에겐 뒷간이 없다는 답변이 돌아왔다. 더 이상 참을 수 없던 원범이 얼굴을 붉히며 지밀상궁에게 사정을 얘기하자 복이나인이 잽싸게 매우틀이라는 의자식 이동변기를 가지고 들어왔다. 붉은 우단이 덮인 매우틀 밑에서 동으로 만든 변기가 반짝반짝 빛났다. 그 위엔 매추라는 여물이 잘게 뿌려져 있었다. 원

범이 황당한 표정을 지으며 앉을 생각을 안 하자 복이나인과 지밀상궁
이 계속 재촉했다.

"전하! 어서 볼일을 보소서. 임금은 무치입니다. 군왕은 창피한 일이
없사옵니다."

원범이 마음속으로 탄식했다. '세상에 이런 망극한 일이 어디 있단 말
인가. 여자들 앞에서 엉덩이를 까고 볼일을 보라는 게 대체 어느 나라 법
도란 말인가?' 엉덩이를 잡고 졸밋거리는 원범의 얼굴과 등줄기로 식은
땀이 줄줄 흘렀다. 이 순간만큼은 궁궐에 들어온 것이 후회막급이었다.
지밀상궁과 복이나인이 다시 재촉하자 원범이 눈물을 글썽이며 통사정
했다.

"그리 쳐다보는데 어찌 볼일을 보라는 게요?"

"임금께서는 이리 볼일을 보시는 게 지엄한 궁궐의 법도입니다."

원범이 "그래도 어찌……." 하다가 얼굴을 심하게 일그러뜨린 채 엉덩
이를 잡고 진저리를 쳤다. 보다 못한 상궁들이 눈빛을 섞은 뒤 조용히
밖으로 물러났다. 더 이상 버틸 수 없는 원범이 포기한 얼굴로 매우틀에
앉았다. 순간, 방바닥을 뒤흔드는 소리와 함께 매우틀이 심하게 요동쳤
다. 아, 강화도가 그립다! 하룻밤 만에 너무 그립다! 모든 게 그립다! 벌
써 그립다! 궁궐에 들어오니 옷 입는 것, 밥 먹는 것, 볼일 보는 것까지
어느 것 하나 귀찮고 성가시지 않은 게 없다. 방바닥을 뒤흔들던 소리가
멈추자 복이나인이 잽싸게 달려와 대변 위에 매추를 뿌린 뒤 밖으로 사
라졌다.

이번엔 덩치 큰 상궁이 하얀 수건을 가지고 방으로 들어와 엉덩이를 닦아 주겠다고 달려들었다. 기함한 원범이 후다닥 뒷걸음질 쳤다. 어디론가 숨고 싶은 생각만 들었다. 매일 이 짓거리를 할 생각을 하니 아득한 생각에 절로 한숨이 쏟아졌다. 원범이 뒷걸음질 치자 상궁이 이악스럽게 쫓아왔다. 방 안에서 한바탕 쫓고 쫓기는 추격전이 벌어졌다. 결국 힘 좋은 상궁이 막무가내로 달려들어 볼일을 보고 난 원범의 엉덩이를 깨끗이 닦아 주고야 말았다. 볼일 본 것을 전의감에 보내 전의들이 맛을 보며 살핀다는 설명을 들은 원범은 아연실색해 고개를 떨어트렸다. 만일 왕자로 태어나 어릴 때부터 습관이 되었다면 덜 창피할지 모른다. 무치교육無恥敎育을 어려서부터 받았더라면 또 모를 일이다. 허나 19년 동안 척박한 환경에서 들풀처럼 살아온 원범에게는 이 모든 것이 너무 낯설고 적응하기 힘들었다.

소란은 어젯밤에도 있었다. 대조전에 들어오자 지밀 방상궁이 목욕할 것을 권했다. 세수간 바닥엔 기름 먹인 종이가 깔려 있고, 그 위에 아름드리 편백나무를 파서 만든 커다란 목간통이 놓여 있었다. 세수간 나인들이 통 속에 따뜻한 물을 쏟아 붓고 팥비누와 수건을 갖다 놓은 뒤 조용히 사라졌다. 지밀상궁도 목욕 후 갈아입을 의대를 준비해 놓고 살며시 나갔다. 그제야 '아! 이제 혼자 목욕하란 뜻이로구나.' 하고 생각하며 훌훌 옷을 벗었다. 한데 옷을 다 벗었을 무렵, 갑자기 문이 열리더니 다부지게 생긴 늙은 상궁 한 명이 불쑥 세수간에 들어섰다. 기함한 원범 입에서 "엄마야!" 소리가 절로 튀어나왔다. 급히 두 손으로 옥경玉莖을 가린 원범이 버럭 호통을 쳤다.

"이게 대체 어느 나라 법도란 말이오? 남녀가 유별하거늘, 어찌 여길 들어온 게요?"

늙은 상궁이 고개를 조아리며, 임금은 혼자 목욕하시지 않는 게 궁궐의 법도라고 점잖게 아뢰었다. 파랗게 질린 원범이 목울대에 핏줄을 돋우고 "그게 참말이오?" 하고 물었다.

"예. 참말이옵니다, 전하!"

"아니, 뭐 그딴 법이 있소?"

얼굴이 벌게진 원범이 불퉁대자 늙은 상궁이 설명했다. 본래 임금의 목욕은 유모인 종1품 봉보부인이 시중을 들게 돼 있는데, 유모가 없을 시엔 보모상궁이 목욕 시중을 드는 게 궁중 법도라는 것이다.

"허면, 댁이 보모상궁이란 말이오?"

"예, 전하! 소인은 왕자와 왕녀들 양육만 30년 넘게 맡아 왔습니다. 앞으로 전하의 목간은 소인이 전담할 터이니 그리 아소서!"

왕이 떨떠름한 표정을 짓자 늙은 상궁이 재촉했다. 한동안 버티던 원범이 박부득이 목간통 안에 들어섰다. 보모상궁은 명주 수건에 팥비누를 문질러 옴팡지게 거품을 낸 뒤, 구석구석 몸을 닦았다. '일어나라 앉아라'를 시키며 마치 어린애 목욕시키듯 했다. 열아홉 살의 피 끓는 나이인 원범은 보모상궁이 민감한 부분을 건드릴 때마다 비명을 지르며 어쩔 줄 몰라 했다. 얼굴이 홧홧해져 연신 헛기침을 하며 몸을 이리 꼬고 저리 비틀었다. 빙긋이 웃던 보모상궁이 임금은 무치이며, 창피한 것이 없다고 아뢰었다.

"아무리 그래도 남녀가 유별하거늘, 어찌 목간까지 시켜 준단 말이오?"

왕의 불통대는 소리에 이를 악물고 웃음을 참던 보모상궁이 간신히 가르랑거렸다.

"고래로 모든 임금께서 그리하셨습니다. 이는 왕실의 지엄한 법도입니다. 임금은 옷도 혼자 입어서는 안 되고, 수라도 혼자 저수서는 아니 되옵니다. 의관도 앞으로는 소인이 갖추어 드릴 터이니 그리 아소서."

"싫소! 옷은 나 혼자 입겠소."

왕이 불뚝대자 보모상궁이 허리를 숙이며 아뢰었다.

"대왕대비마마의 명입니다. 젊은 여관들이 전하의 옥체에 손을 대면 혹여 춘정을 불러일으킬까 저어하여 소인에게 맡기신 것입니다."

순간, 댓 발이나 튀어나왔던 원범의 입이 슬그머니 들어갔다. 곁눈질로 살피던 늙은 상궁이 엉덩이를 정성스레 닦으며 왕을 위로했다.

"당분간 강학에만 전념하시라는 대왕대비마마의 배려입니다. 다시 한 번 일어나십시오, 전하!"

눈을 감자, 두레우물에서 물을 퍼 등에 쫙쫙 끼얹으며 수세미 넝쿨 아래서 형과 등목하던 때가 아삼아삼했다. 다시는 돌아갈 수 없는 시간, 다시는 되풀이할 수 없는 행동, 너무 그리워 생각만 해도 가슴이 먹먹해지는 추억들, 만 하루도 안 돼 벌써 강화도가 그립다. 봉이가 사무치게 보고 싶다. 어찌 해야 할까? 이번엔 늙은 상궁이 왕의 사타구니를 주무르며 때를 벗겨 냈다. 문득 봉이에게 미안한 마음이 든 원범이 혼잣말처럼 중얼거렸다.

"봉이야, 미안해!"

보모상궁이 잽싸게 얼굴을 들이밀며 "방금 무어라 하셨사옵니까?" 하고 물었다. 원범이 괜한 헛기침을 하며 "아, 아니요. 난 아무 말도 안 했소." 하고 딴청을 부렸다.

원범이 즉위 후 제일 먼저 교육받은 것은 보행법과 궁중 용어였다. 낯선 단어들 때문에 의사소통이 제대로 이루어지지 않았기 때문이다. 원범의 걸음걸이를 보고 기겁을 한 순원왕후가 즉시 상선을 불러 탄식했다.

"자고로 임금의 걸음걸이는 권위와 존엄함이 배어 나와 신하들이 절로 고개를 숙이게 만들어야 하거늘, 어찌 된 게 주상의 발씨는 내 평생 단 한 번도 본 적 없는 괴이한 걸음걸이란 말인가, 쯧쯧쯧."

상선이 머리를 조아리며 대왕대비의 성정을 위무했다.

"외방에서 오래 사신 탓에 아직 군왕의 걸음걸이를 익히지 못했을 뿐, 워낙 늠름하시어 행보법만 익히시면 곧 군왕의 걸음걸이로 바뀌시어 모후이신 대왕대비마마의 심중을 기쁘게 해드릴 것입니다."

모후 소리에 활짝 모란꽃을 피운 순원왕후가 당장 보행법부터 가르치라고 성화독촉했다. 상선이 즉시 왕을 남여에 태우고 후원으로 향했다. 행렬은 춘당대, 주합루, 옥류천을 지나 후원 깊숙한 곳에서 멈췄다. 종달새가 삐쫑삐쫑 지저귀고, 벽계수 흐르는 소리가 시원한 정자 앞이었다. 바닥엔 박석들이 팔자걸음으로 깔려 있었다. 왕세자들이 행보법을 연습하던 장소였다. 상선이 비장한 표정으로 왕에게 아뢰었다.

"전하! 임금은 아무리 바쁘고 급해도 뛰어다니거나 함부로 걸어서는 아니 되옵니다. 또 체신이 없거나 경솔하게 보여서도 아니 되옵니다. 만인 앞에 부끄러움 없이 당당해야 하고, 신하들이 우러러볼 수 있도록 옥체에서 위엄과 권위가 배어 나와야만 합니다."

원범이 눈을 반짝이며 고갯방아를 찧었다.

본격적인 행보법 강의가 시작됐다.

"행보하실 때는 턱을 이렇게 끌어들이고, 단전에 힘을 잔뜩 주십시오. 다음엔 배를 이렇게 불쑥 내밀고 팔을 힘차게 휘저으며 걸으십시오. 발은 이렇게 쑥쑥 뻗어 팔자걸음을 걸으셔야 합니다."

상선이 시범을 보이자 원범이 박석을 오가며 바쁘게 흉내를 냈다. 여기저기서 궁녀와 사알들이 탄복하는 소리가 들렸다. 상선이 흐뭇한 표정을 지으며 왕을 격려했다.

"벌써 당당한 걸음걸이에서 군왕의 품위가 엿보이십니다. 당분간 이곳에 자주 납시어 박석을 걸어 다니소서!"

원범을 태운 남녀가 다시 왔던 길을 되돌아 급히 희정당으로 향했다. 편전 앞에는 위풍당당한 제조상궁이 엄숙한 표정으로 왕을 기다리고 있었다. 원범이 용상에 앉자마자 곧장 궁중 용어 강의가 시작됐다.

"신하들 앞에선 나라는 말 대신 과인이라 칭하시고, 궁궐의 어른이신 대왕대비마마나 왕대비마마께는 반드시 소신이라 말씀하셔야 합니다. 한번 해보시옵소서!"

한동안 고개를 갸웃거리던 원범이 이윽고 옥음을 냈다.

"과인은 조선의 왕이오! 과인은 장조이신 사도세자의 증손자요! 과인은 정조대왕의 손자요! 과인은 보모상궁이 목욕시켜 주는 게 싫소."

사관과 주서 들이 웃음을 참기 위해 입술을 앙다물었다. 아랫입술을 꽉 깨물었던 제조상궁이 호들갑스럽게 이래서 임금은 타고나는 게 아니라 만들어지는 것이라며 덕담을 건넸다. 칭찬에 홍조가 난연한 원범이 손을 뒷목으로 가져가려다 화들짝 놀라 다시 내려놓았다.

강의는 계속됐다. 미간을 잔뜩 찌푸린 왕이 연신 고개를 갸웃거렸다. 처음 듣는 말들이었다. 겉에 입는 옷을 용포, 바지는 봉지, 저고리는 동의대, 용포에 달려 있는 흉배나 '보'는 용금치라 했다. 또 진지상은 수라, 수라를 드실 때 돕는 사알을 진지사리라 부른다고 했다. 단 한 번도 들어보지 못한 낯선 말들이었다. 반찬 이름도 처음 듣는 말이었다. 홍합은 동해부인, 김치는 침채, 나박김치는 편침채, 깍두기는 송송이, 수박은 서과, 귤은 감자라고 했다. 원범이 머리가 아픈 듯 손가락으로 관자놀이를 꾹꾹 누르며 불편한 심기를 내비쳤다. 이를 보고 한숨을 내쉰 제조상궁이 낯선 궁중 용어가 생긴 이유를 세세히 설명했다.

아홉 겹 궁장이 둘러진 구중궁궐엔 출입하는 사람들이 한정돼 있어 자연 독특한 궁중 언어가 생겨났다. 거기에 신라 말과 몽골 말이 뒤섞였다. 신라 경순왕이 고려 태조 왕건에게 항복할 때 따라온 궁녀들이 고려 궁궐에서 계속 생활했기 때문이다. 몽골 말이 궁궐 용어에 섞인 건 고려 시대에만 무려 아홉 명의 몽골 공주가 고려왕에게 시집온 것과 연관이 있었다. 수행원으로 따라온 몸종과 시녀, 보모들이 고려 궁녀들과 함께 생활하며 자연스레 몽골 말이 궁궐 안에 퍼졌다. 조선을 개국한 태조 또한 3년간 고려 궁궐을 사용하며 궁녀와 내시들을 그대로 썼다. 결국 신라 말과 몽골 말이 자연스럽게 뒤섞여 조선의 독특한 궁중 용어로 토착화됐다. '수라'나 '무수리', '사리'나 '마마'라는 말도 몽골 공주들이 쓰기 시작하면서 자연스레 조선어로 정착됐다.

젊고 건강한 왕에게 가장 시급한 일은 공부였다. 대대로 명망 있는 걸출한 학자들을 배출해 낸 삼한갑족이자 지란옥수 출신인 순원왕후에겐 특히 그랬다. 금상이자 아들인 원범이 천자문밖에 공부하지 않았다는 사실은 대왕대비 자존심에 커다란 상처를 내는 일이었다. 그동안 조선의 왕 그 누구도 천자문만 떼고 왕이 된 사람은 없었다. 왕은 신성의 세계와 세속의 세계를 아우르는 절대 권력자이다. 때문에 지적 능력과 인성, 육체적 강인함이 동시에 요구됐다. 골머리를 앓던 순원왕후는 삼공육경과 상의해 원범에게 소학부터 강도 높은 공부를 시켰다. 왕의 공부를 돕기 위해 경연청 참찬관들이 총동원됐다. 당상관들과 육조 승지들도 합세했다. 공식적인 세 번의 경연 외에 수시로 스승을 불러 공부하는 소대召對와 궁궐 문을 닫은 밤에도 공부하는 야대夜對가 이어졌다. 제사장으로서의 의식도 계속 진행해야 하므로 짬짬이 습의習儀도 익혔다. 왕의 하루는 공부로 시작해서 공부로 끝났다. 하루 종일 산야를 마음껏 뛰어다니던 원범에게는 힘겹고 근기를 요하는 일이었다. 참찬관들은 공부를 힘들어하는 왕을 각성시키고자 경연經筵과 왕의 치적을 연관시켜 주입식 설명을 끊임없이 계속했다.

　치적이 많고 훌륭한 왕으로 평가받는 임금일수록 경연을 연 횟수가 비례했다. 재위 기간이 가장 긴 영조는 51년 7개월 동안 무려 3천 4백여 회의 경연을 실시했다. 성종도 25년 동안 거의 매일 빠짐없이 경연을 열었다. 아예 왕이 하루에 세 번 경연을 실시하도록 법으로 규정했다. 그러나 광해군은 재위 기간 동안 총 열다섯 번 경연을 실시해 1년에 0.9번 참석했고, 연산군은 경연을 아예 폐지시켰다. 역대 왕들 중에서 가장 공부를 열심히 한 왕은 단연 세종과 정조였다. 세종은 수라를 들 때에도 책을 좌우로 펼쳐 놓고 읽었다. 하루에 수십 권의 책을 독파했다. 세종이 가장 좋아했던 책은 송나라 대문장가인 구양수와 소동파가 주고받은 편지글인 《구소수간歐蘇手簡》이다. 왕은 이 책을 무려 1천 1백 번이나 읽었다고 신하들에게 말했다. 호학왕好學王은 단연 정조였다. 대학자인 왕은 신하들 얼굴을 볼 때마다 공부를 게을리한다고 잔소리를 해댔다. 친림시강親臨侍講이라 하여 아예 신하들을 가르쳤고, 모든 업무를 직접 꼼꼼히 챙기는 만기친람萬機親覽을 행했다. 견디다 못한 신하들이 군주는 정무를 직접 살피지 않고 대본大本만 챙겨야 한다고 항의할 정도였다. 평생 학문과 정치, 저술에 매달렸던 세종과 정조는 조선의 역사와 문화를 국가와 국왕 차원에서 정리하는 대업을 달성했다.

흰구름, 먹구름

골 깊은 산 속은 적요했다. 간간이 골물 소리만 들렸다. 삼경이 지나자 자귀나무 잎사귀들이 바지런히 몸을 털며 사부작사부작 소리를 냈다. 그때 검은 그림자들이 산 위로 빠르게 움직였다. 축지법을 쓰는 듯 발을 거의 땅에 대지 않았다. 높드리에 오르자 벽오동 나뭇잎 떨어지는 소리들이 분요했다. 달무리를 펼친 보름달이 산속을 훤히 헤집어 놓자 초가집 몇 채가 올망졸망 엎드려 있는 것이 보였다. 넓은 마당 주위엔 산다닥나무와 측백나무, 벽오동나무가 빽빽이 심어져 있었다. 그 안에 다시 대나무를 사슴뿔처럼 세운 녹각목을 세워 이중 울타리를 세웠다. 검은 그림자들이 동시에 바람처럼 공중에 치솟아 가뿐이 마당에 내려앉자 방 안에서 "들어오너라!" 하고 카랑카랑한 음성이 들렸다. 등방을 의지한 송하노인 뒤로 그림자가 어룽어룽했다. 백발과 흰 수염이 허리까지 내려온 노인은 안광이 형형하고 얼굴에 윤기가 반짝여 나이를 가늠키 어려웠다. 사내들이 극진한 예를 갖춘 뒤 무릎을 꿇고 앉았다.

"거사일은 정했는가?"

"닷새 후입니다."

"오랫동안 무공을 익힌 무림의 고수들이 역적 죄인이 왕이 되는 것을 막기 위해 홀연히 나섰다가 몰살당했다."

노인의 목소리 끝이 가파르게 떨렸다.

"공들여 무공을 전수시킨 제자들이다. 일찍이 협객의 전통에 이런 참사는 없었다. 더 이상 가볍게 움직이지 마라!"

인솔자인 듯한 검객이 목소리에 힘을 주며 허리를 숙였다.

"이는 보복하고자 함이 아닙니다. 대의를 위함입니다!"

"만에 하나, 일이 생기면 그동안 내가 힘들여 세운 무도의 맥은 완전히 끊어진다."

고개를 든 실장정들이 돌아가며 한마디씩 했다.

"불의를 척결하기 위해 무공을 배운 것입니다."

"형제들이 미완으로 남긴 것을 완수하는 것이 진정한 무도입니다."

"아직 신원되지 않은 영혼들이 구천을 맴돌며 애통해하고 있습니다."

질끈 눈을 감고 있던 송하노인이 나지막이 입을 열었다.

"목숨을 과녁 삼아 무예를 닦은 너희를 믿는다만, 구중궁궐이다. 쉽지 않을 것이다!"

사내들이 비장한 표정으로 여출일구 답했다.

“무사는 의를 위해 살고, 의를 위해 죽을 뿐입니다.”

생각에 잠겼던 송하노인이 오동나무 궤짝에서 묵직한 보따리를 꺼냈다. 보자기를 풀자 정교하게 세공된 은빛 표창들이 어둠 속에서 발광했다.

“세상에 단 하나밖에 없는 표창들이다. 쇠뿌러기 손을 빌리지 않고, 세상을 뜬 제자들 얼굴 하나하나를 기억하며 내가 직접 쇠를 갈고 두들겨 만들었다.”

장정들 눈에서 투두둑 눈물방울이 떨어졌다.

“목숨을 잃은 제자들 숫자만큼 만들었다. 가져가 뜻을 이루어라!”

노인이 제자들 정수리와 혈도를 한 명 한 명씩 정성껏 만져 준 뒤, 품 속에서 종이 한 장을 꺼냈다.

“선정禪定에 들었다가 본 그림이다. 군사들 배치가 절묘했다.”

창덕궁의 군사 지도였다. 밤에 왕을 경호하는 최정예 부대들의 배치와 인원수가 상세히 그려져 있었다. 창덕궁 옆 내삼청 용호영 군사들과, 건양문 쪽에 배치된 금위영 군사들이 서로 상호 견제하게끔 절묘하게 배치돼 있었다. 한쪽에서 반란을 일으키면 다른 한쪽에서 곧바로 진압하기 위함이었다. 인원도 비슷했다. 용호영 병력이 1백 명, 금위영 군사들이 90명이었다.

“지도를 갖고 가면 궁장을 넘는 데 도움이 될 것이다.”

인솔자가 노인으로부터 지도를 받아 소중히 품속에 넣었다. 협객들이 송하노인에게 극진히 절한 뒤 이내 바람처럼 사라졌다.

왕은 할아버지 정조를 자랑스러워하며 닮고 싶어 했다. 그것만이 살벌한 정치판에 이방인처럼 끼어든 자신의 정체성을 찾는 길이었다. 이를 눈치 챈 경연청 교육관들과 삼공육경, 승지들은 왕이 공부에 지쳐 시름겨워 할 때마다 어김없이 간언했다.

"전하께서는 성군이신 정조 왕의 손자이십니다. 할아버지인 정조 왕을 본받으셔야 합니다."

"정조 왕의 발자취를 따라가소서. 그리하면 분명 백성을 사랑하고, 역사에 남을 성군이 되실 것입니다."

왕은 이 말을 들을 때마다 지친 육신을 가다듬고 심기일전했다. 거친 세파 속에서 신산고초를 겪은 왕은 성현들의 말씀을 받아들이는 데에 남다른 감수성을 발휘했다. 교육관들은 신이 나서 가르쳤고, 왕의 학문은 하루가 다르게 일취월장했다. 교육관들은 경서통에서 죽간을 꺼내 쉴 새 없이 움직이며 왕에게 반복학습을 시켰다. 왕은 감동받은 글귀들로 10조서를 만들어 편전과 침전 벽에 붙였다. 세수간에도 붙여 놓고, 목욕할 때도 읽고 또 외웠다.

"부모에게 순종한 이는 상등인上等人이요, 임금에 충성을 다한 자는 상등인이다. 어른의 말씀을 공경하며 받아들이는 이는 상등인이요, 형제간에 화목한 이도 상등인이다. 남녀의 분별이 있는 이가 상등인이요, 말에 믿음이 있고 행동이 독실한 이가 상등인이며, 잘못이 있으면 뉘우칠 줄 아는 이가 상등인이다. 또 처자만을 아끼지 않고, 재물을 탐하지 않는 이가 상등인이요, 주색에 빠지지 않는 이가 상등인이다. 위 10조 중 어느한 가지라도 행하지 못하면 하우인下愚人이라 할 것이다!"

보모상궁은 목간통에서 매일 10조서나 애민, 민본을 외우는 왕을 보며 감격해 마지않았다.

"전하! 공부란 마음을 잡는 것이라 들었습니다. 성현들의 천 마디 만마디 말은 사람들이 이미 놓아 버린 마음을 거두어 다시 몸으로 되돌리는 것과 같다 하옵니다."

눈이 화등잔만 해진 왕이 물었다.

"엥? 보모상궁이 어찌 그런 것을 다 아는 게요?"

보모상궁이 고개를 조아리며 답했다.

"30년 넘게 왕자와 왕녀들께서 공부하시는 것을 어깨너머로 들었나이다. 책을 많이 읽고 학문을 쌓게 되면 아래로는 사람 일을 배우고, 위로는 하늘의 이치를 통달하게 된다고 들었습니다."

왕이 절레절레 머리를 흔들며 엄살을 떨었다.

"어허, 내 왕 노릇 제대로 하려면 공부를 좀 더 열심히 해야겠소. 보모상궁보다야 임금이 더 잘 알아야 체면이 서질 않겠소?"

"전하께서는 분명 성군이 되실 것입니다. 소인은 그리 믿고 있사옵니다."

보모상궁이 옴팡지게 때를 밀자 왕이 큰 눈을 반달지게 접었다.

원범이 입궁 후 가장 먼저 마음을 터놓게 된 사람이 바로 보모상궁이었다. 도승지가 없는 지금, 원범은 보모상궁에게 가장 친밀감을 느꼈다.

보모상궁 앞에서는 이제 잔부끄러움도 타지 않았다. 전폭적인 신뢰였다. 하루 종일 공부에 시달린 원범에겐 세수간에서 보모상궁에게 몸을 맡기고 10조서를 읽는 시간이 가장 행복하고 평화로웠다. 보모상궁은 왕의 거울처럼 맑고 물처럼 멈춘, 단엄침중^{단정하고 엄숙하며 침착하고 무게가 있음}한 성품을 존경했다. 이는 오탁악세에서 생사의 기로를 넘어선 자만이 가질 수 있는 내공이었다. 보모상궁은 꽃을 유난히 좋아하는 왕을 위해 세수간 모서리마다 큰 백자 항아리를 갖다 놓고 매일 새로운 꽃들을 흐드러지게 꽂아 놓았다. 왕은 이제 시골 촌구석 무지렁이가 아니었다. 젊음과 건강과 학식을 겸비한 군왕이었다. 원범이 목숨을 걸고 공부에 매달린 데에는 봉이를 빨리 궁궐에 데려오고 싶은 간절함도 한몫했다. 왕의 가장 큰 미덕은 솔직 담백한 성품이었다. 여관과 내관들은 왕의 소박하고 진솔한 성품을 진심으로 존경했다. 한번은 왕이 후원 정자에 앉아 있을 때 벌레 한 마리가 기어왔다. 기겁한 궁녀들이 벌레를 죽이려 달려들자 왕이 죽이지 말라며 만류했다. 벌레를 쏘아보며 여전히 망설이자 왕이 다시 타일렀다.

"한 마리를 잡게 되면 거기에서 끝나는 게 아니네. 여러 마리가 다칠 수 있네. 만약 어미를 죽인다면 새끼들이 상할 것이요, 형제를 죽인다면 잃어버린 가족을 그리워하며 반드시 여러 마리가 상할 것이니, 속히 놓아 주게!"

왕의 성정은 더없이 드맑고 선했다. 타고난 천품이었다. 특히 궁녀와 사알들에게 관대했다. 혼을 내거나 야단치는 일이 없었다. 역대 왕들에게서는 결코 찾아볼 수 없는 인품이었다. 고기도 즐겨 먹지 않았다. 임금이 육식을 즐기면 백성이 다투어 본받고, 그리되면 가축들의 피해가 늘어날까 저어해서였다. 왕실의 대표적 식치 찬품인 타락죽^{우유죽}도 싫어했다. 소의 젖이 잘 나오지 않으면 생축이 번성하지 못하니 어찌 이익 없는 일로 금수에게 해를 끼칠 수 있느냐는 논리였다. 19년을 외방에서 살아온 왕의 수라상은 질박했다. 왕은 궁궐 안에서 수확되는 모든 과일은 반드시 선왕의 빈전에 먼저 바치게 했다. 막중상납이 올라오거나 외국 사신들이 선물을 진상하면 모두 대왕대비 처소인 수강재로 실어 보냈다. 왕의 깊고 넓은 효성은 타고난 천품이었다. 순원왕후는 왕의 효행을 매우 흡족해했다. 검약과 선함, 배려, 사려 깊음을 입이 닳도록 칭찬했다.

"주상처럼 검소를 숭상하고 절약하여 나라를 위해 부지런히 석복^{惜福}하면, 장차 백성들이 편안해질 것이오."

이로 인해 창덕궁은 선왕을 잃은 슬픔 속에서도 화락한 기운마저 감돌았다.

왕의 선조와 부모형제에 대한 작호와 추증이 일제히 내려졌다. 아버지 이광에게는 전계대원군이란 작호가 내려졌다, 또 원경을 낳은 최씨에게는 완양부대부인, 원범 생모인 염씨에게는 영원부대부인이란 작호가 내려졌다. 경응의 생모는 이씨라는 성만 알려졌을 뿐 생존 여부와 가족관계, 생몰 연도도 밝혀지지 않은 의문투성이 인물인지라 작호에서 제외됐다. 왕의 외조부인 염성화도 영의정으로 추증됐다. 왕의 큰형 원경은 회평군으로, 경응에게는 영평군이란 군호가 내려졌다. 은언군 장남인 이담은 상계군, 2남 이당은 풍계군, 상계군 양자로 입적한 이희에게는 익평군이란 군호가 내려졌다. 풍계군 양자로 입적한 이세보에게는 경평군이란 군호가 주어졌다. 이렇게 해서 역적의 자손으로 파란만장한 삶을 살았던 은언군 자손들은 하나같이 복작되거나 증작됐다. 왕의 형인 경응에게는 봉제사를 받들게 하기 위해 경행방에 있던 사저를 확장 증축해 별궁을 짓고 누동궁累東宮이라 이름 붙였다. 큰형 원경이 서대문 밖에서 거열을 당하기 직전 소리쳤던 그대로 이루어진 셈이다.

"내 아우들은 반드시 살아남아 이 원한을 갚아 줄 것이다! 억울하게 죽은 선조와 내 원한을 반드시 풀어 줄 것이다!"

결국 형제는 끝까지 살아남았고 원범은 왕이, 경응은 영평군이 되었다. 그러나 기록이 그대로 남아 있는 게 화근이었다. 사간원에서는 은언군과 이담의 범죄에 대해 계속 상소를 올리며 간쟁을 벌였다. 역적의 자손이 어떻게 왕이 될 수 있느냐는 주장이었다. 상소는 멈추지 않고 계속됐다. 결국 대노한 순원왕후가 시원임 대신들을 희정당으로 불러들였다. 사색이 된 대신들이 주렴 뒤에 앉아 있는 대왕대비에게 네 번 절하고, 다시 왕에게 사배례한 뒤 무릎 꿇고 앉았다. 노기등천한 순원왕후가 서안을 탕 내려치며 벼락같은 호통을 쳤다. 화들짝 놀란 왕과 대신들이 동시에 엉덩이를 들었다 놓으며 사시나무 떨듯 떨었다.

"대체 경들은 뭘 하고 있는 게요? 내 누차 명하기를, 은언군에 관련된 일이라면 웬만한 문서들은 없애든지, 아니면 아예 상소를 올리지 말라

했거늘 어찌해 간관들이 주야장천 주상 집안을 역적이라 비방하는 상소를 올리고 있는 게요? 이는 수렴청정 중인 대왕대비를 경들이 능멸하고 업신여긴다는 뜻이 아닌가?"

새파랗게 질린 대신들이 죄인처럼 고개를 숙인 채 목소리를 떨었다.

"간쟁은 사간원의 일상적인 업무이옵니다."

"통촉하시옵소서!"

순원왕후 눈꼬리가 바짝 치켜 올라가며 안광에 거센 홍염이 일었다. 어마지두한 대신들이 쥐구멍을 찾듯 일시에 몸을 조브라뜨렸다. 이 사달은 왕의 조부인 은언군이 진즉 복작은 됐으나 복권이 안 된 것에서 비롯됐다. 이를 빌미로 대간에서 계속 상소를 올렸다. 순원왕후가 작심하고 삼공육경을 부른 것은 《승정원일기》나 《일성록》에 은언군 죄상이 기록되어 있는 한, 왕의 집안을 공격하는 상소가 계속 올라올 것이 명약관화했기 때문이다. 격노한 순원왕후가 다시 서안을 탕 탕 치며 포효했다.

"대책을 내놓으시오, 대책을!"

유구무언인 대신들이 양손을 바닥에 대고 깊숙이 허리를 숙였다. 이때 왕의 외숙인 김좌근이 말자루를 잡았다.

"이번 기회에 화근을 싹둑 잘라 버리시옵소서. 그렇지 않으면 이는 끝을 보기 힘든 일입니다."

한동안 갑론을박, 설왕설래가 이어졌다. 그러나 은언군 관련 기록들을 찾아 완전히 없애야지만 끝날 일이라는 데에는 모두 동의했다. 문적을 세초하고 사면과 복권 절차를 밟은 뒤, 청나라에 진무사와 특사를 파견해 변정 허락을 받아 와야 비로소 은언군 후손 모두가 복권돼 일절 하자가 없을 터였다. 질끈 눈을 감고 주먹을 부르르 떨던 순원왕후가 이윽고 비장한 소리를 냈다.

"수렴청정 중인 나 대왕대비가 명하오. 당장 은언군 집안과 관련된 문적들을 모조리 찾아내 세초토록 하시오. 또 청국에 전무사와 특사를 파견해 변정 허락을 받아 오도록 하오."

은언군과 관련이 있는 책은 《실록》과 《승정원일기》, 《일성록》과 《윤발》이었다. 모두 국가 공식 기록 문서들이다. 그러나 국가 차원의 기록인 《실록》이 별도의 사고私庫에 엄격히 보관돼 있는 반면, 국왕 차원의 다른 기록들은 수시로 열람이 가능했다. 이를 근거로 사간원들이 계속 간쟁을 벌였다. 순원왕후는 은언군에 관한 기록들을 모두 없애 버린다면 다시는 간쟁을 벌이지 못할 것으로 판단했다. 방법을 숙고하던 대신들은 세초 대신 좀 더 근원적인 방법을 찾았다. 도삭刀削이었다. 예리한 칼로 몇 글자나 몇 행, 또는 몇 장을 도려내거나 칼로 글자를 긁어냈다. 은언군에 관한 기록이 너무 많이 적혀 있을 경우에는 아예 종이 한 장 전체를 뜯어냈다. 이렇게 해서 《일성록》에서만 은언군에 관한 기록을 없앤 곳이 총 635곳에 이르렀다. 왕의 가족을 폄하하거나 죄상이 기록된 부분은 여지없이 찢겨지거나 훼손됐다. 결국 왕의 조부인 은언군에 관한 기록은 《실록》을 제외하고는 모두 다 사라지고 말았다.

먹구름에 달빛이 가려진 창덕궁은 어둡고 괴괴했다. 사람의 흔적이 보이지 않았다. 궁궐 안에서도 예외 없이 통금이 적용됐다. 인경이 울린 뒤에 궁궐을 돌아다니다가 적발되면 즉시 구치시켰다. 통행이 필요한 경우에는 미리 허락을 받고 홍의紅衣를 입어야만 치도곤을 면했다. 연침인 대조전 주위엔 입직 중인 용호영 소속 군사들이 싸리횃불을 켜들고 경계 근무를 서고 있었다. 월대 위에는 선전관과 취라치, 무예별감들이 중무장한 채 경호를 했다. 그때 어둠 속에서 자박자박 발걸음 소리가 들렸다. 순간, 호위무사들이 병장기를 빼들고 득달같이 월대 밑으로 달려갔다. 시간을 알리는 결속색 소속 전루 군사가 힘껏 징을 치며 지나갔다.

"삼경이오!"

다시 깊은 정적이 감돌았다. 이번엔 대궐 안 순찰 임무를 맡은 중무장한 순장 행렬이 선평문 안에 들어섰다. 대조전을 한 바퀴 순찰하곤 다시 어둠 속으로 사라졌다. 선전관과 무예별감들이 귓속말한 뒤 월대 밑으로 내려가 앞뜰과 뒤뜰을 교차해 한 바퀴 돌았다. 잠시 후 경점 전루들이 나타나 징소리를 울리며 소리쳤다.

"1점이오!"

귀뚜리 소리 속에서 궁궐의 밤이 가뭇없이 깊어 갔다. 선전관과 무예별감들이 한가롭게 기지개를 켜며 하품을 했다. 일부는 뭉친 근육을 풀기 위해 이리저리 몸을 흔들었다. 그때였다. 대조전 지붕 위에서 수십 명의 자객이 일제히 뛰어내렸다. 혼비백산한 선전관과 대전별감들이 검을 빼들고 일제히 월대 위로 뛰어올랐다. 순간, 원내취들이 하늘을 향해 소라고둥과 나발을 힘껏 불어 비상사태를 알렸다, 솔발과 북소리도 요란하게 울렸다. 대조전 안에서 협도와 화피궁을 든 호위내시들이 득달같이 달려 나왔다. 월대와 뜰에서 자객들과 호위무사, 호위내시들 간에 일대 혼전이 벌어졌다. 군사들의 외침과 발걸음 소리, 말발굽 소리로 창덕궁이 순식간에 요동쳤다. 건영문에서 번을 서던 금위영 군사들도 말을 타고 쏜살같이 달려왔다. 자객들의 손놀림이 점점 빨라지자 달빛을 반사한 검들이 공중에서 번쩍번쩍 빛을 발했다. 자객들의 무공은 타의 추종을 불허했다. 최소한의 움직임으로 급소만 노렸다. 호위무사들이 추풍낙엽처럼 쓰러졌다. 이를 틈타 자객 일부가 대조전 안으로 뛰어들었다.

동온돌로 향한 자객들이 불발기창호를 박차고 들어가 비단 금침 위에 동시에 검을 꽂았다. 그러나 기수 속엔 왕 대신 베개와 방석들이 들어 있었다. 당황한 자객들이 시선을 교차하곤 급히 밖으로 뛰쳐나갔다. 자객 중 한 명이 동온돌 기둥에다 종이 한 장을 대고 힘껏 단도를 꽂았다. 대조전 뜰에서는 금영위 군사들과 서북별부료 군관들까지 가세해 자객들과 맹렬한 검투가 벌어졌다. 싸리횃불이 여기저기서 타올라 대조전 뜰을 대낮처럼 밝혔다. 자객들이 퇴로를 확보하기 위해 주위를 살피며 날카롭게 검을 휘둘렀다.

그때 요란한 휘파람 소리가 들렸다. 순간, 자객들이 일제히 대조전 지붕 위로 날아올랐다. 군사들이 즉시 대조전 주위를 겹겹이 에워싸고 지붕 위로 화살을 날렸다. 검으로 정신없이 화살을 쳐내던 자객들이 양팔을 학의 날개처럼 펼쳐 공중으로 치솟았다. 대조전 옆 숲 속 위로 날아간 자객들이 나무에서 나무로 계속 뛰어넘으며 울울창창한 후원 숲으로 삽시간에 사라졌다. 말을 탄 군관들이 박차를 지르며 추격에 나섰다. 최정예 전투부대인 용호영과 금위영, 선전관들이 어둠을 뚫고 자객 뒤를 맹렬히 뒤쫓았다. 후원으로 내달린 자객들이 일제히 우거진 버드나무 가지 위로 치솟았다. 요란한 말발굽 소리는 점점 가까이 들려왔다. 먹구름이 비껴 간 달이 다시 환한 빛을 수굿이 우리자 나무 위에서 기다리던 자객들이 달려오는 군사들을 향해 일제히 표창을 던졌다. 군관들이 비명을 지르며 동시에 말 아래로 굴러 떨어졌다. 김포 행궁에서 몰살당한 꼭 그 자객들 숫자만큼, 군사들이 표창을 맞고 말에서 고꾸라졌다. 말 울음 소리와 군관들의 신음 소리로 어둠에 잠들어 있던 금원禁苑이 아비규환이 됐다. 몽답정 방향으로 내달리던 자객들이 대보단 남문인 공북문 담장을 훌쩍 뛰어 순식간에 어둠 속으로 사라졌다. 용호영 군사들이 급히 공북문을 열고 박차를 질렀다.

입직 중이던 오위도총부 부장이 사색이 돼 대조전 월대를 뛰어 올라갔다. 왕은 서온돌에 안전히 있었다. 자객의 침입으로 밖이 소란하자 사방에서 두 명씩 번을 서던 여덟 명의 늙은 지밀상궁들이 내전에 들어와 어깨동무하여 겹겹이 감싸 왕을 보호했다. 방상궁은 은장도를 치켜들고 날카롭게 문 앞을 노려보고 있었다. 달려온 부장이 부복하며 왕의 안부를 물었다. 지밀상궁들이 어깨를 풀자 물초가 된 왕이 휘청거리며 일어섰다. 왕의 목숨은 상선의 선견지명이 살렸다. 그동안 서온돌에서 지내던 순원왕후가 어젯밤 돌연 수강재로 거처를 옮겼다. 그러자 상선이 은밀히 왕에게 "전하! 정조 왕께서도 침전에서 두 번씩이나 자객들의 공격을 받으셨습니다. 만일을 위해 침소를 은밀히 서온돌로 옮기소서!” 하고 주청했었다.

두 번씩 자객들의 공격을 받고 기사회생한 왕의 안색이 심연처럼 반물빛을 띠었다.

“왜 자객들이 자꾸 과인을 노리는 게요?”

부장은 쉽게 수답하지 못했다. 난감한 표정으로 미적대다 마지못해 종이 한 장을 바쳤다. 자객들이 동온돌 기둥에 단도로 꽂아 놓은 괘서였다. 종이를 읽던 왕의 눈빛이 어지럽게 흔들렸다. 죄인은 왕 될 자격이 없다는 내용이었다. 머리를 흔들며 비통해하던 왕이 끝내 혼절했다. 입직 중인 어의들이 뎬겁해 달려 들어갔다. 소식을 듣고 정신을 잃었던 순원왕후가 청심환을 먹고 일어나 계속 수정전만 되뇌었다.

✿

“뭬, 뭬라고요? 대행을 6년 전 죽은 왕비 능에 곁방살이를 시킨다고요? 왕이 어찌 왕비의 능호를 따라갈 수 있단 말입니까?”

권돈인이 침통한 표정으로 눈시울을 붉혔다. 눈에 실핏줄이 터진 조 대비가 토끼처럼 빨간 눈을 번득이며 오도발싸했다.

“수강재 늙은이가 내게 복수를 하겠다? 내 가슴을 갈가리 찢어 놓으시겠다?”

조 대비 입가에 게거품이 복닥복닥 일었다. 부제조상궁이 백비탕을 올리자 단번에 내박쳐 물 사발을 박살냈다.

"문제는 그것이 아니오라……."

"허면, 이보다 더한 일이 있답니까?"

입을 오물거리며 눈물을 글썽이던 권돈인이 겨우 기어 들어가는 소리를 냈다.

"대행마마의 묘광을 다섯 자로 파라고 했다 합니다."

"뭬, 뭬요? 다, 다섯 자요? 서, 설마…… 대감께서 잘못 아신 게 아닙니까?"

권돈인이 사실이라며 비루를 흘렸다. 조 대비가 몸태질을 하며 길길이 날뛰었다.

"내 당장 수강재 늙은이에게 가서 따져봐야겠습니다. 세상에 이런 해괴망측한 일이 어디 또 있답니까?"

부제조상궁이 잽싸게 왕대비 앞을 가로막았다. 분을 참지 못한 조 대비가 부제조상궁의 멱살을 휘어잡고 오둠지진상했다.

"비켜라! 당장 비키어라! 다섯 자라니, 왕의 묘를 어찌 다섯 자로 팔 수 있단 말이냐?"

권돈인이 두 여인 사이를 헤집고 들어가 겨우 뜯어말렸다. 분을 참지 못한 조 대비가 머리를 요란스레 흔들며 분탕질을 했다. 그 바람에 은비녀와 뒤꽂이가 뽑혀 나와 방바닥에 나뒹굴며 요란한 쇳소리를 냈다.

왕실 풍수에서 왕기를 받는 깊이는 열 자, 즉 3미터이다. 그래서 왕의 무덤은 깊이 열 자에 넓이 다섯 자 5촌^{1.5미터}이다. 풍수에서는 무덤이 최소한 여섯 자 이상 되어야 후손 발복으로 이어진다고 보았다. 왕실에서는 혹여 일반 백성이 무덤을 열 자 깊이로 파서 왕기를 가로챌까 봐 이 사실을 극비에 부쳤다. 나중엔 아예 국법으로 정해, 다섯 자 이상으로 팠을 때에는 왕위 찬탈 음모를 꾀한 모반 대역죄로 처벌했다. 인재가 많이 나오면 왕의 자리가 위태로울까 저어해서였다. 이에 그치지 않고 전국의 명당을 찾아내 절을 짓거나 당간 지주를 세워 지기를 눌러 놓았다. 오로지 자신들의 후손으로만 계계승승 왕조를 이어 가고 싶은 염원 때문이었다. 그런 터에 왕의 묘를 왕비 묘에 곁방살이 시켜 왕비 능호를 따라가게 한 것도 모자라 묘광을 다섯 자로 파게 한 것이다. 주저앉은 조 대비가 방바닥을 치며 왜장독장쳤다.

"하이고 주상, 불쌍한 주상, 이를 어찌해야 한단 말이오. 하이고, 주상! 불쌍한 내 아들!"

애끓는 통곡 소리가 수정전 용마루를 뒤흔들었다. 그때 권돈인이 침통한 소리를 냈다.

"보구報仇입니다."

"뭐, 뭐요? 보, 복수라고요?"

헌종 원비인 안동 김씨 효현왕후가 1843년 16세로 죽자, 당시 조정을 장악하고 있던 풍양 조씨들은 건원릉 서족 다섯 번째 줄기에 왕비를 안장하고 경릉景陵이라 이름 붙였다. 이곳은 원래 선조의 목릉이 있던 자리이다. 그러나 인조 8년, 흉당이라 하여 목릉을 건원릉 두 번째 줄기로 이장했다. 이 파묘 자리에다 왕비 묘를 만든 것이다. 안동 김씨들은 이를 갈며 원통해했지만, 풍양 조씨가 정권을 장악하고 있던 터라 항의 한번 제대로 못 하고 속앓이만 했다. 한데 헌종이 죽자 이번엔 안동 김씨들이 헌종을 바로 그 자리에, 그것도 왕비 묘에 곁방살이로 들어가게 한 것이다. 풍수가 권력의 향방에 이용되고 있었다.

안동 김씨들의 의중을 간파한 관상감과 의정부 당상관들은 길지를 물색하기 위해 무려 열세 군데나 돌아다녔다고 하면서 경릉을 길지 중 길지인 십전대길지로 보고했다. 최고 권력자인 대왕대비와 안동 김씨 눈치를 본 것이다. 이미 효현왕후의 묘를 그곳에 쓴 적이 있는 풍양 조씨들로서는 달리 항의할 여지가 없었다. 왕이 왕비의 능호를 따르는 것도 조선시대의 왕릉 장법에 정면으로 위배됐다. 특별히 신후지지가 있지 않는 한, 왕이 왕비 곁으로 가지 않는 게 관례였다. 순원왕후와 안동 김씨들의 복수는 상상을 뛰어넘는 것이었고, 조 대비 가슴은 갈가리 찢어졌다. 조 대비가 입에 거품을 물고 상모돌리기를 하며 길길이 악을 썼다.

"대왕대비마마! 부디 오래오래 사십시오. 내 오늘의 이 원한을 되갚아드릴 때까지 반드시 오래오래 사셔야 합니다. 하이고, 주상! 불쌍한 주상! 이를 어찌하면 좋을꼬."

찬궁을 열라는 대왕대비 명이 떨어졌다. 공조판서와 선공감이 관원들을 이끌고 급히 창경궁 휘정전으로 향했다. 문무관료들이 발인 준비를 위해 창덕궁과 창경궁을 뛰어다니며 동분서주했다. 발인 하루 전에 이미 순과 대여, 윤여를 빈전 앞에 배치하고, 혼백과 명기 등을 옮겨 갈 수레도 준비했다. 왕이 곡을 하고 혼백을 모셔 놓은 영좌에 술 석 잔을 올린 뒤 빈전을 열게 되었음을 아뢰는 계빈의啓殯儀를 올렸다. 빈전에서 재궁을 대여에 옮겨 신기 직전에는 조전의祖奠儀를, 상여를 떠나보낼 때에는 다시 견전의遣奠儀를 올렸다. 날이 어두워지자 문무관료와 외명부들이 발인식에 참석하기 위해 창경궁 정문인 홍화문 앞으로 몰려들었다. 종친과 종반들도 나타났다. 왕과 왕비의 인산因山은 대부분 한밤중에 발인했다. 하관식도 주로 새벽에 했다. 태조 이성계는 자시子時, 세조와 문종, 숙종 계비 인현왕후, 영조 왕비 정성왕후는 축시丑時에 했다. 인시寅時에는 중종과 세조의 비 정희왕후, 현종의 비 명성왕후를, 예종은 인시가 끝나는 새벽 다섯 시에 하관했다. 어둠이 깔리자 수백 개의 싸리횃불이 창경궁 홍화문 안팎을 대낮처럼 밝혔다. 발인식이 시작되자 3도감 총호사가 제사상 앞에서 축문을 읽어 내려갔다.

영이기가 왕즉유택靈移旣駕 往卽幽宅

재진견례 영결종천載陳遣禮 永訣終天

(상여를 메게 되었으니, 다음은 곧 무덤에 이를 것입니다.

보내는 예를 베푸오니 영원토록 이별하심을 아뢰옵니다.)

조 대비가 애끓는 목소리로 울부짖으며 몸부림쳤다.

"주상! 주상! 이 어미를 놔두고 어찌 이리 매정히 떠나시는 겝니까? 주상, 말씀 좀 해보세요, 하이고, 주상! 불쌍한 주상……"

순간, 눈에 쌍심지를 켠 순원왕후가 조 대비를 홱 노려보며 으르렁거렸다.

"어허, 지금 어디서 광담패설이 난무하는가? 멀쩡히 금상이 여기 계시 거늘, 어찌 주상이라는 말이 술구이발 왕대비 입에서 튀어나올 수 있단 말인가? 어허, 불경지설이로세! 망발이로다!"

제조상궁이 팔을 붙잡고 간신히 만류했다. 대왕대비의 진노는 쉽게 잦 아들지 않았다. 거세게 체머리를 흔들며 장탄식을 쏟아 냈다.

"쯧쯧쯧, 저 물건은 아직도 정신을 못 차린 게야. 언제나 철이 들어 왕 대비의 체통을 지킬 것인지 참으로 궁금하도다!"

발인식이 끝나자 5백 개의 싸리횃불을 든 군사들이 좌우로 갈라져 일 렬종대로 늘어섰다. 5백 개의 망초를 든 군사들도 양쪽으로 나뉘어 섰 다. 그 가운데를 관원들이 순서대로 채웠다. 맨 앞엔 경릉이 있는 경기 도 양주를 관장하는 책임자인 경기감사가 서고, 그 뒤로 주부와 한성판 윤, 호조판서가 차례로 들어와 섰다. 다음으로 의장과 만장을 든 군사들 이 정렬했다. 군사들은 하나같이 '하무'라는 길고 가느다란 막대기를 입 에 물고 있었다. 옆 사람과 얘기를 못 나누게 하기 위함이었다. 그 뒤를 수레에 실린 표골타자와 웅골타자들이 여섯 개씩 섰고, 왕의 말인 어마 들도 들어와 섰다. 향정과 혼백차魂帛車가 들어와 서자 방상씨가 탄 차 네 대가 들어왔다. 흉사를 막아 주는 역할을 하는 방상씨는 국장 행렬에 앞 장서 미친 시늉을 하며 왕의 유해가 실린 대여를 인도했다. 악귀가 대여 에 접근하지 못하게 하기 위해서였다. 이들은 황금으로 눈을 네 개 만든 가면을 쓰고 검정 상의와 붉은 치마를 입었다. 또 곰 가죽을 덮어쓴 뒤,

창과 방패를 치켜들었다. 그 뒤로 죽안마, 청수안마, 자수안마가 각각 열 필씩 섰다.

대여 바로 앞에는 정4품 무반 직인 호군護軍들이 들어와 섰다. 대여大輿에는 모두 8백 명의 상여꾼들이 동원됐다. 이들은 2백 명씩 4교대로 장지까지 가게 된다. 이들 역시 입에 하무를 물고 있었다. 대여를 호위한 사복시와 별감, 상호군, 호군들 곁에 나무 부채인 불삽과 보삽, 화삽 두 개씩을 든 군사 여섯 명이 둘러섰다. 행렬의 앞은 좌상군사가, 뒤는 우상군사가 호위를 맡았다. 국장 행렬은 호군들이 일제히 흔드는 탁鐸이라는 방울 소리를 신호로 일제히 움직였다. 조 대비와 경빈의 통곡이 잔지러지게 들렸다. 오랫동안 왕을 가까이 모셨던 상궁과 내시들의 애애처처한 호곡號哭이 밤하늘로 메아리쳤다. 순원왕후가 손수건으로 눈물을 닦으며 혼잣말로 중얼거렸다.

"잘 가시오, 주상! 경빈은 걱정하지 않아도 됩니다. 유훈은 잘 지켜지도록 내 노력하리다!"

왕은 대왕대비 명령으로 홍화문에서 대행과 작별했다. 멀어지는 국장 행렬을 바라보는 왕의 안정이 촉촉이 젖었다. 생사고락의 허망함에 가슴이 아려 왔다. 왕은 대행의 7촌 아저씨뻘이다. 지금은 가통상 선왕의 직계 숙부가 되어 있었다. 선왕은 5년 전 원경을 거열에 처해 오사시키고, 그의 두 동생을 강화도로 감사정배했었다. 운명의 장난인가? 그 죄인 중 한 명이 후대 왕이 됐다. 인생사 새옹지마라 하더니, 진세의 허망함에 절로 눈물이 솟았다.

행렬 뒤로 내시부와 상의원, 내의원 관원들이 줄줄이 뒤따랐다. 병조와 도총부 당상관, 승지와 주서, 사관, 예조 정랑 및 병조 정랑 등도 부지런히 뒤쫓았다. 사옹원 소속 대령숙수들과 식자재를 실은 수레들도 일사불란하게 움직였다. 이들은 며칠 전부터 반차도를 통해 도상 연습을 해왔다. 헌종은 이틀 후 새벽, 원비인 효현왕후의 경릉에 안장돼 세상과 영원한 작별을 고했다. 국장 행렬은 왕의 혼을 위로하는 우제虞祭를 지낸 뒤, 가신주를 모시고 궁궐에 돌아와 혼전인 효정전에 두었다. 이로써 5개월간의 국장 기간은 모두 끝났다.

소슬바람이 스쳐 지나간 대웅전 위로 생량한 기운이 감돌았다. 가을빛이 완연했다. 높은 하늘 위로 보래 구름꽃이 만발해 있었다. 석탑 앞에서는 봉이가 선비로 낙엽을 쓸고 있었다. 그 모습을 울창한 은행나무 밑에서 지명선사가 염주를 돌리며 고즈넉이 바라보았다. 백구도 선사 눈길을 쫓아 봉이를 쳐다보았다. 벗나무로 향통을 비다듬던 동영과 약재를 손질하던 보살, 분애도 긴장한 눈빛으로 선사와 봉이를 번갈아 쳐다보았다. 봉이는 벌써 일 년째 혜각사에 기거 중이다. 일과는 승려들과 똑같았다. 새벽 예불부터 시작해 불경 공부에 향 만드는 공부, 약초 공부, 명상, 저녁 예불까지 똑같이 움직였다. 선사는 선승들보다 봉이에게 한층 더 엄격한 공부를 요구했다. 그러나 번뇌가 들물처럼 밀려오면 봉이는 어김없이 밖으로 뛰쳐나와 마당을 쓸거나 오체투지로 108배를 올렸다. 애욕의 끝을 보기가 얼마나 지난한 일인지 선사는 봉이를 보고 나서야 비로소 실감했다. 봉이가 빗질을 멈추고 소맷부리로 땀을 닦자 선사가 불현듯 말을 꺼냈다.

"버려야 할 때가 언제인가를 아는 초목들이야말로 이미 해탈의 경지에 들어섰다 할 수 있지 않겠느냐?"

의미를 알고 있는 봉이가 난딱 눈을 내리깔고 다시 빗질을 했다.

"버려야 할 때를 알고 마지막 옷매무새를 가다듬는 단풍나무들이 내 눈엔 참으로 아름답게 보이는구나."

빗질을 멈춘 봉이가 지그시 선사를 바라보다 야무진 소리를 냈다.

"저기 저 침엽수나 청단풍처럼 사시사철 푸른 나무들도 있지 않습니까?"

"색깔이 다 다르질 않느냐. 네 눈엔 어찌 푸른 나무들만 보이느냐? 네가 지금 쓸고 있는 이 낙엽들은 모두 다 옷을 갈아입은 나무들이니라."

입심 센 봉이가 지지 않고 또라지게 답했다.

"떡갈나무와 눈비나무도 옷을 갈아입지 않고 사시사철 푸른색을 띠며 꿋꿋이 자기 몫을 잘 살아내고 있습니다."

쯧쯧쯧……. 혀를 차던 선사의 염주 돌리는 손이 점점 빨라졌다. 봉이가 저리 당차게 나온다면 지금쯤 봉이 머리 위에 뿔이 몇 개쯤 솟아 있을 터였다.

"또 스승님이 그토록 좋아하시는 대나무들도 사시사철 대쪽같이 그

푸름을 자랑하며 서 있질 않습니까?"

기 구멍이 막힌 지명선사가 돌탄하며 "너는 어찌 네 눈에 보이는 길만 옳다고 우기느냐. 보이지 않는 길이 너의 길일 수도 있음을 진정 모르는 것이냐?" 하고 질책했다. 이번엔 봉이가 한술 더 떴다.

"저는 눈에 훤히 보이는 길만 따라가고 싶습니다. 보이지 않는 길은 어렵고 힘들 것 같아 따라가고 싶지 않습니다."

"어허, 만일 네 눈에 보이는 길이 네가 가서는 안 되는 길이면 어찌할 것이냐?"

눈을 내리깐 봉이가 질끈 입술을 앙다물자 선사가 버럭 호통을 쳤다.

"보이는 길이 네 길이라고 무작정 따라갔다가 만약 목숨이라도 잃는 날에는 어찌할 것이냐 물었다!"

오늘도 봉이 눈에서 눈물방울이 떨어지고 나서야 말싸움이 끝났다. 향통을 깎던 동영이 안절부절 대웅전 주위를 맴돌았다. 봉이의 흐느낌이 거세지자 벼리게 쏘아보던 선사가 향 공부를 시작해야겠다며, 들어가 얼른 준비하라고 몰풍스럽게 말했다. 선사가 날파람으로 약사전으로 향하자 눈치 빠른 백구가 슬며시 다가와 봉이 옆에 앉았다. 옷고름으로 눈물을 찍어 낸 봉이가 백구 머리를 쓰다듬으며 "알았습니다요, 이 잔소리꾼아! 내 금방 들어갈 터이니 걱정하지 마세요!" 하고 콧소리를 냈다. 백구가 힘차게 꼬리를 흔들자 동영이 다가와 말없이 선비를 빼앗았다. 강샘이 난 분애가 득달같이 달려와 동영의 허리춤을 난딱 움켜잡았다.

약사전 안에서 지명선사가 기묘하게 생긴 나무뿌리를 들고 설명을 시작했다. 자단향 중에서도 으뜸으로 치는 울향蔚香이었다. 울릉도 남서쪽 해안 바위틈에서만 자라는 귀한 향재였다. 냄새가 진하면서도 순하고 연기가 맵지 않아 향재로 적격이었다. 울향과 침향을 적절히 배합하면 그 향기가 지친 심신을 회복시키고 정신을 맑게 만들었다. 불가뿐 아니라 사대부들도 향을 피우고 분향묵좌를 하는 건 그 때문이었다. 선사가 가루로 만들어진 향재와 유근피 가루를 섞은 뒤, 꿀과 물을 넣어 능숙한 손놀림으로 반죽을 했다.

"유근피 가루와 꿀을 넣어야 향재들이 잘 배합되고 접착력이 좋아진다. 향재와 유근피 가루의 비율을 잘 외워 놓도록 해라!"

봉이가 힘없이 고갯방아를 찧었다. 곁눈질하던 선사가 매향埋香이 무엇이냐고 물었다. 봉이가 합장을 하며 답했다.

"먼 훗날에 올 중생들의 마음속에도 아름다움과 향기로움이 피어나기를 발원하며 향재를 강물이나 바닷물 속에 묻어 두는 의식을 말합니다."

자단목이나 백단목, 산다닥나무, 눈잣나무는 5백여 년 동안 바닷물에 절고 씻기면 최상의 침향으로 다시 화려하게 태어난다. 자연 상태의 나무에서는 수지樹脂가 없다. 허나 상처가 생기거나 썩게 되면 수액이 생겨나 상처를 보호하는 역할을 한다. 이때 생겨난 수지가 몇백 년의 오랜 세월을 거치며 침착되고 숙성돼 마침내 최고의 침향이 된다. 사찰에서는 훗날 이 세상에 올 중생들이 바닷물 속에서 침향을 꺼내 부처님께 바치며, 먼 옛날 이 별에 왔다 간 중생들의 아름답고 향기로운 마음에 감동받아 기뻐할 것을 기원하며 매향식을 가졌다.

"네가 알고 있는 향을 한번 말해 보아라!"

"가루 향과, 선향, 향재를 그대로 깎아서 만든 편향입니다."

고개를 끄덕인 선사가 향재 반죽한 것을 빠른 손길로 환약처럼 동글게 만들었다.

"오늘은 새로운 향을 만들어 보자꾸나. 이렇게 둥글게 만들어 말리면 무슨 향이 될 것 같으냐?"

"환향丸香이라 불릴 것 같습니다."

흡족한 미소를 띤 지명선사가 이번엔 반죽한 것을 길게 뽑아 낸 뒤, 순식간에 둥글게 위로 감아올렸다.

"이 향은 무엇이라 불릴 것 같으냐?"

"둥글게 감아올렸으니 권향捲香이라 하지 않겠습니까?"

"기특하구나!"

이번엔 마술을 부리듯 향 반죽을 원뿔 모양으로 단숨에 쌓아 올렸다. 묻기도 전에 "아마 탑향塔香이라 불릴 것 같습니다."라는 대답이 나왔다. 선사가 파안대소했다.

"하하하, 도무지 막힘이 없구나. 무불통지무슨 일이든 환히 통해 모르는 것이 없음에 거일반삼이로다! 마음만 다잡으면 금상첨화인 것을! 하하하."

봉이가 글썽 뒤를 돌아보았다. 문 뒤에 늘 원범이 서 있었다. 봉이가 칭찬을 받는 날에는 문 뒤에 숨어 있던 원범이 웃음을 참지 못해 어김없이 선사에게 혼쭐이 났다. 매번 들키면서도 매번 웃음을 참지 못했다. 원범은 정인에 대한 자랑을 숨길 생각도, 숨기지도 못했다. 허나 이제 문 뒤에 원범은 없다. 동영이 슬픈 눈빛으로 몰래 훔쳐보고 있을 뿐이다.

"전하를 생각하는 게냐?"

선사 음성이 뜻밖에 부드러웠다.

"숙업이니라! 수많은 윤회전생을 통해 쌓아 온 업이다. 네 힘으로는 어쩔 수 없는 불가항력이다."

설움이 북받친 봉이가 손바닥으로 얼굴을 가린 채 울음을 터트렸다. 눈창이 붉어진 선사가 고개를 돌리며 질타했다.

"전생과 후생을 아우르는 숙세인연의 실체를 아직도 파악하지 못한 게냐? 사람은 가지고 태어난 것과 못 가지고 태어난 것이 있다. 가지고 태어나지 않은 것은 내 것이 아니다. 노력한다고 가질 수 있는 게 아니다. 잠시 가졌다 해도 행복하거나 기쁜 건 찰나이다. 이는 처음부터 내 것이 아니었기 때문이다. 내 것이 아닌 것을 잠시 가진 것만으로도 몇십 배, 몇백 배 혹독한 대가를 치러야만 한다. 단 한 번만 망상을 불러일으켜도 아승기겁^{헤아릴 수 없는 긴 시간} 동안 응보를 받게 되는 것이 바로 일념무량겁^{하나의 망상으로 헤아릴 수 없는 동안 응보를 받는 것}이다."

"너무 가혹한 것 아닙니까?"

"가혹하다? 세상에 태어난 것 자체가 가혹하지 않더냐. 고해라는 말도 그래서 생겨났을 터……."

봉이의 흐느낌이 거셌다. 측은지심으로 한동안 봉이를 바라보던 선사가 부드럽게 타일렀다.

"재능이란 자신을 위해서가 아니라 다른 사람들을 위해 쓰라고 내려진 선물이다. 그것만 펴고 살아도 네 한평생은 부족함 없이 보람될 것이다. 한데 특별한 재능을 지닌 네가 만백성의 어버이인 지존하신 임금까지 네 곁에 두려 함은 지나친 탐욕이 아니더냐."

홀쩍이던 분애가 슬그머니 다가와 손수건을 건넸다. 봉이가 수건을 눈에 댄 채 서럽게 흐느꼈다.

"그만 잊어라! 세상에 잊을 수 없는 일이란 없다. 살다 보면 지난날이면 꿈속의 일처럼 아득한 날이 찾아올 터, 그때까지 은인자중하여라. 오늘 공부는 예까지 하자꾸나."

선사가 승복을 휘날리며 바람처럼 사라졌다. 철퍼덕 주저앉은 봉이가 입을 틀어막고 오열했다. 문 뒤에서 몰래 훔쳐보던 동영이 소맷부리로 연신 눈물을 닦았다. 걸음을 멈춘 선사가 천천히 뒤돌아서 동영을 노려보다 끌끌 혀를 찼다.

"도반으로 생각해라! 봉이는 친구가 아닌 벗이다!"

화들짝 놀란 동영이 귀까지 빨개져 합장했다.

"친구에겐 탐심을 가질 수 있지만, 벗에게는 그리하지 않는다. 그게 바로 친구와 벗의 차이니라."

분애가 곤댓짓을 하며 동영을 향해 하얗게 눈을 흘겼다. 동영과 분애를 번갈아 쏘아보던 선사가 체머리를 흔들다 판도방 쪽으로 사라졌다.

해후

도승지가 돌아왔다. 감환^{감기의 높임말}이 깊은 자전에게 수강재에서 곽향
정기산을 달여 주고 오는 길이었다. 햇살이 은성한 희정당 앞에 그렇게
학수고대하던 도승지가 갈걍갈걍한 모습으로 서 있었다. 왕이 달려가려
하자 사알이 "전하!" 하고 외치며 눈치를 주었다. 왕이 보행법대로 턱을
내리고 배를 앞으로 내민 뒤, 힘차게 팔을 휘저으며 팔자걸음을 걸었다.
마음 급한 왕의 보폭이 자꾸만 뒤엉켜 우스꽝스럽게 뒤뚱거렸다.

"완전히 회복된 겝니까?"

"전하의 은덕으로 이제 걸어 다닐 만합니다."

도승지가 목숨을 구한 건 구사일생에 천우신조였다. 마침 흡독석^{吸毒石}
을 가지고 있던 어의들의 필사적인 응급조치로 간신히 목숨을 보전했다.
독성 때문에 예후도 지켜봐야 했다. 순원왕후는 어의들을 도승지 집에

파견해 상주시켰다. 질병내시들도 급파해 고수련을 맡겼다. 삶의 의욕을 불태우게 하려고 도승지 자리도 비워 놓았다. 왕을 살린 것도 도승지였고, 왕이 의지하는 사람도 오직 도승지뿐이었다. 그 도승지가 바로 눈앞에 건강하게 서 있다. 흔연해진 왕의 뺨에 홍조가 난연했다. 편전으로 상다가 다과상을 들여왔다. 차를 마시던 왕이 갑자기 눈시울을 붉히자 도승지가 "그리 마음고생이 심하셨습니까?" 하고 물었다.

"아닙니다. 장부로 태어나 이런 세상도 있다는 걸 알게 됐으니 그리 후회할 일은 아니지요. 억울하게 죽임을 당한 선조들과 형이 모두 신원돼 복권됐으니 후손으로서는 더할 나위 없이 보람되다 할 수 있을 것입니다."

이번엔 도승지가 눈자위를 붉혔다. 왕은 잘 견디고 있었다. 병으로 누워 있어도 금상의 학문이 일취월장하고 아랫사람들에게 한없이 관대하다는 소문이 끊임없이 들렸다. 모후에게도 효성을 다해 모자지간이 화락하다는 소문이 자자했다. 도승지는 왕이 궁궐 생활에 잘 적응하는 것 같아 뛸 듯이 기뻐하며 자랑스러워했다. 그때 왕이 도승지와 후원을 걷고 싶다며 사관과 주서 들의 눈치를 살폈다. 두 사람은 행렬을 거느리고 창덕궁 후원으로 향했다. 행렬이 부용지 앞에 이르자 왕이 은밀히 할 말이 있다고 속삭였다. 도승지가 사알에게 귓속말을 하자 호위내시들이 행렬의 앞을 막아섰다. 두 사람은 부용정 안으로 들어갔다. 순간, 의젓했던 왕이 갑자기 눈물을 뚝뚝 흘리며 울먹였다.

"과인은 도저히 궁궐 생활에 적응하지 못하겠어요. 다시 강화도에 돌아가고 싶습니다."

망연자실한 도승지가 파르르 입술을 떨었다. 왕은 숨도 제대로 안 쉬며 빠른 말투로 속마음을 쏟아 냈다. 눈감고 귀 막고 시키는 대로 살고 있으나 단 하루도 마음 편할 날이 없었다. 잠잘 때는 여덟 명의 궁녀들 한가운데서 자고, 반찬도 마음대로 집어먹지 못했다. 볼일 볼 때도 궁녀들이 옆에 서 있고, 심지어 밑까지 닦아 줬다. 사관과 주서 들은 연침에 들기 전까지 악착같이 붙어 다녔다. 말도 함부로 못 하고, 뛰어다니지도 못 했다. 하나같이 불편하고 성가신 것들뿐이었다. 왕의 민망한 한탄을 듣던 도승지 이마 위로 식은땀이 송송 솟았다.

"얼마 전엔 후원에 산책하러 갔다 급해서 숲 속에서 소피를 본 적이 있습니다. 돌아보니 사관과 주서 들이 뭔가 적고 있었어요. 그래 뭐라 썼느냐 물었더니, 글쎄 '전하께서 볼일 보신 뒤 부르르 떠시며 오줌을 떨쳐 내셨다.' 그리 썼다 했습니다."

푸흡, 웃음을 터트리던 도승지가 제풀에 놀라 입을 틀어막고 머리를 조아렸다.

"어딜 가도 지켜보는 눈이 있어 하루도 마음 편할 날이 없습니다. 하지만 가장 못 견디겠는 건 바로 상사불견相思不見, 남녀가 서로 그리워하면서도 만나지 못함입니다. 눈만 감으면 온통 봉이 얼굴뿐이에요. 꿈속에 봉이가 보이지 않으면 밤새 울부짖으며 봉이를 찾아 헤매다 물초가 돼 잠을 깨곤 합니다. 어떻게 하면 봉이를 빨리 데려올 수 있을까요?"

식은땀을 흘리던 도승지가 수답했다.

“지금은 때가 아닌 듯하니 후일을 도모하소서, 전하!”

“자전마마께서는 사서를 끝내는 대로 혼인시킨다 하셨습니다. 허나, 내 봉이 얼굴을 보지 않고는 다른 여인과 혼인할 수는 없습니다.”

“분명 때가 올 것입니다. 때를 기다리소서! 수렴청정을 받고 계신 터에 자칫 잘못 움직이는 날엔 정인의 목숨이 위태로울 수도 있습니다.”

부용지에 몽밀한 백련아라와 홍련아라를 하염없이 바라보던 왕이 주르륵 옥루를 흘렸다. 봉이 얼굴을 다시 볼 수 있는 날이 돌아올까? 정말 그런 날이 찾아올까? 왕은 그것이 가장 두렵고 무서웠다. 다시는 봉이를 보지 못할까 봐 늘 가슴이 동동하고, 철렁 내려앉았다. 도승지가 불끈 주먹을 쥐고 비장한 표정으로 아뢰었다.

“분명 정인은 머지않아 입궐하게 될 것입니다. 때가 되면 소신도 대왕대비마마를 설득할 것이오니 부디 때를 기다리소서!”

그때였다. 천천히 뒤돌아서던 왕이 말짱한 표정으로 “도승지 말을 믿어도 되겠습니까?”라고 물었다. 도승지가 힘주어 “소신을 믿으시옵소서.” 하고 부르짖었다. 순간, 왕의 입가로 시나브로 미소가 번졌다. 그리고 언제 그랬냐는 듯, 예의 점잖고 느린 옥음이 이어졌다.

“그동안 하고 싶었던 얘기를 다 쏟아 내니 속이 다 후련합니다. 이제야 숨을 좀 편히 쉴 수 있을 것 같아요.”

“전하!”

“얼른 돌아가십시다. 사관과 주서 들이 언제 또 따라 들어올지 모릅니다.”

왕이 성큼성큼 부용정 밖으로 사라졌다. 무릎이 풀린 도승지가 풀썩 엉덩방아를 찧었다.

왕과 도승지가 후원에서 돌아와 막 희정당 월대를 오를 때였다. 궁장 밖이 갑자기 시끌벅적했다. 누군가 이리저리 뛰어다니며 아닥치듯 분탕질을 했다.

"전하! 저 금이옵니다. 강화도에서 온 봉이, 말복이, 동영이 친구 금이라고요. 어디 계세요, 전하?"

목소리가 얼마나 큰지 희정당까지 쩡쩡 울렸다. 왜장치는 소리는 이곳저곳으로 옮겨 다니며 계속 이어졌다. 왕이 휙 뒤돌아보며 "지금 봉이라 하지 않았습니까?" 하고 도승지에게 물었다.

"예. 소신도 그리 들었나이다."

잠시 귀를 기울이던 왕이 흥분해 소리쳤다.

"내 친구 금이 맞아요. 강화도 금이 맞다고요."

사색이 된 도승지가 대왕대비마마가 아시는 날엔 불벼락이 떨어질 것이라며 허리를 숙였다.

"내 친구, 과인의 친구가 강화도에서 나를 찾아왔어요. 만나야 해요. 꼭 만나야 합니다."

"소신이 나가 볼 터이니 어서 편전에 드소서!"

혼비백산한 도승지가 대전별감 말을 타고 박차를 질렀다. 이를 목격한 상선이 허겁지겁 달려와 말을 타고 뒤쫓았다.

　돈화문 밖에는 짐 꾸러미를 잔뜩 실은 나귀 한 마리가 눈을 반쯤 감은 채 고들개를 흔들며 투레질을 하고 있었다. 온몸이 검고 배만 흰 오려백복烏驪白腹이었다. 도승지와 상선이 동시에 악다구니 소리가 나는 곳으로 급히 말을 몰았다. 궁장 밖에는 수문병들에게 양팔이 붙잡혀 있는 금이가 입에 거품을 물고 왜장질을 하고 있었다. 워낙 거방진 데다 삼두육비처럼 힘이 좋아 한 번씩 몸부림칠 때마다 수문병들이 이리저리 끌려 다녔다. 요란한 말 울음 소리에 놀란 금이가 잠시 입을 닫자 도승지가 "전하 명으로 왔소. 고함치지 마시오!"라고 외치며 말에서 뛰어내렸다. 뒤쫓아 온 상선이 헉헉대며 무슨 일이냐고 물었다. 식은땀을 흘리던 도승지가 안도의 숨을 내쉬며 반색했다.

　"마침 잘 오셨습니다. 저 혼자 이 일을 어찌 감당하나 노심초사하던 중입니다."

　"마구발방하는 저자는 대체 누구요?"

　기세등등한 금이가 전하의 동무라 하는데도 이자들이 못 들어가게 했다고 불퉁거렸다. 미간을 잔뜩 찌푸린 상선이 궁궐은 아무나 들어갈 수 있는 곳이 아니라고 일갈했다. 금이가 무람없이 떠들었다.

　"조선에서 제일 높은 분이 임금인데, 전하의 동무를 이리 문전박대해도 된단 말이오?"

　무례한 분탕질에 불끈 성이 난 상선이 서슬 퍼런 눈빛으로 응짜했다.

　"제발 목소리 좀 낮추게. 대체 뭘 먹어 그리 목청이 큰 겐가?"

　"강화도 인삼이랑 순무 먹었소. 뭐 도와준 거라도 있소?"

두 사람 입에서 동시에 실소가 터졌다. 상선이 도승지를 보며 눈살을 찌푸렸다.

"내일 등청하는 걸로 아는데 왜 공연히 오늘 입궐해 이 난리를 겪는 게요?"

"전하께 문안 여쭈러 왔다가 그만……."

에효, 하고 돌탄하던 상선이 농을 쳤다.

"아무래도 도승지는 전하의 희생양인 것 같소. 지난번엔 독화살을 대신 맞더니만, 이번엔 또 등청하자마자…… 쯧쯧쯧."

정색을 한 도승지가 지금 농담할 때가 아니라며 주위를 살폈다. 눈빛을 뒤섞은 두 사람이 동시에 말 등에 올라 돈화문 옆 수문장청을 향해 박차를 질렀다.

왕이 끌탕을 치며 방 안을 왔다 갔다 했다. 끝내는 손톱까지 물어뜯으며 불안감을 감추지 못했다. 예전에 보아 온 단엄침중한 왕이 아니었다. 겁에 질린 사관과 주서 들이 벽에 등을 기댄 채 왕의 모습을 분주히 쫓았다. 그때 도승지와 상선이 향통을 든 금이를 데리고 들어왔다. 그 뒤로 수문병 세 명이 떡 바구니를 잔뜩 싸들고 따라 들어왔다. 흥분한 왕이 잽싸게 용상에 앉자 금이가 넙죽 사배를 올렸다. 왕이 도승지와 상선 눈치를 보자 이내 사관과 주서, 수문병들을 데리고 조용히 사라졌다. 순간, 왕이 어좌를 뛰쳐나오며 "금이야!" 하고 외쳤다.

"원범아! 아니, 전하!"

와락 서로를 감싸 안은 두 사람이 빙그르르 방 안을 한 바퀴 돌았다.

"그 먼 길을 어떻게 왔니?"

"방울나귀 타고 왔습니다."

원범의 시선이 난딱 향통에 멈추자 금이가 바로 향통을 내주었다.

"침향 중에서도 최고로 치는 기남향입니다. 봉이가 전하를 생각하며 만들었다 합니다."

봉이 이름을 들은 왕의 눈창이 금방 시붉어졌다. 향통 안에는 향기가 그윽한 선향이 빼곡히 꽂혀 있었다. 왕이 향통을 가슴에 끌어안고 중얼거렸다.

"내 안 그래도 강화도 떠날 때 봉이가 주었던 향이 사라질까 저어하여 냄새만 맡고 있었다. 혹시 딴 건 없니?"

아차, 싶던 금이가 얼른 품속에서 편지를 꺼내 바쳤다. 왕이 용상에 앉아 급히 간지簡紙를 서안 위에 펼쳤다. 순간, 낙담상혼한 왕이 망연자실 편지를 바라보았다. 종이 위엔 아무것도 쓰여 있지 않았다. 금이가 무릎걸음으로 다가가 설명했다.

"종이를 자세히 보십시오, 전하! 젖었다가 오그라든 흔적들은 모두 봉이 눈물 자국입니다. 전하께 너무 할 말이 많아 종내 아무것도 쓰지 못했다 합니다."

서안 모서리를 잡고 한동안 입술을 떨던 왕이 격한 울음을 터트렸다. 옥루가 쉴 새 없이 떨어졌다. 봉이 눈물이 번진 편지지 위로 이번엔 왕의 눈물이 흥건히 덧씌워졌다. 피눈물을 토하듯 오열하는 옥음을 듣던 도승지 일행도 고개를 숙인 채 입술을 깨물었다. 금이가 대나무 상자 뚜껑을 열자 왕이 좋아하던 쑥버무리와 남새 설기떡, 두텁떡, 물호박떡, 거멀접이 등이 보였다. 어제 꼭두새벽부터 밤새워 동무들과 식솔들이 만든 떡이었다. 글썽 떡을 바라보던 왕이 "말복인 왜 안 왔니?" 하고 물었다.

"둘째 애 나올 때가 오늘내일해서 못 왔습니다. 다음엔 꼭 함께 오겠습니다."

고개를 끄덕인 왕이 떡 바구니 앞에 다가와 앉았다.

"봉이도 이 떡을 먹었니?"

"예. 어젯밤 해평루에서 맛을 보았습니다."

"이 떡을 봉이가 먹었단 말이지?"

왕이 떡 하나를 집어 자닝한 눈길로 바라보았다. 그리고 입속에 넣은 뒤 천천히 씹었다. 안정에 눈물이 그렁그렁했다. 이번엔 다른 떡을 들고 물었다.

"이 떡도 봉이가 먹었겠구나?"

"예. 봉이가 아주 좋아하는 떡입니다. 어제 세 개나 먹었습니다."

그윽한 눈빛으로 바라보던 왕이 다시 입속에 떡을 넣었다. 옥루가 쉴 새 없이 용포를 적셨다. 떡을 종류별로 하나씩 다 먹어 본 왕이 애틋한 눈길로 옥음을 냈다.

"그동안 먹어 본 떡들 중에 가장 맛있다."

"고맙습니다, 전하!"

"강화도가 그립구나."

왕은 쉽게 봉이 얘기를 꺼내지 못했다. 향통을 만지작거리며 입을 오물거리다 봉이는 어떻게 지내냐고 혼잣말처럼 중얼거렸다. 금이가 쉽게 답하지 못하자 왕이 주르륵 옥루를 흘렸다.

"나를 많이 원망하고 있는 게로구나!"

금이가 손사래를 치며 펄쩍 뛰었다.

"아닙니다, 전하! 봉이는 전하께 말 한마디, 행동 하나 부담 드리지 말라고 제게 신신당부했습니다. 사모하는 사람을 힘들게 하는 건 도리가 아니라면서요."

왕이 봉이 이름을 애달프게 부르며 목 놓아 울었다. 상선과 도승지가 급히 편전에 들어 곧 저녁 수라 시간이라 대왕대비마마가 찾을 것이라고 왕을 달랬다. 눈물을 흘리던 왕이 금이를 형님이 있는 누동궁으로 보내 달라고 부탁했다. 금이가 훌쩍거리며 사은숙배한 뒤 밖으로 나가는 순간, 등 뒤로 왕의 다급한 외침이 들렸다.

"봉이 초상화 하나만 그려다 다오!"

"예, 전하! 다음에 꼭 가지고 오겠습니다."

사알들이 왕에게 달려들어 눈물 자국을 없애느라 부산을 떨었다. 안정에서 하염없이 옥루가 솟구쳤다.

창덕궁 동녘 경행방 쪽으로 말을 탄 군사 두 명이 걸어갔다. 그 뒤로 나귀를 탄 금이가 바쁘게 쫓아갔다. 왕의 아버지 전계대원군 사당이 있는 누동궁樓洞宮은 궁동 또는 궁골로 불리었다. 익랑 좌우 쪽으로 줄행랑이 있어 익랑골로도 불렀다. 나귀의 느린 걸음에 짜증이 난 선전관들이 빨리 쫓아오라고 버럭 소리를 질렀다. 금이가 호들갑스럽게 나귀를 재촉했지만, 여전히 종종걸음이었다. 이를 본 선전관들이 체머리를 흔들며 요란스럽게 혀를 찼다.

잠시 후 누동궁이 나타났다. 궁궐 전각보다 작은 규모였지만 조경에 세심히 신경 써서, 숲이 우거지고 기화요초가 만발했다. 청나라 영향 때문인지 궁 입구부터 솟을대문 앞까지 양쪽으로 기기묘묘한 도자기들이 화려하게 장식돼 웅장함을 뽐냈다. 인기척을 들은 누동궁 경비대장이 득달같이 달려 나오자 선전관들이 왕명을 전했다.

"전하의 잠저 때 동무라 하오. 전하를 알현하고 오는 길인데, 오늘 밤 누동궁에서 유숙 후에 내일 떠나게 하라는 명이 계셨소."

경비대장이 엉거주춤 나귀에서 내린 금이를 데리고 안으로 들어갔다. 넓은 대청에는 비단옷을 입은 귀품 나는 영평군이 팔에 부목을 댄 채 서 있었다. 미처 알아보지 못한 금이가 머리를 조아리며 공손히 인사했다.

"소인, 강화도 금이라 하옵니다."

"잘 왔다. 금이야! 여전하구나."

음성을 듣고 경응을 알아본 금이가 한걸음에 달려가 섬돌 위에 섰다.

"형님! 경응 형님! 이게 대체 얼마 만이오?"

경비대장이 말을 삼가라며 핀잔을 주자 경응이 만류했다. 방 안은 편전보다 훨씬 화려한 세간들로 가득 차 있었다. 왕의 침전이나 편전엔 왕을 위해할 물건이나 자객이 숨지 못하게 별다른 세간을 두지 않았기 때문이다. 무릎걸음으로 다가간 금이가 붉은 비단보료 위에 앉은 경웅에게 걱정스레 물었다.

"형님! 팔은 왜 아직도 그 모양이우? 뼈엔 산골이 좋다던데?"

경웅이 쓸쓸한 미소를 지었다.

"아마 병신이 된 것 같다. 전하께서 어의를 보내 주시어 안 쓴 약이 없고 온갖 치료를 다 받았지만, 아직도 이 모양이다. 저자에서는 나를 곰배대감이라 부른다고 하더라."

금이가 "이를 어째?" 하며 안타까워했다. 그때 누동궁에 파견 나온 궁녀 두 명이 잘 차려진 다과상을 들고 들어왔다. 단 한 번도 접해 보지 못한 진수성찬이었다. 종일 끼니를 거른 금이가 연신 입맛을 다시다 궁녀가 나가자마자 잽싸게 뭐쌈 그릇을 들고 손가락으로 허겁지겁 먹었다. 빙긋이 바라보던 영평군이 다음번엔 말복이랑 동영이도 꼭 데려오라고 하자 매화산자를 입에 집어넣던 금이가 정색을 하며 도로 내려놓았다.

"아니, 형님! 왜 봉이는 데려오란 말을 하지 않소? 봉이를 벌써 잊은 게요?"

경웅이 난감한 표정으로 고개를 돌렸다. 불뚝 성질이 난 금이가 잼처 다그쳐 물었다.

"왜, 왜요? 왜 봉이는 데려오란 말을 안 하는 게요?"

눈물을 글썽이던 경웅이 잦아드는 소리를 냈다.

"그걸 몰라서 묻는 게냐? 봉이가 다칠까 봐 그런다. 만에 하나, 화라도 입을까 저어되어 그러는 게야."

눈에 쌍심지를 켠 금이가 핏발을 세우며 입에 거품을 물었다.

"뭔 사정인진 몰라도 봉이는 틀림없는 전하의 정인이오. 누가 뭐래도 봉이는 세상에 단 하나밖에 없는 전하의 그림내란 말이오. 백년해로를 약속한 전하의 각시요. 이를 전하도, 형님도, 대궐 안 그 누구도 절대로 잊어서는 안 돼요, 절대로……."

경웅이 질끈 눈을 감자 천불이 솟은 금이가 상을 내리쳤다.

"형님! 불쌍한 봉이를 절대로 잊어서는 안 돼요. 저랑 말복이랑 동영이가 이 두 눈에 쌍심지를 켜고 끝까지 지켜볼 거요. 무슨 소리인지 알겠소?"

고개를 숙인 경웅이 맥없이 고개를 주억거렸다.

승지와 상선이 누동궁에 나타난 건 삼경이 다 될 무렵이었다. 거의 초주검이 된 도승지는 가마를 타고 나타났고, 상선은 말을 타고 들어왔다. 군사들이 거북이 모양의 정로대와 등롱에 관솔불을 밝히며 한동안 부산을 떨었다. 놀란 영평군이 대청마루로 뛰어나왔다. 먼 길을 달려온 금이는 쉽게 잠자리에서 일어나지 못했다. 경웅이 금이를 깨우자 넉장거리로 자던 금이가 손등으로 침을 닦으며 게슴츠레 눈을 떴다. 상선이 정신 차리라고 엄한 소리를 내자 벌떡 일어난 금이가 잠을 깨겠다며 자신의 양 볼을 철썩철썩 때렸다. 이를 본 도승지와 상선 입에서 쿡쿡 웃음이 새어나왔다. 겨우 웃음을 가라앉힌 도승지가 편지봉투를 꺼내 금이에게 건넸다.

"전하의 편지일세. 정인에게 전해 주게."

이번엔 다른 편지봉투를 건넸다.

"이건 강화유수에게 전하게!"

금이가 "전하기만 하면 됩니까요?" 하고 묻자 도승지가 말없이 고개를 끄덕거렸다. 상선은 은자가 가득 찬 주머니 세 개를 건넸다. 묵직함에 놀란 금이가 상선을 올려보았다.

"전하의 마음일세! 가지고 있으면 훗날 요긴하게 쓸 일이 생길 것이네."

이번엔 도승지가 품속에서 매화 무늬가 화려하게 수놓인 작은 비단 주머니를 꺼냈다.

"정인에게 전해 주게!"

"봉이에게요?"

고개를 끄덕인 도승지가 내일 아침 일찍 이곳을 떠나 달라고 목소리를 깔았다. 금이 눈이 화등잔만 해지자 "아, 아닐세. 만약을 위해 한 소리네. 그럼 잘 쉬었다 가게!" 하곤 순식간에 사라졌다.

누동궁 밖에서 밤하늘을 올려다보던 두 사람 입에서 동시에 안도의 한숨이 쏟아졌다. 상선이 은근한 눈길로 도승지를 살피다 느닷없이 물었다.

"대체 그 반지는 어디서 난 게요?"

도승지가 입을 오물거리자, 상선이 풀썩 웃음을 터트리며 "설마 내자의 반지를 강탈해 온 건 아니겠지요?"라고 물었다. 도승지가 손사래를 치며 펄쩍 뛰었다.

"강, 강탈이라니요? 상선 어른께서는 어찌 그리 말씀을 험하게 하십니까?"

"그럼 어찌 가져오신 게요?"

상선의 집요한 질문에 풀이 죽은 도승지가 힘없이 중얼거렸다.

"그냥 쓸 데가 있다고 사정사정해 가져왔습니다. 한데, 상선 어른이야말로 그 많은 은자를 대체 어디서 가져오신 겝니까? 설마 정부인에게서 돈을 강탈해 온 건 아니겠지요?"

시선을 섞던 두 사람 입에서 동시에 폭소가 터졌다. 눈물을 흘리며 한동안 숨 가쁘게 웃던 상선이 겨우 가르랑거렸다.

"맞소. 난 내자 몰래 강탈해 왔소. 도승지 대감 처지 또한 나와 다를 것 같지 않은데……?"

상선의 은근한 눈길에 귓볼을 만지작거리던 도승지가 키득거렸다.

"맞습니다. 저도 내자의 자장붙이 함에서 슬쩍 훔쳐왔습니다."

"그럼 우리 둘 다 내자의 물건을 훔친 도둑이구려. 그것도 집안도둑, 으하하하."

배꼽을 잡은 두 사람이 미친 듯 웃어 제쳤다. 웃음소리에 놀란 밤새들이 울창한 회화나무 숲에서 요란스레 날갯짓을 했다.

❀

밤새 사로잠^{마음 놓지 못하고 조바심치며 자는 잠}을 잔 금이는 쌍바라지에 새녘

빛이 번지자 급히 여간행장을 꾸렸다. 누동궁을 떠난 금이 품속엔 두 개의 편지와 비단 매화주머니가 들어 있었다. 은자가 가득 들어 있는 세 개의 주머니는 전대에 넣어 허리춤에 단단히 매달았다. 금이는 도망치듯 쉬지 않고 방울나귀를 움직였다. 나귀가 지치면, 내려서 나귀를 끌고 내처 걸었다. 주막에도 들르지 않았다. 덕분에 길이 불어 오시午時가 지날쯤엔 성동나루터에 도착했다. 외대박이 나룻배 위에는 등짐과 보따리를 든 촌부들이 가득 타고 있었다. 노를 잡은 사공이 놋좆배 뒷전에 자그맣게 나와 있는 못을 구멍에 끼우고 노질을 시작하자 금이가 팔을 흔들며 외쳤다.

"잠깐만 기다려 주시오! 화급을 다투는 일이오."

전대에 매단 은자 때문에 깍짓동인 금이 걸음이 더욱 뒤뚱거렸다. 이를 본 촌부들이 호기심 가득한 눈으로 연신 고개를 갸웃거렸다. 금이가 헉헉거리며 인사를 하자 촌부들이 고개를 끄덕이며 순박한 미소를 지었다. 배는 옆바람을 타고 빠르게 해심을 향했다. 나귀를 잡고 깜박 졸던 금이가 소스라치게 놀라 요란스레 가슴을 더듬었다. 편지와 매화주머니는 안전하게 있었다. 강화도에 도착한 금이가 나귀를 타고 강화부로 향했다. 승평문 앞을 지키던 군사들이 대뜸 장창을 어긋나게 세우며 앞을 가로막았다.

"무슨 일인가?"

"유수 나리를 뵈러 왔습니다요."

금이를 아래위로 훑던 군사가 삼공형도 있는데 왜 하필 유수 나리냐고 비아냥댔다. 은밀히 전할 물건이 있다고 하자 군졸들이 욕지거리를 하며 멱살을 잡고 흔들었다. 캑캑거리던 금이가 숨을 헐떡이며 "도승지 대감께서 반드시 유수 나리께 직접 전하라 하셨습니다요." 하고 쉿소리를 내자 기함한 군사가 날파람으로 뛰어 들어갔다. 명휘헌 대청엔 틀거지가 자심한 강화유수가 엄장한 모습으로 앉아 있었다. 금이로부터 편지를 건네받은 유수가 벌떡 일어서 편지를 서안에 올려놓고 사은숙배했다. 삼공형과 아전들도 엉겁결에 사배를 올렸다. 강화유수가 한층 나긋해진 목소리로 온언순사한 목소리를 냈다.

"전하께서 자네가 원하는 만큼의 땅을 주라 하셨네."

"엥? 정말입니까요?"

"그렇다네. 자넨 어디 땅을 갖고 싶은가?"

"그야 물론 저희 동네 땅을 갖고 싶습지요."

"그래? 그럼 당장 가봄세."

강화유수와 삼공형이 앞장서 급히 말을 몰았다. 동네 어귀로 들어서는 언덕에 오르자 금이가 미심쩍은 눈으로 "진짜 제게 땅을 주시는 겁니까요?" 하고 잼처 물었다.

"어허, 이 사람 왜 이리 의심이 많은가? 전하께서 내리는 땅일세. 어서 말하게. 어느 땅을 원하는지……."

잠시 생각에 잠겼던 금이가 입을 열었다.

"언덕 아래 보이는 땅을 다 주십시오."

헉, 놀란 강화유수와 삼공형이 입을 벌리고 언덕 밑을 내려다보았다. 눈 아래 보이는 전답은 하나같이 바닥이 깊고 물길이 높은 고래실^{바닥이 깊}

고 물길이 높아 기름진 논이었다. 가장자리로 보밭과 자드락밭도 보였다.

"아니, 저 많은 전답을 다 달란 말인가? 대체 뭔 욕심이 그리 많은가?"

금이가 비장한 어조로 답했다.

"전하와 친하게 지낸 동무가 모두 네 명입니다요. 저 혼자만 땅을 가질 수는 없는 일입지요. 넷이 사이좋게 나눠야 전하께서도 좋아하실 거구먼요."

유수가 고개를 끄덕이며 "딴은 그렇구먼. 허면 우린 그만 돌아가겠네. 수일 내로 땅을 나누어 문서를 가져다줄 터이니 그리 알고 기다리게!" 하곤 언덕 아래로 사라졌다. 금이도 나귀를 재촉해 동네 쪽 비탈길을 조심스레 내려갔다.

금이 일행이 아름찬 행역도 잊고 헐레벌떡 산을 올랐다. 청아한 풍경 소리가 울리는 혜각사는 적막했다. 백구가 당간지주 앞에서 절을 지키다 꼬리를 흔들며 다가왔다. 인기척을 들은 행자 한 명이 입가의 침을 닦으며 득달같이 달려 나왔다.

"스님들은 모두 출타 중이십니다. 매향식을 하러 모두들 바닷가에 내려가셨습니다."

말이 채 끝나기도 전에 금이와 말복이 산 아래로 내달렸다. 한동안 바닷가를 헤매던 두 사람은 계곡물과 바닷물이 만나는 갯벌에서 선사 일행을 발견했다. 향재들이 5백여 년 후 좋은 침향으로 거듭나기 위해서는 민물과 바닷물이 합쳐지는 곳이 매향 장소로 최적이었다. 개펄에서는 물이 빠져나간 때를 맞춘 지명선사와 불자들이 매향 의식을 진행 중이었다.

　두 사람은 달리기 시합을 하듯 전력 질주했다. 이윽고 봉이와 동영, 분애 모습이 저만치 보였다. 개펄 바닥에는 깊게 웅덩이가 파여 있고 그 옆으로 백단향나무와 참나무, 산다닥나무, 눈잣나무 등이 그득 쌓여 있었다. 선사가 발원문을 읽자 선승들이 목탁을 치며 독경을 읊었다. 동영과 보살, 분애가 정성스레 나무를 닥종이로 감싸 웅덩이에 넣었다. 탑향을 피어 올린 봉이가 전옥轉玉처럼 낭랑한 목소리로 헌향 진언문을 읊었다. 불자들도 간절히 발원기도를 올렸다. 처사와 불자 몇 명이 달려들어 돌로 웅덩이를 메웠다. 행여 바닷물에 씻겨 사라지지 않도록 단단히 감싸고 촘촘히 채웠다.

　매향식이 끝나자 선사 일행이 재빨리 방초주로 이동했다. 슬그머니 뒤쪽으로 간 두 사람이 봉이와 동영의 저고리를 동시에 슬쩍 잡아당기자 깜짝 놀란 봉이가 뒤돌아보며 반색했다. 눈치 빠른 선사가 저녁 먹고 오라며 진동걸음으로 사라졌다. 네 사람은 일행과 떨어져 해평루로 향했다. 마당에 들어서자마자 금이가 두레박으로 벌물을 마신 뒤 요란스레 게트림했다.

　"너희들, 내가 이틀 동안 얼마나 파란곡절을 겪었는지 알면 아마 기절초풍할 게다."

　궁금증을 이기지 못한 말복이 버럭 타박을 주었다.

　"또 설레발! 흰소리 그만하고 어서 들어가기나 해."

방 안엔 이미 글썽해진 봉이가 서안 앞에 앉아 있었다. 호기만발한 금이가 품속에서 편지를 꺼내 봉이에게 건넸다. 입술을 파르르 떨던 봉이는 쉽게 봉투를 뜯지 못했다. 동무들 재촉에도 눈시울만 붉혔다. 잠시 후, 봉이가 오동나무 궤짝 위에 편지를 올려놓고 사배를 올렸다. 친구들도 덩달아 사은숙배했다. 봉이가 떨리는 손으로 봉투를 뜯어 조심스레 편지를 펼치는 순간, 네 사람 얼굴이 동시에 얼어붙었다. 편지 속엔 아무것도 쓰여 있지 않았다. 봉이가 보냈던 바로 그 편지지였다. 봉이가 눈물로 써서 보낸 편지 위에는 왕이 흘린 눈물들이 덧씌워져 눈물꽃이 만발해 있었다. 두 번씩 눈물에 젖었다 오그라든 종이는 마치 눈꽃이 흐드러지게 핀 것처럼 신비한 무늬들이 만개해 있었다. 봉이가 왈칵 울음을 터뜨렸다. 당황한 동무들이 진땀을 흘리며 봉이를 달랬다.

"전하께서도 봉이 너에게 하고 싶은 말씀이 너무 많아 아무 말도 쓰지 못하신 걸 거야."

"그럼! 전하께서 얼마나 마음이 아프시고 할 말이 많으셨으면 이렇게 눈물을 많이 흘리셨겠니?"

아차, 싶던 금이가 품속에서 수선스레 비단주머니를 꺼내자 흥분한 말복이 두 손으로 머리를 마구 쥐어뜯으며 소리쳤다.

"그거 봐. 그럼 그렇지. 전하께서 얼마나 끔찍이 봉이를 아끼셨는데 그냥 눈물 편지만 보내셨겠니? 풀어 봐, 어서!"

봉이가 떨리는 손으로 조심스레 비단주머니 끈을 풀었다. 주머니 안에는 얇은 비단에 싸인 작은 물체가 있었다. 봉이가 조심스럽게 비단을 펼치는 순간, 네 사람 입에서 탄성이 쏟아졌다. 비단 속에는 굵은 황금 칠보쌍가락지 한 쌍이 팔면 영롱한 빛을 발했다. 단 한 번도 본 적 없는 고귀한 물건이었다.

"우와, 멋지다! 너무 멋지다! 내 평생 처음 보는 물건이다!"

"어서 끼어 봐. 봉이야, 어서!"

봉이가 미소를 머금고 쌍가락지를 손가락에 끼었다. 황금 위에 일곱 가지 보석으로 화려하게 수놓아진 반지는 봉이 가운뎃손가락에 딱 맞았다. 세 사람이 기쁨에 겨워 어깨동무를 하고 껑충껑충 방 안을 한 바퀴 돌았다. 그리고 모두들 봉이에게 한마디씩 격려했다.

"봉이야! 이 반지 속에 전하 마음이 들어 있어. 넌 그것만 생각해!"

"그럼. 전하는 봉이를 단 하루도 못 잊고 계실 텐데! 봉이 너보다 전하가 훨씬 더 힘드실 거야."

"아마 봉이보다 전하가 훨씬 더 많이 울고 계실걸?"

글썽, 반지를 바라보던 봉이 뇌리 속으로 아련한 추억 하나가 섬광처럼 스쳐 지나갔다. 혜각사 백련교 위에서 보랏빛 개망초꽃으로 반지를 만들어 봉이 손가락에 끼워 주던 원범은 이렇게 귓가에 속삭였었다.

"이 반지 속에 내 마음이 들어 있어. 봉이 넌 알고 있지?"

고개를 끄덕인 봉이가 흰 장구채꽃으로 반지를 만들어 원범의 손가락에 끼워 주었다.

"내 마음도 이 반지 속에 들어 있어. 원범이 너도 알고 있지?"

"그럼, 알고말고! 봉이 마음이 요기 요 흰 장구채꽃 안에 살포시 숨어 있네?”

봉이가 왕을 생각하며 눈물을 보이자, 금이가 저고리를 번쩍 올려 돈이 가득 담긴 전대를 보여 주었다. 기함한 친구들이 은자를 만지며 한동안 난리법석을 떨었다.

“이게 다 도, 도, 돈이야?”

발싸심하며 곤댓짓을 하던 금이가 한껏 으스대었다.

“그래, 돈 맞아. 다 돈이야!”

“세상에나. 이 많은 돈을 대체 누가 준 거야?”

거들먹거리던 금이가 목청을 높였다.

“야! 이 빙신들아! 그럼 누가 줬겠니? 누가 줬을까? 이 많은 은자를 누가 줬을까?”

말복과 동영이 동시에 “그럼, 이게 다 전하께서 주신 돈이야?” 하고 소리쳤다. 한껏 거만을 떨던 금이가 잔뜩 미간을 좁히며 인상을 썼다.

“야! 나 배고파 죽겠어. 하루 종일 풀죽 한 그릇 못 먹었거든. 우리 집에 가 저녁 먹으면서 얘기하자. 이것 말고도 나 얘기할 거 무지 많거든? 너희 이따 기절하지 마라!”

이번엔 말수 적은 동영이 소리쳤다.

“그럼 이것 말고 더 놀랄 일이 있단 말이야?”

“놀랄 정도가 아니라 아주 식겁한다니까! 야. 빨리 가자. 나 배고파 미치겠다.”

그때 봉이가 문밖으로 나가는 금이를 급히 불러 세웠다.

"고생했다, 금이야! 정말 수고했어."

금이가 두 손을 맞잡고 "황공하옵니다, 봉이 마마님!" 하고 넉살을 부리자 까르륵 웃음바람이 일었다.

"야, 너희 말이지, 이젠 봉이가 전하가 주신 반지도 끼었으니까 앞으론 꼭 봉이 마마님…… 이렇게 불러야 한다. 알았지?"

금이 엄포에 동무들이 국궁한 뒤 "봉이 마마님! 어서 나가시지요." 하고 일제히 굽실댔다. 뺨이 석류처럼 붉어진 봉이가 수줍게 눈을 흘기며 콧소리를 냈다.

"어머, 얘들아! 나 자꾸 놀리지 마."

"망극하여이다, 봉이 마마님!"

해평루에 너스레 웃음꽃이 일었다. 대문을 나서자 서쪽 하늘 끝에 진홍빛 낙조가 홍염했다.

밀회

말발굽 소리가 요란하다. 해변 쪽이다. 자태가 뛰어난 말 세 마리가 바람을 낚아채는 비체법으로 쏜살같이 백사장을 달렸다. 털빛이 붉은 절따말과 누런빛의 공골말, 백마인 조야총이었다. 말들은 거리낌 없이 해풍과 맞섰다. 하나같이 가슴이 크고 팽팽했다. 가슴과 허리를 잇는 선이 대각선을 이루고 2대 1의 비율로 탄력이 있었다. 허리의 유연성과 지구력도 절등했다. 갈기도 기름진 명마였다. 금이와 말복이 김포역참 책임자인 종6품 찰방에게 웃돈을 주고 부탁해 구입한 역마들이었다. 금이와 친구들은 한동안 백사장을 오가며 경주를 했다. 해송 밑으로 자리를 옮긴 일행은 말에게 물통을 내어 주곤 등을 정성껏 쓸어 주었다.

이들 모두 신수가 훤했다. 남전북답南田北畓, 소유한 논밭이 여기저기 흩어져 있음으로 소작인까지 여럿 둘 정도였다. 이들은 순식간에 강화도 유지로 부상했다. 사대부들조차 함부로 대하지 못했다. 전답이 많아서가 아니라 임금이 잠저에 살 때의 절친한 동무들이었다. 왕을 이미 접견했고, 도사라는 벼슬까지 하사받아 언제든 궁궐을 드나들 수 있는 출입증까지 받았다. 이를 안 향리들과 토호, 좌수와 별감들이 수시로 찾아와 안부를 물었다. 한양에서 찾아오는 사대부들도 있었다.

과연 듣던 대로였다!

사람이 몰리고 흩어지는 것은 단 하나, 이곳 때문이었다. 시세時勢를 타는 자들은 혹시 왕과 연줄이 닿아 벼슬을 얻을 수 있을까, 눈치 보며 염치없이 찾았다. 눈앞의 이익 앞에서는 명분도, 의리도, 체면도 순식간에 사라졌다. 권세 있는 자들에게 박쥐처럼 달라붙어 아부하는 짓을 부끄러워하지 않았다. 권력 앞에서는 한없이 낮아지고 겸손해지는 것이 편벽한 사대부들이었다. 봉이는 세 사람을 볼 때마다, 행동거지를 조심해 임금에게 누가 되지 않도록 하라고 거듭 입다짐을 시켰다. 금이와 말복은 사람들을 피해 낮에는 해평루에서 소일하다 인경이 울리기 직전에야 집으로 돌아갔다. 동영은 어쩌다 한 번씩 혜각사에서 내려와 동무들과 엄불렸다. 가족이 없는 동영은 전답을 3등분해 처사, 보살과 함께 사이좋게 나누어 가졌다.

세 사람은 잠시 후 해평루로 돌아왔다. 예전의 쇠락한 초가가 아니었다. 번듯하게 기와를 얹고 돌담장도 소박하게 둘렀다. 낡은 평상이 주저앉아 있던 곳엔 운치 있는 작은 정자가 세워졌다. 담장 밖엔 온갖 과실나무와 꽃나무들이 즐비했다. 살피꽃밭도 예쁘게 가꿔져 있었다. 살림살이도 포실해 웬만한 살림집을 방불케 했다. 두루춘풍에 만수받이인 금이가 술상을 차리기 위해 정주간으로 들어갔다. 동영과 말복은 등목을 한 뒤 정자에 앉아 한가로이 부채질을 했다. 그때였다. 멀리서 요란한 말발굽 소리가 들렸다. 미세한 진동이 느껴질 정도의 엄청난 속도였다. 두 사람이 동시에 귀를 쫑긋 세우며 눈빛을 섞었다.

"어쭈, 어떤 놈인지 말깨나 타는데……?"

"속도가 대단한데? 저 정도면 타는 놈이나, 말이나 보통은 아니지."

점점 가까워진 말발굽 소리는 히힝, 요란한 말 울음소리와 함께 정확히 해평루 앞에 멈췄다. 왕이 보낸 파발이었다. 말에서 내린 자는 내시부 액정서 소속 액예掖隷였다. 액정서는 임금을 최측근에서 모시는 내시부 부서 중 하나로, 액정掖庭은 액문 안에 있는 정원이란 뜻이다. 궁중의 작은 문이 큰 문 안에 있듯 임금의 겨드랑이와 같다는 의미이다. 임금의 그림자이자 최측근에서 보좌하는 내관들이었다. 불쑥 마당에 들어선 액예가 다짜고짜 금 도사를 찾았다. 두루거리상을 가지고 나오던 금이가 소스라치게 놀라 뛰쳐나왔다.

"내가 금 도사인데 무슨 일이오?"

액예는 대답하지 않고 금이의 아래위를 쭉 한번 훑어보았다. 그러곤 말없이 노란 인화문 무늬가 사방에 찍힌 비단 보자기에 싸인 보따리 두 개를 건넸다. 금이 눈이 휘둥그레지자 액예가 편지봉투 한 개를 건넸다.

"전하의 봉서요. 즉시 행하시오!"

말복과 동영이 맨발로 뛰쳐나왔다. 액예는 지체하지 않고 순식간에 바람처럼 사라졌다. 어마지두한 세 사람이 왕의 편지를 서안 위에 올려놓고 사은숙배했다. 금이가 손을 덜덜 떨며 봉투를 뜯었다.

가을단풍은 봄 숲처럼 아름다웠다. 삿갓구름이 혜각사 지붕 위 산마루에 얹혀 있어 한 폭의 그림처럼 절묘했다. 바람이 스칠 때마다 풍경의 청아한 음색이 골짜기로 은은히 퍼졌다. 대웅전 뜰 앞에는 백구가 지그시 눈을 감고 선사의 독경 소리에 심취해 있었다. 볕뉘바라기를 하며 향재를 말리던 보살이 중얼거리듯 혼잣말을 했다.

"어쩜 저리 독경 소리가 좋을까? 난 저 소리만 듣고 있음 세상 근심걱정이 한순간에 사라지는 것 같아. 저 독경 소리 때문에 내가 아직도 혜각사를 못 떠나고 있는 게야."

배시시 웃던 봉이가 앞치마에 손을 닦으며 천연덕스럽게 대꾸했다.

"어머, 어쩜 그렇게 백구가 말하는 것하고 똑같으세요?"

놀란 보살이 봉이 곁에 바짝 다가와 "엥? 백구가 정말 그런 말을 했어?" 하고 바투 얼굴을 들이밀었다. 봉이가 시치미를 뚝 떼고 "진짜 그렇게 말했다니까요. 그렇지 백구야?" 하고 묻자, 백구가 꼬리를 힘차게 흔들며 다가왔다. "네가 전에 보살님하고 똑같이 말한 적 있지?"

눈치 빠른 백구가 봉이 앞치마 자락을 와락 끌어당기자 보살이 자지러졌다.

"백구야! 네가 진짜 그런 말 한 적 있니? 정말 그랬으면 내 앞치마도 한번 물어 봐!"

말이 채 끝나기도 전에 백구가 보살의 앞치마를 덥석 물고 힘차게 끌어당겼다. 봉이와 보살이 동시에 돗자리 위에 뒤집어졌다. 그때 법당에서 독경을 마친 지명선사와 선승들이 대웅전 밖으로 나오자 두 사람이 오뚝이처럼 벌떡 일어나 합장했다. 약사전을 향하던 지명선사가 문득 걸음을 멈춘 뒤 고개 숙이고 한동안 생각에 잠겼다. 그리고 천천히 뒤돌아서 봉이 얼굴을 지그시 바라보았다. '제게 무슨 하실 말씀이라도……?' 봉이 눈빛을 읽은 선사가 천천히 고개를 저었다. 하지만 시선은 봉이 얼굴에서 거두지 않았다.

"오늘 밤 무슨 계획이 있느냐?"

"아뇨. 없습니다."

"혹여 산 아래에 내려갈 일이 있느냐?"

"아닙니다. 밤엔 불경 공부를 할 생각입니다."

"잘 생각했다. 며칠 산 밑에 내려가지 말고 근신해라."

약사전을 향하던 선사가 다시 걸음을 멈추고 고개를 갸웃거리다 뒤돌아섰다.

"향의 열 가지 공덕을 듣고 싶구나."

봉이가 합장한 채 낭랑세어로 노래하듯 읊었다.

"감격귀신, 귀신도 감격해 마지않고… 청정지심, 마음이 청정해지며… 능제오예, 거칠고 더러움을 깨끗이 없애 주고… 능각수면, 잠이 오는 것을 없애 주며… 정중위우, 조용한 가운데 마음이 안정되게 해줍니다. 진리투한, 속세에서도 한가로움을 맛보며… 다이불영, 많이 사용해

도 싫지 않고… 과이위족, 적어도 만족하며… 구장불휴, 오래 보관해도
썩지 않고… 상용무장, 항상 써도 영원히 질리지 않는 것이 바로 향의
공덕입니다.”

선사가 흡족한 얼굴로 고개를 끄덕거렸다.

“참으로 듣기 좋구나. 중생들에게 이리 도움이 되는 좋은 향을 만드는
재주가 뛰어난 자가 바로 봉이 네가 아니더냐. 작은 탐심은 버려야 하느
니…….”

합장한 봉이가 공손히 허리 숙였다. 봉이는 알고 있었다. 선사가 하루
도 빠짐없이 수시로 향의 열 가지 공덕을 외우게 하는 이유를. 선사는 봉
이가 자신에게 부여된 숙명을 현명하게 받아들이기를 고대했다. 이 시련
과 난관을 극복하기만 하면 하늘에서 가장 크고 확실한 성취를 보장해
준다. 하늘의 뜻에 순응해 의무를 완전히 이행하기만 하면 상상할 수 없
는 최대의 보상이 주어진다. 해탈해 윤회의 고리를 끊을 수 있다. 열반에
들 수 있다. 니르바나로 향할 수 있다. 이것이 지명선사의 가르침이었다.
봉이의 복잡한 시선이 오랫동안 선사의 뒷모습을 쫓았다.

✿

전정고취 악대를 앞세운 왕이 시위를 거느리고 돈화문 밖에 나타났다.
왕이 어가에 오르자 천릭을 입고 전립을 쓴 헌가악대의 집사執事가 등채
를 번쩍 치켜들고 큰 소리로 외쳤다.

"명금이하대취타鳴金二下大吹打 하랍신다!"

순간, 출궁악出宮樂인 융안지악隆安之樂이 장엄하게 울려 퍼졌다. 거둥행렬 앞에는 용머리에 푸른 머리털을 한 백택白澤이 그려진 백택 깃발과, 머리에 세 개의 뿔이 달린 말 모양의 삼각 깃발을 든 기마 의장대가 섰다. 그 옆으로 푸른색 봉황과 네 가지 색깔의 구름 모양이 그려진 벽봉 깃발과, 황색 바탕천에 황룡과 네 가지 색채의 구름 모양을 그려 넣은 황룡 깃발을 든 의장대가 큰 깃발을 펄럭이며 왕의 위엄을 사방에 떨쳤다. 그 뒤로 봉황 부채와 꿩 깃 부채, 금월부와 은월부, 금장도와 은장도, 쌍룡 부채와 붉은 꽃 부채를 든 의장대가 도열했다. 용호영 총융사와 금위영 당상관이 칼을 차고 어가 좌우로 근접 경호에 나섰다. 엄장한 선전관과 용호영 군사들이 어가를 경호하기 위해 주위에 도열했다. 문무백관과 대장패를 찬 좌우 포도대장, 아헌관, 액정서 소속 호위내시들과 고들 철편을 든 좌우 포도청 군사들도 줄지어 섰다. 종척집사를 맡고 있는 영평군 경응과 경평군, 익평군 등 종친들 모습도 보였다. 내관과 황색 너울로 얼굴을 감춘 궁녀들도 옆으로 말을 타고 뒤따랐다. 행렬 주위로는 결속색 소속 정5품 정랑 두 명을 선두로, 금훤禁喧들이 백성의 소란과 접근을 막기 위해 빙 둘러섰다. 출궁악 연주가 끝나자 취타수들과 솔발수들 소리에 맞춰 행렬이 일사분란하게 움직였다.

수문장청 앞에 대기 중이던 유도대장이 오위도총부 병력과 내병조 군사들을 이끌고 달려 나와 창덕궁 정문인 돈화문 앞에 즉시 진을 쳤다. 반란군이 공격해 올 경우 맞서 싸워 궁궐을 보호하기 위함이었다. 왕이 거

등하는 순간, 전국엔 비상계엄령이 선포된다. 수비는 유도대신과 유도대장, 수궁대장이 맡았다. 문관인 유도대신은 궁궐이 있는 한양의 행정적인 총책임을 맡고, 무관인 유도대장은 궁성 밖과 한양의 경비를 담당했다. 주로 국구가 맡는 수궁대장은 궁궐 안에서 비상근무를 하며 군사반란을 방지하기 위해 궐내 상황을 총감독했다. 반란군의 진압책임은 유도대신과 유도대장, 이 두 사람에게 있었다. 세 사람은 제각각 파발을 띄워 왕에게 매일 근무 상황을 보고했다. 왕 또한 궁궐과 한양의 상황을 파악하기 위해 수시로 감찰관들을 파견했다. 왕은 오위도총부와 내병조로 각각 분할해 통솔할 정도로 군사반란 방지에 심혈을 기울였다. 조선조 5백여 년 동안 왕이 궁궐을 비운 사이, 궐내에서 정변이 단 한 번도 일어나지 않은 건 이런 철저한 수비 제도 때문이었다.

어가 행렬은 구파발을 지나 고양으로 향했다. 벽계수 흐르는 소리가 들리자 왕이 옥련 미닫이 들창문을 열고 심호흡을 했다. 단정하고 섬세한 이목구비를 지닌 왕은 구군복을 입어 늠름하고 당당했다. 전립 끝부분은 왕의 권위를 상징하는 뾰족한 옥로가 길게 달려 있고, 모자 앞에는 커다란 옥관자가 붙어 있어 지존한 몸임을 사방에 알렸다. 주황색의 동달이 팔 부분은 붉은 천으로 덧대어 화려함을 더했고, 그 위에 검은색 긴 조끼인 쾌자를 입었다. 그러나 군대를 동원할 때 필요한 병부^{兵符}는 차고 있지 않아 실권이 없는 왕의 고단한 처지가 엿보였다. 들창문을 닫은 왕이 품속에서 돌돌 말린 종이 한 장을 꺼내 조심스럽게 폈다. 금이가 가져다 준 봉이 초상화였다. 애잔한 눈길로 봉이 얼굴을 바라보던 왕이 버릇처럼 손등으로 봉이 얼굴을 어루만졌다. 왕의 눈가에 이내 물기가 어른 댔다.

이번 행차는 왕이 순원왕후에게 청하여 이루어졌다. 가례를 올리기 전 양부와 생부에게 참배하고 싶다는 청원이었다. 그러나 목적은 다른 데 있었다. 곧 가례도감이 설치될 예정이었다. 영의정이 총책임을 맡고, 판 서급 수십 명이 부책임을 맡는 3백 명 규모의 임시 관청이었다. 그러나 삼간택에서 왕비로 뽑힐 사람은 이미 내정돼 있었다. 얼마 전 외숙 김좌 근이 편전에 들어 왕의 가례를 알렸다.

"기뻐하십시오, 전하! 소신이 드디어 전하의 천상배필을 찾았나이다."

거산차를 마시던 왕이 사레가 들려 컥컥거렸다.

"심혈을 기울여 극택했사옵니다."

왕이 풀무 소리를 내며 숨 가쁜 기침 소리를 냈다. 김좌근은 개의치 않 고 계속 말을 이었다.

"자전마마의 팔촌 동생인 김문근의 여식입니다. 방년 열다섯 살인데, 자태도 곱지만 성정이 온화해 웬만한 일에는 좋고 싫음을 얼굴에 나타 내지 않는다 합니다."

왕이 외숙 목소리를 생각하며 진저리를 쳤다. 단자를 낼 수 있는 조 건은 정해져 있었다. 신랑의 어머니 친정의 팔촌이 넘을 것, 신랑 할머 니 친정의 육촌 이상일 것, 신랑의 어머니 이종 또는 고종의 칠촌이 넘을 것, 신랑의 이종 또는 고종의 십촌이 넘을 것. 순원왕후가 팔촌 동생 딸 을 왕비로 내정한 건 이 때문이었다. 김문근은 순원왕후 아버지인 김조

순의 칠촌 조카뻘로 순원왕후와 팔촌 남매지간이었다.

정국을 장악한 안동 김씨들은 다른 처족이 생기는 걸 극도로 경계했다. 절대 권력의 분산을 우려했기 때문이다. 오랫동안 풍양 조씨와 권력을 나누어 갖고 신물 나도록 민주고주 암투를 벌여 온 안동 김씨들로서는 새로운 외척을 만들지 않기 위해 어떻게든 왕의 배필을 안동 김씨 가문에서 찾아야만 했다. 이렇게 되면 순조비 순원왕후와, 헌종비 효현왕후에 이어 철종비에 이르기까지 안동 김씨 가문에서 세 번째 왕비가 탄생한다. 조선왕조에서 한 가문의 연이은 3세 국혼 사례는 그 유례가 없었다. 삼한갑족들은 왕실과 연이어 혼사 맺는 것을 염치없고 부끄럽게 생각했다.

그러나 안동 김씨들 생각은 달랐다. 조선을 안동 김씨 나라로 계속 이어가게 하기 위해서는 연이은 국혼보다 더 확실한 방법은 없었다. 이미 왕의 외척이었다. 이제 왕비를 세워 왕의 처족까지 되면 왕은 결코 안동 김씨 손아귀에서 빠져나갈 수가 없다. 조정은 곧 처족과 척완중신들로 채워질 것이다. 권력의 은택을 계속 이어 가기 위해서는 연이은 3세 국혼이야말로 우물고누 첫수였다. 여기에는 안동 김씨가 하는 일마다 사사건건 시비를 걸던 권돈인이 제거된 것도 큰 영향을 끼쳤다. 철종 즉위 후 순원왕후의 노련한 정치력에 의해 영의정으로 중용됐던 권돈인은 영부사 조인영이 죽은 후에도 끝까지 원범을 왕으로 인정하지 않았다. 이는 헌종 탈상 무렵, 진종 신주를 종묘 본전에서 빼내 영녕전으로 옮기는 전례 과정에서 적나라하게 표출됐다. 신해예론으로 권돈인은 결국 낭천으로 유배됐고, 이를 뒤에서 부추긴 추사 김정희는 다시 함경도 북청으로 정배됐다. 동생들까지 향리로 방축해 추사 일가는 완전히 한양에서 쫓겨났다. 조정을 장악한 안동 김씨들에게 맞섰던 사람들은 온갖 죄목을 다 뒤집어쓰고 처벌을 받았다. 철저한 보복성 치죄였다. 이제 안동 김씨가 하는 일에 감히 시비를 걸거나 제동을 걸 사람은 조선에 단 한 명도 존재하지 않았다. 왕권은 초개처럼 짓밟히고 절대 신권이 국정을 농단했다. 조선을 개국한 전주 이씨 후예인 왕은 꼭두각시이자 허수아비에 불과했다. 입법과 사법, 행정권이 완벽히 안동 김씨 수중에 들어갔다. 명실상부한 안동 김씨 세상이었다.

❧

고양 가는 길로 뽀얀 흙바람이 일었다. 말을 탄 군관 두 명과 명거를 끄는 군관 한 명이 쏜살같이 이동했다. 금이와 말복, 동영이었다. 명거 안에는 궁녀 옷차림에 생머리를 한 봉이가 향통을 들고 깊은 생각에 잠겨 있었다. 이들의 여정은 험난했다. 왕의 봉서를 받은 세 사람은 어젯밤 봉이를 데리러 혜각사에 올랐다. 그러나 지명선사가 봉이가 머물고 있는 요사채 앞을 사경까지 지키고 있는 바람에 산속에서 추위에 떨며 밤을 지새웠다. 이들은 오경五更 직전에야 간신히 봉이를 데리고 해평루로 내려왔다.

네 사람은 바루 종소리가 울리고 동문인 진선문이 열리자마자 곧장 갑곶나루터로 향했다. 바다를 건너 성동나루터에 도착한 뒤에는 다시 말을 달려 내처 통진 동쪽 나루터로 향했다. 다시 강을 건넌 후에야 겨우 고양 땅에 닿을 수 있었다. 일행은 누가 뒤에서 쫓아오기라도 하듯 파주를 향해 빠르게 움직였다. 어제 액예로부터 받은 봉서에는 이런 내용이 적혀 있었다.

내일 밤 파주 행궁에 유숙한다. 봉이를 데리고 그곳에 오너라.

변장할 옷을 함께 보낸다.

세 사람은 즉시 여간행장을 꾸린 뒤, 적당한 명거를 찾기 위해 강화도를 돌아다녔다. 금이와 말복의 처들은 일행의 요기를 해결할 약떡을 만드느라 밤새 난리법석을 피웠다. 봉이를 위해서는 야생나리꽃의 비늘줄기로 백합떡을 만들었다. 기혈에 좋다 하여 여인네들이 귀히 여기는 떡이었다. 남정네들을 위해서는 멥쌀가루에 청둥호박을 썰어 넣고 쪄낸 물호박떡과 사철쑥으로 만든 인진떡을 만들었다. 그러나 심기가 불편한 봉이는 떡에 손도 대지 않았다. 지금쯤 지명선사는 울창하게 가지를 뻗은 샛노란 은행나무 밑에서 바쁘게 염주를 돌리고 있을 터였다. 배신감에 얼굴을 붉히고 평정심을 찾기 위해 애쓰고 있을 것이다. 봉이가 머리를 숙이고 긴 한숨을 토했다. 마차가 흔들릴 때마다 생머리에 꽂은 나비 모양의 뒤꽂이와 석웅황이 요란스레 몸을 떨었다. 겨우 마음을 다잡았던 봉이였다. 지명선사의 계속된 가르침 때문이었다. 그러나 친구들로부터 왕이 부른다는 얘기를 듣는 순간, 다른 생각은 하나도 나지 않았다. 단지 보고 싶다, 원범이 보고 싶다, 단 한 번만이라도 그의 얼굴을 보고 싶다, 다시는 돌아올 수 없는 길이라 해도 그의 얼굴을 보고 싶다, 이런 생각들만 떠올랐다.

선택의 문제였다!

지명선사가 새벽까지 요사채 앞을 지키고 있던 것도 이를 예견했기 때문이리라. 눈물을 글썽이던 봉이가 마음속으로 자문했다. '그동안 해왔던 공부가 진정 헛된 것이었단 말인가?'

봉이가 거세게 머리를 흔들었다. 그건 아니다. 분명 마음을 다잡았었다. 중심을 잡고 운명에 순응할 생각이었다. 내 것이 아닌 것을 탐내는 대가가 얼마나 큰 것인지 선사로부터 그동안 귀가 닳도록 들어왔다. 그러나 왕이 찾는다는 얘기를 듣는 순간, 온몸의 세포 하나하나가 일제히 일어나 파르르 진동하는 것을 느꼈다. 영혼의 떨림도 있었다. 귀에서 청명한 종소리도 울렸다. 무엇보다 영혼이, 몸이, 그를 간절히 원했다.

선택의 여지가 없었다.

과연 후회하지 않을 것인가? 목숨을 버린다 해도 후회하지 않을 것인가? 봉이가 입술을 깨물고 눈시울을 붉혔다. 인과因果는 분명해 면할 수도, 없앨 수도 없다. 인과에는 반드시 응보가 뒤따른다. 일념무량겁이니 단 한 번만 망상을 일으켜도 아승기겁 동안 응보를 받는다. 어쩌면 지금 가고 있는 이 길은 횃불을 들고 바람을 거슬러 올라가는 것과 같을는지 모른다. 비아부화飛蛾赴火, 불나방이 불 속으로 날아들 듯 자진해 위험에 빠짐일지 모른다.

지명선사는 하루에도 몇 번씩 화두를 건네듯 이렇게 말했었다.

　인생은 연꽃잎에 내리는 빗방울과 같다.

　세존世尊은 제자 질문에, 하늘의 하루는 지구의 백 년이라고 답했다. 하늘의 1년은 지구의 3천 6백 년쯤 되는 셈이다. 조선에 들어온 예수회 선교사들은 고대 근동지방에 오래전부터 전해 내려오는 점토판에 하늘의 1년, 즉 1샤르는 3천 6백 년이라고 적혀 있다고 전했다. 하늘의 시간으로 보자면 인간의 일생은 찰나생멸이자 찰나무상이다. 찰라마다 만물이 생겼다 소멸하고, 소멸했다 다시 생성된다. 때문에 순간의 희로애락에 연연해하지 말고 좀 더 큰 꿈, 윤회의 고리를 끊어야 한다. 용맹정진해 유희삼매에 거해야 한다. 허나 지금 궁녀의 옷차림으로 파주를 향해 달려가고 있다. 정말 후회하지 않을 것인가? 다시는 강화도로 돌아가지 못한다 해도 가슴 치며 후회하지 않을 것인가? 봉이 눈에서 기어코 굵은 눈물방울이 투두둑 떨어졌다.

　정오를 알리는 범종 소리가 산골짜기에 은은하게 들렸다. 왕의 행렬이 즉시 방향을 틀어 고양 관아로 향했다. 중반 진지사리 때문이었다. 포도청 군사 수십 명이 말 등을 박차며 행렬을 빠져나갔다. 그 뒤를 배설방 소속 관원들이 마차를 끌고 급히 뒤따랐다. 동헌으로 달려간 포도청 군사들은 혹여 왕을 위해할 물건이 숨겨져 있는가를 확인하기 위해 내아와 객사, 향청, 질청까지 샅샅이 뒤졌다. 배설방 관원들은 차일을 설치하기 위해 바삐 움직였다. 관아 앞에는 이미 경기 관찰사와 파주 목사, 고양 관아의 수령과 아전들, 좌수와 별감들이 대기 중이었다. 구군복을 입은 왕이 늠름한 모습으로 어가에서 내리자 신하들이 극진한 예로 맞이했다. 중반 수라를 마친 왕이 상선을 불러 도승지, 영평군과 함께 밖에서 다과를 들고 싶다고 전했다. 배설방 관원들이 즉시 향청 옆 벽계수 앞에 왕실 문장이 선명한 차일을 설치했다. 정3품인 상다와 상온이 다과상을 내왔다. 금은화차를 마시던 왕의 눈길이 아래를 향하자 세 사람 눈길이 동시에 왕의 시선을 쫓았다. 땅바닥에서는 달팽이 한 마리가 쉴 새 없이 흰 거품을 쏟으며 안간힘 쓰고 있었다.

"오랜만에 민달팽이를 봅니다."

영평군이 왕의 심중을 헤아린 듯 말했다.

"소신도 오랜만에 달팽이를 봅니다. 강화도에서 소금밭을 기어가던 달팽이를 보곤 처음입니다."

왕이 달팽이에서 시선을 거두지 않은 채 냉소를 머금었다.

"쉴 새 없이 흰 거품을 쏟으며 안간힘 쓰는 모습이 꼭 과인을 닮았습니다."

세 사람 얼굴이 흙빛으로 변했다. 시중을 들던 상온과 상다도 사색이 돼 주위를 살폈다. 왕은 개의치 않고 계속 옥음을 냈다.

"껍데기만 그럴듯하지 과인 살아가는 모습이 이 달팽이와 무에 다르겠습니까? 궁궐에서 하루하루 살아내는 것이 꼭 게거품을 물고 비명을 지르며 소금밭을 기어가는 것 같습니다."

당황한 상선이 즉시 호위내시를 불렀다. 내시들이 앞을 가로막자 왕을 시위하던 행렬이 몇 발자국 뒤로 물러섰다. 한동안 주저하던 왕이 어렵사리 입을 열었다.

"파주 행궁으로 봉이를 불렀습니다."

헉, 세 사람 찻잔에서 동시에 찻물이 튀었다. 도승지와 상선, 영평군 낯빛이 오색무주가 됐다. 왕은 달팽이에 계속 시선을 둔 채 말을 이었다.

"과인이 살려고 그랬습니다. 죽을 것 같아 그랬습니다. 내 봉이 얼굴을 보지 않고 다른 여인과 혼인할 수는 없는 일입니다."

식은땀을 흘리던 도승지가 이는 너무 위험천만한 일이라며, 목소리를 떨었다. 왕은 들은 척도 않고 작심한 듯 계속 옥음을 냈다.

"과인의 여형약제親하기가 形弟와 같음인 동무들도 옵니다. 과인이 변장할 옷을 어제 보냈습니다. 지금쯤 아마 파주에 도착해 과인이 부르기만 기다리고 있을 겝니다."

상선이 용안을 우러르며 "미리 귀띔이라도 해주시지 그러셨습니까." 하고 원망하자 왕의 입가에 실소가 번졌다.

"미리 말했으면 과연 경들이 허락했겠습니까?"

"……."

그때 출발을 알리는 취라치의 소라고둥 소리가 하늘 위로 길게 메아리쳤다. 심기가 불편한 왕이 벌떡 일어나 어가를 향해 총총히 사라졌다. 그 뒤를 사관과 주서, 내시와 궁녀, 별감들이 허겁지겁 뒤따랐다. 낙담상혼한 세 사람이 망연자실 절망의 눈빛을 섞었다.

❀

노을이 사위며 하늘이 그무러졌다. 박명이 되자 잘새들이 휴식을 위해 포르르 숲 속으로 날아들었다. 땅거미가 내려앉자 봉화산 꼭대기 봉수대에서 횃불 다섯 개가 우뚝 솟아올랐다. 다음 산이 즉시 봉화를 받아 횃불을 피어 올리자 다음 산도 즉각 봉화를 이어받았다. 능선을 따라 점점이 이어진 횃불들이 붉은 혀를 날름거리며 하늘을 향해 맹렬히 타올랐다. 이를 바라보던 말복이 뜬금없이 중얼거렸다.

"저렇게 해서 목멱南山까지 가는 데 얼마나 걸릴까?"

쑥버무리를 떼어먹던 금이가 시큰둥하게 중얼거렸다.

"그야 모르지. 언젠가 강화도 봉화대에 근무하는 봉졸들이 주막집 봉놋방에서 떠드는 걸 들었는데, 평시에는 횃불 한 개를 피워 올리다가 적이 나타나면 두 개, 해안으로 접근하면 세 개, 목책을 뜯고 강화도 안으로 들어오면 네 개, 전투가 벌어지면 횃불 다섯 개를 피워 올린다고 하더라."

말수 적은 동영이 호기심을 드러냈다.

"만약 낮에 일이 생기면……?"

"그땐 연기로 연락한다지 아마? 비가 오거나 바람이 불어 연기나 횃불로 연락을 할 수 없을 땐 봉졸들이 다음 산까지 직접 뛰어가 보고한댔어."

말복이가 피식 웃음을 터트렸다.

"짜식들! 괜히 하는 일 없이 녹봉만 축내는 줄 알았더니만 그놈들 신세도 그리 녹녹치 않구먼. 날씨만 흐리면 지레 오금이 저리겠는걸?"

세 사람이 동시에 키들거렸다. 지친 봉이는 무릎에 얼굴을 대고 고주박에 앉아 있었다. 동영이 백합떡을 권하자 다시 도리질을 했다. 그때 멀리서 부스럭거리는 소리가 들리자 일행이 잽싸게 병풍바위 뒤로 숨었다.

"금이야! 말복아! 동영아! 어디 있니?"

익숙한 목소리였다. 시선을 맞춘 세 사람이 쏜살같이 바위 뒤에서 뛰쳐나오며 "경웅 형님!" 하고 외쳤다. 화들짝 놀란 상선이 질색을 하며 손을 들어 만류했다. 금이가 구면인 도승지와 상선을 향해 아는 척했지만, 두 사람 시선은 이미 봉이에게 가 있었다. 안면이 있는 도승지가 목례를 하자 봉이가 "그간 평안하셨습니까, 나리!" 하고 수굿이 고개를 숙였다. 평안치 못한 도승지가 창백한 낯빛으로 고개를 주억거린 뒤 금이 일행에게 말했다.

"저 밑에 있는 초가집을 하룻밤 빌렸네. 모두들 거기 가 있게. 인경 소리 울리면 전하를 뫼시고 나올 것이니, 그때까지 꼼짝 말고 방 안에만 틀어박혀 있어야 하네."

상선도 식사를 준비시켜 놓았으니 요기도 할 수 있을 것이라며 거들었다. 경웅이 울먹이며 봉이를 부르자, 눈창이 붉어진 봉이가 "오라버니!" 하고 외치며 반색했다. 경웅이 다가가려 하자 상선이 옷자락을 잡았다. 찰찰히 주위를 살피던 도승지 일행이 순식간에 다시 사라졌다.

밤 10시가 되자 인정을 알리는 범종 소리가 울렸다. 종소리는 끊어질 듯 이어지고, 끊어질듯 이어지며 스물일곱 번 울렸다. 마지막 종소리가 긴 여운을 남기고 밤하늘로 가뭇없이 사라지자 군사들이 즉시 성문을 닫아걸었다. 파주 관아 형방 소속 순라꾼들이 야간통행자들을 붙잡기 위해 잰걸음으로 출동했다. 왕이 머물고 있는 파주 행궁 주위로 중무장한 좌우 포도청 군사들이 겹겹이 둘러싼 채 경비를 섰다. 형조 속아문인 포도청은 평소에는 각종 범죄를 단속하거나 도성 안팎의 야간 순찰 임무를 담당했지만, 왕의 거둥 시에는 호위나 경계임무를 맡았다. 그때 초소 앞으로 2열 종대의 검은 그림자들이 줄을 맞춰 나타났다. 군사들이 득달같이 달려와 장창을 엇대 가로막았다. 초소 안에 있던 종6품 종사관이 번쩍이는 검을 빼들고 득달같이 달려 나왔다.

"뉘시오?"

"상선이네!"

"도승지일세!"

두 사람은 군호가 적힌 나무패를 내보였다. 말마기를 확인한 종사관이 횃불을 가까이 들어 얼굴을 확인한 뒤 목소리를 떨었다.

"무슨 일이십니까, 나리?"

"행궁 주위를 좀 살펴봐야겠네."

"소관이 하겠습니다. 야심한데 편히 들어가 쉬십시오."

상선이 버럭 호통을 쳤다.

"종사관 따위가 감히 승정원과 내시부 일을 대신할 수 있다고 생각하는가?"

날벼락을 맞은 종사관 목소리가 바드럽게 잦아들었다.

"아, 아닙니다, 나리! 모두 몇 명이십니까?"

"여덟 명이네. 모두 주상전하의 안위를 지근거리에서 책임지는 대전별감들일세."

종사관이 횃불을 들고 한 사람씩 꼼꼼히 얼굴을 확인했다. 도승지와 상선 얼굴에서 식은땀이 비 오듯 흘렀다. 심장 소리가 쿵쾅거리는 것 같아 두 사람이 동시에 가슴을 숙였다. 종사관이 이윽고 네 번째 줄에 갔을 때였다. 애면글면하던 도승지가 결국 폭발하고 말았다.

"지금 대체 뭐 하는 짓거리인가? 감히 누구 앞에서 종사관 따위가 이 따위 해괴한 짓을 벌이는 겐가?"

상선도 거들었다.

"무엄하다! 암호를 확인했음에도 종사관 따위가 감히 상선과 도승지 앞을 가로막다니, 행궁 주위를 살피지 못하게 함은 혹여 포도청에서 역심을 품고 있다는 뜻 아닌가?"

역심 소리에 기겁초풍한 종사관이 허리 숙여 목소리를 떨었다.

"용서하십시오, 나리! 이는 통상적인 검열입니다."

"과잉 검열 아닌가?"

"……."

"전하께서 침수 드셨으니 소란스럽지 않도록 각별히 조심하게!"

식은땀을 흘리던 종사관이 포도청 군관들을 향해 큰 소리로 외쳤다.

"도승지 대감과 상선 어른이시다! 어서 길을 열어 드려라!"

포졸들이 창을 거두고 양쪽으로 갈라섰다. 행궁 밖으로 길이 훤히 열렸다. 보이지 않을 것 같던 길이 어둠 속에서 희뿌옇게 빛났다. 상선과 도승지 일행이 날 살려라, 날파람으로 줄행랑을 쳤다. 욱걷던 도승지가 발을 헛디뎌 넘어지려 하자 상선이 재빨리 낚아챘다. 도승지가 "이래서 야 어디 제 명대로 살겠습니까?" 하고 앓는 소리를 내자, 상선이 "종사관 녀석이 횃불을 들고 돌아다닐 땐, 나도 오금이 저려 하마터면 오줌을 지릴 뻔했소." 하고 체머리를 흔들었다.

잠시 후, 이엉에 달빛을 환히 얹은 초가집으로 한 무리의 검은 그림자들이 들이닥쳤다. 마루 끝에서 꾸벅꾸벅 졸던 금이 일행이 화들짝 놀라 벌떡 일어섰다. 좌우를 조심스럽게 살피던 도승지가 앞으로 나와 말했다.

"전하일세!"

맨 뒷줄에 서 있던 검은 그림자 하나가 대열 밖으로 빠져나왔다. 무예 별감 옷차림이었다. 용안을 확인한 동무들이 "전하!" 하고 외치며 사은숙 배했다. 왕이 "오랜만이구나!" 하며 눈창을 붉혔다.

"소신들은 내일 바루 종소리가 울리면 전하를 모시러 오겠습니다. 편히 침수 드시옵소서!"

"고맙소, 상선! 도승지!"

상선이 왕의 동무들을 보며 쉴 곳을 마련해 주겠다고 하자 금이 일행이 고맙다며 허리를 숙였다. 왕이 마루에 올라서자 수직내시 두 명이 즉시 섬돌 양쪽에 허리를 숙이고 섰다. 그때 밖에서 복면을 한 아홉 명의 검은 그림자가 바람 소리를 내며 마당 안에 들어섰다. 담을 넘어 행궁을 빠져나온 액정서 소속 호위내시들이었다. 검과 활, 권법을 자유자재로 쓰는 무예가 출중한 사알들이었다. 이들 중 세 명이 복면을 벗고, 즉시 왕과 수직내시들이 빠진 자리를 채웠다. 나머지 여섯 명은 번쩍거리는 검을 빼들고 삽시에 초가집 주위를 빙 둘러쌌다.

"전하의 안위가 자네들에게 달려 있음이야."

"심려 놓으십시오, 상선 어른!"

도승지 일행이 왕의 동무들과 함께 황망히 어둠 속으로 사라졌다. 봉화산 정수리 위로 달무리가 은하수처럼 흘렀다.

날선 바람이 초가집 장지문을 한 차례 할퀴고 지나갔다. 뒷산에 있는 단향목 향내가 물씬 풍겼다. 마루 위에 걸려 있던 청심박이 등잔불 심지가 좌우로 일렁이다 다시 풍성한 빛을 내뿜었다. 고콜관솔불을 올려놓으려고 벽에 뚫은 구멍 위의 관솔불이 어둠을 밝힌 방 안에선 여기저기 그림자가 어룽어룽했다. 왕은 봉이의 삼단 같은 긴 머리칼을 박달나무 참빗으로 정성스레 빗기고 있었다. 왕은 비단 동의대에 봉지 차림이고, 봉이는 무명 치마저고리 차림이었다. 왕은 정성껏 빗질을 계속했다. 봉이 눈에서 이슬 같은 눈물방울이 하염없이 떨어졌다. 왕은 봉이 머리를 능숙하게 땋아 쪽을 찐 뒤, 저고리 춤에서 초롱 모양의 비취 금비녀를 꺼내 단단히 꽂았다. 왕은 쪽이 예쁘게 모양이 잡히도록 한동안 세세히 비다듬었다.

"됐다. 이제 돌아앉아!"

옷고름으로 눈물을 닦아 낸 봉이가 천천히 돌아앉았다. 그윽한 눈길로 봉이 눈부처를 바라보던 왕의 눈이 가랑가랑했다. 봉이 눈에서 주르륵 이슬꽃이 흘렀다. 왕이 습관처럼 손등으로 눈물을 닦아 주자 봉이가 우는 듯 웃었다. 웃는 듯 울었다.

"봉이 네 관례는 내가 치러 준 거야. 이제 내가 네 지아비야."

"전하!"

부둥켜안은 두 사람이 애절한 눈물을 쏟았다.

"그동안 날 많이 원망했지?"

봉이가 고개를 저었다.

"날 원망하지 않았어?"

이번엔 고개를 끄덕거렸다.

"이미 전하로부터 받을 수 있는 모든 걸 받았는데 무얼 더 바라겠어요."

왕이 의아한 눈빛으로 물었다.

"왜 그런 말을 하니? 앞으로 네가 누리고 얻을 수 있는 건 무궁무진하다."

"전…… 전하의 짐이 되고 싶지 않습니다."

왕의 안정에 왈칵 눈물이 고였다. 입술을 파르르 떨던 봉이가 힘겹게 말을 이었다.

"전 이것으로 족해요. 선사님의 가르침대로 제자리 찾아 열심히 살겠습니다."

설움이 북받친 왕이 "그동안 날 많이 원망한 게로구나. 많이 서운했던 게야!" 하고 외쳤다.

"아닙니다, 전하! 전하로부터 받을 수 있는 건 모두 다 받았다 하지 않았습니까? 지존하신 임금께서 머리도 직접 땋아 주시고 관례도 올려 주셨어요. 세상 어느 고귀한 여인이 이런 호사를 누릴 수 있겠습니까?"

눈물이 그렁그렁한 왕이 봉이 뺨을 양손으로 감싼 채 눈부처를 깊숙이 들여다보았다.

"그럼 내 사랑을 의심하는 게냐?"

봉이가 거세게 도리질했다.

"아닙니다, 전하! 단 한순간도 전하의 사랑을 의심해 본 적이 없습니다."

"한데 네 말이 어찌 가시가 되어 내 폐부를 이리도 아프게 찌른단 말이냐?"

봉이가 주르륵 눈물방울을 쏟았다.

"전하의 고통이 심하다 들었습니다. 화풍병을 앓고 계시다는 소식도 들었어요. 저는 전하와의 사랑을 비련으로 만들고 싶지 않습니다. 이쯤에서 멈추고, 이 별에서 가장 아름답고 행복했던 추억으로 남기고 싶어요. 전…… 전하와의 추억 하나만으로도 평생 꿋꿋이 잘 살아 낼 자신이 있습니다."

"난 그렇게 못 한다!"

왕의 음성이 단호했다. 덥석 봉이 두 손을 잡은 왕의 눈빛이 염염했다.

"내 목숨을 살려 준 사람은 봉이 바로 너였다. 절벽에서 떨어져 이승과 저승을 오르내릴 때 봉이 네가 내 육신을 치료해 이승으로 끌어내려 주었다. 하여, 그 순간부터 내 몸과 마음은 온전히 봉이 네 것이 되었다. 그리 된 지 이미 오래되었다."

"전하!"

"어찌 이리 마음이 약해진 것이냐. 아님 네 마음이 돌아선 것이냐? 삶과 죽음을 함께하는 아승기겁의 사랑을 나누자는 얘기는 봉이 네가 먼저 했었다. 여고금실거문고와 비파의 합주처럼 부부가 화합함하고 해로동혈살아서 같이 늙고 죽어서 같은 무덤에 묻힘하자는 약속도 네가 먼저 했었다."

봉이가 하염없이 흐느꼈다.

"연리지連理枝 얘기도 네가 먼저 했다. 살아도 같이 살고, 죽어도 같이 죽는 게 사랑의 나무 연리지라고 봉이 네가 분명히 내게 말했었다."

혜각사 뒷산에 연리지가 있었다. 수령이 몇백 년 된 참나무와 산 벚나무가 밑동과 중간이 맞붙은 채 서로 의지하며 다정하게 보듬고 있었다. 참나무가 벚나무를 다정히 껴안은 모습이었다. 사람들은 이 나무를 부부 나무라고 불렀다. 호기심 가득한 눈으로 나무를 쳐다보는 원범에게 봉이는 조근조근 이렇게 설명해 주곤 했다.

이런 나무를 연리지라고 해. 사랑의 나무야. 이 나무들은 살아도 같이 살고, 죽어도 같이 죽어. 두 나무가 하나로 합쳐지기까지 이들은

두 손을 마주잡고 혹독한 고통의 시간을 함께 견뎌 냈을 거야. 몸통
이나 가지가 맞닿은 부분은 껍질이 벗겨지고 생살이 짓이겨지는 아
픔을 느꼈을 거야. 그렇게 가혹한 시간들을 함께 보낸 후에야 아무
도 떼어 놓지 못하게 두 몸이 하나의 몸으로 온전히 합쳐지게 돼. 고
통의 시간을 함께 이겨 낸 나무들만 연리지가 되는 거야. 그래야 훗
날 영원히 사랑하며 생사를 함께하게 돼.

왕이 봉이 손을 잡고 울먹였다.

"기다려 줘, 봉이야! 내 꼭 궁궐로 너를 부를게."

봉이가 쉴 새 없이 눈물방울을 쏟았다. 비통한 눈빛으로 바라보던 왕
이 바드럽게 중얼거렸다.

"곧 가례를 올리게 될 거야."

봉이가 질끈 눈을 감았다. 급히 머리를 올려 준 속내를 그제야 알 것
같았다.

"그래도 내 마음과 영혼은 언제나 봉이 너한테 가 있을 거야. 그건……
내가 이 세상에서 가장 아끼고, 의지하고, 사랑하는 사람이 봉이 바로 너
이기 때문이야. 사랑은 하나야! 둘로 셋으로 나눌 수 없어. 그래서 내 각
시는 영원히 봉이 너 하나뿐이야."

"전하!"

"봉이야!"

두 사람이 자석처럼 부둥켜안았다. 애절한 흐느낌이 한동안 이어졌다.

바람결에 단향목 향내가 물씬 방 안에 스며들었다.

오경 삼점이 되자 파루를 알리는 종소리가 산골짜기로 울려 퍼졌다. 상선과 도승지 일행이 잽싸게 행궁 초소 앞에 모습을 나타냈다. 포졸들이 득달같이 달려와 장창을 엇대자 어젯밤 혼쭐이 난 종사관이 사색이 돼 잽싸게 달려왔다. 선선한 새벽바람에도 도승지와 상선 얼굴에선 쉴 새 없이 식은땀이 흘렀다.

"경호 상태를 좀 확인해 봐야겠네."

종사관이 머뭇대지 않고 큰 소리로 외쳤다.

"상선어른과 도승지 대감이시다. 어서 길을 열어 드려라!"

포졸들이 즉시 창을 거두고 절도 있게 양쪽으로 갈라졌다. 그 갈라짐 속에 여명의 빛을 받은 희뿌연 길이 열렸다. 진둥한둥 욱걷던 상선이 발을 헛디뎌 휘청거렸다. 넘어지려는 상선을 도승지가 바람처럼 낚아챘다. 시선을 섞은 두 사람이 머리를 절레절레 흔들며 소맷부리로 식은땀을 닦았다.

방 안엔 이미 관솔불이 켜져 있었다. 도승지 일행을 본 수직내시가 조용히 "전하!" 하고 부르자 대전별감 차림의 왕이 향통을 들고 장지문 밖에 나타났다. 큰 향통 속에는 설악산 대청봉 음지에서 자라는 눈잣나무로 만든 선향들이 빼꼭히 꽂혀 있었다. 왕의 눈은 퉁퉁 부어 있었다. 밤새 한잠도 못 잔 듯 피로한 기색이 역력했다. 그때 왕의 동무들이 허겁지겁 동개달이 안에 들어섰다. 왕은 쉽게 발걸음을 떼지 못했다. 몇 번씩 장지문으로 시선을 돌렸다. 상선이 재촉하자 무거운 걸음으로 겨우 마루 끝에 섰다. 수직내시가 즉시 섬돌에 꿇어앉아 왕의 족건 위에 흑피화를 신겼다. 동무들이 눈물을 흘리며 마당에서 사배를 올리자 왕이 울먹거렸다.

"너희만 믿는다!"

세 사람이 동시에 부르짖었다.

"심려치 마소서! 봉이는 저희들 동무입니다."

"무예를 익혀라! 봉이를 지키려면 무예가 필요할지 모른다."

왕이 뒤돌아서 다시 장지문을 바라보았다. 방에서 애절한 흐느낌이 새어나왔다. 도승지 독촉에 왕이 눈물을 닦으며 마지못해 대열 끝에 합류했다. 순간, 대전별감 한 명이 잽싸게 열외로 빠져나갔다. 도승지가 금이를 향해 "잘 뫼시고 가게!" 하고 말하자 왕의 동무들이 심려 놓으라며 일제히 굽적거렸다. 도승지와 상선 일행이 찬바람을 일으키며 순식간에 사라졌다. 남아 있던 수직내시 두 명과 대열에서 빠져나온 한 명이 복면을 해 얼굴을 숨겼다. 경계근무를 섰던 호위내시 여섯 명이 문 앞에 나타나자 세 사람이 즉시 대열에 합류했다. 아홉 명이 바람처럼 자취를 감추자 혼줄을 놓고 있던 동무들이 "봉이야!" 하고 외치며 동시에 방 안으로 뛰어들었다. 동녘에서 햇귀가 어둠을 뚫고 서서히 붉게 번졌다.

능행에서 돌아오자 순원왕후가 즉시 왕과 도승지, 상선을 불렀다. 편전엔 영의정과 국구 등 조정을 장악한 안동 김씨 일족들이 들어와 있었다. 왕이 용상에 앉자 도승지와 상선이 대왕대비에게 사배례하고, 왕에게 네 번 절했다.

"그래 잘들 다녀오셨소?"

"예, 성은에 힘입어 무사히 다녀왔습니다."

모란꽃 같은 함박웃음을 지으며 고개를 끄덕인 순원왕후가 이번엔 왕을 쳐다보았다.

"주상도 잘 다녀오셨습니까?"

"예. 자전마마!"

왕의 액상에 식은땀이 송송 솟았다.

"그래 정인과 회포는 잘 푸셨소?"

세 사람 입에서 헉 소리가 동시에 터졌다. 이게 대체 무슨 소리인가? 웬 날벼락이란 말인가? 그 일을 내밀한 궁궐 안에 있던 대왕대비가 어찌 알고 있단 말인가? 시선을 섞은 세 사람 낯빛이 점점 흙색으로 변했다. 순원왕후가 서안을 탕 내리치며 으르렁거렸다.

"감히 대왕대비를 능멸할 셈인가?"

대왕대비 눈 속에서 맹렬한 불꽃이 일었다. 뺨이 가파르게 씰룩거렸다.

"경들이 대왕대비를 능멸하고도 진정 살고자 하는 것인가?"

사색이 된 도승지와 상선이 즉시 두 손을 바닥에 대고 허리를 숙였다. 왕도 죄인처럼 고개를 숙였다. 왕이 파주에서 한양으로 감찰관을 파견할 동안, 순원왕후도 왕을 감시하기 위해 수시로 한양에서 파주로 감찰관

을 급파했다. 왕의 동태를 감시하기 위해 대전 상궁과 관리들이 총동원

됐다. 모든 궁녀들은 제조상궁 휘하에 있으므로 부리기가 쉬웠다. 다만,

상선 휘하에 있는 내시들과 대전별감들은 부리기가 쉽지 않았다. 순원왕

후는 수강재 안에서도 왕의 동선과 동태를 손금 보듯 모두 파악하고 있

었다. 상선과 도승지가 "소신들을 벌하여 주소서!" 하고 부르짖자 격노한

순원왕후가 서안을 탕 탕 치며 입에서 불을 뿜었다.

"경들이 한 짓이 과연 종사를 위한 일이었단 말인가?"

두 사람이 즉시 바닥에 이마를 대었다. 왕은 자신이 꾸민 일이라며, 상

선과 도승지는 모르고 있었다고 만류했다.

"주상은 나서지 마시오!"

지릅뜬 대왕대비 눈에서 거센 화염이 일었다. 이를 지켜보던 안동 김

씨 일족 입가에 일제히 치소가 번졌다. 한동안 무거운 정적이 이어졌다.

제조상궁이 벌벌 떨며 침향공진단과 백비탕을 주렴 뒤로 밀어 넣었다.

순원왕후가 이빨을 갈 듯 공진단을 씹으며 두 사람을 잡아먹을 듯 노려

보았다.

"주상이 잘못된 길을 가려 하면 이를 말리고 올바른 길로 이끌어야 할

경들이 어찌 뇌화부동해 임금을 그릇된 길로 인도할 수 있단 말인가?"

대왕대비가 백비탕을 마시다 사레가 들려 잔기침을 했다. 기겁을 한

제조상궁이 주렴 안으로 들어가 조심스레 등을 두들겼다. 한동안 캑캑거

리던 순원왕후가 왕을 무섭게 노려보며 다시 거품을 물었다.

"주상은 강화도의 흔적을 완전히 없애 버려야 한다고 그동안 수없이

말해 온 터, 벌써 이를 잊은 게요?"

왕이 속절없이 옥루를 쏟았다.

"난 주상의 멍에를 없애기 위해 세초까지 감행했소. 후대 역사가들은 귀중한 사료를 훼손했다고 나를 도마 위에 올려놓고 수없이 난도질할 것이오. 그 생각만 하면 난 지금도 가위에 눌리고 악몽에 시달려 밤잠을 이루지 못하오!"

순원왕후가 입을 벌릴 때마다 한약 냄새가 진동했다. 상선과 도승지는 바닥에 이마를 대고 약재에 집중했다, 이건 감초 냄새…… 이건 당귀 냄새…… 이건 계피 냄새…… 이건 우황 냄새…… 이건 사향 냄새……. 두 사람은 한약재 모양을 하나씩 떠올리며 고통스러운 시간을 감내했다. 청나라에 특사와 변무사를 파견해 변정 허락을 받아 온 게 불과 며칠 전 일이었다. 왕의 선조들이 일절 하자가 없도록 안팎으로 모두 복권시킨 사람이 바로 순원왕후였다. 이제 겨우 사간원들의 간쟁이 잠잠해진 터에, 왕이 유배 중에 만났던 정인을 몰래 만난 것이 알려지면 대간에서 다시 간쟁을 시작해 왕의 지엄함을 깎아내리려 할 것이다. 대왕대비는 그동안 공들인 노고가 한순간에 물거품이 될까 봐 노심초사했다. 무렴해진 두 사람이 죄인처럼 허리를 숙이고 숨소리를 죽였다.

"주상! 내 분명히 말해 두겠소. 정인과는 이것으로 끝이오. 영원히 끝이오. 다시는 볼 생각 마오."

왕이 입술을 깨물었다. 눈총을 주던 순원왕후가 비장한 소리를 냈다.

"용서는 이번 한 번뿐이오. 더 이상 용서란 없소. 다시 한 번 정인 얼굴을 보고자 한다면, 정인은 결코 무사하지 못할 것이오."

왕이 비통하게 흐느꼈다. 야멸치게 고개를 돌린 순원왕후가 이번엔 상선과 도승지를 노려보며 으르렁댔다.

"경들은 들으시오! 앞으로 주상과 정인을 다시 만나게 하는 날엔 대왕대비를 능멸한 죄로 종로결장鐘路決杖, 사람 많은 종로에서 죄인의 볼기를 침을 한 뒤, 절도로 원찬 보낼 줄 아시오!"

성질을 못 이긴 순원왕후가 주렴을 박차고 나갔다. 제조상궁과 시녀상궁들이 허겁지겁 뒤를 쫓았다. 벌떡 일어난 안동 김씨 일족이 못마땅한 표정으로 왕과 도승지, 상선을 번갈아 노려보며 일제히 헛기침을 했다. 무거운 정적이 운무처럼 뽀얗게 편전을 뒤덮었다. 망연자실한 세 사람은 고개를 떨어뜨린 채 한동안 일어서지 못했다.

붉은 심장

한강에 쌍돛을 올린 두대박이 대형 세곡선이 나타났다. 외대박이 예닐곱 척 뒤로 거룻배 서너 척도 뒤따라 장관을 이루었다. 능수버들이 길게 늘어선 한강변으로 구경꾼들이 구름처럼 몰려들었다. 배 위에는 스무 가마의 쌀로 지은 흰 쌀밥이 산더미처럼 쌓여 있었다. 모두 물고기들에게 뿌려 주기 위해서였다. 외대박이 배 위에는 작위가 낮은 문무관료 부인인 외명부 여인네들이 두 손을 모으고 공손한 자태로 서 있었다. 그들은 하나같이 중앙에 있는 두대박이 배 위로 시선을 집중시켰다. 그때 갑판에 있던 장악원 악공들이 태평년 연주를 시작했다. 이를 신호로 10여 척의 배들이 둥 둥 북소리에 맞춰 일제히 강심을 향했다. 가장 큰 배 위로 화려한 비단옷을 입은 나합이 짙은 사향 냄새를 풍기며 나타났다. 농염하고 뇌쇄적인 30대 초반 여인이었다. 금방 피어난 작약꽃 같은 미소가 번질 때마다 양쪽 뺨으로 깊숙이 보조개가 패었다. 크고 그윽한 두 눈은 머루처럼 반짝였고, 긴 속눈썹이 창백한 얼굴에 옅은 그림자를 드리워 안개 속에 핀 한 떨기 꽃처럼 신비로웠다. 나합 주위로는 작위가 높은 외명부 여인들이 두 손을 모은 채 공순하게 서 있었다. 정경부인과 정부인, 숙부인들이었다. 이들은 나합의 일거수일투족에 즉각적인 반응을 보이며 감탄사를 연발했다.

나합이 섬섬옥수로 눈부신 흰 쌀밥을 뭉쳐 우아한 몸짓으로 강물에 던지기 시작했다. 물고기들에게 자비를 베풀어 사해용왕에게 복을 빌기 위함이었다. 이는 해마다 나합이 벌여 온 연중행사였다. 나합이 강물에 밥알을 던지며 낭랑세어로 발원기도를 올렸다.

"용왕님! 용왕님! 주상전하의 외숙이신 우리 김좌근 대감을 부디 무병장수케 해주시고, 오래오래 만대에 걸쳐 영화를 누리게 해주시옵소서."

나합은 특히 주상전하의 외숙이란 부분에 힘주어 말했다. 외명부 여인네들이 아첨하는 표정을 지으며 한마디씩 덕담을 건넸다. "물고기들에게 이리 자비를 베푸시니 용왕님께서 기꺼이 양부인의 소원을 들어주실 겝니다.", "그렇고말고요. 곧 양부인께 큰 복을 내리실 겝니다."

흔연해진 나합이 적선하듯 여인들에게 호기를 부렸다.

"부인들도 한번 해보세요. 예까지 오셨는데 그냥 가면 서운하지 않겠습니까?"

정경부인과 고위 외명부 여인들이 나합의 아량에 감읍해하며 깍듯이 고개를 숙였다. 잠시 후, 외명부 여인들이 흰 쌀밥을 손으로 뭉쳐 강물에

뿌렸다. 강 위에 꽃잎이 떨어지듯 밥알이 난분분 강물로 쏟아졌다. 외명부 여인들 모두 잊지 않고 한마디씩 발원기도를 올렸다. "용왕님! 용왕님! 우리 대감 좀 만수무강하게 해주세요.", "우리 대감 좀 이번 도정에서 꼭 승진하게 해주세요.", "제 아들이 가자은전加資恩典을 받도록 꼭 도와주세요."

여인들이 흰 쌀밥을 강물에 던지며 주문 외우듯 소원을 빌었다. 그때 늙수레한 정경부인이 나합의 눈치를 보며 첨속을 내보였다.

"그런 소원은 용왕님께 비는 것보다 양부인께 직접 말씀드리는 게 훨씬 더 빠르지 않겠습니까?"

여인들 입에서 까르륵 웃음꽃이 터졌다.

"생각해 보니 정경부인 말씀이 맞네요. 양부인께 소원을 비는 것이 훨씬 더 빠르겠어요."

"저도 이따 양부인께 은밀히 소원 좀 말씀드려야겠어요."

"저도요."

기분이 좋아진 나합이 몸종을 불러 다른 배에도 쌀밥을 나누어 주라고 명했다. 잠시 후, 외대박이 배에서 젊은 여인들이 눈부신 쌀밥을 강물로 집어던졌다. 직위가 낮은 숙인과 영인, 공인, 의인들이었다. 악공들의 연주가 절정을 향해 치닫자 분위기가 점점 고조됐다. 여인들의 손길이 더욱 분주해졌다. 십여 척의 배 위에서 강물로 쏟아지는 흰 쌀밥들은 목련이 바람에 난분분 흩날리듯 한강에 일대 장관을 이루었다.

강변 능수버들 아래에서 이를 지켜보던 구경꾼들 입에서 꼴깍 침 삼키는 소리가 요란했다. 몇 년 동안 한 번도 구경하지 못한 하얀 쌀밥이다. 목숨과 같은 귀한 음식이 강물 속으로 속절없이 뿌려지고 있었다. 명절에나 한 번 먹을까 말까 한 귀한 이밥이었다. 허기진 배를 틀어쥔 구경꾼들 입에서 일제히 장탄식이 흘러나왔다.

"이 나라는 사람이 물고기보다도 못한 나라요."

"세상이 지금 미쳐 있는 게요. 백성은 허기져 굶주리고 있는데, 어찌 벌건 백주대낮에 저런 짓을 벌일 수 있단 말이오."

"조선엔 안동 김씨들만 있지 백성은 없는 나라요."

"좀 기다려 봅시다. 설마 저 많은 쌀밥을 다 강물 속에 처넣지는 않을 게요. 한 덩이라도 얻어먹을 수만 있다면 좋으련만……."

누렇게 부황이 뜬 구경꾼들이 눈빛을 적시며 입맛을 쩍쩍 다시었다. 이때 한쪽 능수버들 아래서 나무를 움켜잡은 흥선군이 날카로운 눈빛을 번쩍거렸다. 흰 밥알들이 강물로 쏟아질 때마다 흥선군 손가락이 힘껏 나무껍질을 긁었다. 그때마다 손톱 밑으로 나무껍질들이 사정없이 파고들어갔다. '세상이 미쳐 버렸구나! 선조들이 힘써 세운 나라가 안동 김씨 손에 완전히 농락당하는구나!'

조선왕조 5백여 년 동안 이렇게 혼란스러운 시대는 없었다. 혼란의 극치였다. 이건 정치도 아니고 권력도 아니었다. 절대 부패한 권력에서는 시궁창보다 더 고약한 냄새가 진동했다. 그 한가운데에 나합이란 여인이 있었다. 그리고 지금 조선은 나합의 손 안에 있다. 조정과 지방의 인사권을 행사하고 있는 사람은 수렴청정 중인 순원왕후도 아니고, 영의정 김좌근도 아니었다. 바로 나합이었다. 2년 동안 한성부 판윤만 무려 열여섯 번 바뀌었다. 한성부는 왕이 살고 있는 군사, 경제의 요충지라 육조와 동급인 중앙관청에 속했다. 경찰권과 사법부 권한까지 갖고 있어 형조, 사헌부와 함께 3법사라 불리었다. 그런 한성부 판윤이 한 달에 평균 두 번씩 바뀌었다. 심지어 세 번 바뀐 적도 있었다.

외직이나 지방관은 한층 더 심했다. 수시로 갈아치웠다. 적으로부터 나라를 보호해야 할 삼도수군통제사와 병마절도사 등 간성지재도 수시로 바뀌었다. 매관매직 때문이었다. 나합에게 돈만 갖다 주면 어떤 벼슬도 가능했다. 빼앗긴 자리도 돈만 갖다 주면 금방 되찾았다. 적성이나 능력에 상관없이 돈을 가장 많이 갖다 준 사람이 벼슬의 임자였다. 나합의 입에서 조선의 관직과 벼슬이 쏟아져 나왔다. 문무관료들은 돈과 선물을 바리바리 싸들고 나합의 집을 찾았다. 외명부들도 나합 앞에서 깍듯이 고개를 숙였다. 그리고 지금은 나합의 주도 아래 한강에 떠 있는 배 위에서 흰 쌀밥들이 꽃비처럼 난분분 떨어지고 있었다. 흥선군 손톱이 다시 날카롭게 나무껍질을 긁었다.

❁

세수간 안에서 국화꽃 향기가 진동했다. 목간통 물 위엔 색색의 국화꽃잎들이 흩뿌려져 있었다. 왕의 몸에도 군데군데 국화꽃이 피었다. 은일화隱逸花를 좋아하는 왕을 위해 보모상궁이 큰 백자 항아리에 최고 품

종인 백학령과 취양비, 금원황을 흐드러지게 꽂아 놓았다. 그러나 왕은
말이 없었다. 슬픈 표정으로 혼줄을 빼놓은 듯 만단수심이 깊었다. 보모
상궁이 왕의 몸을 닦으며 분주히 눈치를 살폈다. 천성이 조용한 성품이
지만 목욕할 때만큼은 활달한 왕이었다. 목욕을 하며 세수간 벽에 붙어
있는 10조서와 마음에 드는 문장들을 소리 내 읽는 것이 금상의 유일한
낙이었다. 마음에 드는 문장이 있으면 곧바로 써서 벽에 붙여 놓았다.

거고사추 지만계일居高思墜 持滿戒溢

(높은 곳에 있을 때 떨어지는 것을 생각하고, 가득 찼을 때 넘치는 것을

경계해야 한다.)

왕이 가장 좋아하는 문장이었다. 얼마 전에는 혹생이지지, 혹학이지
지, 혹곤이지지或生而知之, 或學而知之, 或困而知之를 써서 벽에 붙였다. 그리고 대
뜸 보모상궁에게 "이 글 뜻이 뭔 줄 아오?" 하고 물었다. 보모상궁이 안다
고 답하자 놀란 왕이 눈을 화등잔만 하게 뜨고 다시 물었다.

"엥? 참말이오? 정말 보모상궁이 이 문장의 뜻을 안단 말이오?"

"예, 전하! 어떤 이는 나면서부터 그것을 알고, 어떤 이는 배워서 그것
을 알며, 또 어떤 이는 고생하여 그것을 알게 된다는 뜻이옵니다."

왕이 고개를 절레절레 흔들며 엄살을 떨었다. 보모상궁의 해박한 지식
을 알게 될 때마다 왕은 체면이 서질 않는다며 체머리를 흔들었다. 이렇
게 활달하고 스스럼없이 농을 치던 왕이 벌써 며칠째 입을 꼭 닫고 있었

다. 청포비누로 옴팡지게 거품을 내 왕의 마리머리를 문지르던 보모상궁이 "정인 생각이 나십니까?" 하고 물었다. 왕은 혼이 나간 듯 반응이 없었다.

"내일 혼례를 앞두고 강화도의 정인 생각이 나십니까?"

정인 소리에 퍼뜩 놀란 왕이 슬픔에 젖은 눈빛을 보모상궁에게 건넸다.

"전하! 그동안 소인이 양육을 맡았던 왕자나 왕녀들 모두 정인 때문에 크게 마음 아파하셨습니다."

눈이 솔방울처럼 커진 왕이 "그게 사실이오?" 하고 물었다.

"예, 전하! 왕자들은 어려서부터 함께 자라온 생각시들을 사랑하셨습니다. 허나 배필은 왕실어른들이 집안을 보고 정하셨습니다."

왕의 안정에 왈칵 이슬이 맺혔다.

"전하! 군왕이 사랑하는 사람과 혼인할 수 없는 건 숙명과 같은 것입니다. 이는 범부가 아니기 때문에 겪는 일이옵니다."

뺨 위로 땀인 듯, 눈물인 듯, 이슬꽃이 또르르 흘렀다. 이를 애처롭게 바라보던 보모상궁이 간절히 읍소했다.

"받아들이십시오, 전하! 이는 군왕이 감수해야 할 업보 같은 것입니다. 정인에 대한 마음은 당분간 묻어 두시고 후일을 도모하십시오."

물 위에 떠 있는 색색의 국화 꽃잎들을 물끄러미 바라보던 왕이 뜬금없이 물었다.

"보모상궁도 마음속 깊이 묻어 둔 정인이 있소?"

쓴웃음을 짓던 보모상궁이 눈자위를 붉혔다.

"한 번쯤 정인을 가슴에 품어 보지 않은 궁녀가 어디 있겠습니까."

호기심이 발동한 왕이 잼처 물었다.

"왕이오? 내관이오? 관원이오?"

보모상궁이 얼굴을 붉힌 채 허리를 숙였다.

"누구요? 보모상궁 가슴에 품었던 정인이 대체 누구란 말이오?"

"전하!"

"어서 말해 보오!"

입술을 파르르 떨던 보모상궁이 겨우 기어 들어가는 소리를 냈다.

"인생은 연꽃잎에 내리는 빗방울과 같다 하옵니다. 설니홍조雪泥鴻爪, 눈밭에 난 기러기 발자국이 녹아 없어지듯 무상한 인생를 사는 천한 궁인이 어찌 다른 마음을 품을 수 있으오리까."

화들짝 놀란 왕이 "엥?" 하며 고개를 갸웃거렸다. 그 말은 지명선사가 입버릇처럼 되뇌는 말이었다. 봉이가 입에 달고 사는 말이기도 했다.

"풍전지진의 무상함 속에 옛 기억들은 이미 잊은 지 오래됐습니다."

왕이 체머리를 흔들며 안타깝게 혀를 찼다.

"쯧쯧쯧, 이루지 못할 사랑이었나 보구려."

코를 발록이던 보모상궁이 다시 옴팡지게 비누거품을 냈다.

가례식은 왕이 어의궁인 별궁을 찾아가는 친영親迎으로 시작됐다. 김문근의 딸은 삼간택 후 인조 잠저였던 인왕산 기슭 어의궁에서 왕비 수업을 받아 왔다. 행렬 맨 앞엔 어가의 출현을 알리는 선상군병이 도열하고, 그 뒤로 쇠꼬리를 장식한 독纛과, 옥색 바탕에 큰 용이 그려진 교룡기를 든 의장대가 섰다. 또 초요기와 백택기, 벽봉기, 황룡기, 백호기, 정묘기, 연화작선 등의 깃발을 든 의장대가 왕실의 위엄을 사방에 떨쳤다. 군악대인 내취와 고취악대도 화려한 의장복을 입고 도열했다. 그러나 국혼에서는 악대만 진설하고 연주는 하지 않았다. 예기禮記에 나오는 공자의 말에 따라 성종이 진이불작陳而不作, 악기들을 편성해 놓고 실제론 음악을 연주하지 않음을 법으로 정했기 때문이다. 어가 뒤로는 금관조복을 입은 문무백관과 군대 지휘관 등 배종, 호위하는 신하들이 줄줄이 뒤따랐다. 대열 끝은 후사대가 무장한 채 호위했다.

왕은 신성함과 권위를 상징하는 대례복을 입고 면류관을 쓰고 있었다. 화려함과 장엄함의 극치였다. 그러나 처연한 눈빛 속엔 슬픔만 출렁거렸다. 신부를 맞이하러 가는 신랑 얼굴이 아니었다. 언뜻 비장감마저 엿보였다. 환각인 듯, 환청인 듯 어디선가 보모상궁 목소리가 계속 들려왔다.

"전하! 제가 아는 모든 왕자와 왕녀들께서도 정인 때문에 크게 마음 아파하셨습니다."

왕의 입가에 슬픈 미소가 번졌다. 심장에서 붉은 피가 뚝뚝 떨어지는 것만 같았다. 눈물을 글썽이던 왕이 주문을 외우듯 혼잣말을 중얼거렸다.

"내 혼례식은 이미 파주 행궁에서 있었다. 내 아내 이름은 봉이이고, 봉이 지아비 이름은 이원범이다."

행렬이 어의궁 앞에 도착하자 희색이 만연한 김문근이 왕을 맞이했다. 열다섯 살의 요요정정젊고 아름다우며 마음이 바르고 침착함한 처녀도 왕을 기다렸다. 왕이 중전으로 맞이한다는 의미로 기러기를 전했다. 왕은 곤전을 친

286

영해 궁궐로 돌아와 교배례를 올렸다. 물기를 머금은 왕의 눈빛이 내내 애련했다. 혼인을 기념해 음식도 나누어 먹었다. 이로써 두 사람은 부부가 되었다. 왕의 입은 웃고, 눈은 슬피 울었다.

인정전 뜰은 축제 분위기로 한껏 들떠 있었다. 가문의 이익에 급급한 나머지 안동 김씨들은 선조들이 목숨처럼 아끼던 청의를 헌신짝처럼 내버리고 세 번째 국혼을 무리하게 성사시켰다. 미인을 출가시켜 권력을 이어가는 천방 백계였다. 인정전 마당엔 장악원 악사들이 두 식경 전부터 대기 중이었지만, 연주는 하지 않았다. 뜰 담장 주위로 오위장들이 화려한 예복을 입고 깃발을 높이 든 채 도열해 있었다. 안동 김씨들은 하나같이 의기양양했다. 몸이 비대해 포물선 부원군으로 불리는 국구 김문근의 얼굴엔 홍조가 난연했다. 문무관료들은 국구에게 극진한 예를 갖추며 얼굴 도장 찍기에 바빴다. 이제 안동 김씨는 왕의 외척도 되고, 처족도 된다. 완벽했다!

이렇게 완벽한 권력은 조선 개국 이후 단 한 번도 존재하지 않았다. 가례가 끝나면 순원왕후는 곧 수렴청정을 거두게 될 것이다. 허나 동생인 김좌근이 영의정으로 사실상 수렴청정을 계속할 것이다. 국구인 김문근도 새로운 실세로 부상할 터였다. 이제 안동 김씨 세도가 돗자리를 말듯, 빠르고 거침없이 발호할 것이 자명했다. 월대에는 화려한 왕실 문장이 찍힌 희고 큰 차일이 설치돼 있었다. 그곳에 화려한 예복을 입은 왕실 여인들이 위풍당당 앉아 있었다. 순원왕후와 제조상궁 얼굴은 가없이 앙양했다. 순화궁에 나가 살던 경빈도 대비 홍씨와 친자매처럼 다정히 앉

아 있었다. 그러나 조 대비와 부제조상궁은 청처짐해 시든 들꽃처럼 박
석만 노려보았다. 이를 사금파리처럼 노려보던 순원왕후가 넌지시 연사
질_{교묘한 말로 남의 속마음을 떠보는 짓}을 했다.

"주상이 득배했는데, 왕대비 소회는 어떻소?"

비위난정인 조 대비가 겉웃음을 웃으며 가르랑거렸다.

"경하드리옵니다. 대왕대비마마! 소인도 가없이 기쁘고 기쁘옵니다."

"아암, 그래야지. 가통으로 따진다면야 주상은 왕대비 시동생이 아닌
가? 허면 중전은 왕대비 동서가 될 터……."

조 대비가 잔지러진 재채기를 하며 속으로 중얼거렸다. '무엇이라? 열
다섯 살짜리 어린애가 마흔네 살인 내 동서가 된다고? 세상에 그런 법도
가 어디 있단 말이냐, 이 탐욕스러운 늙은이 같으니라고…….' 분기탱천
한 조 대비 얼굴이 울기로 붉으락푸르락했다. 이를 가살스럽게 노려보던
순원왕후가 한쪽 입가를 당겨 희미하게 웃었다.

"왜? 왕대비 생각은 그렇지 않소?"

간신히 토심을 감춘 조 대비가 공손히 머리를 조아렸다.

"어찌 생각이 다르오리까? 소인도 그리 생각하고 있사옵니다."

순원왕후가 눈꼬리를 바짝 치켜올리고 조 대비를 노려보았다. 곁눈질
하던 제조상궁도 경멸이 그득한 눈빛으로 조 대비와 부제조상궁을 차례
로 훑어 내렸다. 기롱을 당해 모닥불이 된 왕대비와 부제조상궁 눈자위
에 물기가 어른거렸다. 그때 왕이 곤전과 함께 인정문 안에 들어섰다. 조
선시대 최고위 신분의 여인임을 상징하는 대례복 적의를 입은 왕비 모

습은 더 없이 아름답고 전아했다. 어깨까지 내린 대수머리 양쪽 끝엔 봉황 장식을 한 큰 옥비녀를 꽂았고, 진귀한 보석들로 만들어진 화려한 떨잠과 봉황 장식 비녀들은 광휘로웠다. 옥으로 장식된 금박 댕기는 화려함의 극치였다. 면복을 입은 왕과 적의를 입은 왕비 모습은 더할 수 없이 장중했다. 이를 바라보는 순원왕후와 안동 김씨 일족이 의기충천해 연신 발씬거렸다. 품계석에 서 있던 문무관료들이 어도를 걷는 왕과 곤전을 향해 극진한 예를 갖추었다.

이때 종친석에서 서 있던 흥선군이 취한 듯 휘청거렸다. 얼굴엔 여기저기 피딱지가 붙어 있었다. 어젯밤 기부妓夫인 대전별감과 대판 싸움이 붙었기 때문이다. 기녀에게 손님이 찾아오면 기부는 손님에게 기녀를 양보하는 것이 관례이다. 허나 흥선군을 멸시하는 몇몇 기부들은 기녀를 내보내지 않았다. 흥선군은 사나흘에 한 번꼴로 기부들과 싸움을 벌여 의금부로 끌려가곤 했다. 의금부와 종부시 관원들은 흥선군 얼굴만 보면 진저리를 치며 고개를 내저었다. 안동 김씨들이 휘청거리며 서 있는 흥선군 얼굴에 일제히 경멸의 시선을 꽂았다. 흥선군이 씨익 웃으며 깊숙이 머리를 조아리자 안동 김씨 일족이 동시에 체머리를 흔들었다. 왕과 왕비가 인정전 앞 월대 위로 올라가 정좌하자 왕의 혼인을 축하하는 문무백관의 하례가 이어졌다. 찬의 세 명이 큰 소리로 "산호!" 하고 외치자, 백관들이 두 손을 맞잡고 이마에 댄 뒤 목청껏 "천세!" 하고 외쳤다. 찬의들이 더 큰 소리로 산호를 외쳤다.

"천세!"

"재산호!"

"천천세!"

왕의 입은 웃고, 눈은 슬피 울었다. 왕비에 대한 산호도 이어졌다.

"산호!"

"백세!"

"재산호!"

"백백세!"

화려한 예복으로 치장한 보모상궁이 멀리서 왕을 지켜보며 옷고름으로 눈물을 닦았다.

이때 궁궐에서 가장 바쁜 곳이 있었다. 잔치를 위해 임시로 세워진 숙설청의 숙설소熟設所였다. 사옹원 총책임자인 종3품 제거의 지휘 아래 주방장 종6품 재부, 부주방장 종7품 선부, 조리사 종8품 조부, 화열 담당 정9품 임부, 음식 삶는 일 담당인 종9품 팽부가 총동원돼 요리를 만들었다. 말린 해삼을 불려 고기소를 채우고 옷을 입힌 뒤쌈, 통째 구운 꿩을 한가득 쌓아올린 전치적, 콩팥과 천엽, 간 등 신선한 소의 내장을 얇게 저며 가운데 잣을 넣고 돌돌 말아 올린 각색갑화를 마술처럼 만들어 냈다. 또 숭어와 물오리, 안심과 전복, 해삼을 섞어 풍로에서 끓여먹는 승기야탕, 어린 돼지와 안심, 닭 등을 통째 쪄서 올리는 연저찜도 만들었다. 한쪽에서는 식후에 내어 갈 후식 준비로 바빴다. 배를 조각내 가운데에 후추를 박고 생강 달인 꿀물에 넣어 서빙고에서 가져온 얼음물 위에서 차갑게 식혔다. 이들 모두 조리 기술을 가진 중인 계급의 사옹원 소속 관리들이었다. 이들 밑으로는 노비로 구성된 4백여 명의 자비差備들이 일사분란하게 움직였다. 일명 각색장이었다.

이들은 철저히 분업화해 움직였다. 고기를 다루는 자는 별사옹, 물을 끓이는 자는 탕수색, 생선 굽는 자는 적색, 밥 짓는 자는 반공, 두부 만드는 자는 포장, 술 빚는 자는 주색, 떡 만드는 자는 병공, 음식을 찌는 일을 하는 자는 증색으로 맡은 일만 전문적으로 했다. 왕실 음식은 모두 사옹원 소속 남자 요리사들이 전담했다. 임금 수라 때에도 진지사리를 담당하는 내시들이 기미와 시중을 들었다. 대신 내명부는 여관들이 담당했다. 남녀유별 때문이었다. 가례식이 끝나자 연회가 시작됐다. 박拍 소리와 함께 잔치를 베푸는 동뢰同牢가 이어졌다. 술과 진수성찬이 문무백관 모두에게 내려졌다. 왕이 집사자를 통해 술을 내리자 신하들이 자리에서 일어나 엎드렸다 무릎 꿇은 뒤 술을 마셨다. 마신 뒤에는 다시 엎드렸다가 일어나 자리에 앉았다.

그때 부용관을 쓴 무동들이 정재를 위해 인정전 앞뜰로 가만사뿐 걸어 나와 궤부복했다. 무고舞鼓들이 큰북을 빙 둘러싼 뒤 신나게 북을 두드리자 무동들이 향발무響鈸舞를 추며 노래를 불렀다. 외연外宴에서는 무동들이 정재를 공연한 반면, 내연內宴에서는 궁녀인 하님여령이 의장 드는 일을, 고사여령이 정재를 공연했다. 왕은 신하들이 권하는 술을 사양하지 않았다. 다 받아 마셨다. 도승지와 상선도 끊임없이 마셨다. 도승지는 대취했고, 상선은 만취했다. 두 사람은 술에 취해 덩실덩실 춤도 추었다.

왕은 끝까지 의연했지만 도승지와 상선은 흔들렸다. 신산한 삶에 지쳐 허덕거리면서도, 마음 한 점 얹어 놓을 곳 없는 왕만 생각하면 억장이 무너졌다. 왕의 심장에선 지금 붉은 피가 철철 흐르고 있을 터였다. 맨정신으로 왕을 바라보기 힘든 두 사람은 계속 술잔을 비웠다. 결국 상선은 업혀 나갔고, 도승지는 실려 나갔다. 왕은 정신을 차리려고 마음속으로 계속 주문을 외웠다.

"내 혼인식은 파주 행궁에서 있었다. 내 아내 이름은 봉이이고, 봉이 지아비 이름은 이원범이다."

사알과 대전별감 몇 명이 입술을 깨문 채 슬며시 고개를 돌렸다. 여기저기서 안동 김씨 세도가들의 호탕한 웃음소리가 흔연했다. 동뢰가 끝나자 왕비가 대왕대비와 왕대비에게 조회하는 왕비조왕대비王妃朝王大妃와, 왕비가 백관들의 하례를 받는 왕비수백관하王妃受百官賀, 왕이 백관들을 회례하는 전화회백관殿下會百官, 왕비가 외명부의 조회를 받는 왕비수외명부王妃受外命婦 의식이 연이어 이어졌다. 의식이 끝나자 작은 북을 가슴에 매단 수십 명의 내시들이 가만사뿐 걸어 나와 궤부복했다. 그리고 음악에 맞춰 빠르게 북을 치며 일사불란하게 춤을 추었다. 불콰해진 흥선군이 흥에 겨워 요란스레 어깨를 들썩이며 왔다갔다 박자를 맞추었다. 문무백관의 시선이 동시에 흥선군을 향했다. 안동 김씨들이 눈살을 찌푸리며 일제히 체머리를 흔들었다. 망신살이 뻗친 종친들이 달려가 만류했지만 막무가내였다. 오히려 더 우스꽝스럽게 춤추다 고꾸라지고 나자빠졌다. 여기저기서 혀를 차며 탄식하는 소리가 난무했다. 후원에서는 관화觀火 준비가 한창이었다. 군기감 관원들이 매화포 화약들을 쟁여 넣은 포통을 부용지 주위에 꼼꼼히 설치했다. 연회가 파한 뒤 왕과 문무 2품 이상 관리들만 부용정에서 화려한 불꽃놀이를 감상하기 위함이었다.

이때 봉이는 강화도 해변 방초주에 앉아 있었다. 해송 밑에서 온종일 먼 바다만 바라보았다. 친구들은 차마 다가가지 못한 채 먼발치서 곰솔 잎만 뜯었다. 봉이는 파주 행궁에서 돌아온 후 다시 머리를 땋고 댕기를 매었다. 잠시 후, 백사장을 주홍빛으로 수놓던 낙조가 서서히 봉이 얼굴을 놀빛으로 물들이기 시작했다. 봉이 가운뎃손가락에는 황금칠보 쌍가락지가 끼워져 있었다. 땀에 젖은 손바닥 안엔 왕이 강화도를 떠날 때 주고 간 향낭과 옥단추, 머리를 올려 줄 때 왕이 꽂아 준 초롱 모양의 비취 금비녀가 꼭 쥐어져 있었다.

봉이는 하루 종일 연연천리 물마루만 바라보았다. 그때 갈대숲이 서걱대며 자박자박 발걸음 소리가 났다. 잠시 후 갈꽃 속에서 명아주 지팡이를 든 지명선사가 갈품을 헤치며 나타났다. 눈창을 붉히고 한동안 봉이를 지켜보던 선사가 불쑥 봉이 옆에 다가가 털썩 주저앉았다. 두 사람은 말없이 먼 바다만 바라보았다.

"서운하냐?"

봉이가 싱긋 웃었다. 놀란 선사가 토끼 눈을 떴다.

"지금 웃고 있는 것이냐?"

이번엔 고개를 저었다.

"봉이답구나. 기특하다."

고개를 주억거리는 선사 눈 속에 물기가 어른거렸다.

"출가 전 연정을 품었던 여인이 내게 이렇게 말했었다. 인생은 연꽃잎
에 내리는 빗방울과 같다……! 연연불망하던 난 이 말을 화두삼아 기나
긴 집착에서 벗어날 수 있었다. 진세의 무상함을 그때 비로소 깨달았다."

봉이가 글썽 선사를 바라보았다. 선사가 마주 보며 고개를 끄덕였다.
봉이도 고개를 끄덕였다. 두 사람이 동시에 고개를 끄덕거렸다. 물마루
에서 마지막 햇살을 안간힘 쓰는 놀빛을 향해 물새들이 힘차게 날아올
랐다.

창밖에 시나브로 어둑발이 내려앉았다. 등잔을 켜지 않은 방은 좁고
어두웠다. 방 안엔 흥선군이 가부좌를 틀고 곧추앉아 있었다. 눈을 감고
있던 그의 입에서 느닷없는 탄식이 흘러 나왔다.

"내 그동안 살아남기 위해 온갖 미친 짓을 하며 종친 체면을 깎고 다녔
거늘, 여차하면 저승길에 들어서기 십상이겠구나!"

흥선군이 머리를 절레절레 흔들며 한숨을 쏟았다. 그는 안동 김씨들
의 일급 요시찰 대상이었다. 아무리 파락호 짓을 하고 다녀도 족보상 왕

294

의 숙부인 은신군 손자이자 왕의 육촌 형이었다. 경평군과 완창군, 이하 전의 처지도 풍전등화였다. 자칫 잘못하다가는 역모죄를 뒤집어쓰고 귀신도 모르게 감쪽같이 제거될 수 있었다. 말이 세도정치이지 독재 공포 정치였다. 한데 그동안의 필사적인 노력에도 불구하고 모든 것이 한순간에 물거품이 될 상황에 직면했다. 저잣거리에 나돌고 있는 동요 때문이었다. 이하응의 집이 있는 옛 관상감 터 서운관 자리에서 성인聖人이 나온다는 노래가 여염과 저자에서 떠돌고 있었다.

동요는 아이들 입을 통해 무섭게 퍼져 나갔다. 사람들은 이를 참요讖謠라 부르며 수군거렸다. 하늘의 뜻에서 나온 노래가 천진무구한 아이들 입을 통해 자연스럽게 퍼져 나가기 때문이었다. 며칠 전에는 애꾸눈 관상쟁이가 불쑥 찾아와 집과 아이들 얼굴을 분주히 살폈다. 둘째 아들 재황의 얼굴을 한동안 들여다보던 술사는 흥선군에게 주위사람들을 물려 달라고 청했다. 방 안에 두 사람만 남자 술사가 조용히 아뢰었다.

"용봉지자 천일지표龍鳳之者 天日之表! 분명 왕이 될 관상입니다. 때가 될 때까지 이를 절대로 발설해서는 안 됩니다."

흥선군 얼굴이 사색이 됐다. 역모죄로 3대가 멸할 말이었다. 집터에도 왕기가 서려 있다고 했다. 이하응의 입에서 끄응 한숨이 터졌다. 며칠째 두문불출 방에만 틀어박혀 있는 건 이 때문이었다. 내 아들 재황이 왕이 된다? 그럼 내가 대원군이 된다? 그동안 조선엔 살아서 대원군이 된 자가 없었다. 완창군도 대왕대비와 왕대비의 암투 속에서 끝내 대원군의 꿈을 속절없이 접었다. 만일, 내 아들 재황이 왕이 된다면 섭정도 가능하다. 직접 정치할 수 있는 기회가 주어진다. 명실상부한 조선의 제2인자가 된다.

정권을 잡게 되면 제일 먼저 안동 김씨를 쓸어버리고 새로운 정치를 시작해야 한다. 잃었던 왕권을 되찾아야 한다. 조선을 다시 전주 이씨 나라로 만들어야 한다. 왕권 강화를 위해 폐허가 된 경복궁도 몇십 배 크게 중건할 생각이다. 처음부터 외척이 발붙이지 못하도록 단단히 지지눌러 놓아야 한다. 능력 있는 종친과 종반도 벼슬할 수 있는 나라로 만들어야 한다. 특혜를 일삼아 국가 재정을 위협하고 백성을 괴롭히는 사림의 서원도 철폐해야 한다. 산림의 초심은 변질됐다. 부패해 냄새나고 패거리만 양산한다. 도학을 논해야 할 서원이 흑패자로 해악을 일삼고 있다. 매관매직으로 벼슬을 산 탐관과 오리들도 발본색원해야 한다. 명리만 얻을 수 있다면, 이끗만 주어지면, 정의는 아랑곳하지 않고 권력에 달라붙어 꼼수를 가리지 않는 박쥐 같은 자들도 반드시 파라척결해야 한다. 활 한 번 쥐어 보지 않고 무과에 급제한 무변의 자식들도 찾아내 모두 출척해야 한다.

이것이 바로 흥선군의 꿈이며 생존 철학이었다. 흥선군 주먹에 불끈 힘이 솟았다. 어릴 때 관상을 봐주었던 주지승의 목소리가 환청처럼 들렸다.

"나보다 잘나가는 사람이 나를 간섭하니, 곧 2인자를 뜻합니다. 때가 되면 피 한 방울 보지 않고 세상을 바꿀 것입니다."

스승 댁 늙은 솔거노비 말도 떠올랐다.

"가혹한 세월을 잘 견뎌 내시기만 하면 훗날 하늘에서 관록과 존경, 명예를 한꺼번에 선물할 것입니다."

그제야 모든 것이 보였다. 삼라만상 모든 세상 이치가 한눈에 들어왔다. 종묘의 창엽문이란 현판도 떠올랐다. 개국 초 무학대사와 정도전이 종묘의 주춧돌을 놓을 때 스물여덟 칸으로 정한 것도 생각났다. 원범이 25대 왕이 되었으니 조선엔 앞으로 세 명의 왕이 더 나올 것이다. 내 아들 재황이 왕이 된다면 그의 아들도, 아들의 아들도 왕이 될 것이다. 그렇다면 내 후손들로 조선시대를 마무리 짓게 된다. 흥선군 눈빛이 어둠 속에서 별빛처럼 명멸했다. 꼭 살아남아야 한다. 기필코 살아남아야 한다. 만에 하나 어느 것 하나라도 안동 김씨 귀에 잘못 들어가는 날에는 멸문지화를 면치 못할 것이다. 동요와 관상, 이 중 어느 것 하나라도 문제가 됐다가는 귀신도 모르게 삼도천을 건널 수 있다. '이를 어쩐다?' 가부좌를 튼 다리를 좌우로 흔들던 이하응이 큰 소리로 외쳤다.

"차도산전 필유로車到山前 必有路! 수레가 산 앞에 이르면 반드시 길이 있다!"

벌떡 일어난 이하응이 방 한구석에 있는 회화나무 궤짝을 분주히 뒤졌다. 평소 아껴 두었던 노루 겨드랑이 털로 만든 장액필과 족제비 털로 만든 황모필, 다람쥐 털로 만든 청모필을 꺼내들었다. 평안북도 위원에서만 나는 정니석으로 만든 최고급 벼루와 도침지도 꺼냈다. 흥선군이 다시 가부좌를 틀고 명상에 잠겼다. 영혼이 금방 시공간을 초월해 우주의 초월적 기류에 편승했다. 잠시 후, 눈을 뜬 흥선군이 능숙한 솜씨로 화선지에 난을 치기 시작했다.

　나합 얼굴이 예사롭지 않았다. 앵돌아진 모습이 단단히 골난 모습이다. 영의정 김좌근이 퇴궐했는데도 눈길 한 번 주지 않는다. 분주히 눈치를 살피며 연유를 물었지만 대답조차 없다. 비단 치마 꼬리를 휘감아 가슴팍에 끌어 모으곤 눈을 내리깐 채 살뚱스럽기 그지없다.

　"어허, 답답하이. 말을 하시오, 말을! 그래야 부인 심중이 왜 복잡한지 내 알 수 있지 않겠소?"

　허나 김좌근은 알고 있었다. 입안의 혀처럼 사람을 녹이는 나합이 저 정도로 골이 나 있다면, 이유는 단 하나뿐이다. 허나 이는 천하의 영의정이라 한들 어찌 해결해 줄 수 있는 게 아니다. 고심참담하던 김좌근이 괜한 헛기침을 하며 장죽의 수포석 물부리를 힘차게 빨았다.

　그때 흥선군이 찾아왔다고 아뢰는 집사 음성이 들렸다. 순간 김좌근의 미간이 잔뜩 찌푸려졌다. '파락호가 이 늦은 시간에 대체 무슨 일이란 말인가?' 생각에 잠겼던 김좌근이 희미하게 웃으며 들여보내라고 하자, 나합이 확 고개를 돌리며 쏘아붙였다.

　"그 망나니를 뭐 하러 안방까지 들이십니까? 몇 푼 주어 그냥 돌려보내세요!"

　김좌근이 은근한 미소를 띠우며 "기다려 보시오, 부인! 내 부인의 울적한 심사를 단번에 풀어 줄 터이니……." 하며 물부리를 빨았다. 흥선군이 왜틀비틀 방 안에 들어서자 싸구려 독주인 아랑주 냄새가 진동했다. 손에는 둘둘 말린 옥판지玉板紙 한 장이 들려 있었다.

"영상 대감께 제가 친 난화를 선물하러 왔습니다."

"고맙네. 흥선군 묵란은 추사도 인정한 솜씨 아닌가."

일경일화 춘란을 보던 김좌근이 흡족한 표정으로 연방 고개를 끄덕거렸다. 흥선군은 시문과 시화에 모두 능했다. 특히 난 치는 솜씨가 빼어났다. 금강안金剛眼을 자부했던 추사도 흥선군의 서화를 극찬했다. 허나 행실이 문제였다. 워낙 방탕하다 보니 진가를 제대로 인정받지 못했다. 그림을 감상하던 영의정이 사구인을 읽다 정색을 하며 중얼거렸다.

"어허, 이거 참 독특하구먼. 어째 뜻이 심상치 않은데?"

당황한 흥선군이 기방에서 주워들은 것이라며 변명했다. 워낙 제 인물됨과 정반대인지라 재미있어 한번 흉내를 내본 것뿐이라고 혀 꼬인 소리를 내자 김좌근이 파안대소했다.

"그리 겸양을 떠니 내 할 말이 없구먼. 헌데 술이라도 한잔 하고 가려면 인사는 제대로 해야 하지 않겠는가? 여기 있는 내자에게 어디 큰절 한번 해보게나!"

이하응의 눈에서 번쩍 불꽃이 일었다. 그러나 곧 평정심을 되찾고 나합에게 큰절을 올렸다. 왕족이 기생에게 큰절을 올린 것이다. 법도상 있을 수 없는 일이었다. 자기 집 종에게 큰절을 올린 것과 진배없었다. 이하응은 심중으로 과하수욕을 탄식하며 지그시 입술을 깨물었다. 허나 살아남기 위해서는, 야망을 이루기 위해서는 굴욕도 감수해야 한다. 와신상담해야 한다. 고통과 모욕을 겪는 일이야말로 하늘에 선업을 쌓는 지

름길이다. 오늘의 이 치욕이 언젠가 분단생사의 기로에 선 목숨을 살리
게 될 것이다. 나합 앞에 무릎 꿇고 앉은 흥선군이 두 손을 가지런히 모
으고 허리 숙여 인사했다.

"형수님! 그간 평안하셨습니까?"

순간, 나합의 입가에 작약꽃이 만발했다. 양쪽 뺨으로 보조개가 깊숙
이 파였다. 김좌근은 나합의 보조개를 사랑했다. 보조개만 보고 있으면
세상 근심걱정이 한순간에 사라졌다. 하초가 저절로 움찔움찔거렸다. 나
합을 그윽하게 바라보던 김좌근이 콧등을 발록이며 흡족한 미소를 지었
다. 두 눈을 반짝이던 나합이 영감을 보며 애교 섞인 콧소리를 냈다.

"영감! 내 아무래도 흥선군을 다시 봐야겠습니다."

김좌근이 고개를 주억거리며 "그렇고말고! 부인을 이리 끼끗하게 해
주었는데 내 어찌 흥선군을 다시 보지 않으리오." 하고 반죽을 맞췄다.
흥분한 나합이 요란하게 차집^{음식장만 따위의 잡일을 맡아보던 여자}을 부르더니 귀
하고 맛있는 음식을 다 내오라고 명했다. 화향주와 두견주, 과하주와 소
곡주도 모두 올리라며 수선을 피웠다. 이하응의 입가에 남모를 웃음이
스쳐 지나갔다. 나합이 영감을 향해 다시 콧소리를 냈다.

"영감! 앞으로 흥선군 뒷배를 좀 봐줘야 하지 않겠습니까?

"그렇다마다! 내 조만간 일족들을 불러 모아 흥선군 뒤를 봐주라 당부
할 것이니 부인은 아무 걱정 마시오!"

방문이 열리고 통지기와 찬모가 커다란 술상을 들고 들어왔다. 게찜과
쇠창자찜, 설하멱적, 치육포, 매화산자, 동아석박지에 건시단자까지 상다

리가 휘어질 정도의 진수성찬이었다. 나합이 흥선군에게 화향주를 따랐다. 파격적인 행동이었다. 그날 밤 세 사람은 흠뻑 취했다. 홍이 오른 나합이 오랜만에 가야금을 뜯었다. 굿거리장단인 자진타령 가락에 맞춰 교방굿거리 춤도 추었다. 애첩의 몽환적인 춤사위에 무아지경이 된 김좌근이 흥에 겨워 거문고를 뜯었다. 흥감興感한 흥선군이 어깨춤을 추며 연신 발림을 넣었다.

나합이 만취한 이하응에게 흔쾌히 가마를 내주었다. 순라꾼들에게 잡히지 않도록 비표를 가진 솔거노비도 딸려 보냈다. 극진한 대접이었다. 흥선군 이하응이 가마 안에서 잡가인 적벽가를 흥얼거렸다. 게슴츠레 밤하늘을 올려보던 흥선군이 푸흡 실소를 머금었다. '이런 모욕쯤이야 뭐 대수인가, 살아 있는 게 중요하지. 훗날 자식이 왕이 된다 하질 않는가. 오늘의 이 수모는 그때 몇십 배, 몇백 배로 되갚아 주면 될 것을! 재황이 왕이 되면 내 저것들을 떼어 놓는다고 겁박해 반드시 20만 냥을 받아 내리라. 10만 냥은 재황의 혼인 비용으로, 또 10만 냥은 경복궁 건축비란 명분으로 결단코 받아 낼 것이다. 인생사 새옹지마라더니, 으하하하.'

성이 양씨라고 알려진 나합은 나주 영산포 삼영동에서 태어났다. 나합이 태어날 당시, 전주에는 한학의 대가인 이서구가 전주 감사로 재직 중이었다. 그는 미립경험에서 얻은 묘한 이치과 하늘의 운기를 읽을 줄 아는 능력자였다. 어느 날 감영 앞마당에서 하늘의 운세를 살피던 이서구가 갑자기 혀를 차며 비장裨將을 불렀다.

“지금 당장 나주 삼영리로 가거라. 그곳에 가면 금방 어린아이를 낳은 집이 있을 것이니 만일 태어난 아이가 남자면 죽이고 여자면 살려 주어라.”

비장은 즉시 말을 달려 영산포로 향했다. 가보니 마침 아이 낳은 집이 한 곳 있어 확인해 보니 여자아이였다. 비장은 다시 전주로 달려가 감사에게 보고했다. 한동안 끌끌 혀를 차던 감사가 고개를 저으며 탄식했다.

“어허, 그년 장차 세상을 꽤 시끄럽게 만들겠구나!”

그의 예언대로 나합은 안동 김씨 세도정치 때 무소불위의 권력을 휘둘렀다. 조선이 나합의 손바닥 안에서 놀았다. 나합은 어려서부터 미색이 뛰어났다. 소리도 잘했고, 악기 연주도 능했다. 무엇보다 남자를 다루는 기술이 절등했다. 색기色技가 가히 천부적이었다. 요니嬈娜한 나합을 보고 속앓이를 하지 않는 남자가 없었다. 내영산 마을 건너 어장촌 근처에 살던 나합은 도내기샘을 자주 이용했다. 물을 긷는 모습을 몰래 훔쳐본 총각들은 애간장이 녹아나 노래까지 만들어 불렀다.

나주 영산 도내기샘에 상추 씻는 큰애기,

속잎이랑 네가 먹고 겉잎이랑 활활 씻어

나를 주소.

나합은 결국 어린 나이에 기생이 됐다. 그리고 당대 최고의 세력가 김좌근 눈에 띄어 애첩이 됐다. 이 첩실 자리는 철종 즉위 후 나합에게 조선 최고의 권력을 거머쥐게 해줬다. 사실상 수렴청정을 대신한 김좌근

302

때문이다. 나합의 미색과 총기, 배포를 극진히 사랑한 김좌근은 모든 국정을 반드시 나합과 상의해 결정했다. 기생이 국정의 자문 역할을 한 것이다. 김좌근은 나합의 부탁을 단 한 번도 거절하지 않았다. 김좌근의 권세가 곧 나합의 권세였다. 저자에는 평안감사도 나합의 버선코에 이마를 조아려야지만 자리를 보존할 수 있다는 소문이 파다했다. 지방 수령 자리를 적게는 2~3만 냥, 많게는 수십만 냥에 팔았다. 조선조 매관매직의 대표적 인물이었다. 지방의 현감이나 목사, 절도사, 관찰사는 물론이요, 육조판서도 나합의 말 한마디에 등용이 좌지우지됐다.

사대부들은 그녀를 처음엔 나주댁으로 불렀다. 그러나 그녀의 막강한 권력을 실감한 후에는 나주의 합부인, 즉 나합으로 불렀다. 합閤이란 글자는 정1품에게만 사용할 수 있어 영의정을 뜻했다. 결국 나합이란 존칭에는 영의정을 능가하는 절대 권력을 가리키는 의미가 함축돼 있었다. 동시에 기생 출신인 첩실이 조정과 지방인사권을 마음대로 쥐고 휘두르는 것을 비아냥대고 경멸하는 부정적 의미도 내포돼 있었다.

김좌근의 본처는 윤씨였다. 둘 사이에 자식이 없자 김영근의 아들 김병기를 양자로 맞아들였다. 나합을 첩실로 들인 뒤 김좌근은 거의 애첩의 집에서 살다시피 했다. 나합의 집은 대군의 집을 방불했고, 솟을대문은 한없이 높았다. 조정에서는 가옥과 대지 규모를 신분에 따라 규제하는 가사규제를 엄격히 시행했다. 왕비에게서 태어난 왕자나 공주는 1,170평, 후궁이나 궁녀에게서 태어난 왕자나 옹주는 975평, 1~2품 벼슬을 하는 사람은 585평, 3~4품 벼슬을 하는 사람은 390평, 5~6품 벼슬을 하는 사람은 312평, 7품 이하 벼슬아치는 156평, 일반 서민은 78평을 넘지 못했다. 그러나 나합은 예외였다. 조선의 모든 세도가들이 나합의 발 앞에 기꺼이 고개를 조아렸기 때문이다. 나합은 점차 본부인 행세를 하기 시작했다. 비단옷과 호사스러운 패물은 물론이요, 옷도 꼭 정경부인 옷과 비슷한 외명부 옷차림만 고집했다. 호사스러운 스란치마를 길게 늘어뜨리고 육간대청에서 설렁줄을 흔들며 하인을 부르는 목소리엔 언뜻 위엄마저 감돌았다. 나합의 권세를 믿고 그녀의 일가친척까지 횡포를 일삼아 백성의 원성이 자자했다.

하지만 천하의 나합도 어쩌지 못하는 게 있었다. 사대부들은 본디 천하고 귀한 것은 타고나는 것이라고 생각해 아무리 권력을 가졌다 한들, 신분이 높아지는 건 아니라고 생각했다. 그래서 돈과 선물은 바리바리 쌓아 갖다 줄망정, 나합 앞에서는 결코 무릎을 꿇지 않았다. 말투도 하대했다. 이는 나합의 최대 약점이자 상처였다. 나합은 대왕대비 총애도 한 몸에 받고 있었다. 원로대신들도 어려워하는 순원왕후 앞에서 나합은 조금도 기죽지 않고 당당했다. 하고 싶은 말이나 궁금한 말은 빠짐없이 다 할 정도로 도랑방자했다. 입궐할 때마다 청나라와 아라사에서 들여온 진귀한 보석과 화장품, 고운 주단들을 수시로 갖다 바쳤다. 제조상궁 선물도 빠뜨리지 않았다. 나합의 혀에 순원왕후와 제조상궁이 동시에 녹아났다. 두 사람은 나합을 볼 때마다 입에 침을 튀기며 칭찬을 아끼지 않았다.

"자네야말로 해어화解語花 중 해어화일세! 어찌 그리 입안의 혀처럼 눈치코치가 빠르던가."

대왕대비 덕담에 제조상궁이 말추렴을 했다.

"잘 보셨습니다, 대왕대비마마! 소인의 좁은 소견으로도 나주댁이야말로 진정한 의미의 정부인이 아닌가, 그런 생각마저 드옵니다."

"허긴, 뭐 그리 틀린 말도 아니지. 하하하."

나합이 허리 숙여 극진히 예를 갖추었다.

"영명하신 말씀만 들어도 광영 또 광영이옵니다. 부디 만수무강하소서!"

그래도 나합은 안동 김씨 여자가 아니었다. 매일 밤 독수공방에서 눈물짓는 윤씨가 엄연한 정실이자 정경부인이었다. 나합은 제사에도 참석하지 못했다. 자존심이 높고 과시욕이 심한 나합에겐 감내하기 힘든 굴욕이자 고통이었다. 이는 돈과 권력으로 해결되는 게 아니었다. 나합은 사대부 집안의 여인이 되지 못하고 첩실로 사는 신세를 늘 한탄했다. 오직 김좌근만이 평생 본부인처럼 생각하며 극진히 아끼고 사랑했다. 나합은 죽는 날까지 버림받지 않았다.

나비의 꿈

수강재 뒤 취운정翠雲亭에 순원왕후가 우뚝 서 있다. 숙종이 서경의 글을 쓴 유정유일 윤집궐중惟精惟一 允執厥中이란 현판 아래였다. 취운정은 위치가 높아 궁궐의 각 전각이며 후원 숲이 죄다 내려다보였다. 수심이 가득 찬 얼굴로 궁궐을 한 바퀴 둘러보던 순원왕후 시선이 몽밀한 후원 숲, 한 전각에 멈췄다. 대왕대비가 서늘해진 눈빛으로 입술을 깨물자 제조상궁이 분주히 눈치를 살피며 청심환을 든 손에 힘을 주었다.

왕은 지금 후원 깊숙한 황토방에서 요양 중이다. 또 화풍병이 도졌다. 가례를 올리고 해를 넘겼지만, 툭하면 황토방에서 자고 곤전이 있는 대조전 근처엔 얼씬도 하지 않는다. 낮에는 멀쩡히 잘 있다가 해만 떨어지면 화풍병이 도졌다며 상소문을 싸들고 황토방으로 향한다. 희한한 일이다. 합방만 했을 뿐, 아직도 합궁 안 했다는 소문이 궁궐 안에 난무했다.

한창 나이인 주상이 꽃같이 어여쁜 곤전을 옆에 두고도 춘정을 느끼지 못해 잠만 잤다? 이건 선왕인 헌종과 달라도 너무 달랐다. 이 일을 어찌하면 좋을꼬!

비탄에 젖은 순원왕후 입에서 가쁜 풀무 소리가 났다. 그때 곤전이 자늑자늑한 걸음걸이로 화계 위에 나타났다. 자주색 스란치마에 금박이 화려하게 찍힌 초록색 당의를 입은 곤전 모습은 가없이 아름다웠다. 갓 피어난 꽃처럼 어여쁘고 유한정정했다. 곤전이 "부르셨사옵니까, 대왕대비마마!" 하고 공손히 아뢰자 순원왕후가 기겁초풍했다.

"대왕대비마마라니요? 자전마마라 부르세요. 난 곤전 시어미이지 시할미가 아닙니다."

48년 연상인 대왕대비를 어머니로 부르기 민망한 곤전이 석류처럼 얼굴을 붉혔다.

"내 중전께 긴히 물어볼 말이 있어 불렀소. 중전은 내 며느리이나 사사로이는 친정조카입니다. 허니, 솔직히 대답해 줬으면 합니다."

"하문하시옵소서."

의려의 눈초리로 곤전을 살피던 대왕대비가 "주상과 합궁은 했소?" 하고 뜬금없이 물었다. 귓불이 빨개진 곤전이 죄인처럼 고개를 숙이자 대왕대비가 다시 하문했다.

"같은 방에 잤느냐를 묻는 것이 아니라 운우지정을 나누었느냐, 무산양대가 있었느냐 묻는 것이오."

얼굴이 놀빛으로 물든 곤전이 잦아드는 소리로 "예." 하고 답했다. 움찔 놀란 순원왕후가 혀를 차며 거세게 체머리를 흔들었다.

"어허, 이런 해괴한 일이 다 있나. 지밀들 말로는 아직 합궁을 안 했다 하거늘, 어찌 곤전 혼자 합궁했다 우기는 게요? 진정 주상과 운우지락을 나눈 게요?"

"예. 대왕대…… 아니, 자전마마!"

미간을 잔뜩 좁힌 순원왕후가 쌩클한 눈빛으로 곤전의 몸을 훑었다. 능소화처럼 붉어진 곤전이 쥐구멍을 찾듯 고개를 숙인 채 파르르 속눈썹을 떨었다.

"어허, 진정 괴이한 일이로세! 정말 알 수 없는 일이구려. 정말 하긴 한 게요?"

"예, 했습니다."

단호한 대답에 기 구멍이 막힌 순원왕후가 할 말을 잃고 곤전을 쏘아보았다. 잠시 후 "그만 내려가 보시오!" 하고 고개를 홱 돌리자, 곤전이 도망치듯 허겁지겁 사라졌다. 순원왕후가 연신 고개를 갸웃대며 노 상궁의 생각을 묻자 제조상궁이 난처한 얼굴로 입을 오물거렸다.

"지밀들 말로는 분명 안 했다고 하는데, 중전마마께서 저리 하셨다고 우기시니 하긴 한 것으로 보긴 보아야 할 것이온데, 그게 아무래도 좀 의사무사하여……."

순간, 순원왕후가 폭발했다.

"어허, 당최 무슨 말인지 알아들을 수가 있나. 횡성수설, 가리산지리산……. 대체 뭔 소리를 지껄이는 게야. 이거야 원. 쯧쯧쯧."

격노한 순원왕후가 봉황 스란치마를 휘날리며 정자 아래로 내려갔다. 날벼락을 맞은 제조상궁과 시녀상궁들이 사색이 돼 허겁지겁 뒤를 쫓았다. 그때 곤전은 석복헌 화계 앞 배롱나무 밑에서 땀을 닦고 있었다. 첫날밤, 대조전 동온돌로 들어선 왕은 만취해 있었다. 사알들이 부축해 겨우 끌려오다시피 방 안에 들어섰다. 합환주도 나누지 않고 꾸벅꾸벅 졸던 왕은 한참 지나서야 정신을 차렸다. 실눈을 간잔지런하게 뜨고 측은한 듯 곤전을 바라보던 왕이 잔잔한 미소를 지었다.

"무겁겠구려. 오늘 참으로 노고가 많았소."

앉은걸음으로 주춤주춤 다가온 왕이 섬세한 손길로 무거운 장신구와 대란치마를 벗겨 주었다. 바람결에 오봉촛대 불꽃이 사납게 일렁이다 다시 풍성한 빛을 내뿜었다. 수줍음에 놀빛이 된 곤전 얼굴이 점점 아래로 숙여졌다. 자작으로 연거푸 술잔을 비운 왕이 술주정하듯 "미안하오, 중전! 정말 미안합니다." 하고 중얼거렸다. 놀란 왕비가 토끼눈을 뜨고 왕을 우러러보자 안정에 물기가 그렁그렁했다.

"과인에게 시간을 좀 주세요. 시간이 필요합니다."

솜털이 보송보송한 왕비가 왕의 간청에 놀라 눈물을 글썽였다.

"과인에겐 정인이 있어요. 목숨보다 더 아끼고 사랑하는 여인이에요. 중전도 알다시피 과인은 외방에서 20여 년을 살다 왕이 된 사람입니다. 오랫동안 알고 지낸 사람이에요. 과인의 목숨도 살려 주었어요. 정인은 내 목숨의 은인입니다."

슬픔이 너울처럼 밀려온 왕이 말을 잇지 못한 채 울먹거렸다.

"파주 행궁에 갔을 때 그곳으로 정인을 불러 머리도 올려 주었어요. 때가 되면 입궁시킬 생각입니다. 과인에게 사랑이란 탐하는 게 아니에요. 퍼 올리고 퍼 올려도 샘솟는 샘물처럼 기쁨이 솟아나게 만드는 것이에요. 허나 과인은 아직 중전에게 그럴 마음의 준비가 되어 있지 않아요. 그래서 시간이 필요한 겁니다. 시간이 필요해요."

상황을 파악한 곤전이 눈시울을 붉혔다.

"신첩은 기다릴 것이니 심려치 마소서, 전하!"

"고맙습니다, 중전! 고맙습……."

자몽한 왕이 그대로 쓰러져 꿈길로 사라졌다. 용안엔 눈물 자국이 선명했다. 당황한 곤전이 옷고름으로 눈물을 닦으며 주위를 살폈다. 순간, 늙은 지밀상궁 네 명이 바람처럼 들어와 왕을 금침에 눕혔다. 왕 대신 왕비 옷도 조심스레 벗겼다. 극진히 예를 갖춘 지밀들이 "편히 침수 드시옵소서, 중전마마!" 하고 인사하곤 뒷걸음질 쳐 밖으로 사라졌다. 곤전은 여덟 명의 지밀상궁들이 에워싼 동온돌에 앉아 하얗게 밤을 지새웠다.

왕은 후원 깊숙한 곳, 황토방에 누워 있었다. 존덕정 동남쪽에 자리 잡고 있는 한 칸짜리 자그마한 맞배집이다. 선왕들이 숲 속에서 한가로이 독서를 즐기던 곳을 도승지가 공방 동부승지와 상의해 황토방으로 꾸몄다. 바닥과 천정, 벽까지 문만 빼곤 모두 황토를 발랐다. 화풍병에 별다른 약이 없어 어의들이 짜낸 고육지책이었다. 사백사병四百四病 가운데 가장 고치기 힘든 병이 상사병이다. 왕의 화풍병이 도질 때마다 어의들은 황토방 요양을 권했다. 동쪽의 햇살을 듬뿍 받은 동황토로 황토환도 만들어 바쳤다. 왕은 봉이 어머니가 만든 무명 바지저고리를 입고 있었다. 봉이가 만든 눈잣나무 선향이 향꽂이에서 파르르 몸을 살랐다. 향내를 맡고 모여든 쇠박새와 동박새, 휘파람새가 문밖에서 쉴 새 없이 재잘거렸다. 왕이 콧등을 발록이며 향내를 깊숙이 들이마셨다. 어린 곤전은 잘 참아 내고 있었다. 비밀도 잘 지켜 주었다.

"심려치 마소서, 전하! 비밀은 꼭 지키겠나이다. 신첩은 전하가 마음을 여시는 날까지 기다리고 또 기다릴 것입니다."

나이는 어리지만 속이 깊고 옹용雍容했다. 성품이 여낙낙하고 구순해서 천만다행이었다. 중전에게는 미안지심과 측은지심이 동시에 들었다. 왕이 질끈 눈을 감았다. 새 소리. 바람 소리, 물 소리가 강화도와 흡사했다. 향 냄새와 황토 냄새까지 강화도와 똑같았다. 5년간 유배생활을 했던 잠저 벽도 황토였다. 순간, 왕은 생각했다. '이곳이 강화도인가, 아니면 창덕궁 후원인가. 창덕궁 후원이 강화도인지, 강화도가 창덕궁 후원인지 알 수가 없구나. 때론 내가 봉이인지, 봉이가 나인지 분간이 되지 않는다. 어떨 땐 내가 봉이처럼 느껴지고, 또 어떨 땐 봉이가 나처럼 느껴진다.'

어젯밤 꿈속에서 원범은 봉이 손톱에 봉숭아물을 들여 주었다. 열 손가락 손톱 모두에 진홍빛 꽃물을 들였다. 남은 꽃물은 새끼손가락으로 봉이 입술에 붉게 발라 주었다. 봉이는 꿈속에서 봉숭아물이 잘 들었다며 흡족해했다. 봉이 뺨이 수줍음으로 붉게 물들 때와 똑같은 색깔이었다. 봉이는 열 손가락을 보고 또 보며 해맑게 웃었다.

"이 봉숭아물이 손톱에 남아 있을 때 첫눈이 내리면 지고지순한 사랑을 이룰 수 있대. 우리 사랑도 꼭 이루어질 수 있는 거지?"

"그럼, 이룰 수 있고말고. 난 이제 왕이야! 봉이 너를 얼마든지 궁궐에 데려올 수 있어. 조금만 더 참고 기다려줘."

"기다릴게. 꼭 기다릴게."

화서지몽華胥之夢, 좋은 꿈이었다. 이생에서 여한 없이 사랑하다가, 죽은 후엔 함께 극락에 왕생해 같은 연꽃에 몸을 의탁하자고 새끼손가락 걸고 영원히 맹세했다. 아직도 봉이의 낭창한 목소리와 붉게 물든 손톱이 눈앞에 보이는 듯 선명했다. 손가락 끝에 닿았던 봉이 입술의 촉감마저 생생했다. 꿈이 현실인지, 현실이 꿈인지 분명치가 않았다.

왕이 벌떡 일어나 서안 서랍을 열었다. 봉이 초상화였다. 손등으로 한동안 봉이 뺨을 쓰다듬던 왕이 순간, 고개를 갸웃거렸다. 어젯밤 꿈속에서 봉이는 왜 쪽을 안 찌고 머리를 길게 땋아 댕기를 매었을까? 왕이 양 손가락을 들어 가까이 들여다보았다. 파주 행궁에서 봉이의 삼단 같은 머리칼을 참빗으로 빗겨 주던 촉감이 아직도 생생했다. 봉이 머리를 땋아 쪽을 쪄 비다듬은 후, 초롱 모양의 비취 금비녀를 꽂아 주던 손끝의 느낌도 역력했다. 이슬꽃을 달고 뒤돌아보던 봉이 얼굴이 여태 선명하다. 쪽을 찐 봉이 모습은 눈부시게 아름다웠다. 귀밑에 삐져나온 자분치조차 한없이 귀엽고 예뻤다. 한데, 봉이는 왜 꿈속에서 다시 댕기를 매었을까? 왕은 파주 행궁과 봉이 기억에서 한동안 빠져나오지 못했다. 무아

몽중의 환幻 하나를 붙잡고 계속 꿈길을 더듬었다.

수강재로 곤전과 도승지, 상선이 줄지어 들어왔다. 주먹을 쥐고 한쪽 다리를 곧추세운 순원왕후는 눈을 질끈 감고 침통한 표정으로 앉아 있었다. 세 사람의 눈동자가 대왕대비의 눈치를 살피느라 솔방울처럼 움직였다. 제조상궁도 긴장한 채 공진단을 쥔 손에 잔뜩 힘을 주었다. 잠시 후, 순원왕후가 실눈을 지릅뜨고 한동안 중전을 노려보았다.

"중전이 영은부원군에게 주상의 정인을 입궁시켜 달라 청했소?

죄인처럼 고개를 숙인 곤전이 간신히 "네." 하고 기어 들어가는 소리를 냈다. 순간 서안을 탕 내리친 순원왕후가 날카롭게 목청을 찢었다.

"어허, 이거야 원 쯧쯧쯧. 아직도 했다 안 했다 소문이 무성하거늘 어찌 중전 입에서 솔구이발이 터져 나올 수 있단 말인가? 대체 무슨 생각을 하고 있는 게요, 중전?"

순원왕후 입가에 게거품이 복닥복닥 일었다. 겁에 질린 상선과 도승지가 움찔 몸을 떨며 고개를 숙였다. 바들바들 떨며 허리를 숙인 곤전을 노려보던 순원왕후 입에서 장탄식이 쏟아졌다.

"중전이 그리 만만하게 나오니, 주상이 뻗대고 맨날 황토방에서 잠자고 대조전엔 들지 않는 게 아니오? 그리고 도승지!"

헉 소리를 내며 도승지가 번쩍 얼굴을 들었다.

"경은 대체 무슨 생각으로 그 먼 곳에 황토방을 만든 게요? 대조전 근처에도 징광루 경훈각이나 집상전같이 아늑한 곳이 많은 터. 왜 하필 그

먼 곳에다 황토방을 만든 게요?"

불똥이 엉뚱한 곳으로 튀자 유구무언이라는 듯, 도승지가 양손을 바닥에 대고 깊숙이 허리를 숙였다. 미간을 잔뜩 좁힌 순원왕후가 이번엔 상선에게로 눈길을 돌렸다. 엽렵한 상선이 먼저 선수를 쳤다.

"소신, 죽을 각오로 한 말씀만 올리겠나이다!"

순원왕후가 타구를 당겨 캭 가래를 뱉고는 날카롭게 상선을 쏘아보았다.

"소신 생각으로는 주상전하의 정인을 하루빨리 입궁시키는 것만이 전하의 화풍병과 울증을 가라앉히고, 학문과 정사에 전념케 만들 것이라 사료되옵니다. 화풍병은 그 어떤 명약으로도 고칠 수 있는 게 아닙니다."

용기를 낸 도승지가 말곁을 달았다.

"전하께서 이미 오래전 인연을 맺은 정인입니다. 잊을 수 있는 사람이라면 벌써 잊으셨을 겁니다. 연구세심^{年久歲深, 세월이 매우 오래됨}이 된다 한들, 전하의 심중에서 정인을 지우기란 불가할 것으로 사료되옵니다."

피식 웃던 순원왕후가 심중으로 중얼거렸다. '어불성설이로다! 궁궐에 궁녀만 6백 명이다. 옥당기생도 백 명이 넘는다. 모두 다 주상의 여자다. 주상이 손가락 하나만 까딱해도 왕의 성은에 감읍해 눈물을 흘리며 천침^{薦枕, 첩이나 시녀 등이 잠자리에서 모심}을 준비할 여인들이 사방에 널렸느니!'

대왕대비 심중을 눈치 챈 도승지가 느닷없이 말했다.

"대왕대비마마! 어떤 이에게는 사랑이 아무것도 아닐 수 있사오나, 또 어떤 이에게는 세상의 전부일 수도 있사옵니다.”

주먹으로 쾅 서안을 내리친 대왕대비가 날카롭게 목청을 찢었다.

“경이 지금 나를 가르치려는 게요?”

기함한 도승지가 천부당만부당하다며 허리를 숙였다. 곤전이 눈물을 흘리며 괴고壞苦, 사랑하는 대상이 사라졌을 때 느끼는 고통로 인한 지아비의 고통을 차마 지켜보기 힘들다고 읍소했다. 하루빨리 정인을 입궁시켜 성심을 가라앉혀 달라고 청원했다. 파랗게 중전을 노려보던 순원왕후가 그것이 진정 중전의 진심이냐고 물었다.

“예, 진심입니다. 결단코 진심입니다!”

파르르 입술을 떨던 순원왕후가 제조상궁을 바라보았다. 제조상궁이 덜덜덜 떨며 백비탕과 공진단을 바쳤다. 순원왕후가 환약을 씹으며 속으로 중얼거렸다. ‘흥, 어린 것들이 의외로 야무지구나! 한없이 여릴 것 같던 주상은 끝까지 합궁을 안 한 채 황토방에서 버티고 있고, 어린 곤전은 지아비에게 후궁을 붙여 달라고 시어미에게 애걸복걸하고 있다. 참으로 괴란한 일이로세.’ 한숨을 푹푹 쉬던 순원왕후가 뜬금없이 주상의 정인은 대체 어떤 사람이냐고 물었다. 입이 헤벌어진 도승지가 곧바로 화답했다. 용모와 품위는 물론 지혜로움이 사대부가 처녀들을 능가하고, 공부는 이미 사서와 오경을 넘어섰다고 아뢰었다. 한의학과 약초학까지 두루 섭렵해 향 제조자로 팔도에 명성이 자자한 지명선사의 수제자라는 말도 덧붙였다. 심기가 불편한 대왕대비가 이번엔 나이는 몇이냐고 불퉁댔다. 신바람이 난 상선이 전하의 보령과 동갑이며, 학식과 인품이 출사한 웬만한 관리들보다 높은 경지에 이르렀다고 수답했다. 혀를 차던 대왕대비가 잔뜩 눈살을 찌푸리곤 목청을 높였다.

"허면 나이도 중전보다 많고, 무불통지인 데다, 상총까지 한 몸에 받으면 어찌 다른 여인들이 투기하지 않을 것이며 어찌 주상의 후사가 번성하리오?"

곤전이 투기를 하지 않겠다며 거듭 눈물로 맹세했다. 곤전을 곁눈질로 보던 순원왕후가 고개를 끄덕이며 심중으로 중얼거렸다. '과시, 영은부원군이 딸 하나는 잘 키웠군. 볼수록 덕이 있고 단아하고 아름답도다. 천상 국모감이로세!' 질끈 눈을 감고 생각에 잠겼던 순원왕후가 도승지를 향해 말했다.

"강화유수부에 사람을 보내 정인 집안에 대해 자세히 알아보도록 하오. 사헌부에도 연락해 선조들의 행적을 추적해 보도록 하시오. 별 하자 없으면 입궁시킵시다. 중전이 지아비의 후궁을 들이자고 저리 애걸복걸하니 별다른 방도가 없질 않은가? 어허, 이거야 원. 쯧쯧쯧."

흔연해진 상선과 도승지가 기쁨의 눈물을 흘렸다. 이를 본 순원왕후가 거세게 체머리를 흔들었다.

"또 어떤 예를 갖추어 어떤 품계로 맞아들이는 게 적당한지 시원임 대신들과 잘 의논해 보고하도록 하오. 허나, 정인의 입궁이 결정되기 전까진 세 사람 모두 주상에겐 비밀을 지켜야 하오. 괜히 성심이 들떠 학문에 소홀할까 저어되오."

가열해진 곤전이 주르륵 눈물방울을 쏟았다. 이를 자닝하게 바라보던 순원왕후가 백비탕을 벌컥벌컥 들이마셨다.

❀

　강화도 혜각사에 팽팽한 긴장감이 감돌았다. 대웅전 뒤란 대숲에서 금이와 말복, 동영이 손목 강화훈련을 하고 있었다. 이들은 파주 행궁을 다녀온 이후 줄곧 혜각사에 기거 중이었다. 봉이 동생 영규와 선승, 행자들도 훈련에 참가했다. 커다란 나무통 안에는 젖은 모래가 가득 담겨 있었다. 이들은 나무 막대기를 통 안에 깊숙이 집어넣고 좌우로 움직였다. 나무는 쉽게 움직이지 않았다. 안간힘을 쓰는 신음 소리와 나무 부러지는 소리가 여기저기서 들렸다. 명아주 지팡이를 짚고 날카롭게 지켜보던 지명선사 눈에서 파란 불꽃이 튀었다. 백구도 긴장한 표정으로 선사 옆에서 훈련을 지켜보았다.

　"손목에 힘을 길러야 한다! 손목에 힘이 없으면 검을 제대로 잡을 수 없다. 검을 잡지 못하면 봉이를 지키지 못한다."

　침통한 얼굴 위로 결연한 의지가 불타올랐다. 모두들 사력을 다해 나무 막대기를 좌우로 움직여 네모와 세모, 동그라미를 그렸다. 손목 강화 훈련은 하루도 빠짐없이 반복됐다. 목검 훈련을 시작한 이후에도 계속됐다. 오리나무 숲에서 몰래 지켜보던 분애도 죽검을 들고 맹렬한 연습을 했다. 이번엔 길라잡이로 나선 동영을 따라 일행이 함성을 지르며 경사가 가파른 돌산을 뛰어올랐다. 체력강화 훈련이었다. 날카롭게 지켜보던 선사가 요사채 앞으로 가 헛기침을 하자 처사가 검을 싼 보따리를 가지고 날렵한 몸짓으로 달려 나왔다. 잠깐 기다리라는 눈짓을 한 선사가 약사전으로 가 조용히 안을 들여다보았다. 이마와 콧등에 땀이 송골송골 맺힌 봉이가 능숙한 손길로 선향을 만들고 있었다. 선사 입가에 스르르 미소가 번졌다. 인기척을 느낀 봉이와 보살이 깜짝 놀라 합장했다. 선사가 고개를 끄덕이자 봉이가 착 가라앉은 목소리를 냈다.

"절에서 독경 소리가 나지 않고 쇳소리가 나니, 마치 제가 부처님께 큰 죄를 짓는 것 같습니다."

선사가 짐짓 엄한 소리를 냈다.

"무예를 익히라는 주상전하의 명령 때문이다!"

봉이가 글썽 울먹였다.

"그냥 놔두세요. 친구들도 모두 내려 보내세요. 숙명이라면, 불가항력이라면 감수해야 한다고 스승님이 그리 가르치지 않으셨습니까?"

선사 음성이 단호했다.

"아니다! 나와 네 동무들은 봉이 널 지키기 위해 싸울 것이다."

"스승님!"

선사가 고개를 지었다.

"내 강호에서 검술을 연마하다 출가한 후, 30여 년 동안 단 한 번도 검을 잡지 않았다. 검 대신 봉을 잡았다. 허나 봉이 너를 위해서라면 도산검림에 떨어진다 해도 기꺼이 다시 검을 잡을 것이다!"

선사가 쌩 바람 소리를 내며 사라졌다. 버선발로 달려 나온 봉이가 슬픈 눈빛으로 선사 뒷모습을 오래도록 지켜보았다. 법당 뒤란에서는 처사가 금이 일행에게 검을 한 자루씩 나눠 주고 있었다. 날이 시퍼렇게 선 진검을 높이 빼든 지명선사가 목청 높여 외쳤다.

"검술은 마음과 기氣, 투지, 손목의 힘으로 완성된다. 검술의 첫 번째 경지는 인간과 검이 하나가 되는 것이다. 검이 사람이 되고, 사람이 검이 돼야 비로소 자유자재로 검을 움직일 수 있다. 두 번째 경지는 손 대신 마음으로 검을 잡는 것이다. 그런 경지에 이르면 백보 밖의 적도 맨손으로 제압할 수 있다. 우리가 검을 잡은 것은 살생을 위해서가 아니다. 중생을 살리기 위함이다. 바로 봉이를 구하기 위해서다!"

제자들이 검을 번쩍 쳐들고 포효하듯 함성을 질렀다. 얼굴에 비장감이 가득했다.

"처사가 지금부터 선을 보일 것은 본국검법이다. 본국검법은 총 33세로 이루어져 있다. 그러나 너희는 꼭 필요한 기본 동작만 배울 것이다."

처사가 날쌘 동작으로 달려 나와 검을 빼들었다. 깜짝 놀란 제자들 사이에 잠시 웅성거림이 일었다. 어마지두한 보살은 입을 벌린 채 장승처럼 서 있었다. 멀리 숨어 지켜보던 분애 눈도 솔방울처럼 커졌다.

"처사는 내가 출가하기 전 강호에서 함께 검술을 연마했던 무림고수다. 지금부터 처사가 본국검법의 기본동작을 시범 보일 것이다. 주밀히 살펴보아라. 먼저 지검대적세!"

처사가 두 손으로 칼자루를 잡고 왼쪽 어깨에 의지한 뒤 꼿꼿이 정안 자세를 취했다. 검을 어깨에 지고 적을 마주한다는 뜻으로 예부터 무사들이 자주 사용했던 기본 견적세이다.

"다음은 우내략!"

처사가 날랜 몸짓으로 오른쪽으로 한 번 돌아 오른발을 들고 안으로 스쳤다. 뒤에 있는 적을 밑에서 올려 베는 동작이었다. 주로 뒤에서 공격하는 적을 방어할 때 사용하는 검법이었다. 처사는 한 점 흐트러짐 없이 절제 있게 움직였다. 제자들 입에서 감탄사가 쏟아졌다. 예전에 알던 구붓하고 어수룩한 거추꾼이 아니었다. 온몸에서 무림을 호령하는 협객의 섬뜩함이 물씬 풍겼다.

"다음은, 진전격전세!"

앞에 있는 적을 칠 때 정면 베기를 하는 검법이었다. 처사가 오른손과 오른 다리를 이용해 날카롭게 허공을 베자 검이 공중에서 파르르 떨며 쌔앵 쇳소리를 냈다. 놀란 보살이 두 눈을 부릅뜨고 침을 꿀꺽 삼켰다.

"다음은 금계독립세! 닭이 한쪽 다리를 들고 주위를 살피는 자세이다. 주로 뒤에 오는 상대를 대비하는 동작이다."

이번엔 선사가 직접 시범을 보였다. 왼편으로 날렵하게 돌아 왼쪽 다리를 닭처럼 든 뒤 매섭게 뒤를 노려보았다. 선사 눈에서 거센 홍염이 일며 안광이 번쩍번쩍 일었다. 놀란 제자들이 넋을 놓고 선사를 바라보았다. 선승으로 유명한 지명선사가 출가 전, 강호에서 이름을 날리던 협객이었다는 사실은 가히 충격적이었다. 더구나 꾸부정한 모습으로 호미나 걸낫을 들고 채마밭을 돌보던 처사가 무림의 고수였다는 사실은 천변지이千變地異에 가까웠다.

"다음은 후일격세! 이는 후면을 보는 자세이다!"

선사가 다시 날렵하게 왼편으로 돈 뒤, 오른손과 오른 다리로 검을 날카롭게 휘둘렀다. 검이 파르르 떨며 째앵 쇳소리를 냈다.

"지금부터 처사와 내가 이 다섯 가지 동작으로 검투를 시범 보일 것이다!"

검을 빼든 선사와 처사가 살벌한 눈빛으로 빙글빙글 돌다 동시에 돌진했다. 검을 맞부딪친 채 한동안 균형을 이루던 두 사람은 서로를 거세게 밀어낸 뒤 공중으로 치솟았다. 파랗게 날선 검들이 공중에서 빛을 튕기며 요란하게 부딪쳤다. 두 사람은 아름드리 백송과 비자나무로 각각 날아갔다가 공중을 걸어가 날카롭게 검을 부딪쳤다. 땅으로 가만사뿐 내려앉은 두 사람은 살기를 돋운 채 빙글빙글 돌며 기회를 엿보았다. 선사가 먼저 공격을 하자 처사가 칼등으로 선사 칼을 막으며 왼쪽으로 돌아 역공격했다. 선사가 다시 맞받아치며 한 바퀴 돌아 정면 베기를 시도하자 처사가 푸조나무 위로 날아올랐다. 선사도 맞은편에 있던 오동나무 위로 번쩍 날아올랐다. 두 사람은 공중으로 날아다니며 검을 자유자재로 휘둘렀다. 놀란 제자들이 숨을 죽인 채 무림고수들의 살벌한 검투를 지켜보았다.

땅으로 내려선 두 사람의 검투가 본격적으로 시작됐다. 생사를 결하는 검투였다. 예전에 보았던 선사와 처사가 아니었다. 무림을 호령하는 협객들의 검투가 바로 눈앞에서 펼쳐졌다. 검을 부딪칠 때마다 요란한 쇳소리와 함께 빨간 매화꽃잎들이 타다다닥 튀었다. 뒷걸음질 치던 백구가 날 살려라 꽁무니를 뺐다.

❧

　모란방은 일패 출신들만 있는 고급 기방이다. 일패들만 기생으로 불렸고, 손님들 앞에서 가무를 했다. 이패나 삼패는 잡가만 불렀다. 이패는 은근슬쩍 매춘을 해 은근짜, 은군자로 불렸고, 삼패는 논다니로 매춘만 일삼았다. 한데 최고급 기루인 모란방 솟을대문 앞에 모처럼 홍선군이 서 있었다. 풍류를 즐기는 듯 눈을 지그시 감고 가야금과 거문고 병주를 감상하고 있었다. 기부妓夫인 대전 무예별감이 거방진 몸을 어슬렁거리며 다가와 아는 척을 했다.

　"하이고, 흥선군 나리! 여긴 웬일로 오셨습니까?"

　비아냥거리는 말투였다. 기부들 사이에서 홍선군은 경멸의 대상이었다. 모든 기방에서 가장 골치 아픈 손님으로 단연 홍선군을 꼽았다. 분수도 모르고 예법도 모르며 수치심이 없다는 이유였다. 기방에도 엄연히 예법이란 게 있거늘, 홍선군은 막무가내였다. 툭하면 뜸베질에 방약무인 후안무치했다. 홍선군이 고개를 외로 꼬고 헛기침을 하며 "날 기다리는 이가 있을 터." 하자 기부가 대놓고 킥킥 비웃음을 쏟아 냈다. 그때 도리암직한 어린 여자 노비가 쪼르르 달려와 머리를 굽적거렸다. 홍선군이 기부를 째려보다 헤어진 제량갓을 만지작거리며 기세 좋게 안으로 들어갔다. 울기가 솟은 기부가 칵 가래침을 뱉은 뒤 한동안 구시렁댔다.

어린 노비는 모란방에서 가장 깊숙한 내방으로 향했다. 모란방 주인인 천하 명기 천향의 거처였다. 최고급 기루의 주인 방답게 문 앞엔 오색 말짱구슬을 꿰어 만든 휘황찬란한 휘장이 낮게 드리어져 있었다. 벽 한 면 전체엔 붉은색 옻칠 바탕에 영롱한 자개로 모란 꽃송이들이 섬세하게 조각돼 있었다. 사향 냄새도 농농濃濃했다. 장식 하나하나마다 화류계의 운치가 넘쳐흘렀다.

그곳에 잘 차려진 요리상과 함께 손덕중이 앉아 있었다. 성격이 활달하고 머리가 좋은 구실아치였다. 재산도 넉넉해 남 도와주기를 좋아했다. 흥선군이 좌정하자 손덕중이 큰절을 올린 뒤 무릎을 꿇고 흥선군 술잔에 과하주를 따랐다. 떨떠름한 표정으로 술잔을 들고 있던 흥선군이 오감을 자극하는 술 향기에 끌려 단숨에 잔을 비웠다. 다시 술잔이 채워지자 흥선군이 지그시 손덕중을 쏘아보았다. 한동안 뜸을 들이던 손덕중이 조심스레 입을 열었다.

"남연군 나리 묘를 이장하기 위해 명당지를 찾으신다는 소문을 들었습니다."

"하하하…… 그거 소문 한 번 빠르구먼!"

흥선군이 성긴 가잠나룻을 쓰다듬으며 파안대소했다.

"부친이신 남연군 나리의 묘를 명당지에 이장하면 분명 발음發蔭, 조상의 묏자리를 잘 써 그 음덕으로 복을 받는 일이 있을 겁니다."

흥선군이 "어허, 그게 무슨 소리인가? 자식 된 도리로 아버님을 좋은 곳에 모시려는 것뿐이거늘!" 하며 펄쩍 뛰었다. 희미하게 웃던 손덕중이 낮은 목소리로 속삭였다.

"소인이 드디어 자미원국紫薇垣局을 찾았습니다."

홍선군이 흠칫 몸을 떨었다. 자미원국이라면 풍수지리에서 가장 좋다고 말하는 삼길三吉. 육수六秀, 구성九星, 정체正體가 모두 갖춰진 완벽한 장소이다. 바지런히 입술에 침을 바르던 홍선군이 눈에 핏발을 세우고, 그곳이 어디냐고 물었다. 충청도 덕산에 있는 가야산인데, 그곳에 조선 최고의 명당지인 천하대지 두 곳이 있다고 손덕중이 답했다. 한 곳은 이대천자지지요, 다른 한 곳은 만대영화지지인데 나리께서는 어느 곳을 택할 것이냐고 묻자 홍선군이 깊은 생각에 잠겼다. 이대천자지지란 천자에는 오르지만 2대를 넘지 못한다는 뜻이고, 만대영화지지란 비록 임금은 내지 못하나 자손대대로 영화를 누린다는 뜻이다.

"나라면 당연히 이대천자지지를 택할 터!"

무조건 자식을 왕위에 올려놓고 보자는 심사였다. 손덕중의 입가에 희미한 미소가 스쳤다.

"그렇다면 보덕사라는 고찰에 이장을 해야 합니다. 경내에 금탑이 하나 서 있는데 그 밑이 바로 이대천자지지로 이름난 명당지입니다. 그곳에 묘를 쓰면 자손이 2대에 걸쳐 왕이 된다는 소문이 오래전부터 전해지고 있습니다. 탑을 세워 지기를 눌러놓은 것도 바로 그 때문입니다."

홍선군이 버럭 호통을 쳤다.

"자네 미쳤는가? 와, 왕이라니……! 역모죄로 멸문지화당하는 꼴을 기어이 보고 싶은 겐가?"

손덕중이 은근한 미소를 띠고 흥선군을 바라보았다. 그는 관상과 풍수를 볼 줄 알았다. 저자에 떠돌고 있는 참요와 흥선군 집에 왕기가 서려 있다는 풍문도 들었다. 술사의 예언까지 빠짐없이 알고 있었다.

"소인을 한번 믿어 보십시오, 나리!"

흥선군이 다시 가잠나룻을 쓸어내리며 목소리를 깔았다.

"동성상응, 동기상구하자는 뜻인가?"

"예, 나리! 동기감응하자는 뜻입니다. 인재를 쓸 줄 아는 자가 천하를 얻는다 했습니다."

파안대소하던 흥선군이 정색을 하며 고개를 갸우뚱했다. 절이 있는 경내에 묘 터를 쓸 순 없지 않은가. 법전보다 더 엄격히 지켜지고 있는 게 지가설地家說, 풍수설이거늘! 눈치 빠른 손덕중이 목소리를 낮췄다.

"자손이 2대에 걸쳐 왕이 된다 하질 않습니까? 나리께서 진정 야망을 이루시고 싶다면 남연군 나리의 묘를 그곳으로 이장해야 합니다. 천재일우의 기회를 놓치시면 다시는 돌이킬 수 없을 것입니다."

차끈하게 쏘아보던 흥선군이 "내게 왜 이리 호의를 베푸는 겐가?" 하고 물었다. 입꼬리를 당겨 웃던 손덕중이 으밀아밀 속삭였다.

"소인에게 지인지감의 능력이 좀 있습니다. 소인은 미래에 투자를 하고 싶을 뿐입니다. 여생을 흥선군 나리께 걸고 싶습니다."

흥선군이 눈물을 흘리며 박장대소했다. 손덕중이 입가를 당겨 목소리를 깔았다.

"권불십년이라 했습니다. 하물며 이미 60년이 다 돼갑니다. 달은 차면

이지러지는 법, 안동 김씨 세상이 끝나면 반드시, 기필코, 나리의 세상이 도래할 것입니다. 소인은 그리 믿고 있사옵니다."

단숨에 술잔을 비운 흥선군이 헛웃음을 풀썩이다 손덕중을 노려보았다. 천지의 도를 논하니 틀린 말은 아니다. 다하면 본래대로 돌아가고, 가득 차면 이지러지니 월만즉휴月滿則虧이다. 성하면 반드시 쇠퇴하게 돼 있다. 세상 만물의 이치에 예외란 없다. 손덕중이 간절한 눈빛으로, 맡겨 주기만 하면 모두 알아서 처리하고, 야망을 이루는 날까지 충심으로 받들어 모시겠다고 맹세였다. 호탕하게 웃던 흥선군이 손덕중에게 술잔을 건넸다. 금석지교金石之交를 약조하는 의미였다. 잔을 채우자 손덕중이 옆으로 돌아앉아 잔을 비웠다.

"소인은 이제 흥선군 나리의 사람입니다."

벌떡 일어난 손덕중이 넙죽 큰절을 올리자 흥선군이 한쪽 입꼬리를 당겨 희미하게 웃었다. 그때 모란방 주인인 천향이 악기를 든 예기 몇 명을 이끌고 날아갈 듯 들어왔다. 흥선군에게 큰절을 올린 천향이 자진타령 가락에 맞춰 교방굿거리 춤을 추기 시작했다. 파격적인 대접이었다. 장안 최고의 명기가 자신의 은밀한 처소에 흥선군을 모셔 놓고 그 앞에서 춤을 추고 있었다. 천향은 최소한의 움직임만으로 손가락 끝과 버선 발에만 신명을 모아 단아하고 절제 있게 몸을 움직였다. 기생 춤의 극치였다. 정靜 중 동動의 신비롭고 환상적인 움직임이 차분하면서도 끈끈했다. 섬세하면서도 애절했다. 무아지경에 빠져 춤사위를 지켜보던 흥선군이 단숨에 술잔을 비웠다. 공연이 끝나자 천향이 농염한 자태로 술을 따르며 은밀히 속삭였다.

"오늘 밤 소인이 나리를 모셔도 되겠습니까?"

홍안대소한 홍선군이 천향에게 술잔을 건넸다.

"받게! 이 잔은 오늘 자네와 내가 무산운우를 함께하는 기념주일세."

"영광입니다, 나리!"

천향이 눈웃음치며 술잔을 비웠다. 몸짓이 착착 부닐며 교태가 백출했다. 천향을 훑어보는 홍선군 눈자위로 붉은 핏발이 곤두섰다. 이를 곁눈질하던 손덕중이 예기들에게 흔전만전 놀음차를 쥐여 준 뒤 밖으로 데리고 나갔다. 순간, 홍선군과 천향이 동시에 부둥켜안고 방바닥에 쓰러졌다. 난새와 봉황이 만난 듯 백주에 격렬한 운우지정이 벌어졌다. 천향의 숨 가쁜 교성이 쉴 새 없이 밖으로 흘러나왔다.

충청도 덕산 상가리로 가는 전나무 숲 속에 말발굽 소리가 요란했다. 가마와 짐을 실은 수십 대의 마차가 뽀얀 흙먼지 속에서 돌개바람을 일으켰다. 행렬은 바람꽃이 일고 있는 가야산을 향해 쏜살같이 달렸다. 잠시 후 마차 행렬이 보덕사를 향해 방향을 틀었다. 천년고찰인 보덕사 앞에는 흰 무명 바지저고리를 입은 수십 명의 일꾼이 삽과 곡괭이를 들고 대기 중이었다. 얼마 전 왈패를 동원한 손덕중으로부터 협박을 당한 보덕사 주지승은 목숨에 위협을 느껴 헐값에 절을 팔고 떠났다. 그때 이미 사찰을 남연군 묘 터로 쓰기 위해 일꾼들을 동원해 해체 작업을 끝냈다. 형 홍인군은 친산면례를 완강히 반대했다. 자칫 잘못하다가는 왕권을 찬

탈하려 한다는 이유로 멸문지화를 당하기 십상이었다. 허나 끝내 동생의 고집을 꺾지 못했다. 소심하고 마음 여린 홍인군과, 드살 세고 결기 있고 검찬 홍선군은 매사에 의기가 통하지 않았다. 보덕사 앞에 도착해서도 홍인군은 쉽사리 가마에서 내리지 않았다. 가마를 노려보던 홍선군이 버럭 소리를 질렀지만 여전히 인기척이 없었다. 손덕중이 빨리 일을 끝내고 돌아가야 무탈할 것이라고 설득하자, 홍인군이 마지못해 벌벌 떨며 가마에서 내렸다. 손나발을 한 손덕중이 일꾼들을 향해 소리쳤다.

"자, 어서들 움직이게! 일을 빨리 끝내면 노임을 배로 쳐주겠네!"

농기구를 번쩍 든 일꾼들이 함성을 지르며 달려갔다. 경내에 도착한 일꾼들이 삽과 곡괭이를 들고 동시에 금탑에 달려들었다. 순간, 하늘이 검기울며 질풍신뢰가 이어졌다. 요란하게 으르렁거리다 거센 뇌우를 쏟았다. 놀란 일꾼들이 비명을 지르며 여기저기서 나자빠졌다. 홍인군은 바닥에 엎드려 두 손으로 머리를 감싼 채 벌벌 떨었다. 여기저기서 일꾼들의 수군거림이 분요했다. "하늘이 노한 게야. 천년 고찰을 부수고 묘터로 쓰려 하니 하늘이 노하신 게야.", "아무래도 일 잘못 나온 거 아녀? 돈 몇 푼 벌려다 괜히 하늘님 노여움만 사 천벌 받는 거 아닌가 모르겠어." 이를 본 홍선군이 큰 소리로 외쳤다.

"하하하…… 명당이 확실하구먼. 탑을 부수려 하니 하늘이 난리를 치고 있질 않은가?"

"맞습니다, 나리! 하늘의 감응이 있는 걸 보니 명당이 틀림없습니다. 나리의 후손들로 조선의 맥이 이어질 게 분명합니다."

부서진 금탑 안에서 백자 두 개와 차 두 병, 오래된 사리함이 나왔다. 득달같이 달려간 손덕중이 사리함을 조심스럽게 들고 왔다. 사리함 속엔 사리 세 개가 들어 있었다. 사리를 물속에 집어넣자 사리에서 푸른 광선이 실처럼 뻗어 나가며 신묘한 기운을 내뿜었다. 홍선군이 사리를 잽싸게 입속에 넣고 삼키자 홍인군이 비명을 지르며 엉덩방아를 찧었다. 겁에 질린 일꾼들이 웅성거리며 한동안 동요했다. 순간, 천둥번개와 폭풍우가 감쪽같이 사라졌다. 푸른 하늘이 더할 수 없이 맑고 평온했다. 발씬대던 홍선군이 큰 소리로 외쳤다.

"어서 묘광을 파도록 하라! 반드시 열 자 깊이로 파야 한다! 너비는 다섯 자 5촌이다. 빨리 움직여라!"

일꾼들이 달려들어 묘광을 파기 시작했다. 열 자는 왕의 묘를 만들 때에만 팔 수 있는 깊이였다. 묘광이 다 만들어지자 수습해 온 남연군의 유골을 집어넣고 쇠 수만 근을 끓여 부었다. 그 위에 흙을 거듭 다져 쌓아 봉분을 만들었다. 이를 본 홍선군이 회심의 미소를 지으며 중얼거렸다.

"이제 그 어느 것도 묘광을 침범하지 못할 것이다!"

일꾼들이 농기구를 번쩍 들고 함성을 질렀다. 사시나무처럼 떨던 홍인군이 혼절해 바닥에 길게 누웠다.

(2부에서 계속)

* http://goo.gl/Swiqv에 접속하시면 소설 속 아름다운 우리말과 고어의 뜻풀이를 볼 수 있습니다.

이몽1

1판 1쇄 인쇄 2012년 5월 16일
1판 1쇄 발행 2012년 5월 23일

지은이 · 김시연
펴낸이 · 주연선

책임편집 · 정종화
편집 · 이진희 박은경 오가진 박나리 최소라
디자인 · 정혜욱 홍세연 김서영
마케팅 · 장병수 김한밀 오서영
관리 · 김두만 구진아 성혜진

도서출판 은행나무
121-839 서울특별시 마포구 서교동 384-12
전화 · 02)3143-0651~3 | 팩스 · 02)3143-0654
등록번호 · 제 10-1522호(1997. 12. 12)
www.ehbook.co.kr
ehbook@ehbook.co.kr

잘못된 책은 바꿔드립니다.

ISBN 978-89-5660-614-9 04810
ISBN 978-89-5660-613-2 (세트)